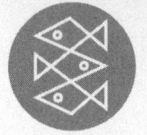

»Ein faszinierendes Buch. Zeigt eine ähnlich im Umbruch begriffene Welt wie die Serie ›Downton Abbey‹.«   *The Boston Globe*

»Schloss Chevron« ist Vita Sackville-Wests berühmtester Roman und wurde 1930 sofort zum Bestseller: Erzählt wird die Geschichte von Sebastian und Viola, zwei jungen reichen Erben, die umgeben sind von Menschen, die das gute und feine Leben schätzen – bis es zum unaufhaltsamen Fall kommt. Ein brillantes Porträt der britischen High Society Anfang des 20. Jahrhunderts.

Victoria Sackville-West (1892–1962), Vita genannt, war das einzige Kind von Lord Lionel Sackville-West und seiner Frau Lady Victoria. Geboren und aufgewachsen ist sie auf Schloss Knole, das ihrer Familie durch Elisabeth I. vermacht wurde. 1913 heiratete sie den Schriftsteller und Diplomaten Sir Harold Nicolson. Mit Virginia Woolf verband sie eine leidenschaftliche Beziehung. Sie schrieb zahlreiche Romane, Gedichte und Novellen. Nach längeren Auslandsaufenthalten lebte sie auf Sissinghurst Castle in Kent.

Weitere Informationen finden Sie auf www.fischerverlage.de

Vita Sackville-West

Schloss Chevron

Roman

Aus dem Englischen von
Käthe Rosenberg und Hans B. Wagenseil

FISCHER Klassik

Erschienen bei FISCHER Taschenbuch
Frankfurt am Main, September 2018

Die Originalausgabe erschien 1930 unter dem Titel
»The Edwardians« © Nigel Nicolson

Für die deutschsprachige Ausgabe
© 1931, 2018 S. Fischer Verlag GmbH,
Hedderichstr. 114, D-60596 Frankfurt am Main
Satz: Dörlemann Satz, Lemförde
Druck und Bindung: CPI books GmbH, Leck
Printed in Germany
ISBN 978-3-596-90671-0

Inhalt

Bemerkung der Verfasserin:

Keiner der Charaktere in diesem
Buche ist völlig erfunden

I
Chevron

Unter den vielen Problemen, die den Schriftsteller bedrängen, ist die Wahl des Augenblicks, in welchem er seinen Roman beginnen lassen soll, nicht das leichtestwiegende. Es ist notwendig, ja es ist unumgänglich, dass er das Leben seiner »Personae dramatis« zu irgendeiner bestimmten Stunde anschneidet; bleibt nur die Wahl, zu entscheiden, welche Stunde das sein und in welcher Situation man sie antreffen soll. Es besteht nicht mehr Grund dafür, sie zu Anfang im Wiegenkörbchen liegend, in das man sie soeben zum ersten Mal hineingebettet hat, beobachten zu lassen, als dafür, den Leser mit ihnen in verzweifelten mittleren Lebensjahren bekannt zu machen, da man sie gerade aus dem Kanal gefischt hat. Das Leben, solcherart vom Gesichtspunkt des Romanschreibers aus betrachtet, ist eine lange Strecke voller Abwechslungen, wo jede Stunde und jeder Umstand ihr eigenes Verdienst haben und zum brauchbaren Sprungbrett für den Anfang einer Geschichte werden können; zudem ist das Leben – immer weiter vom Gesichtspunkt des Romanschreibers aus betrachtet – trotz seiner Mannigfaltigkeit doch ein fortlaufendes Ganzes; es hat nur einen Anfang und ein Ende, keine Zwischenanfänge und Zwischenenden, wie der Romanschreiber sie willkürlich bestimmen muss; und das erklärt vielleicht, warum so viele Romane, die peinliche Mahnung an den Tod umgehend, mit einer Heirat als der einzig zulässigen und wirkungsvollen Unterbrechung der Kontinuität enden. So viel, was das Ende betrifft; aber es hat offenbar Nachteile, den Helden mit seiner Geburt einzuführen. Einmal ist er bereits von Erwachsenen umgeben, die infolge seines zarten, der Sprache noch unkundigen Alters eine Rolle in dem Roman, oder zumindest in dessen ersten Kapiteln, spielen müssen und deren Leben ihrerseits bereits so kompliziert ist, dass es für sie keinen richtigen Anfang mehr bedeutet, wenn man sie fix und fertig in die Geschichte hineinzerrt. Und zum andern – aber ich brauche mich nicht weiter darüber auszulassen. Das Willkürliche der Wahl ist schon zur Genüge klargelegt, und es bedarf keiner weiteren Rechtfertigung mehr, um zu erklären, warum wir in das Leben unseres Helden (denn so, nehme ich an, muss man ihn nennen) in seinem neunzehnten Jahr einbrechen und ihn am Sonntag, dem dreiundzwanzigsten Juli des Jahres Neunzehnhundertundfünf, kurz nach der Mittagsstunde auf dem Dach antreffen.

Er war nicht nur aufs Dach geklettert, weil diese Leibesübung jahrelang sein liebster Zeitvertreib gewesen war, sondern weil sie jetzt sein einziger zuverlässiger Weg des Entrinnens war. Entrinnen aber war eine Notwendigkeit; andernfalls erwartete seine Mutter, dass er den Hausherrn spielte, was heißen wollte, dass die Herren ihn hänselten und die Damen ihm die Haare zerzausten. Sogar in diesen jungen Jahren schon wünschte er, dass sein Haar geölt und ordentlich wäre. Sogar in diesen jungen Jahren schon empörte ihn jeder Eingriff, auch der harmloseste, in den Privatbereich seiner Persönlichkeit. Also flüchtete er; stürmte nach oben durch den reichen Wirrwarr von Treppen und Zimmern; und endlich auf dem Speicher angelangt, zwängte er sich durch eine enge Türe, die auf die Dächer hinausführte. Leichtfüßig klomm er in seinen Tennisschuhen an einem schrägen Ziegelvorsprung empor, um sich rittlings auf den Giebel zu setzen; riss sein Hemd auf, fächelte sein erhitztes Gesicht und trank die Luft in tiefen Zügen. Eine Wolke weißer Tauben kreiste ihm zu Häupten in dem blauen Himmel. Weite Flächen rotbrauner Dächer umgaben ihn, in Stein gehauene heraldische Ungeheuer hockten an jeder Giebelecke. Über dem großen Hofplatz wehte die Fahne rot und blau und schlaff von einem Turm herab. Unten im Garten, auf einem leuchtend grünen Rasenplatz, konnte er die verstreuten Gestalten der Gäste seiner Mutter sehen;

einige saßen unter den Bäumen, einige streiften herum; er konnte ihr Lachen und den Aufschlag der Krockethämmer hören. Rund um den Garten breitete sich der Park aus; ein Rudel Rehe stand mit den kurzen Schwänzen schlagend im Schatten der Buchen. Alles das konnte er von der freien Höhe des Daches aus sehen. Unmittelbar unter ihm – sehr tief unter ihm, schien es – lag ein schmaler, gepflasterter Innenhof, mit einem riesigen Lorbeerbaum, der an der grauen Mauer wuchs, und als er mit einem leichten Schwindelgefühl hinunterlugte, gewahrte er eine Prozession, die aus einer Tür herauskam und ihren Weg quer über den Hof zu einer gegenüberliegenden Tür nahm. Er schmunzelte. Er wusste gut, was diese Prozession bedeutete. Sie bedeutete, dass in einem gegebenen Augenblick während der Mahlzeit des Gesindes der Tross der Hausmädchen sich von seinen Sitzen in der Gesindehalle erhoben hatte und, die Teller mit Pudding in Händen, sich in den eigenen Wohnraum zurückzog, um dort das Mahl zu vollenden. So schritt also die Prozession einher, eins, zwei, drei, vier, fünf, sechs, sieben, acht, eine hinter der anderen, in bedruckten Kattunkleidern und weißen Schürzen, ihre Teller tragend, auf jedem Teller einen Klecks Pudding und einen Löffel quer darüber gelegt, als hielten sie die Riten einer alten und hierarchischen Etikette inne.

Es musste demnach ein Viertel vor eins sein. Die Mittagsmahlzeit des Personals begann um zwölfeinhalb, und die Pünktlichkeit des Hauses war so zuverlässig wie die Sonne selbst. Sebastian schmunzelte, dann seufzte er. Denn das Nahen des Lunchs bedeutete, dass er das Dach und seine luftige Freiheit mit dem weiten Überblick, den sie ihm auf Haus, Garten und Park gewährte, aufgeben und hinuntergehen musste, um wieder einmal in den Gästeschwarm seiner Mutter hineingestrudelt zu werden. Das Wochenende war immer so, den ganzen Sommer hindurch, wenn auch er, Sebastian, der in Oxford war, nur während seiner Sommerferien darunter zu leiden hatte. Für seine Schwester war es etwas anderes, sie war immer zu Hause, und gerade jetzt wurde vermutlich ihr Haar gekräuselt und geziept, bis sie, wie ihr Bruder sagte, kaum den Mund mehr zubrachte. Am Montag und Dienstag würde ihr Haar – wenn es nicht regnete noch lockig sein; am Mittwoch aber würde es wieder schlaff herunterhängen.

Aber wenn es auch leicht war, hinaufzukommen, so war es doch nicht ebenso leicht, hinunterzugelangen, wie Sebastian fand und im Verlauf seines Lebens noch finden sollte. Er hing eine lange Weile in gefährlichem Zaudern über dem Brunnen des kleinen Hofes. Er konnte sich nicht entschließen hinunterzuspringen. Wenn er einen Fehltritt machte, zwischen den Zinnen hindurchschlug und in der Tiefe da unten zerschmetterte? Die Luft war gut, von der Sonne durchwärmt, und der Boden war gut, wenn der Fuß fest darauf stand; aber er hing jetzt in einer falschen Lage zwischen den beiden. Eine tastende Bewegung brachte einen der Dachziegel ins Gleiten. Er glitt mit einem vereinzelten, warnenden Gerassel hinunter. Die heraldischen Leoparden beobachteten ihn sarkastisch, ihre Schilde hochhaltend. Ihm zu Häupten schlug plötzlich die Uhr eins, und der Schall hallte an allen Dächern wider, um dann im Glockenturm wieder zur Ruhe zu kommen, nach seinem Warnungsflug als einsames Interpunktionszeichen der Zeit. Die Tauben stoben in alle Winde auf, nur um sich wieder auf den Giebeln niederzulassen und ihr Liebesgurren wieder aufzunehmen. Es blieb nichts anderes übrig, als hinunterzuspringen. Sebastian sprang.

Er kam zu spät zum Lunch, und seine Mutter sah ihn missbilligend an, als er auf seinen Platz an einem der kleinen Tische glitt. Seine Mutter war ärgerlich, aber sie vergötterte ihren Sohn und konnte nicht leugnen, dass er sehr gut aussah. Sein Reiz war von der Art, dass sie jedes Mal aufs Neue davon überrascht war, wenn er ins Zimmer trat. Er war so geschmeidig, so dunkel und so olivenhäutig. So repräsentativ. Potini, dieser schlaue, angenehme, sinnlich empfindende Italiener, traf den Nagel auf den Kopf, als er ihr zuflüsterte: Sebastian besitze den ganzen Charme patrizischer Jugend. Patrizische Jugend! Ja, dachte seine Mutter, die solche Worte niemals hätte selber finden können, ja, das ist Sebastian. Er konnte eine halbe Stunde zu spät zum Lunch kommen, und man würde ihm doch verzeihen.

Es waren dreißig Personen bei Tisch; aber zwei Plätze blieben leer; sie waren für zwei Gäste bestimmt, die mit dem Auto aus London kommen sollten und die, selbstverständlich, bislang noch nicht eingetroffen waren. Die Herzogin wartete niemals auf Automobilisten. Sie mussten selber Zusehen, wo sie blieben. Und da heute Sonntag war, würden sie nicht einmal das übliche Telegramm senden können mit der Mitteilung, dass sie eine Panne gehabt hätten.

Die Unterhaltung stockte einen Augenblick, als Sebastian eintrat, und ein oder zwei der Anwesenden lachten. Sie amüsierten sich; nicht unfreundlich. Es war in der Bankethalle gedeckt, an kleinen Tischen zu vier und sechs Personen, die Feierlichkeit einer langen Tafel blieb dem Abend vorbehalten. Die Halle war breit und hoch und hatte einen Fliesenfußboden; Wappenbilder verdunkelten die Fenster, und die heraldischen Leoparden aus geschnitztem und bemaltem Holz standen dräuend aufgerichtet längs der Wandtäfelung; Hirschgeweihe zierten die Wände, den lebensgroßen van Dycks gegenüber. Zwei fremdländische Weinstöcke, zwergenhaft verschnitten und doch mit Bündeln von Trauben in natürlicher Größe behangen, standen in goldenen Weinkühlern zu beiden Seiten der Türe: Sie waren eine wohlbekannte Besonderheit von Chevron. Sebastian fand sich an einem Tische mit Sir Harry Tremaine, Lady Roehampton und der alten Herzogin von Hull. Er mochte Lady Roehampton gern und war leicht verwirrt durch ihre Gegenwart; in ihrem breiten Livorno-Hut mit den Heckenrosen und den flatternden blauen Samtbändern und einem Mullfichu à la Marie Antoinette sah sie genau wie ihr eigenes Porträt von Sargent aus, das die Sensation der diesjährigen Akademieausstellung gewesen war, und es war nicht schwer zu glauben, dass sie allgemein als eine Schönheit von Beruf anerkannt war. Die alte Herzogin von Hull konnte er nicht ausstehen. Sie war gewaltig, aber schlecht zurechtgemacht, mit einem Dreieck von Rouge auf jeder Backe, und da ihr Richtungssinn nicht mehr ganz sicher war, tat sie böse Fehlstöße mit ihrer Gabel, welche die Emaille auf ihrem Gesicht um den Mund herum verwischten und die alte gelbe Haut zum Vorschein kommen ließen. Aber ihre Zunge war so scharf und witzig wie nur je, und außerdem war sie eine hervorragende Bridgespielerin. Keine Hausfrau konnte sich's leisten, sie bei einer Gesellschaft zu übergehen. »Nun, junger Mann?«, bellte sie Sebastian an; aber Lady Roehampton murmelte: »Nun, Sebastian?«, und lächelte ihm zu, als wüsste sie genau, was er getrieben hätte.

Lady Roehampton hatte, wenn auch niemand, der sie sah, es vermutet hätte, eine heiratsfähige Tochter.

Und jetzt musste der Rest des Tages irgendwie hingebracht werden; aber die Hausgäste, wenn auch zweifellos verwöhnt durch das Übermaß an Unterhaltung, welches das Leben ihnen stets geboten hatte, zeigten keine Anlage, sich einer in des anderen vertrauter Gesellschaft zu langweilen, und keine Neigung, das Programm zu ändern, das sie wohl an ungezählten Sonntagnachmittagen eingehalten hatten, seit der Zeit, da sie zum ersten Mal der Enge der Schule oder des Klassenzimmers entronnen waren, um ihren Platz in einer Welt einzunehmen, wo das Vergnügen wie ein reifer Pfirsich in die ausgestreckte Hand fällt. Leonard Anquetil, der sie als Außenstehender beobachtete, staunte, sie so leicht zufriedengestellt zu sehen. Hier sind zwei Dutzend oder mehr Leute, dachte er, die dank ihrer Stellung an den intimen Umgang mit Prinzen, Politikern, Finanzmännern, geistreichen Köpfen, Schönheiten und anderen aus dem Kreise derer, die Geschichte machen, gewöhnt sind, und doch sind sie die langen Stunden eines müßigen Tages hindurch offenbar zufrieden mit seichtem Geschwätz und angeblichen Beschäftigungen. Auch konnte er sich nicht einreden, dass sie an andern Tagen andersartige Zerstreuung suchten oder dass ihr Wochenende ihnen die verdiente Entspannung von einem aus gefüllteren und intensiveren Leben verschaffte. Alle ihre Tage waren gleich; waren immer gleich gewesen seit einer Ewigkeit von Jahren; nicht nur für sie selber, dachte Anquetil, sondern für die lange, unabsehbare Prozession ihrer Vorfahren. Bei Gott, dachte Anquetil, und wurde sich einer Wahrheit bewusst, die ihm bislang nicht aufgegangen war, es hat immer eine Gesellschaft gegeben. Befremdlicher Hokuspokus, der gewisse Gestalten zauberisch zur Prominenz erhob, so dass ihr Äußeres der Frau des Bankangestellten bekannt und ihr Tun eine Quelle des Neids für die Apothekerstochter in South-Kensington ist! Mit wie viel Blendwerk wird dieses System umgeben, dreister Betrug! Und worauf gründet es seine Ansprüche? Denn Anquetil konnte ums Leben nicht sehen, dass diese Menschen irgendetwas Besonderes wären oder dass ihre Unterhaltung irgend der Anteilnahme eines geistig regen Mannes wert gewesen wäre. Er hörte aufmerksam zu, indem er ihre Themen registrierte. Sie interessierten sich mehr für Tatsachen, wie er bemerkte, als für Ideen. Ein gut Teil ihrer Unterhaltung schien darin zu bestehen, dass einer den anderen fragte, wie ihm diese oder jene gesellige Veranstaltung gefallen habe und ob er zu dieser oder jener anderen geselligen Veranstaltung gehen würde. »Wie war Miriams Gesellschaft, Lucy? Öd, wie gewöhnlich?« »Nein«, sagte Lucy, »diesmal ganz nett, allerdings wird nichts die arme Miriam je zu einer guten Hausfrau machen.« »Millionen machen noch keinen Salon.« »Gehst du morgen zum Lunch zu Celia, Lucy?« »Ja – du auch? Wie lustig! Weißt du, wer sonst noch kommt?« »Tommy, Sie kommen doch auch, nicht wahr? Wie himmlisch! Wir werden alle miteinander in einer Ecke über Celia lachen können. Und wenn ich nicht irre – morgen Abend Stafford House, nicht? Himmlische Abende immer in Stafford House. Und Millie, die aussieht wie eine Göttin, mit ihrer goldenen Schleppe über die halbe Treppe. Der Charme dieser Frau! Alle Welt wird da sein.« »Violet sollte wirklich verhindert werden, Gesellschaften zu geben. Es müsste ihr durch eine Parlamentsverfügung verboten werden. Freitag war es grausig.« »Grausig! Horribilino! Und ein elendes Futter.« »Wo wirst du während der Ascot-Woche wohnen?« … Anquetil

wäre beinahe aufgestanden und fortgegangen, aber er war fasziniert und belustigt. Diese ihre Gesellschaften, dachte er, waren
wie Kettenrauchen: Jede Zigarette wurde angesteckt, in der
Hoffnung, dass sie genussreicher sein würde als die vorige.
Dann kam das Gespräch gewichtig auf Kapitalanlagen, auf anderer Leute Einkommen, auf den Wert verschiedener Aktien
und Shares; auch auf das Finanzgenie von Mrs Cheyne, einer
Dame, die Anquetil nur vom Hörensagen kannte, die aber ständig in der Unterhaltung auftauchte. Romola Cheyne hatte, wie
es schien, in der vergangenen Woche einen beachtlichen Schnitt
in Gummi gemacht – aber einige verkappte Sticheleien begleite-
ten dieses Thema; denn, wurde gefragt, wie könnte Romola sich
wohl irren, bei den Informationsquellen, die ihr zur Verfügung
standen? Die liebe Romola: was für eine gescheite Frau! Und
niemals boshaft – sagte jemand. Nein – meinte ein anderer –, zu
gescheit, um boshaft zu sein. Dann gingen sie zu anderen Gesellschaften über, und Anquetil erfuhr, wie die arme Constance den
größten Bock ihres Lebens geschossen hatte, indem sie Sophie
und Verena zusammen einlud; aber wer Sophie und Verena
waren oder warum sie nicht zusammen eingeladen werden
konnten, vermochte Anquetil nicht zu entdecken. Und würde
Constances Tochter den jungen Ambermere heiraten? Sie wäre
eine Närrin, wenn sie ihn ausschlüge, denn wenn sein Vater
starb, würde er dreißigtausend Pfund im Jahr haben. – Wieder
das Einkommen, dachte Anquetil, der den jungen Ambermere
zufällig kannte und einmal das Vergnügen gehabt hatte, ihm genau zu sagen, was er von ihm dachte. Er bedauerte Constances
Tochter. Dann schien es ihnen für eine Weile angebracht, die
Ernsthaften zu markieren. Politische Fragen blitzten in der Unterhaltung auf, und diese Damen und Herren sprachen von ihnen mit einer so eigentümerhaften und selbstverständlichen Vertraulichkeit, als wären diese politischen Fragen Kinder, die sie
der Sorge von Kinderfrauen und Erziehern anvertrauten und an
deren Dasein sie sich von Zeit zu Zeit erinnerten, hauptsächlich
um über die unzulängliche Art zu klagen, mit der diese Kinder-

frauen und Erzieher ihre Pflicht erfüllten; aber wenn sie auch darauf bedacht waren, den Eindruck zu erwecken, als stünden sie hinter allem wie Eltern, die einmal am Tag ins Kinderzimmer hinaufgehen, so blieb ihre Kenntnis doch reichlich mangelhaft und wirkte nicht überzeugender als bewundernswert geschickte Großsprecherei. Sie beruhte, wie Anquetil entdeckte, auf der persönlichen Bekanntschaft mit Politikern: »Henry erzählte mir vergangene Woche ...« oder: »A.J.B. hat bei mir zu Mittag gegessen und gesagt ...« Aber ihr Hauptwunsch dabei war, einer des anderen Informiertheit zu überbieten. Das also ist die große Welt, dachte Anquetil, die Welt der Elite; und er begann sich zu fragen, welche Eigenschaften wohl Zutritt zu ihr gewährten, denn er hatte schon bemerkt, dass keinerlei Prinzip die Auswahl zu diktieren schien. In Wirklichkeit interessierte ihn das nicht allzusehr, aber das Studium würde gerade die rechte Unterhaltung für einen Sonntagnachmittag unter den Bäumen von Chevron sein, während er dem Geplauder zuhörte, an dem er doch nicht teilnehmen konnte. Diese Organisation intrigierte ihn, denn vorläufig vermochte er keinen gemeinsamen Faktor unter allen diesen Menschen herauszufinden; weder hohe Geburt, noch Reichtum, noch Geistesgaben schienen wesentlich zu sein – wie Anquetil in seiner Einfalt geglaubt hatte –, denn wenn auch Sir Adam fabelhaft reich war, so war Tommy Brand dementsprechend arm; und wenn auch die Herzogin von Hull eine Herzogin war, so war Mrs Levison durch Geburt und Heirat eine Null; und wenn Lord Robert Gore ein gescheiter, ehrgeiziger junger Mann war, so war Sir Harry Tremaine unleugbar ein Tropf. Dennoch nahmen sie alle ihren Platz mit der gleichen Sicherheit und auf gleicher Ebene ein. Anquetil wusste, dass sie und ihre Freunde eine Phalanx bildeten, von der Eindringlinge unerbittlich ausgeschlossen waren; warum aber die einen zugelassen waren und die anderen nicht, konnte er nicht feststellen. Manche dieser Frauen sahen gar nicht anziehend aus, sie besaßen weder Charme noch Geist; ihre einzige Tugend war eine geläufige Vertrautheit mit den Themen, die zur Diskussion gestellt wurden, und eine Art, sich zu gebärden, als sei das letzte Wort in dieser Sache gesprochen worden. Wenn das die Gesellschaft ist, dachte Anquetil, dann sei Gott uns gnädig, denn kein Trug ist je diesem gleichgekommen. Dies sind die Menschen, oder wenigstens eine Musterprobe von ihnen, welche die Londoner Season bestimmen, Ascot verherrlichen, das Glück kleiner Badeorte auf dem Kontinent machen oder vernichten, Neid erwecken, Nachahmung und Snobismus – na, dachte Anquetil mit einem Achselzucken, sie geben Geld aus, und das ist das Höchste, was man zu ihren Gunsten sagen kann. Ausgestreckt in seinem Liegestuhl aus Rohrgeflecht, konnte er einige von ihnen über den Rasen schlendern sehen, und so tief lag er, dass der grüne Rasen hinter ihnen anzusteigen schien, wie ein grünes, über eine Wand gespanntes Tuch: Die kleinen Kuppeln der Sonnenschirme bewegten sich davor, und die schmalen Taillen über den weiten, fließenden Röcken hoben sich wie Sanduhrsilhouetten davon ab.

Drunten im Zimmer des Verwalters reichte der Haushofmeister gewichtig der Jungfer der Herzogin von Hull seinen Arm und führte sie an den Platz zu seiner Rechten. Lord Roehamptons Kammerdiener erwies die gleiche Ehre Mrs Wickenden, der Haushälterin. Mrs Wickenden war freilich nicht verheiratet, und der Titel »Frau« wurde ihr nur aus Höflichkeit zugesprochen. Das Recht des Vortritts wurde aufs Strengste gewahrt, denn die männlichen und weiblichen Dienstboten, die zu Gaste waren, erfreuten sich derselben Rangordnung wie ihre Herrschaft. War die Rangstufe die Gleiche, so wurde der Zeitpunkt der Ernennung in Betracht gezogen, und zu diesem Zweck lag immer ein Band des Debretts* in des Haushofmeisters Zimmer – der Band vom letzten Jahr, den Mrs Wickenden sich aneignete, sowie die neue Ausgabe im Boudoir Ihrer Gnaden niedergelegt worden war. Die Jungfern und die Kammerdiener erfreuten sich nicht

* Der englische Gotha-Almanach. Anm. d. Übers.

nur desselben Ranges wie ihre Brotherrn, sondern auch ihrer Namen. So dass, wenn auch die Jungfer der Herzogin von Hull viele Male auf Chevron geweilt hatte und tatsächlich eine gute alte Bekannte von Mrs Wickenden war, die zu privaten Sitzungen ins Zimmer der Haushälterin geladen wurde, wo dann die beiden ältlichen Klatschbasen zusammensaßen und in ihren Teetassen rührten, man sie doch stets nur als Miss Hull gekannt hatte, und keiner ihrer Kollegen in des Haushofmeisters Zimmer hätte sich gerühmt, ihren wirklichen Namen zu kennen. Es steht zu bezweifeln, ob Mrs Wickenden selber sich je seiner bedient hat. Mrs Wickenden und Vigeon, der Haushofmeister, zwischen denen ein leicht feindseliges Bündnis bestand, brüsteten sich damit, dass im Gesindezimmer von Chevron noch niemals ein Fehler begangen worden war und dass es infolgedessen noch niemals Streitigkeiten gegeben hatte, wie deren höchst peinlicherweise, wie man wusste, in anderen Häusern vorgekommen waren. Der Haushalt auf Chevron war in der Tat bewundernswert organisiert. Erstens einmal wurden alle Dienstboten, die weniger als zehn Jahre auf Chevron waren, als ein Eindringling betrachtet; nach zehn Dienstjahren wurden sie vor Ihre Gnaden zitiert und erhielten eine goldene Uhr mit ihrem auf der Rückseite eingravierten Namen und dem Datum; Ihre Gnaden sprach ein paar aufmunternde Worte, und fürderhin wurden sie als ein Teil des Hauswesens anerkannt. Aber diese eine kurze, einschüchternde Gelegenheit ausgenommen, kamen die untergeordneten Dienstboten selten in Berührung mit Ihrer Gnaden. Man muss bezweifeln, ob alle sie von Ansehen kannten, und es war ganz gewiss, dass viele von ihnen ihr unbekannt waren. Verschiedene Anekdoten liefen um; eine des Inhalts, dass die Herzogin, als sie einmal das fünfte Hausmädchen auf einem Treppenabsatz traf und fragte, ob Lady Viola in ihrem Zimmer sei, völlig außer Fassung gebracht worden war durch die Antwort: »Ich will nachsehen, Madam, wen darf ich melden?« Dann war da jener andere schreckliche Zwischenfall, als Ihre Gnaden an einem Sonntagmorgen einen ungewöhnlich frühen Spaziergang durch den Park machten, die schwarz gekleidete, schwarz behaubte Prozession zur Kirche hatten aufbrechen sehen und eine weiße Rose erspähten, die kokett eine der Hauben zierte. Die weiße Rose war auf und nieder über den Rasen gewippt. Es war eine kecke kleine Blume, trotz ihrer Unschuldsfarbe, in den empörten Augen der Herzogin bedeutete sie Insubordination. Mrs Wickenden, nach ihrer Rückkehr aus der Kirche vorgeladen, war gleicherweise außer sich. Sie erklärte den Vorfall durch einen verächtlichen Hinweis auf »diese Mädchen aus London«, und die Missetäterin war mit dem Nachmittagszug aus Chevron entfernt worden.

Es war indessen selten, dass ein völlig Fremder eine Stellung auf Chevron erhielt. Das System der Vetternwirtschaft herrschte. So waren Mrs Wickenden und Wickenden, der Tischlermeister, Geschwister; ihr Vater und Großvater waren hier zu ihrer Zeit Tischlermeister gewesen; etliche der Hausmädchen waren Nichten von Mrs Wickenden, und der dritte Lakai war Vigeons Neffe. Ganze Familien fanden von Generation zu Generation ganz natürlich Anstellung auf dem Gut. Jeder Außenseiter wurde mit Misstrauen und Verachtung betrachtet. Auf diese Weise wurde ein Netzwerk geschaffen und eine ständige Ergänzung durch jungen Nachwuchs sichergestellt. Die Gehälter mochten sich zwischen zwölf und vierundzwanzig Pfund im Jahr bewegen. Um ihnen Gerechtigkeit widerfahren zu lassen, muss gesagt werden, dass sie, einer wie alle, mit ganzem Herzen, ja sogar mit Leidenschaft ihren Dienst auf Chevron versahen. Sie betrachteten das große Haus in gewissem Grade als das ihre; ihr Stolz hing daran, und ihr Leben war im Geviert seiner Mauern beschlossen. Wickenden kannte den Bau besser als Sebastian, und von Mrs Wickenden wusste man, dass sie ihre Herrin einst – mit äußerstem Takt und Respekt – in einer Frage der historischen Genauigkeit verbessert hatte. Streitigkeiten, die etwa unter ihnen entstehen konnten – und der Haushalt war selbstverständlich in Parteien gespalten –, wurden sofort beigelegt, wenn irgend das Interesse Chevrons im Spiele war. Beigelegt vielleicht nur, um später mit erhöhter, aber stets würdiger Gehässigkeit neu aufzuflammen. Gewöhnliche Zänkereien waren unbekannt, und tatsächlich gab es nur zwischen den höheren Hausangestellten so etwas wie eifersüchtige Reibereien. Bei so kleinem Gewürm, wie zweiten Hausmädchen und Spülmägden und dergleichen, wurden keinerlei Gefühle vorausgesetzt: Sie hatten nur zu tun, was man ihnen sagte. Die strengste Zucht herrschte. Aber es war bekannt, dass es gelegentlich einen Zusammenstoß zwischen Mrs Wickenden und Mr Vigeon gab. Und wenn dieses – auch noch so würdig und privat – geschah, so war die Erschütterung durchs ganze Haus zu spüren, und man konnte das Kleinpack mit gesteigertem Eifer hinter seine Arbeit durch Halle und Gänge fegen sehen, und manches Auge möchte verstohlen, durch unverdienten Tadel gereizt, gewischt werden.

War aber der Gesinderaum voll Gäste und der Tisch durch Einlegen von mehreren Platten verlängert, so durften keine Anzeichen irgendeines Zwiespalts auftauchen. Mrs Wickenden und Mr Vigeon, die an den beiden gegenüberliegenden Enden des Tisches präsidierten, konnten als Muster ihres Berufes gelten. Sie behandelten einander mit ungeheurer Förmlichkeit, so dass ein Fremder, unerfahren in der englischen Art der Tischbedienung großen Stils, wohl nicht hätte glauben mögen, dass sie seit fünfundzwanzig Jahren Seite an Seite in demselben Hause lebten. Mrs Wickenden war klein, adrett und vogelähnlich; wenn sie sich bewegte, raschelte sie. Bei kaltem Wetter trug sie einen schwarzen Schal fest um die Schultern geschlungen; ihr Schritt war rasch und entschlossen; ihre Nase war scharf; ihr Wesen hatte etwas Geringschätziges, sogar Trauriges. Vigeon dagegen, wenn auch die personifizierte Korrektheit in seiner beruflichen Eigenschaft, war im Privatleben zu Scherzen aufgelegt. Die Herzogin wusste nichts davon, aber Sebastian und Viola wussten es. Als Kinder des Hauses hatten sie natürlich mit den Dienstboten auf vertraulichem Fuße gestanden, besonders wenn ihre Mutter fort war, und als kleiner Junge hatte Sebastian ein besonderes

Spiel, das er mit Vigeon spielte, zu seinen Hauptvergnügungen gezählt. Vigeon konnte nicht immer dazu gebracht werden, es zu spielen. – »Nein, ich kann mich jetzt nicht damit abgeben«, pflegte er zu sagen. Aber manchmal ließ er sich herbei, nahm Sebastian in seine Arme und hob ihn zu einem Bild empor, das in der Anrichte hing. Sebastian in seinem Matrosenanzug quiekte und strampelte vor Aufregung. Das Bild stellte ein Stillleben mit Trauben und Zitronen neben einer Schüssel voll Austern dar. Vigeon vollführte Ausfälle vor dem Bild, endlich machte er eine Gebärde, als pflücke er eine Traube von der Leinwand, und guck!, eine wirkliche Traube erschien zwischen seinen Fingern, die er mit einer letzten triumphierenden Geste Sebastian in den Mund stopfte! »Pflück eine Auster, Vigeon!«, schrie dann Sebastian, »pflück eine Auster!« – aber nur ein Einziges, ewig unvergessliches Mal hatte Vigeon es getan.

Trauben standen jetzt auf dem Tisch im Zimmer des Haushofmeisters, denn Mrs Wickenden kontrollierte »das Obst« aus ihrer Höhle hinter dem Wirtschaftsraum, und niemand kümmerte sich um die Anzahl der Trauben, die täglich aus dem Küchengarten geliefert wurden. Das gehörte alles zu der großzügigen und verschwenderischen Art, mit der das Haus geführt wurde. Jedermann, von Sebastian angefangen, bekam genau, was er wollte; man brauchte nur zu verlangen, und der Wunsch wurde erfüllt wie durch Magie. Das Haus war in der Tat mit allem so versehen wie eine kleine Stadt; die Zimmermannswerkstatt, die Malerwerkstatt, die Schmiede, die Sägemühle, die Treibhäuser, das alles war dazu da, um zu beschaffen, was irgendwann gebraucht wurde. So hatte auch die Gesindestube, wie das Esszimmer und das Zimmer der Kinder, stets seine Früchte und Leckereien. Besonders wenn Jungfern und Kammerdiener auf Besuch da waren, um von den dienstbaren Göttern Chevrons bewirtet zu werden, denn Snobismus will befriedigt sein, und nur durch Überfluss und Verschwendung konnte nach Ansicht von Vigeon und Mrs Wickenden die Ehre von Chevron aufrechterhalten werden. Sie konnten nicht dulden, dass Miss

Hull und Mr Roehampton etwa am Montagmorgen fortführen und beim nächsten Wochenendaufenthalt berichteten, Chevron ginge in seiner Lebenshaltung zurück.

Sebastians Mutter klopfte eine Stunde vor der Abendtafel an Lady Roehamptons Tür. Sie wusste nicht mehr genau, welches Zimmer Lady Roehampton zugewiesen worden war, denn sie hatte diese Dinge mit Miss Wace mindestens eine Woche vorher bestimmt; aber sie wusste, dass sie sie in einem der besten Schlafzimmer finden würde, und auf alle Fälle würde der Name eines jeden Gastes, säuberlich auf ein Kärtchen geschrieben, in einem kleinen Messingrähmchen an der Schlafzimmertüre stecken. Diese Frage der Zimmerverteilung bereitete der Herzogin und ihren gastlichen Mitschwestern immer ängstliches Kopfzerbrechen. Es war so notwendig, taktvoll und dabei zugleich diskret zu sein. Der Don Juan von Beruf würde wütend sein, wenn er sich in einem Zimmer fände, umgeben von Damen, alle in Begleitung ihrer Ehemänner. Von Tommy Brand wusste man, dass er einmal aus diesem Grund am Sonntagmorgen das Haus verlassen hatte! – Gott sei Dank, dachte die Herzogin, war das nicht auf Chevron gewesen! Romola Cheyne, die immer jedermann mit einem einzigen treffenden Satz zu charakterisieren wusste – sehr aufschlussreich und bequem sagte, Tommys Motto sei »Chacun à sa chacune«. Dann mussten die anerkannten Liebespaare berücksichtigt werden; die Herzogin selber wäre sehr ängstlich gewesen, wenn sie im gleichen Hause zu Gast wie Harry Tremaine gewesen wäre, einzig um zu finden, dass man ihn am anderen Ende des Ganges einquartiert hätte. (Aber sie begann Harry Tremaines überdrüssig zu werden.) Es gehörte zu den Eigenschaften einer guten Hausfrau, solche Dinge zu bedenken; sie mussten bequem, wenn auch nicht zu augenfällig, gemacht werden. Daher teilte sie die Zimmer immer sorgfältig mit Miss Wace ein und wunderte sich gelegentlich, ob diese biedere und tugendhafte Jungfrau je über die Wiederkehr gewisser Anordnungen und Übereinstimmungen stutzig wurde. Sie wusste, dass sie sich betreffs der Ausführung ihrer Anweisungen auf Wacey verlassen konnte; trotzdem musterte sie, als sie Lady Roehamptons Zimmer suchte, kritisch die Namensschildchen. Wacey hatte ihre Sache gut gemacht. Lord Robert Gore war im Rotseidenen Zimmer; Mrs Levison gerade gegenüber. Das war, wie es sein sollte. Julia Levison war die Busenfreundin der Herzogin; tatsächlich war es zum großen Teil ihrer Freundschaft zu danken, dass Mrs Levison überhaupt in solcher Gesellschaft zugelassen war. Das Zimmer des Erzbischofs, das Zimmer der Königin, das Gobelinzimmer, das kleine Nordzimmer, Georgs des Dritten Zimmer, Georgs des Dritten Ankleidezimmer – an allen schritt sie vorüber; sie alle trugen Namen, von denen sie nichts wissen wollte. Die Gegenstücke dazu hingen auf Kärtchen neben dem Klingelbrett vor der Anrichte, zur Information der fremden Jungfern und Bedienten: das Gobelinzimmer = die Herzogin von Hull; das Zimmer der Königin = S. Exz. der Italienische Gesandte – so war es an dem Klingelbrett zu lesen. Das kleine Nordzimmer, ein bescheidener Raum, ein Junggesellenzimmer = Mr Leonard Anquetil; aber Anquetil, überlegte sie, würde keinen eigenen Bedienten haben; ein Lakai von Chevron würde ihn bedienen. Anquetil war der Löwe des Augenblicks; als Forscher war er einen ganzen Winter lang irgendwo nahe dem Südpol in einer Schneehütte verschollen gewesen mit vier Gefährten, von denen einer wahnsinnig geworden war, aber aus irgendeinem Grunde war es schwierig, ihn zum Erzählen seiner Erlebnisse zu bringen; schade, denn man hatte in allen Zeitungen darüber berichtet; doch waren Polarleiden und Entbehrungen im Grunde vielleicht langweilig, und da man selbstverständlich den Löwen des Augenblicks bei sich zu Gaste haben musste, war es vielleicht ganz gut, dass er nicht langweilig brüllte. So schritt sie an den Zimmern vorüber und fand Lady Roehampton im Chinesischen Zimmer. »Wie nett, dich für einen Augenblick allein zu haben, Sylvia« – sagte sie, als die erprobte Jungfer sich zurückgezogen hatte. Die Schönheit von Beruf wanderte müßig im Zimmer auf und ab und sah wie eine aufgeblühte Rose aus:

Sie war in grauen Atlas, verbrämt mit Schwanendaunen, gehüllt. »Wie anziehend du aussiehst, Sylvia; ich wundere mich nicht, dass die Leute auf Stühle steigen, um dich zu sehen. Ich wundere mich nicht, dass Romola Cheyne übellaunig wird. Aber im Ernst, niemand würde glauben, dass deine Margaret achtzehn geworden ist.« »Oder dein Sebastian neunzehn, beste Lucy.« Sie waren intime Freundinnen; jede kannte die unleugbaren Tatsachen, die Daten und den umlaufenden Klatsch aus dem Leben der anderen von Jugend auf. Lucy sank aufs Sofa. »Oh, diese Gesellschaften, Sylvia, Liebste, wie furchtbar nett, einen Augenblick mit dir allein zu erwischen. Wirklich, diese alte Octavia Hull wird unsagbar gräulich; hast du gesehen, wie sie beim Tee gekleckert hat? Man sollte sie aus dem Weg räumen. Sebastian ist neunzehn – ja. Unglaublich. Zu denken, dass du seine Mutter sein könntest.« Oder seine Schwiegermutter, dachte Lady Roehampton; das war ein Gedanke, der ihr mehr als einmal gekommen war. Sie sprach es nicht laut aus, so wenig wie den ergänzenden Gedanken: Oder seine Geliebte, ein Gedanke, der ihr heute zum ersten Mal in den Sinn gekommen war. Statt dessen sagte sie: »Da wir von Romola Cheyne reden, war sie nicht vorige Woche hier?« Lucy erriet aus ihrem Ton, dass irgendeine Enthüllung bevorstand, und als sie sah, dass Lady Roehampton den Fließpapierblock in die Höhe hob, verstand sie sofort. »Wie grässlich!«, schrie Lucy, in wirkliche Entrüstung geratend, »wie oft habe ich dem Zimmerlakai gesagt, dass er das Fließpapier zu wechseln hat, damit so etwas nicht Vorkommen kann?! Ich werfe ihn morgen hinaus. Nun, worum handelt es sich? Das Blut erstarrt einem ja in den Adern, nicht wahr, wenn man an die Hände denkt, in die solche Briefe fallen könnten. Ich vermute, es ist ein Brief an …«, und hier sprach sie einen so erhabenen Namen aus, dass er mit Rücksicht auf den Respekt und die Untertanentreue des Druckers unerwähnt bleiben muss. »Nein«, sagte Lady Roehampton, »das ist es ja gerade: eben nicht. Schau her!« Lucy trat zu ihr vor den Spiegel, und gemeinsam entzifferten sie die indiskreten Worte von Romola Cheyne. »Sieh da!«, sagte

Lucy, »vermutet habe ich das immer, und es ist nett, es sicher zu wissen. Was ich aber nicht verstehen kann, ist, dass eine Frau wie Romola Cheyne einen solchen Brief auf dem Fließpapier zurücklassen kann. Scheint dir das nicht unglaublich? Sie weiß ganz genau, dass dieses Haus immer voll von ihren Freundinnen ist«, sagte Lucy mit unbewusster Ironie. »Was sollen wir jetzt damit anfangen? Die Fahrlässigkeit mancher Menschen!«

Die Freundinnen waren beide überaus entzückt. Kleine Zwischenfälle dieser Art würzten das Leben.

Lady Roehampton löste sorgfältig das verräterische Blatt ab. »Kaminfeuer gibt es nicht«, sagte sie lachend, »fürs Erste will ich es in meine Schreibmappe einschließen. Ich denke, morgen werde ich schon ein sicheres Mittel finden, um es zu vernichten.« Lucy lachte ebenfalls und stimmte zu; sie wusste ganz genau, dass Lady Roehampton nicht im Leisesten daran dachte, es zu vernichten. Sie würde es vielleicht nie benützen, aber andererseits konnte es vielleicht nützlich sein. »Aber ist es inzwischen sicher aufgehoben?«, fragte Lucy. »Du bist sicher, dass deine Jungfer keinen Schlüssel zu deiner Schreibmappe hat? Dienstboten sind so gewissenlos, man kann ihnen keinen Schritt weit trauen. Wie lang sie auch schon bei einem sind – selbst wenn man sie als alte Freunde betrachtet –, man weiß nie, wann sie niederträchtig werden. Bist du sicher, dass du es nicht lieber mir geben solltest?«

Lucy erwartete keine Antwort darauf, und Lady Roehampton gab auch keine. Das entsprach ihrem üblichen Wesen. Sie hatte eine Art, einen Gegenstand plötzlich fallen zu lassen; das war ein Kunstgriff, den sie oft als praktisch erprobt hatte, und da sie sich all der Selbstsicherheit einer schönen Frau erfreute, vermochte sie ihrer Umgebung immer ihre eigenen Wünsche aufzuoktroyieren. So konnte sie auch jetzt das Briefthema fallen lassen und auf Sebastian zurückkommen, der ihr Interesse erregt hatte: »Dein dunkler romantischer Junge, Lucy – erzähl mir von ihm. Wann ist er in Oxford fertig? Wird er in die Garde eintreten?« Lucy war nie abgeneigt, von Sebastian zu sprechen; außerdem hatte

Lady Roehampton keinen Sohn, nur eine Tochter, auf die sie angeblich eifersüchtig war. »Mein dunkler romantischer Junge, Sylvia! Wie närrisch du bist, er ist nichts wie ein unerzogener Schulbub – ein Füllen, wie ich immer zu ihm sage –, ich hoffe, er wird nicht verzogen, wenn Frauen wie du ihm zu viel Beachtung schenken. Er ist ein netter Junge, das gebe ich zu, wenn er auch dazu neigt, mürrisch zu sein.« »Aber das ist ja sein Charme, meine liebe Lucy: Wenn Sebastian trotzig ist, ist er unwiderstehlich. Versprich mir, ihn nie damit zu verderben, indem du ihn überredest, heiter zu scheinen.« »Wie pervers du bist, Sylvia; ich glaube wirklich, du hast es gern, wenn Menschen widerborstig sind. So dass du sie herumkriegen kannst. Du hättest gern, dass Sebastian dich eine halbe Stunde lang anknurrt, wenn du sicher wärst, ihn nach vierzig Minuten zu deinen Füßen zu haben.« »Was für Unsinn du sprichst, Lucy; ich habe Sebastian in der Wiege gekannt. Du solltest aber nicht die Augen vor der Tatsache schließen, dass er eine große Anziehungskraft auf Frauen ausüben wird. Diese lässige, aber reizende Art, die er hat … Ich zweifle, ob er überhaupt nur so viel wie meinen Namen weiß.« »Meine liebe Sylvia, du bist einer seiner Lieblingsgäste; wenn ich ihm sage, dass du kommst, sagt er: ›Gott sei Lob und Dank!‹« »Das will heißen«, sagte Lady Roehampton, erfreut, dass sie den Fisch, nach dem sie angelte, gefangen hatte, »dass ihn die meisten unserer Bekannten langweilen.« »Schlimmer als das, Lucy«, sagte Sylvia leicht bekümmert, »manchmal denke ich, dass er sie wirklich nicht leiden mag. Er sagt so sarkastische Sachen – gar nicht wie ein Junge. Vernichtende Sachen. Mir wird ganz ungemütlich dabei. Ein andermal scheint er sich wieder zu amüsieren. Ich werde aus ihm nicht klug.« »Übergangsjahre«, sagte Sylvia und blies einen langen Rauchstrahl aus ihrer Zigarette, denn wenn sie auch nie öffentlich rauchte, so genoss sie recht gern eine Zigarette in der Intimität ihres Schlafzimmers. »Wenn ich das wirklich glauben könnte!«, seufzte Lucy, »wenn ich nur sicher sein könnte, dass er auf dem Wege ist, sich gut zu entwickeln! Es ist eine große Verantwortung, Sylvia.« »Du könntest jederzeit wieder heiraten, Lucy«, sagte Lady Roehampton und sah ihre Freundin an. »Ja«, sagte Lucy, sofort auf ihrer Hut, »ich könnte, aber ich behalte im Grunde meine Schwierigkeiten lieber für mich allein. Ich bin ganz darauf eingestellt, Chevron für Sebastian zu verwalten, bis er heiratet. Aber, Sylvia, wir müssen uns anziehen.« »Abendessen um halb neun?« »Um halb neun. Was ziehst du an? Das nattierblaue Taftkleid? Ich finde immer, dass du darin am allerbesten aussiehst. Hetz dich nicht, Liebes. Ich werde mich ja sowieso verspäten.«

Die eine Hälfte in Sebastian hasste die Freunde seiner Mutter; die andere Hälfte wurde angezogen von ihrem Glanz. Manchmal wäre er am liebsten allein davongaloppiert bis ans Ende der Welt, manchmal hätte er sich gern völlig an den schmeichelnden Liebreiz hübscher Frauen verloren. Manchmal hätte er gern seinen ganzen Bekanntenkreis in einem Feuerofen stecken sehen, so heftig verachtete er sie, manchmal dachte er, sie hätten das Problem der Zivilisation besser gemeistert als die Griechen oder Römer. »Sintemalen man die Wahrheit nicht haben kann«, schrie Sebastian und zwängte sich in sein Frackhemd, »lasst uns zum mindesten gute Manieren haben.« Der Gedanke war nicht originell: Sein Vater hatte ihn ihm in den Kopf gesetzt, vor Jahren, ehe er starb. Das aber führt uns zu Sebastians persönlichen Kümmernissen: Er konnte sich nie über irgendetwas ein endgültiges Urteil bilden. Es war recht zum Verzweifeln. Er hatte offenbar keine Meinungen, sondern nur Launen – Launen, deren fortreißender Intensität nur die Raschheit ihres Wechsels gleichkam. Er konnte sich nie an ihre Unbeständigkeit gewöhnen; in was für einer Gemütsverfassung er sich im Augenblick befand, er glaubte sofort, dies wäre seine endgültige Einstellung zum Leben. Für einen Augenblick beunruhigt, wenn diese Stimmung ihn verließ, ging er sofort zu selbstvergessenem Optimismus über. In der Zwischenzeit, wenn keine besondere Laune ihn beherrschte, ärgerte er sich über seine eigene Unbeständigkeit. Irgendetwas, dachte er, stimmte bei ihm nicht. Er verglich sich mit den Menschen, die er kannte: Wie ruhig waren sie, wie sicher, wie selbstbewusst! Mit welcher unfehlbaren Entschlossenheit schienen sie ihren erwählten Weg von Anfang schnurstracks bis zum Ende verfolgt zu haben! – Nein, noch nicht schnurstracks bis zum Ende. Die meisten Menschen, die er zu Haus kannte, standen in mittleren Jahren; einige freilich waren alt, die alte Herzogin von Hull, zum Beispiel, näherte sich, wenn auch noch ungebeugt, ihrem Grabe. Aber es war klar, wie sie begonnen hatten, so gedachten sie auch zu enden. Die Welt würde mit ihnen sein, später wie auch zuvor. Sie hatten gewusst, was sie dachten und wollten; sie waren ihren Ansichten treu geblieben. Sie hatten ihre Wahl getroffen. Wie beneidenswert! Sie hatten einen Maßstab der Werte für sich festgesetzt. Wie geruhsam! Aber war es, fragte er sich, eine wirklich gute Wahl? Waren diese Werte wirklich so sehr wertvoll? Seine Stimmung erlitt einen heftigen Umschlag. Er wünschte plötzlich wieder oben auf dem Dach zu sein, diesmal unter dem Sternenhimmel. Verdrossen und kritiksüchtig sperrte er seine enttäuschten Spaniels ins Schlafzimmer ein und ging hinunter, der Aufforderung seiner Mutter zu gehorchen.

Als sie Lady Roehampton verließ, begab sich Lucy in ihr eigenes Zimmer: Das große Haus war still; die Gäste waren alle sicher in ihren Zimmern eingeschlossen bis zum Abendessen; niemand war zu sehen außer einem Hausmädchen, das die Kissen aufschüttelte, oder einem Lakaien, der den Papierkorb leerte. In den Fluren standen die Fenster offen, denn es war ein warmer Juliabend, und die Tauben, die auf den Gesimsen gurrten, verliehen dem Schweigen ein Gemurmel, als ob der graue Stein der Mauern selber tönend geworden wäre. Lucy eilte durch die leeren Gemächer. Sie hasste die Einsamkeit, sei's auch nur für eine halbe Stunde; die Gewohnheit ständiger Gesellschaft – denn Geselligkeit konnte man es kaum nennen – hatte sie für den Umgang mit sich selbst unbrauchbar gemacht, und nun fühlte sie sich verloren und verlassen. Sie sollte einen Blick ins

Schulzimmer tun, dachte sie, und Viola Gute Nacht sagen, die, in Schlafrock und Rattenschwänzchen, wohl ihr Abendbrot aß, aber der Gedanke, kaum geboren, erfüllte sie mit Langerweile. Sie beschloss, stattdessen ihren Liebling Sebastian zu sich zu entbieten. In ihrem Zimmer angelangt, wo Button, ihre Jungfer, ihr Kleid zurechtlegte, sagte sie: »Lass Seiner Gnaden sagen, Button, dass ich ihn gern für ein paar Minuten sehen möchte.«

Oh, die Schalheit des Lebens, dachte sie, während sie sich vor ihrem Toilettentisch niederließ; und dann fiel ihr ein, wie Leonard Anquetil sie angesehen hatte, als sie ihm nach dem Tee den Garten zeigte, und ein wenig Geschmack am Leben kehrte ihr wieder. Sie saß mit gesenkten Augen und lächelte in sich hinein, während ihre Gedanken um Leonard Anquetil herumstrichen und ihre Finger mit den Juwelen auf dem Toilettentisch spielten. Sie hatte vor kurzem den Familienschmuck bei Cartier umfassen lassen, da sie die heutige moderne Art den schweren Goldfassungen aus der Zeit der Königin Viktoria vorzog. Die Platte des Toilettentisches war aus Spiegelglas, so dass die Edelsteine sich verdoppelten; Rubinen heute Abend, dachte sie lässig, nahm eine Brosche in die Hand und legte sie wieder hin; vergangene Nacht hatte sie die Smaragden getragen, und ihre Niedergeschlagenheit kehrte wieder, als sie dachte, dass sie eines Tages den Schmuck an Sebastians Frau würde abgeben müssen. Sie hatte keine Lust, weder eine »Herzogin-Mutter« noch Großmutter zu werden; sie hatte keine Lust, ihre Stellung als Herrin von Chevron aufzugeben. Der Luxus und der Glanz von Chevron waren ihr sehr sympathisch. Vielleicht würde sie zu guter Letzt doch noch Sir Adam heiraten, ehe Sebastian und seine Braut sie verdrängen konnten; es würde ein Abstieg sein, einen Juden zu heiraten, und physisch war Sir Adam nicht appetitanreizend, aber andererseits waren seine Millionen märchenhaft, und sie könnte ihn zum Kauf eines Herrensitzes veranlassen, der ebenso repräsentativ wäre wie Chevron. Nicht ebenso schön, vielleicht, aber ebenso repräsentativ. Ihre Hände strichen über die Rubinen; ja, und Schmuck würde er ihr auch kaufen; ihr Privatbesitz dieses Mal; keine Rede von Erbstücken. Übrigens vermochte Sir Adam beim König alles, was er wollte. Wenn nur Sir Adam nicht physisch in sie verliebt wäre, könnte sie es wirklich in Betracht ziehen.

Sebastian kam herein, und Lucy wurde wieder munter.

»Gib mir einen Frisiermantel, Button. Du kannst anfangen, mich zu frisieren. Sebastian, gib mir die Tischordnung für das Abendessen. Dort auf dem Tisch. Nein, dummer Bub. Button, gib sie Seiner Gnaden. Jetzt lies sie mir vor, Sebastian, während ich frisiert werde. Oh, George Roehampton führt mich zu Tisch, ja? Muss er? Er ist so langweilig, dieser Mann. Und Sir Adam auf der anderen Seite. Reiß nicht so an meinem Haar, Button; wirklich, ich hab' noch nie ein so ungeschicktes Frauenzimmer gesehen; jetzt hast du mir Kopfschmerzen für den ganzen Abend verursacht. Gib besser Acht. Nun, ich sehe, ich werde mich nicht besonders amüsieren: Sir Adam und George Roehampton. Aber es ist unvermeidlich. Oder nein, lass mich selber einmal sehen. Diese Miss Wace ist solch eine Närrin, dass sie ganz gut einen Kuddelmuddel aus der ganzen Sache gemacht haben kann. Komm und halte mir die Tischordnung so, dass ich sie sehen kann, Sebastian. Button! Du hast mich wieder geziept! Wie oft soll ich dir noch sagen, dass du Acht geben sollst? Noch einmal, und ich kündige dir. Ich sage dir, ich tu's. Halte es hoch, Sebastian, ich kann nichts sehen.«

Sebastian stand neben seiner Mutter und hielt die rote Lederunterlage mit Schlitzen, in welche Karten mit den Namen der Gäste gesteckt waren. Während er dastand und sie hielt, beobachtete er seiner Mutter Spiegelbild. Mit ihrem hellen Haar und dem lebhaften, kaum runzligen Gesicht sah sie im Allgemeinen ungewöhnlich jung für ihr Alter aus, jetzt aber war sie eifrig dabei, eine Creme aufzustreichen und mit einem Taschentuch die Schönheitsmittel von ihrem Gesicht abzuwischen, während Button ihr gleichzeitig die Unterlagen aus dem Haar zog und sie auf den Toilettentisch legte. ›Ratten‹ nannten sie ihre Kinder. Es waren unappetitliche Gegenstände, wie vorjährige Vogelnester, heiß und drückend für den Kopf, aber unentbehrlich, da sie das Fundament abgaben, auf dem die Frisur gewickelt und aufgebaut und in das die zahllosen Haarnadeln eingesteckt wurden. Es war stets eine Quelle großer Besorgnis für die Damen, dass kein Stückchen der Unterlage durch das echte Haar hindurchschimmerte. Oft hoben sie eine tastende Hand, um nachzufühlen, sogar mitten in der spannendsten Unterhaltung; und dann hatten ihre Gesichter jenen Ausdruck, den man nur auf den Gesichtern von Frauen beobachten kann, deren Finger ihren Hinterkopf abtasten. Sebastian hatte dieser Prozedur des Frisierens hundertmal zugeschaut, jetzt aber, da er sie im Spiegel vor sich gehen sah, beobachtete er sie mit neuem Auge. Er starrte auf seiner Mutter Spiegelbild, mit dem Rubinenbach im Vordergrund und den hässlichen Ratten, als wäre sie eine Fremde für ihn, und ward sich bewusst, dass er hinter dem Glanz und Getriebe, in dem sie lebten, nicht das Mindeste von ihr wusste. Wenn man ihn gebeten hätte, seine Mutter zu beschreiben, so hätte er sagen müssen: »Sie ist eine fabelhafte Wirtin, ein Talent der Anpassung und ein Genie im Veranstalten gelungener Gesellschaften. Sie ist bestrickend und lebhaft. Im Privatleben ist sie oft gereizt und manchmal ungütig. Sie liebt Bridge und Rennen. Sie macht nie ein Buch auf und kann es nicht ertragen, allein zu sein. Ich habe nicht die leiseste Ahnung, wie sie wirklich ist.« Er würde nicht hinzugefügt haben, weil er es nicht wusste, dass sie unbarmherzig und gewinnsüchtig war.

»Warum starrst du so, Sebastian? Du schüchterst mich ja ein.« Ihr Haar hing jetzt um ihre Schultern, und Button hantierte geschäftig mit der Brennschere. Sie erhitzte sie erst über der Spiritusflamme und hielt sie dann sorgfältig an ihre eigene Backe, um zu fühlen, ob sie heiß genug sei. »Schau einer den Buben an, man könnte denken, er hätte mir noch nie beim Ankleiden zugesehen. Was jetzt also diese Tischordnung angeht, so ist alles verkehrt; ich dachte mir's schon. Sie hat den Gesandten total vergessen. Button, du musst Miss Wace rufen – nein, Sebastian, hol du sie her. Nein, klingele; ich will nicht, dass du weggehst.

Warum in aller Welt können die Leute ihre eigene Arbeit nicht ordentlich tun? Wofür zahle ich Wacey hundertfünfzig im Jahr, möchte ich gerne wissen? Ach, Himmel, und schau nur auf die Uhr; ich werde zu spät zu Tisch kommen. Ich erkläre, die Mühen der Bewirtung genügen, um einem das ganze Vergnügen zu verderben. Es ist ein wenig hart, finde ich, dass man nie eine ungetrübte Freude im Leben haben kann. Wer ist da an der Tür? Button, geh und sieh nach. Und Miss Wace soll sofort kommen.«

»Lady Viola möchte gern wissen, ob sie hereinkommen und Euer Gnaden Gute Nacht sagen darf.«

»Oh, das lästige Kind – also gut, ja, ich nehme an, sie muss wohl, wenn sie will. Nun, Button, bist du noch nicht bald fertig? Zerre mein Haar nicht so zurück, Mädchen. Gib mir den Stielkamm. Siehst du nicht, dass es an der Seite voller sitzen muss? Wirklich, Button, ich dachte, du giltst für eine perfekte Friseuse. Du kannst dich glücklich schätzen, Sebastian, dass du als Junge zur Welt gekommen bist. Dieses ewige Haar, diese ewigen Kleider! Sie nutzen eine Frau ab vor der Zeit. Oh, da sind Sie, Miss Wace. Diese Tischordnung ist ganz verkehrt – total hoffnungslos. Ich werde durchaus nicht von Lord Roehampton geführt. Wo bleibt der Gesandte? Sie müssen das ändern. Machen Sie es gleich hier, so schnell Sie können. Sebastian wird Ihnen helfen. Und Viola auch. Komm herein, Viola; sieh nicht so verstört aus, Kind; ich kann Leute nicht ausstehen, die verstört aussehen. Jetzt muss ich euch alle verlassen, weil ich mich waschen muss. Nein, ich brauche dich jetzt nicht, Button; du fällst mir auf die Nerven. Ich werde dich rufen, wenn ich dich brauche. Leg mein Kleid zurecht. Kinder, helft Miss Wace – ja, du auch, Viola; es ist höchste Zeit, dass du dir ein wenig Mühe gibst, deiner armen Mutter zu helfen – und versucht alle drei, ein wenig Verstand zu zeigen.«

Die Herzogin zog sich in ihren Ankleideraum zurück, von wo sich die Flut ihrer Anmerkungen weiter ergoss:

»Viola, du musst dich wirklich ein wenig mehr um dein Äußeres kümmern. Du hast wie eine richtige Vogelscheuche heute

Mittag ausgesehen; ich habe mich deiner geschämt. Und du musst auch wirklich ein bisschen mehr sprechen, anstatt dazusitzen wie eine ausgestopfte Puppe. Du hattest diesen netten Mr Anquetil, mit dem man so leicht fertig werden kann. Du könntest zehn, statt siebzehn sein. Ich möchte dich so gern bald an der Abendtafel teilnehmen lassen, wenn du nicht lähmend auf die ganze Stimmung wirken würdest. Junge Mädchen sind so langweilig – arme Dinger, sie können nichts dafür, aber sie sind wirklich ein Problem. Sie stören jede Unterhaltung; man muss so vorsichtig sein. Frauen sollten verheiratet oder wenigstens Witwen sein. Ich meine natürlich nicht Sie, Wacey. Ich bin so weit, Button.«

Button verschwand ins Ankleidezimmer, und für eine Weile herrschte Schweigen, nur unterbrochen durch gereizte Ausrufe von drinnen. Diese internen Toilettengeheimnisse seiner Mutter waren Sebastian unbekannt, aber Viola wusste recht gut, was da vor sich ging: Ihre Mutter saß da und zupfte mit ärgerlichen, aber geübten Fingern an ihrem Haar, während Button vor ihr kniete, sorgfältig die seidenen Strümpfe über ihre Füße zog und sie dann hübsch glatt die Beine hinaufstreifte. Dann würde ihre Mutter sich erheben und, im Hemd dastehend, dem Mädchen gestatten, das lange, rosafarbene, mit vielen Fischbeinen versehene Leinenkorsett um ihre Hüften und die schlanke Taille zu legen und das Blankscheit vorn herunter nach vielem Zurechtrücken zuzuhaken; dann wurden die Strumpfbänder an die Strümpfe gezwickt; dann kam das Schnüren, in der Taille beginnend und nacheinander hinauf- und hinunterfahrend, bis die gewünschten Proportionen hergestellt waren. Die Seidenlitzen mit ihren Nesteln würden unter den flinken Fingern des Mädchens nur so fliegen und flitzen wie bei einem geschickten Arbeiter, der ein Netz flickt. Dann würden die Polsterungen aus rosa Atlas gebracht und auf den Hüften und unter den Armen angebracht werden, um die Schmalheit der Taille noch mehr zu betonen. Dann das Beinkleid; und dann würde der Unterrock kreisrund auf dem Boden ausgebreitet, Lucy würde mit ihren hohen Stöckelschuhen hineinsteigen und Button erlauben, ihn hochzuziehen und die Bänder zu knüpfen. Dann würde ihr Button wieder den Frisiermantel um die Schultern werfen – Viola war dem Prozess genau gefolgt, denn hier öffnete sich die Tür und die Herzogin trat heraus. »Nun, seid ihr mit der Tischordnung zu Rande? Lest vor. Lauter. Ich kann nichts hören. Ja, so ist's besser. Es tut mir Leid, Sebastian, du musst noch einmal die alte Octavia Hull führen. Unsinn, sie ist sehr amüsant, wenn sie nicht zu benebelt durch Medikamente ist. Sie wird heute Abend ganz beieinander sein, denn sie wird Angst haben, nach Tisch zuviel Geld an Sir Adam zu verlieren. Nun, Wacey, trollen Sie sich, und legen Sie die Tischkarten um. Und du auch, Viola. Es sind zuviel Menschen hier im Zimmer. Oh, meinetwegen, du kannst bleiben, bis ich fertig angezogen bin, wenn du magst. Button, ich bin bereit für mein Kleid. Aber sieh dich vor. Verfange dich nicht mit den Haken in meinem Haar. Sebastian, du musst dich umdrehen, während ich den Frisiermantel ausziehe. Also, Button.«

Button raffte den duftigen Schwall von Taft und Tüll zusammen und hielt die Taille weit auf, während die Herzogin ihre Hülle abwarf und behutsam in die Wogen ihres Kleides tauchte. Viola beobachtete ganz hingenommen das plötzliche Aufleuchten der weißen Arme und Schultern ihrer Mutter. Button stieß einen Seufzer der Erleichterung aus, als sie darangig, die unzähligen Haken auf dem Rücken zu schließen. Aber Lucy konnte nicht einen Augenblick stille stehen und schweifte überall im Zimmer herum, gefolgt von der hakenden Button.

»Bist du noch nicht fertig, Button? Unsinn, es ist nicht zu eng. Nächstens wirst du noch sagen, dass ich dick werde.« Lucy war stolz auf ihre Taille, die in der Tat wespenschlank war und seit ihren Mädchenjahren sich von achtzehn nur auf zwanzig Zoll verbreitert hatte. »Nur wenn Ihre Gnaden sich bücken«, sagte Button entschuldigend, denn Lucy beugte sich gerade vornüber, um in den Spiegel zu gucken und ihrer Frisur durch einen Puff eine rundere Form zu geben. »So also«, sagte die Herzogin und richtete sich gerade auf, tastete aber dabei steif nach dem Größten ihrer Rubinen, den sie erst prüfend gegen ihre Schulter hielt, um ihn zuletzt in eine Schleife auf ihrem Busen festzustecken. Dann legte sie sich das hohe Hundehalsband aus Rubinen und Diamanten um den Hals, das durch eine breite Schleife aus weißem Tüll im Nacken zusammengehalten wurde. »Du musst eine Frau wählen, die dem Schmuck Ehre macht, Sebastian«, sagte sie, während sie einen Ohrring an seinem Platz festnestelte, »denn der Tag wird natürlich kommen, an dem deine arme alte Mutter alles an ihre Schwiegertochter wird abtreten müssen, und das werden wir gar nicht gern tun, nicht, Button?« – denn jetzt, wieder völlig geschmückt und angezogen, war sie in besserer Laune, »aber wir werden uns damit abfinden um des Vergnügens willen, eine Braut auf Chevron einziehen zu sehen – nicht Button?, nicht Wacey? Ach nein, natürlich, Wacey ist gegangen, den Tisch zu richten – und du und ich, Button, wir werden uns aufs Altenteil zurückziehen und bescheiden den Rest unserer Tage verbringen, und vielleicht ladet Seine Gnaden uns zum Gartenfest ein – nicht, Sebastian, du Strolch? – Wirst du das tun, wenn deine Frau es erlaubt?« Lucy war wieder sie selbst, sie zupfte ihren Rock zurecht, schnappte ihre Armbänder zu, bestäubte ihren Hals mit Puder – denn sie gehörte zu den Frauen, die Puder benützten, zum großen Missfallen der älteren Generation –, und alle außer Sebastian lächelten strahlend als Antwort. Sie schlug mit ihrem Taschentuch leicht über Sebastians Lippen: »Trotziger Bub! Aber Sylvia Roehampton sagt, du wärst sogar noch anziehender, wenn du trotzt, als wenn du liebenswürdig bist, also muss ich ihr wohl glauben. Jetzt, Viola, Liebling, muss ich eilen. Gib mir einen Gutenachtkuss. Geh gleich ins Bett. Sehe ich hübsch aus?«

»Oh, Mutter, du siehst zu reizend aus!«

»Recht so.« Lucy liebte so viel Bewunderung, wie sie irgend einheimsen konnte. »Jetzt aber schnell ins Bett mit dir, ja? Guter Gott, ich beneide dich richtig um die Ruhe im Kinderzimmer, statt dieses geräuschvollen Essens. Du nicht, Sebastian? Gute

Nacht, mein Herz. Vorwärts, Sebastian. Ich möchte natürlich, dass du für mich aufbleibst, Button. Geh voran, Sebastian, und öffne die Türen. Himmel, Himmel, wie ich mich durch euch verspätet habe, Kinder. Sebastian, du musst die alte Octavia bei Tisch um Entschuldigung bitten und sagen, dass es ganz deine Schuld ist. Meinen Fächer, Button! Großer Gott, Mädchen, wozu bist du da? An alles muss man selber denken.«

Diese Mahlzeiten! Diese endlosen, übertriebenen Mahlzeiten, denen sie das ganze Jahr hindurch frönten! Sebastian fragte sich, wie ihre Konstitutionen und ihre Figuren das aushalten konnten; dann fiel ihm ein, dass sie im Sommer ja als Regel nach Homburg oder Marienbad gingen, um die angesammelten Ausschweifungen loszuwerden, und dann zurückkehrten, um einen neuen Jahreskreislauf üppigen Lebens zu beginnen. Wirklich, es war nur wenig Unterschied im Grunde zwischen Marienbad und dem Vomitorium der Römer. Wie seltsam, dass Essen eine so wichtige Rolle im sozialen Leben spielte! Sie speisten Wachteln und schlürften Witze. Dieser besondere Gang des Kochs von Chevron war berühmt: Eine Ortolane in der Wachtel, eine Trüffel in der Ortolane und pâté de fois gras in der Trüffel; wenn alles das ausgeweidet war, blieb nicht mehr viel übrig von den ursprünglichen Bestandteilen. Von seinem Platz am Ende der Tafel aus beobachtete Sebastian, wie die Kiefer auf und nieder gingen, und er wünschte, dass er die Menschen nicht immer als Karikaturen sehen müsste. Da war Sir Harry Tremaine, der vollendete Höfling, mit seinem welligen weißen Haar, der seinen Kopf steif über seinem hohen Kragen hin und her drehte, ganz wie ein Vogel; da war Mrs Levison, mit ihrer heiseren Stimme und ihrem Haar, das wie ein krauser gelber Schwamm aussah. Alles das waren Leute, deren Namen jedem Leser des »Dies und Das aus der Gesellschaft« vertraut waren. Sebastian sah sie plötzlich als Puppen aus dem Kasten eines Bauchredners. Vierzehn Personen an der einen Seite des Tisches hinunter, vierzehn an der anderen herauf; mit ihm und seiner Mutter an den beiden Enden machte das dreißig. Dann verflüchtigte sich seine Vision, und er musste zugeben, dass sie sehr dekorativ wirkten. Sie schienen so vollkommen mit ihrer Umgebung übereinzustimmen, als hätten sie keinerlei Sorgen in der Welt; die Juwelen glitzerten, die Hemdbrüste schimmerten; die Bedienten kamen und gingen, reichten Schüsseln und gossen Wein ein im Lichte der vielen Kerzen. Die Ranken des Blattwerks wanden sich grün durch die schweren Armleuchter hindurch und um die Schalen mit Trauben und Pfirsichen. Ja, er musste zugeben, dass die Freunde seiner Mutter dekorativ waren; er liebte die bloßen Schultern und das hochfrisierte Haar der Frauen, ihre hübschen Hände und die Armbänder um ihre Handgelenke; die Wolken von Tüll und die von einer Brosche am Busen gehaltenen Rosen. Seine Mutter selbst, die er noch vor kurzem als Maske in ihrem Spiegel gesehen hatte, sah jetzt jung und liebreizend aus, so weit unten am Tisch; einen seltsamen Augenblick lang stellte er sie sich nicht mehr als seine Mutter, sondern als seine Frau vor. Dann sah er die lange Nase des Juden sich ihr zuneigen. Ein Tipp für die Börse!, dachte er; denn seine Mutter hatte ihm mit ungewöhnlicher Offenheit erklärt, warum sie gerade wünschte, dass er zu Sir Adam höflich sein möchte. Diese Leidenschaft fürs Geld war etwas, was Sebastian nicht verstehen konnte; er war reich; seine Mutter überwachte sachlich die Vermögensverwaltung, bis er einundzwanzig war; wozu bedurfte es mehr? Es war einfach ein Teil ihres Kredos und des Kredos ihrer Freunde. Kredo, Kredit – derselbe Wortstamm. Er achtete nicht auf das, was seine Nachbarin sagte. Dabei hieß es von Sebastian, dass er bezaubernde Manieren hätte.

Nach Tisch, angefeuert durch die diskreten Winke seiner Mutter, suchte er den italienischen Gesandten auf, um mit ihm zu reden. Er mochte den alten Potini mit seinen verschrobenen Ansichten in Bezug auf den englischen Charakter gut leiden. Sebastian, deprimiert und verdrossen – denn er litt gerade unter einer seiner Stimmungen –, war zu jeder Diskussion freudig bereit und wusste, dass er sich mit dem alten Potini gut unterhalten würde, der immer zum Bersten voll von Dingen war, die er aussprechen musste. Zwischen den Überresten der Tafel rückte Sebastian sich einen Stuhl neben ihn und hielt ein Glas Portwein gegen das Licht, und der alte Potini begann auch sogleich, eine Zigarre zwischen den Fingern drehend: »Ach Sie, junger Mann! Sie glücklicher junger Mann! Zurück von Oxford, vermute ich? Ja Oxford, diese seltsame Universität, wo ihr jungen Leute in Abgeschlossenheit lebt; eine Stadt mit nur männlichen Einwohnern.« Das Englisch des Gesandten war fehlerlos, wenn auch ein wenig gesucht; das Einzige, was ihn verriet, war sein rollendes »r«. »Also so etwas, mein lieber Herzog, wäre in Italien undenkbar«, sagte er, indem er seinen Stuhl etwas näher an Sebastian heranrückte und in vertraulichem Ton sprach: »Wäre undenkbar in Italien. Oder überhaupt in jedem lateinischen Land. Die Engländer interessieren sich nicht für Frauen – das heißt für das Ewigweibliche. Was schert ihr euch um einen hübschen Knöchel? Ihr kümmert euch eingehend um die Fußgelenke eurer Poloponys, schaut ihr aber eine Frau an, so schaut ihr kaum tiefer als das Gesicht. Das versichere ich Ihnen! Sie selber sind neunzehn – zwanzig? Und welche Rolle spielen Frauen in Ihrem Leben? Was tun Sie des Abends in Oxford? Sie sitzen mit Ihren Freunden zusammen, ihr haltet eure Knie umschlungen und raucht eure Pfeifen, und ihr redet – von was? Von Sport, von Politik. Als ob es keine Frauen gäbe; Frauen sind schlechter Ton. Ein Abend in London hin und wieder, glaube ich –«, und sein Kichern wirkte auf Sebastian, als habe ihm der Gesandte einen Rippenstoß versetzt, »und dann zurück in dieses männliche Leben unter die tausend anderen jungen Männer, als wäre nichts geschehen. Ja, ihr seid eine seltsame Rasse, eine verschlossene Rasse, die sich schämt, natürlich zu sein. Dagegen in Italien, in Ihrem Alter …« Die Worte des Gesandten versetzten Sebastian in üble Laune; er fühlte sich getroffen, verwirrt; er schämte sich seiner Unberührtheit. Menschen waren ihm nicht sehr wesentlich, und Frauen am unwesentlichsten von allen. Noch ahnte er kaum, finster über seinem Weinglas brütend, das Abenteuer voraus, das ihm schon so bald blühen sollte. Er fragte sich nur, wie bald er Potini unterbrechen und den Vorschlag machen dürfte, sich hinauf zu den Damen zu begeben.

»Nie geschieht was«, sagte Sebastian heftig; »ein Tag nach dem anderen geht hin, und es ist immer dasselbe.« »Ereignisse kommen serienweise«, sagte Lady Roehampton, »nichts geschieht, wie Sie sagen; und dann ereignen sich verschiedene Dinge in rascher, wunderlicher Folge. Es ist, als habe das Leben während einer langen Zeit Kräfte zu einer Anstrengung gesammelt. Beobachten Sie das an sich selber. Es nutzt nichts, dass ich es Ihnen sage. Man glaubt nie anderer Leute Erfahrungen, und nur sehr allmählich lässt man sich von seinen eigenen überzeugen. Ach, mein lieber Sebastian«, sagte sie – und sie hörte auf, Mrs Cheyne zu zitieren, und sprach einmal ganz aufrichtig, in Erinnerung an einen jungen Geliebten, der gestorben war –, »denken Sie an all die Menschen, die zu jung gestorben sind, um zu eigener Weisheit zu gelangen.«

Sie wandelten nach dem Abendessen im Garten auf der langen Allee, die dem Haus parallel lief, auf und ab. Aus den Fenstern des Hauses strömten gelbes Licht und Musikklänge. Der Himmel zu Häupten war schwarz und voller Sterne, und die Bäume des Gartens ballten sich dunkel vor dem matt verdämmernden Schimmer des Horizonts. Die Sommerluft war warm und duftend. Sebastian hatte sie gezwungen, herauszukommen; noch durch den verhüllten Spott von Potini verstört, hatte er es für nötig befunden, eine entschlossene Geste zu machen, und in dieser Gesellschaft einer seltsam künstlichen Lebenshaltung vermochte er sich nichts Eindrucksvolleres auszudenken, als die Bridgetische seiner Mutter der Gegenwart Lady Roehamptons zu berauben. Er lächelte innerlich und ironisch über das Missverhältnis seiner Laune; sie hatte solchen Verdruss erweckt, einen Verdruss, der, wie er fühlte, in einer anderen Gesellschaft Dingen von wirklich aufwühlender Wichtigkeit vorbehalten geblieben wäre; jedoch war es ein diskret beherrschter Verdruss, den untadeligen Manieren dieser wohlerzogenen Herrschaften entsprechend. Einzig Lady Roehampton selbst hatte ihre Huld entfaltet; sie hatte dem Knaben zugelächelt, der, plötzlich herrisch, nach ihrer Gesellschaft verlangte. Sie hatte sich mit einem großen Gewoge ihres blauen Taftrockes erhoben – ein anmutiges, warmes Aufblühen ihrer Schönheit –, im Bewusstsein, dass viele Augen neugierig und forschend auf sie gerichtet waren. Sebastian war sich der Eigenart ihres Wesens tief bewusst, als sie neben ihm herschlenderte. Ihres Wesens als einer wunderschönen Frau, wunderbar in sich selbst vollendet, des Lebens vollkommen mächtig, ungetrübt, verschlagen, reif, verschlossen, niemandem ihr wahres Selbst verratend. Mit ihr verglichen, fühlte er sich verschwommen und unfertig, unfähig, mit dem Leben zu Rande zu kommen. Dennoch fühlte er, dass er mit ihr sprechen könnte. Sie war reizend, gefährlich; er konnte mit ihr sprechen. Das Bewusstsein, dass sie seines Vertrauens gänzlich unwürdig war, fügte der Demütigung, sich hinzugeben, ein Körnchen wohliger Qual hinzu. Denn Sebastian liebte es, Essig in seine eigenen Wunden zu träufeln.

II
Anquetil

Am Montagmorgen wurden alle wegbefördert; die Wagen fuhren vorne bei dem Hauptportal vor, und sie wurden alle sorglich darin verstaut – die Männer in den Bahnhofsomnibus mit seinem muffigen Geruch, seinen scheppernden Fenstern und dem Gerumpel seiner gummilosen Räder auf dem Kies; die Frauen in die mit Gummi versehenen Kutschen, deren Fenster einen Rahmen für die hübsch verschleierten Gesichter und winkenden Hände abgaben. Sebastian kam heraus an die Tür und lächelte, seine beiden kleinen Spaniels dicht auf seinen Fersen; die Flagge wehte vom Turm so, wie sie wehen würde bis zu dem Tag, da sie auf Halbmast sinken würde bei Sebastians Tod. Jetzt waren sie also alle fort, alle, bis auf Leonard Anquetil, der aufgefordert worden war, noch bis nach dem Lunch zu bleiben. Sebastian wandte sich um und ging pfeifend hinüber zum Innenhof; er genoss das Gefühl, dass das Haus wieder einmal leer war. Er würde sich zwingen, Lady Roehampton zu vergessen. Diese Gesellschaften mochten seiner Mutter gefallen; ihm gefielen sie nicht. Er liebte ein anderes Leben – das Leben von Chevron. Seiner Mutter gefiel sein Interesse an dem Gut nicht sehr, er konnte das nicht ändern. Das Gut gehörte ihm, und er liebte es. In diesen Augenblicken vergaß er, dass »nie etwas geschah«. Er fühlte im Gegenteil, dass in der stillen Stetigkeit von Chevron eine Lebendigkeit von ganz anderer Art als in der blendenden Unrast der Welt seiner Mutter lag.

Sie drang jetzt zu ihm als ein hörbares Summen. Die ganze Gemeinschaft des großen Hauses summte bei ihrer Arbeit. In den Ställen striegelten Männer die Pferde; in den Werkstätten flogen die Späne unter des Zimmermanns Hobel; der Diamant des Glasers kreischte über das Glas; in der Schmiede dröhnte der Hammer auf dem Amboss, und die Blasebälge stöhnten gebläht; im Schlachthaus hängte der Forstgehilfe ein an seinen vier Füßen zusammengebundenes Reh auf; im Schuppen spaltete ein alter Mann Kleinholz. Sebastian hörte die Melodie und sah das Bild. Er sah einen Gobelin und hörte die Klänge eines Blasorchesters, von unsichtbaren, hinter den Bäumen verborgenen Musikern ihren Instrumenten entlockt. Seine Gedanken wandten sich dem Hause selber zu und fanden auch dort ihre Genugtuung, denn auch dort war Tätigkeit: Der Stößel stampfte in der Küche; die Ente drehte sich brutzelnd am Spieß; die Wäschermädchen schlugen die Wäsche in den Kupferkesseln; der Gärtnerjunge leerte einen Korb Früchte auf die Kredenz, und im Wirtschaftsraum rührte ein Mädchen einen Kessel mit Marmelade über dem Feuer; Mrs Wickenden zählte die Betttücher im Leinenschrank und legte zwischen jedes ein Lavendelbeutelchen; Vigeon räumte das Silbergeschirr fort und drehte den Schlüssel in der Tür der Schatzkammer um. Sebastians Gedanken schweiften wieder hinaus, über den Park, wo die Farrenwedel wehten; und weiter die Alleen hinauf, hinunter, zu jenem Gehöft, dem er eine neue Scheune bewilligt hatte, zu diesem Häuschen, wo die beschädigten Ziegel schon zur Hälfte vom Dach genommen waren. Leitern und Hämmer und Männer, welche die Ziegel hinaufschleuderten: Sebastian war ein guter Grundherr. Heute Nachmittag würde er zu Bassetts Häuschen hinübergehen und nachsehen, wie es dort stand. Oder er würde hinüberreiten. Er hatte Muße, eine ganze Woche lag vor ihm. Sogar seine Mutter fuhr nach London. Nächsten Samstag würde das Haus wieder voll von Leuten sein – Leute, die so wohl ausgestattet waren, so selbstsicher, so hochmütig, dass sie ihn verwirrten und verlegen machten und ihn dazu trieben, jene beißenden Dinge zu sagen, die seine Mutter so aus der Fassung brachten –, aber bis dahin gab es nichts als Muße, mit Gobelins verhängt und mit Klängen erfüllt, die Musik waren.

Alles war Wärme und Sicherheit, Muße und Stetigkeit. Eine

Ordnung der Dinge, die der Mentalität von neunzehnhundertfünf unabänderlich schien. Warum sollten sie sich ändern, da sie sich niemals noch geändert hatten? Es hatte vielleicht einige geringfügige Veränderungen gegeben; kein Waffenschmied hämmerte mehr ein neues Paar Beinschienen für seinen jungen Herrn, aber in der Hauptsache hatte das Gobelinmuster sich recht wenig gewandelt. Die Figuren waren dieselben, und der Hintergrund war derselbe: Die grauen Mauern, die Flagge auf dem Turm, das Laub der Bäume, die Hasen und Rehe, die auf den Lichtungen ästen – sogar das Wäschermädchen, das die Wäsche aufhängte. Lehnshof und Fron; Pacht und Abgaben; das Seil schlug lose um die Fahnenstange. Sebastian wurde sich bewusst, dass er noch immer mitten im Hof stand. Er blickte über den Rasen, auf den bronzenen Abguss des sterbenden Gladiators, auf dessen Schild sein Vorfahr sein eigenes Wappen hatte einbosseln lassen. Großartige Anmaßung!, so der klassischen Statue die Heraldik eines englischen Edelmannes aufzuzwingen. Doch wurde er sich nicht bewusst, dass diese Anmaßung ihr Gegenstück in seiner eigenen Jugend und grundherrlichen Sicherheit fand. Er schüttelte einfach den Traum ab und ging ins Haus, auf sein eigenes Zimmer. Sarah und Henry trotteten hinter ihm drein.

Hier war er ungestört; der Mittelpunkt all des Lebens, das um ihn herum summte. Eine Fülle von Arbeit erwartete ihn, denn wenn er zu Hause war, bestand er darauf, selbst Einblick in den ganzen Betrieb des Gutes zu haben. Das war das Einzige, was ihn wirklich beglückte. Er kannte nur drei Arten Menschen: Seine Oxforder Freunde, die ihn abweisend und ungemütlich fanden, die Freunde seiner Mutter, und seine eigenen Dienstleute. Zwischen seinen Dienstleuten und ihm bestand das beste Einvernehmen, ein Einvernehmen, das teils der Tatsache zu danken war, dass er unter ihnen aufgewachsen war, als kleiner Junge neben den Holzfällern gestanden und zugesehen hatte, wie sie einen Baum fällten, Wickenden einen neuen Kaninchenstall abgebettelt hatte, selbst sein Pony zum Beschlagen zur Schmiede hinuntergeführt hatte. Teils war es ihrem angeborenen Sinn für Tradition zu danken und teils, wie eingeräumt werden muss, Sebastians eigenem Wesen, das in solchem Verhältnis sowohl einfach wie reizend war. Er mochte seiner Mutter und seiner Mutter Freunden rätselhaft erscheinen, er mochte sogar sich selber mit den Umschlägen seiner Launen rätselhaft sein; aber seine Leute, die ihn nur in der einen Stimmung sahen, in seiner ausgeglichensten, fanden nichts Rätselhaftes an ihm. Obendrein war er freigebig, wie er sich's wohl leisten konnte; Geld war etwas, worüber er nie nachzudenken brauchte. Geld war immer reichlich auf Chevron gewesen und war auch jetzt noch da, obgleich die Einkommensteuer von elf Pence auf einen Schilling pro Pfund erhöht worden war; dieser Überfluss war auch eine der Tatsachen, die sich nie verändert hatte und die allem Anschein nach auch unveränderlich war. Er wurde als selbstverständlich hingenommen, aber Sebastian hielt darauf, dass seine Pächter so gut wie er Vorteil davon hatten. »Ein idealer Gutsherr – man wünschte, dass es mehr davon gäbe«, sagten sie, wobei sie vergaßen, dass es tatsächlich viele gleich ihm gab; viele, die es auf ihre bescheidene Art vorzogen, ihr Vermögen nicht ganz zu ihrem eigenen Vorteil auszugeben – stille englische Landjunker, die, weniger begünstigt als Sebastian, doch von demselben Geiste durchdrungen waren und traditionsgemäß ihre Zeit und ein gut Teil ihres Besitzes als eine Selbstverständlichkeit ihren Lehnsleuten opferten. Ein freiwilliges System, freiwillig insofern, als es vom Charakter des Gutsherrn abhing; dennoch ein System, das eine gewisse sympathische Würde besaß, die anderen zwangsläufigeren Systemen abging. Aber brachte es – sann Sebastian, der dasaß, die Feder über dem Scheckbuch angesetzt – nicht einen peinlichen Geruch von Almosen mit sich? Er glaubte nein, denn er wusste, dass er ebensoviel Befriedigung aus dem Gedanken schöpfte, dass Bassett nicht mehr unter einem lecken Dach zu leiden hätte, wie Bassett aus der Tatsache, dass sein Dach im nächsten Winter nicht mehr lecken würde. Er würde bestimmt hinübergehen und mit dem Mann Bassett reden. Bassett sollte sehen, dass er persönlichen Anteil nahm. Zusammen würden sie dastehen und Zusehen, wie die hölzernen Stifte durch die nagelneuen Schindeln getrieben wurden. »Ich bin Euer Gnaden sehr verpflichtet, wirklich«, würde der Mann Bassett sagen – er war von jeher nur als »der Mann Bassett« bekannt, niemand wusste warum –, aber das Letzte, was Sebastian wünschte, war Dankbarkeit. Er würde sofort mit verlegener Scham an sein eigenes Dach denken, das Dach von Chevron, das sieben Morgen maß, von denen nicht ein Zoll breit länger als eine Stunde leck sein dürfte, nachdem Wickenden es entdeckt hätte – Wickenden. Er musste mit Wickenden sprechen. Es lag ein Zettel auf seinem Tisch: »Wickenden wäre dankbar, wenn er Euer Gnaden ein paar Minuten sprechen dürfte.« Er klingelte und ließ Wickenden rufen.

Wickenden kam, ein kleiner Mann mit einem Gesicht wie ein Apfel und scharfen blauen Augen; ein Zollstock guckte aus der Tasche seiner Friesschürze. Er hatte seine Lehrzeit in den Werkstätten von Chevron unter seinem eigenen Vater abgedient und war ihm jetzt in die Stellung des ersten Tischlermeisters nachgefolgt. Er hatte damit angefangen, die Enden von Zaunpfählen zuzuhauen, und übertrug heute alles, außer der subtilsten Arbeit, seinen Gesellen. Acht Wickenden-Kinder kamen alljährlich zum Christbaum, um dort ein Spielzeug, einen Apfel und eine Orange in Empfang zu nehmen; aber Wickenden hatte keine Leidenschaft in seinem Leben, außer Chevron. »Nun, Wickenden, was kann ich für Sie tun?« Sebastian hatte sich auf irgendeine Klage über einen wackligen Kamin, einen bröckelnden Giebel gefasst gemacht – der Bau, der der Witterung seit den Tagen Heinrichs des Siebenten widerstanden hatte, bedurfte dauernder Überwachung und Reparatur –, aber Wickenden zupfte an seiner Mütze und hielt die Augen in einer Weise darauf gesenkt, die von einem tieferen Kummer zeugte. Es war klar, dass er nur schwer Worte finden würde. »Na, Wickenden, was bricht jetzt mal wieder zusammen?« Wickenden hob die Augen. »Alles!, wie es mir scheinen will, Euer Gnaden!«

Sebastian war betroffen; die Augen des Mannes standen voll Tränen.

»Es ist wegen meines Jungen, Euer Gnaden – Frank, mein Ältester. Euer Gnaden wissen, dass ich ihn in diesem Jahr in die Werkstatt hätte nehmen sollen. Also, er will nicht. Er will – ich weiß kaum, wie ich es Euer Gnaden sagen soll. Er will stattdessen zur Autobranche. Sagt, das ist die kommende Sache. Euer Gnaden wissen doch aber« – sagte Wickenden und wurde beredt –, »dass mein Vater und sein Vater vor ihm in der Werkstatt gewesen sind, und ich rechnete auf meinen Sohn, dass er, wenn ich nicht mehr bin, meinen Platz einnehmen würde, gerade so wie der Sohn von Euer Gnaden, wenn ich mir den Vergleich erlauben darf. Ich hätte nie gedacht, dass ein Sohn von mir Chevron verlassen würde, solange er fähig wäre, dort zu bleiben. Und Frank ist fähig – einen geschickteren Jungen habe ich selten gesehen. Das eben zieht ihn zum Maschinenbau. Aber was sind Maschinen?, frage ich Euer Gnaden. Was ist ein Gewinde eindrehen im Vergleich mit einem hübschen, sauberen Stück Holz, das man zurechtschneidet? So saubere Stücker Holz, wie ich sie draußen auf dem Zimmerplatz liegen habe; die werden reif sein wie eine Violine in vierzig Jahren oder so. Gerade recht für Frank zur Bearbeitung, wenn er an die sechzig ist. Er könnte eine Wandtäfelung daraus machen – alles, was er nur will! Ich selber habe die Eiche auf die Maserung hin ausgesucht; Reynolds, der wollte sie zu Brennholz zerschneiden, aber ich ließ ihn nicht. Ich sagte, 's wär' eine Schande. Eiche, die vor drei Wintern eingelagert wurde. Ich hab' sie zu Brettern zersägt und draußen auf dem Hof zum Trocknen an der Luft gelassen. Ich zeigte es Frank und sagte: ›Frank‹, sagte ich, ›wenn du sechzig bist und brauchst ein hübsches Stück Holz, dann findest du's hier, und vergiss du nicht, dass es dein Vater für dich hingelegt hat.‹ Und jetzt will er zur Motorbranche gehen. Ich weiß nicht, ob es zu irgendetwas führen würde, wenn Euer Gnaden mit ihm sprächen. Ihm sagen würden, dass er ein sicheres Brot aufgibt für ein Hirngespinst. Ihm sagen würden, dass er seines Vaters

Herz bricht. Ich weiß nicht, wahrhaftig, die Jugend ist heut sehr versessen auf ihre eigenen Ideen. Aber mir scheint, dass alles ins Wanken gerät, wo mein ältester Sohn jetzt die Werkstatt verlassen und zur Motorbranche gehen will.«

Leonard Anquetil erwachte spät und lag eine Weile mit hinter dem Kopf verschränkten Händen, über sich selbst belustigt, dass er sich in solcher Umgebung fand. Es erheiterte ihn ungeheuer, dass man deshalb, weil man versucht hatte, den Südpol zu erreichen, nach Chevron eingeladen wurde. Chevron! Dieser Anachronismus! Die Gäste der Herzogin, diese Pappfiguren! Anquetil ließ sich von solchen Dingen nicht beeindrucken. Dennoch gab er zu – er musste es zugeben –, dass beide auf ihre Art pittoresk waren. Das Pittoreske von Chevron gefiel ihm am besten; er hatte nicht viel historischen Sinn, aber das, was er davon hatte, erkannte das Stückchen englische Geschichte an. Aber Chevron war tot, dachte er, oder lag zumindest im Sterben oder stagnierte, um das wenigste zu sagen. Es war ein Fels, an dem die Wasser nagten. Er war gar nicht ganz sicher, ob nicht die Gäste der Herzogin, bei aller ihrer phantastischen Unwirklichkeit, sich zäher als Form in der Welt behaupten, Chevrons Würde überdauern und unabhängig davon weiterexistieren würden; arm oder reich, eine snobistische Gesellschaft – er lächelte spöttisch –, war eine unvermeidliche Komponente der menschlichen Ordnung. Sie mochten in Lumpen fortbestehen: Immer würde es eine Gruppe geben, die Eleganz und Überlegenheit vorspiegelte, ihren eigenen Jargon beibehielt, der ein internationales Freimaurertum herstellte, unerwünschte Aspiranten ausschloss und nur für eine kurze Spanne Zeit, der anerkannten Laune des Augenblicks folgend, solche Außenseiter wie ihn zuließ. Er hatte keine Illusionen; so wenig Illusionen, dass er sich nicht einmal selbst verachtete, weil er hier war. Er hatte die Creme der englischen Gesellschaft einmal von innen sehen wollen; gut, er hatte sie gesehen. Er würde sie nicht noch einmal sehen wollen, und es würde ihm nur eine ganz geringe Belustigung gewähren, ihrer Verfolgung in Zukunft zu entgehen.

Alles andere als töricht, konnte er nicht umhin, das Interesse peinlich zu bemerken, das die Herzogin an ihm nahm. Anfänglich hatte sie ihm nur seinen Tribut an Schmeichelei entrichtet; hatte den Impresario gespielt – »Denken Sie nur, Sir Adam, Mr Anquetil ist von seinem Schiff einen ganzen Winter lang im nördlichen Polarkreis zurückgelassen worden und hat in einer Schneehütte von nichts als Zwiebacken gelebt«; sie hatte versucht, ihn zum Sprechen zu bringen, hatte ihn gebeten, zu erzählen, wie er zu der Narbe auf seiner Wange gekommen war; dann, da sie glaubte, ihm genug Aufmerksamkeit erwiesen zu haben, hatte sie sich gnädig jemand anderem zugewandt. Aber in einem gegebenen Augenblick, als sie nach dem Tee mit ihm an den Blumenbeeten entlang schlenderte, hatte er gefühlt, dass sie plötzlich aufhörte, ihn als ein Ausstellungsobjekt zu betrachten, und anfing, ihn als einen Mann zu sehen. Er hatte es so deutlich gespürt, als habe er einen hörbaren Knacks vernommen. Er hatte sie voll Verwunderung angestarrt, fasziniert von der unglaubhaft törichten Flut von Bemerkungen, die sie hervorsprudelte, und sie hatte gerade zu ihm aufgesehen und seinen auf ihr ruhenden Blick erhascht. Von da ab hatte sich, sehr zu seiner Verlegenheit, ihr Benehmen ihm gegenüber geändert; ganz fein hatte sie durchblicken lassen – oh, nicht mit einem Wort –, dass ein gewisses Einverständnis zwischen ihnen bestünde. Gottlob war er sehr vorsichtig gewesen. Er war ihr in keiner Weise entgegengekommen. Das Letzte, was er, Leonard Anquetil, sich wünschte, war ein Techtelmechtel mit einer Dame der Großen Welt. Er war nicht der Mann, das zahme Schoßhündchen irgendeiner Frau zu spielen. Aber der Vorfall, wenn man es einen Vorfall nennen konnte, hatte die verschiedensten Erwägungen in seinem erstaunlich arglosen Gemüt erweckt, und er hatte mit einem frischen Auge voll belustigter Neugier seine Mitgäste betrachtet. Mit mondänem Klatsch war er nicht vertraut, daher musste er selbst beobachten und seine Schlüsse ziehen, wenn er irgendwelche Entdeckungen machen wollte. »Frei« – er entsann sich, dass man diese spezielle Gesellschaft als »frei« vor ihm bezeichnet hatte. Äußerlich, musste er zugeben, benahmen sie sich absolut korrekt. Obwohl sie alle auf dem Fuß behaglicher Vertraulichkeit miteinander standen und, wie er annahm, das ganze Jahr hindurch ständig in ihren respektiven Häusern zusammentrafen, schien selbst der Gebrauch des Vornamens nicht allgemein verbreitet unter ihnen; die Frauen freilich nannten einander beim Vornamen, doch war das keineswegs die Regel zwischen den Männern und Frauen. In der Tat würde er gesagt haben, dass ein gut Teil Förmlichkeit beobachtet wurde. Indessen, nachdem einmal sein sehr flüchtiges und geringschätziges Interesse geweckt war, hatte er viele Unterströmungen wahrgenommen, deren Bedeutung er nicht enträtseln konnte. Ein halbes Lächeln und ein Aufleuchten von Verschwörertum; er fühlte scharf, dass er der einzige Außenseiter in einer Gesellschaft war, in der jedes Mitglied eingeweiht in Entstehung, Entwicklung und gegenwärtigen Stand aller ihrer Verwicklungen war. Er fragte sich, wie viele Fauxpas er wohl begangen habe, und hoffte, es würden eine ganze Menge sein. Seine Mitgäste, davon war er überzeugt, waren viel zu gut unterrichtet, um je auch nur einen einzigen Fauxpas im Verlauf ihrer ganzen Karriere zu begehen.

Warum um alles in der Welt, fragte er sich, zur Wirklichkeit zurückkehrend, hatte er nur die Aufforderung der Herzogin angenommen, bis nach dem Lunch zu bleiben?

Dann erinnerte er sich: die Kinder. Er liebte junge Menschen, und ferner war er neugierig gewesen, diesen Haushalt zu sehen, wenn er sich selbst überlassen, wenn der Schwarm der Raben und Elstern verflogen war. Er begann, dem Lunch allein mit der Herzogin, dem Sohn und der Tochter mit einer gewissen Freude entgegenzusehen. Man hatte ihn gestern neben das junge Mädchen gesetzt, und wenn er auch nicht viel Worte aus ihr herausbekommen hatte, so hatte ihn doch der scheue und gehetzte Ausdruck ihrer Augen interessiert. Auch der Junge – ein hübscher, zorniger Bub. Es bestand eine Ähnlichkeit zwischen den

Geschwistern. Aber das war nur die Jugend, dachte er; bald würden sie umgemodelt sein. Der Druck auf ihnen würde zu stark sein. Was anders war von ihnen zu erwarten? Er lag in seinem bequemen Bett und ließ die warme, schwelgerische Stille von Chevron wohlig durch seine Glieder rieseln.

Die Herzogin, ebenfalls im Bette liegend, dachte wohlgefällig an Leonard Anquetil. Es war jetzt einige Monate her, da hatte sie angefangen, Harry Tremaine darauf vorzubereiten, dass sie seiner müde sei, und sie fragte sich, ob Anquetil wohl einen guten Ersatz abgeben würde. Aber könnte sie Anquetil ihren Bekannten aufzwingen? Ja, bestimmt – sie würden murren, aber sie wusste, dass sie eine Macht war: Sie würden jede ihrer Launen dulden, auch wenn sie anfangs davor scheuten. (Dass Anquetil selber ablehnen könnte, sich darein zu fügen, kam ihr gar nicht in den Sinn.) Sie war froh, dass sie ihn nach Chevron eingeladen hatte. Er war ein ziemlich ungeschliffener Diamant; er hatte ein schreckliches Leben geführt, der arme Kerl, und es musste eine hübsche Abwechslung für ihn sein (nach dieser Eishütte), in ein gepflegtes Haus zu kommen und die Gesellschaft zivilisierter Menschen zu genießen. Es war nett, Menschen eine Freude zu machen. Lucy war von plötzlichem Wohlwollen erfüllt. Sie konnte Anquetil sehr glücklich machen. Sie würde ihn verwöhnen. Sie war sicher, er war noch nie in der Oper gewesen, oder wenigstens nur auf der Galerie. Sie war sicher, er hatte keine Manschettenknöpfe, oder höchstens beinerne. Zugegeben, er glänzte nicht in der Unterhaltung, aber dafür besaß er als Kompensation jene Art von Persönlichkeit, deren Anwesenheit man immer spürt; auch war er keineswegs schön, obwohl er sie ein wenig an eines der Porträts oben erinnerte – gar kein modernes Gesicht, das aber an sich eine gewisse Vornehmheit hatte; sie musste Sebastian fragen, welches Porträt es war, so dass sie es anführen könnte, falls jemand absprechende Bemerkungen machen sollte. Er war sehr dunkelhäutig, sogar fahl, und hatte zwei Büschel krausen schwarzen Haars, die von den Schläfen abstanden, leuchtende schwarze Augen und eine Narbe, die vom Kinn zum Ohr lief. Ein beunruhigendes Gesicht; zudem durch das Explodieren einer Ladung Gewehrpulver stellenweise mit kleinen blauen Tüpfelchen gesprenkelt, als wäre ein Amateur des Tätowierens verrückt geworden und hätte mit seiner Nadel Tüpfelchen gemacht, statt eines Ankers oder eines Monogramms oder gekreuzter Hirschfänger oder was sonst immer. Es würde ihren Ruf der Originalität erhöhen, wenn sie gelassen Anquetil der Welt, ihrer Welt, als ihren Geliebten aufoktroyierte. »Amant de coeur«, murmelte sie, ihre Glieder zwischen den Linnenbetttüchern streckend, und vergaß ihre ursprüngliche Wallung des Wohlwollens.

Lucy kam selten vor dem Lunch herunter, aber an diesem Morgen wanderte sie um die Mittagsstunde in den Garten, einen Spitzensonnenschirm schräg aufgespannt zwischen ihrem hellen Kopf und der Sonne. Die Stille des Hauses bedrückte sie, auch hatte sie Anquetil weder auf dem Altan noch in der Bibliothek finden können, und verwöhnt, wie sie war, war sie schon übler Laune, weil sie ihn nicht da gefunden, wo sie erwartet hatte, ihn zu finden. Ihre Absätze hinterließen kleine runde Spuren, als sie über den Rasen schlenderte. Miss Wace beobachtete sie aus einem der oberen Fenster, mit Gefühlen, die aus Übelwollen und Bewunderung gemischt waren. Wie zierlich die Herzogin heute Morgen aussieht, das muss man sagen, dachte sie, in diesem Schneiderkleid, das ihre Figur so vorteilhaft zur Geltung bringt und das nach dem Mullkleid vom Sonntag anzeigt, dass sie nach London fährt; aber doch wahrt sie noch den Ton des Ländlichen durch ihren Sonnenschirm und hat auch noch keinen Hut auf die Wellen ihres Haars gedrückt. Miss Wace, die sich ihrerseits in einem heliotropfarbenen Sergekleid mit einem steifen, rauen Gürtel gefiel und die ihre Haare ärgerlich von den Ohren zurückzerrte, lebte in einem dauernden Zwiespalt zwischen der Missbilligung von Lucys Frivolität und leidenschaftlicher Begeisterung für ihre Weiblichkeit. Sie konnte sich nie an dieses Wesen gewöhnen, das einen in einem Augenblick in einen solchen Paroxysmus der Empörung hineintreiben konnte, dass es nichts anderes gab wie sofortige Kündigung, und das einen im nächsten Augenblick bis zu einem solchen Zustand der Ergebenheit bezaubern konnte, dass man gerne die ganze Nacht aufgesessen hätte, um heiße Milch um die Stunde zu kochen, da es einer müden Lucy belieben würde, zu Bett zu gehen. Manche Menschen, dachte Miss Wace, sich selber aufhetzend, glauben, dass ihnen alles erlaubt sei; denn wenn sie auch eine große Befriedigung in Formeln fand, so war sie doch noch nie zu der Formel vorgedrungen, dass jedermann den andern seinen eigenen Wert aufzwingt. Es war unmöglich, sich ernstlich gegen etwas zu sträuben, was die Herzogin befahl, dachte sie jetzt und beobachtete Lucy, die – ein bunter Falter, der über die Wiese taumelt – ihren Sonnenschirm drehte; man konnte nicht wirklich gekränkt sein. Aber dann entsann sie sich wieder, wie Lucy über sie hergefallen war, wegen einer Sache, in der sie wirklich keine Schuld hatte, und sie entschied, dass früher oder später doch der Tag kommen würde, an dem sie ihre Siebensachen packen und gehen würde. »Es gibt so etwas wie Selbstachtung«, war einer ihrer Lieblingssätze. In ihres Herzens Herzen wusste sie ganz genau, dass sie aufhören würde zu existieren – dass sie vergehen würde –, der betörenden und gefährlichen Aufregung von Lucys Nähe entrückt; und davon abgesehen wusste sie ebensogut, dass sie es nie über sich bringen würde, ein Haus zu verlassen, in das der König so oft kam. »Ich bin kein Snob, meine Liebe«, vertraute sie gern einer intimen Freundin an, »ich schmeichle mir, dass ich nicht einmal weiß, was Snobismus bedeutet, ich bin wahrlich eine Republikanerin und stolz darauf«, und nur nach männiglich bezeigtem Widerstreben konnte sie dazu gebracht werden, den letzten königlichen Besuch zu beschreiben. »Es bedeutet so eine Unmasse Extraarbeit für mich«, seufzte sie dann wohl, und dann fuhr sie fort, zu erzählen, wie sie hinter jeder Kleinigkeit selbst her sein müsste, selbst dafür müsste sie sorgen, dass der rote Läufer ordentlich über den Hof gelegt und die königliche

Standarte bereitgehalten würde, um die gewöhnliche Fahne auf dem Turm zu ersetzen. »Man sollte meinen, die Dienstboten wären allmählich an derlei gewöhnt – sechs Besuche hatten wir, glaube ich, vergangenes Jahr –, aber wirst du's glauben, etwas wird immer vergessen.« Es war indessen Anstandspflicht zuzugeben, dass ihre Extramühe immerhin auch eine Entschädigung fand, denn auf der linken Seite ihres mageren und republikanischen Busens hing eine malvenfarbene Emailleuhr an einer künstlichen malvenfarbenen Emailleschleife. »Ich muss sie mit dem Zifferblatt nach außen tragen«, pflegte sie zu erklären, »wegen der Initialen auf der Rückseite. Wie dumm. Zu schade. Sie wäre so viel hübscher, wenn sie hinten glatt wäre«, und dann drehte sie die Uhr um und offenbarte das verschlungene E. R. VII und die Krone auf der Rückseite. »Natürlich mag ich sie nicht«, sagte sie wohl, »aber sie ist ein guter, kleiner Chronometer, und deshalb trage ich sie.« In Wirklichkeit wusste jedermann, dass sie durchaus kein guter kleiner Chronometer war, sondern täglich ungefähr eine Stunde vorging.

Lucy verschwand um die Hausecke, und Miss Wace wandte sich gestrenge wieder ihren Pflichten zu. Lucy suchte nicht nach Anquetil, oder zumindest gestand sie es sich nicht ein, dass sie es tat; sie schlenderte nur durch den Garten. Aber sie fand Anquetil, wo sie ihn am wenigsten erwartet hatte – im Gartenhaus, im Gespräch mit Viola. Das Gartenhaus diente als Freiluftschulraum; die Wände waren über und über mit Zahlen und kindischen Zeichnungen bekritzelt, die Tischkante von einem unnützen Federmesser zerschnitten und eingekerbt. Ärger stieg in Lucy hoch, den sie rasch der Tatsache zuschrieb, dass Viola so unhübsch aussah. Nach Lucys Begriffen sah das Kind denkbar ungünstig aus, denn Lucy liebte es, dass ihr Haar luftig gekräuselt und mit einer breiten, schwarzen Schleife zusammengehalten war, auch sah sie sie gerne in Jungen-Mädchen-Kleidern, mit Rüschchen und Borten überladen; aber heute war Violas Haar glatt und schlicht, es lag wie schwarzer Atlas um ihre Stirn und machte ihr schmales Gesicht noch blasser und ovaler; auch trug sie ein schmuckloses rotes Kleid, das ihr nach Lucys Meinung gar nicht stand. Ihr Haar ist gestern gebrannt worden, dachte Lucy, und das Wetter ist trocken; sie muss es mit Wasser bearbeitet haben. Lucy, mit ihrer Vorliebe für unruhige Verzierungen und den weiblichen Reiz der pikanten Frau, war nicht fähig, die glatte Linie und schimmernde Zartheit ihrer Tochter zu schätzen. Das Kind hatte hübsche Augen, das gab sie zu; und es ließ sich auch über ihre fein geschwungenen Augenbrauen reden, die immer aussahen, als wären sie mit Öl glatt gebürstet worden; aber warum musste sie so bleich wie eine Heilige sein und ihr Haar wie die Madonna frisieren? Anquetil und Viola blickten beide auf, als die Herzogin um die Ecke bog, denn sie warf einen Schatten zwischen sie und die Sonne. Lucy wusste sofort, dass sie störte. Dieser kleine Umstand steigerte ihren Ärger über die Maßen; sie hätte es vielleicht verziehen, wenn eine andere Frau, etwa Sylvia Roehampton, Anquetils Aufmerksamkeit so leicht und bequem im Gartenhaus mit den Libellen, die über die Blumen des verträumten Gartens schwirrten, gefesselt hätte, denn dann hätte sie in Wettstreit mit jener anderen Frau treten können, und sie hätten beide den Kampf mit Waffen aufgenommen, in deren Gebrauch sie wohlerfahren waren; doch Viola konnte sie nicht verzeihen, dass sie sich sozusagen durch die Hintertüre in Anquetils Vertrauen eingeschlichen hatte. Es war natürlich, weil Viola ein Kind war, dass Anquetil sich zu ihr herabgelassen hatte, er, der von Samstag bis Montag so auf seiner Hut gewesen war. Unschuld hatte gesiegt, wo Kunst versagt hatte. Aber sie tat, als sei sie überrascht, ihn hier zu finden, und sagte: »Guter Gott! Mr Anquetil! Und ich glaubte, Sie schliefen noch die Folgen Ihres Bridges von gestern Abend aus. Was für ein entzückender Morgen, nicht wahr? Ich genieße einen kleinen ruhigen Spaziergang vor dem Lunch so sehr. Ich hoffe, Viola, du hast Mr Anquetil nicht gelangweilt? Und was ist mit deinen Aufgaben, mein Kind? Sicher hättest du sie machen sollen? Der Tisch ist ja bedeckt mit deinen Büchern. Was wird Miss Watkins sagen? Ich muss Sie wirklich entführen, Mr Anquetil, damit Viola sich an ihre Aufgaben setzen kann, oder das arme Kind wird Unannehmlichkeiten haben – ich frage mich immer, ob Miss Watkins nicht ein bisschen zu streng ist, aber man mischt sich nicht gerne zu oft hinein; Gouvernanten haben ihre eigenen Methoden, nicht wahr? Und es ist wohl nicht richtig, sie fühlen zu lassen, dass man ihnen nicht traut.«

Anquetil hatte nur auf eine Gelegenheit gewartet, um ein Wort sagen zu können, und ergriff sie jetzt. »Es ist ganz richtig, Herzogin. Ich bin der Schuldige. Ich habe Miss Watkins bestochen, unter der Bedingung, dass ich Viola bis zum Lunch Geschichten erzählen würde. Ich erklärte ihr, dass das gut für ihre Geographie sein würde. Und es war gut, nicht, Viola? Was sie jetzt nicht vom Orinoko weiß, ist des Wissens nicht wert. Das ist die richtige Art, Geographie zu lernen«, fuhr er fort, als er sah, dass Lucy sprechen wollte, »sich mit jemandem unterhalten, der dort gewesen ist, anstatt Abschnitte aus einem widerlichen kleinen Leitfaden, wie diesem hier, auswendig zu lernen. Oder eine Stunde über einem Globus zu sitzen. Sie, Herzogin, könnten mir zum Beispiel sicher nicht sagen, durch welche Orte Sie kommen würden, wenn Sie auf dem Breitengrad von Madrid eine Linie rund um den Erdball zögen. Versuchen Sie's!«

Die Herzogin war verdutzt; das war ein ganz anderer Anquetil als der schwierige, ablehnende Mann, den sie zu zähmen versucht und den sie eventuell zu erobern gedacht hatte. Er strahlte; er lachte sie an. Viola beobachtete sie beide zwischen Erschrecken und Entzücken. Anquetils Gegenwart gab ihr einen ungewöhnlichen Rückhalt, sie wusste irgendwie, dass ihre Mutter vor ihm ihrem Ärger nicht Luft machen würde. Später … aber ihre Mutter fuhr nach dem Lunch nach London, und gegen Ende der Woche, wenn sie zurückkam, würde sie es vergessen haben.

Lucy fing Sebastian vor dem Lunch in der Bibliothek ab. Sie gab sich zärtlich und kosend, strich sein Haar zurück auf eine Weise, die er ganz besonders hasste. Sanft und süß, wie sie war, wusste er doch, dass irgendetwas geschehen war, um sie in schlechte Laune zu versetzen; er wusste ebenfalls, dass ihre ersten Bemerkungen nur ein Vorspiel zu dem waren, was sie wirklich sagen wollte. Somit war er nicht erstaunt, als sie schließlich sagte: »Oh, übrigens, dieser Mr Anquetil ...« Welches von den Bildern oben, wollte sie wissen, sah Mr Anquetil so ähnlich? Sie war zu faul gewesen, um hinaufzugehen und nachzuschauen. Aber Sebastian kannte doch die Bilder so viel besser als sie. Er wusste überhaupt so viel mehr über Chevron. Welches Bildnis war es? Ein hässlicher Mensch, dieser Mr Anquetil; aber kein ganz uninteressantes Gesicht – fand Sebastian das nicht auch? –, diese drollige Narbe, diese drolligen blauen Tüpfelchen, diese drolligen Haarbüschel. Kein modernes Gesicht. Er könnte zwischen allen diesen historischen Tudor-Bildnissen in der Galerie hängen – alle in den gleichen Rahmen und die Namen in Blumengewinde eingeschrieben, die sich von einer Ecke zur anderen schwangen –: Drake, Howard, Raleigh – welcher war es? »Kein Porträt im Besonderen«, sagte Sebastian, »er sieht wie irgendein elisabethanischer Seemann aus.« »Irgendein elisabethanischer Seeräuber«, sagte Lucy. »Die meisten elisabethanischen Seeleute waren Seeräuber«, sagte Sebastian. Lucy lachte ihr silbernstes Lachen, jenes Lachen, das mehrere Männer hatte glauben machen, dass sie verstünde, was sie sagten.

Lucy hatte sich im Stillen gedacht, dass Anquetil sie nach London begleiten sollte, aber zu ihrem heftigsten Verdruss wurde dieser Plan durchkreuzt, nicht durch Viola, sondern durch Sebastian, der unvermutet vorschlug, Anquetil sollte ihn am Nachmittag noch auf einem Ritt begleiten und einen Abendzug nehmen. Noch nie hatte Sebastian so etwas getan – gewöhnlich drückte er einzig seine Ungeduld aus, dass jedermann so schnell wie möglich von Chevron verschwinden möge –, so dass die Enttäuschung seiner Mutter nur ihrem Erstaunen gleichkam. Sie war jetzt von dem unangenehmen Verdacht durchdrungen, dass sie selbst de trop wäre und dass Anquetil, nicht weniger als ihre Kinder, der Stunde ihrer Abreise und dem Augenblick entgegensähe, da sie alle drei allein zurückbleiben würden. Doch liebte sie Sebastian zu sehr, um ihm selbst die Folgen von irgendetwas, was er tun mochte, nachzutragen; wenn es einen Sündenbock geben musste, würde Viola dieser Sündenbock sein. Sollte sie Viola nach London mitnehmen?, fragte sie sich; sie machte sich vor, dass sie das Mädchen dann zur Hand haben würde, falls sie eines Sicherheitsventils für ihre schlechte Laune bedürfte – denn so weit konnte sie aufrichtig mit sich selber sein –, weigerte sich aber anzuerkennen, dass ihr wahrer Wunsch darin bestand, das Anwachsen einer Kameradschaft zwischen Anquetil und Viola zu verhindern. Dann entschied sie, dass es zu lästig sein würde, Viola in London bei sich zu haben. Sie fühlte sich manchmal unbehaglich unter der unausgesprochenen Kritik ihrer Tochter, und in London, das wusste sie, würde das Haus zu jeder Stunde des Tages voll von Leuten sein, von Leuten, auf die das Mädchen beim Verlassen des Zimmers so einen Blick werfen würde – mochten sie beisammenbleiben; sie zog ihre Hand von Anquetil zurück; Närrin, die sie gewesen war, auch nur an ihn zu denken! Sie würde stattdessen Wacey mitnehmen. Trotzdem, man hatte sie hintergangen; diesen Gedanken, aufreizend wie ein Steinchen im Schuh, nahm sie mit nach London.

Sie ritten alle drei zusammen an diesem Nachmittag mit den beiden Hunden aus, und Anquetil fühlte sich glücklich und behaglich in Gesellschaft der beiden jungen Geschöpfe. Mehr als das: Er fühlte sich ausgelassen, wie er es selten war, es sei denn im Vorgefühl eines neuen Abenteuers. Er näherte sich dem Alter, da die Betrachtung ganz junger Menschen an sich schon eine Quelle sehnsüchtigen Glückes ist; das will heißen, er nähert sich den Vierzig – zweiundzwanzig Jahre älter als Viola, zwanzig Jahre älter als Sebastian. Naturgemäß in guter Verfassung, dank dem angespannten Leben, das er immer geführt hatte, war er sich doch eines Unterschieds zwischen seiner eigenen rauen Rüstigkeit und ihrer einfach jugendlichen Lebenskraft bewusst. Wenn er ihren Eröffnungsgalopp genoss, so zum Teil, weil er die Schlappheit zweier ganzer Tage in London aufhob und als ein Plus an Kraft und Gesundheit gebucht werden konnte, aber für sie war es nichts anderes als ein natürlicher Ausdruck des Überschwangs, als sie ihren Pferden die Zügel schießen ließen und, einander jagend, das Tal hinuntersprengten, wild ihre Mützen schwenkend und einander zujauchzend, als sie Nase an Nase den letzten Hohlweg zwischen den farrenbewachsenen Böschungen hinunterstoben. Seite an Seite hielten sie auf ihren Pferden, um zu warten, bis er sie eingeholt hätte; eine weite Sicht von Feldern und fernen Hügeln tat sich hinter ihnen auf, aber er mäßigte seine Gangart zu Trab, denn er freute sich an ihrem Anblick, und er glaubte, für immer würde er das Bild dieser beiden mit sich fortnehmen, wie sie so heiter und schlank in der Farrenlichtung hielten, hinter ihnen die englische Landschaft, und ihre Pferde, die mit ihren Hufen im Gras scharrten, und Sarah und Henry, die keuchend am Boden lagen. Sie erinnerten ihn an ein Bild von Charles Jurse. Es schien Anquetil, als habe er einen Augenblick noch gerade im Vergehen eingefangen. Früh am Morgen hatte er an Chevron als an etwas Totes gedacht, als an einen Anachronismus, ein erlesenes Überbleibsel, und seine demokratischen Instinkte hatten ein leicht sardonisches Lächeln auf seine Lippen gebracht; jetzt berichtigte er seine Auffassung und lächelte wieder, aber dieses Mal hatte er auch einen Seufzer für die Vergänglichkeit von etwas so Charakteristischem, so innerlich Wahrem und Anmutigem. Es muss vergehen, dachte er, vergehen mit all seinem ungereimten Drum und Dran an Dienstboten und Luxus; aber im Vergehen würde es vieles mit sich nehmen, was adlig war, Tradition besaß und – wenn er auch über das Wort lachen musste – elegant war. Seine Anschauungen schlugen um, und er fühlte plötzlich ein Bedauern, wie etwa ein Gelehrter es beim Niedergang von Kunst und Wissenschaft fühlen mag oder ein Hundeliebhaber bei der Entartung des Windspiels. Sicherlich ein Anachronismus, aber viele schöne Dinge waren Anachronismen, die meisten sogar; er hätte die Mauern um den Park erhöhen und Chevron mit allen seinen Insassen als nationales Museum erhalten mögen, aber dann dürften sie sich auch nie verändern oder älter werden, am wenigsten Sebastian und Viola; alles müsste in ein Dornröschenschloss verwandelt werden, nur sollten sie nicht in todesähnlichen Schlaf fallen, sondern sollten unsterblich ihren ewigen Beschäftigungen wie von alters her nachgehen. Was ihn selbst betraf, so war er überzeugt, dass er Chevron nie wiedersehen würde; der Fall würde der einzige in seinem Leben bleiben; er war zu tatkräftig, als dass England ihn je lang zu halten vermochte, und er trug sich schon mit anderen Plänen, aber das flüchtige Eindringen in diese seltsam abgetrennte Welt hatte ihn erstaunlich bereichert, so wie man von einer Erfahrung bereichert wird, von der man glaubte, sie läge außerhalb der eigenen Interessensphäre, und die nun unerwartet eigenes Leben in einem dem Verstehen neuerschlossenen Bereich gewinnt.

War Anquetil über sich selbst erstaunt gewesen, dass er bis nach dem Lunch in Chevron blieb, und dann noch erstaunter, dass er Sebastians Einladung, bis zum Abend zu bleiben, angenommen hatte, wie völlig und restlos erstaunt war er, da er nun gar einwilligte, bis zum nächsten Morgen zu bleiben! Aber er war ja nicht mehr der Gast der Herzogin; er war der Gast von Sebastian und Viola. Er war nicht mehr Teilnehmer einer Gesellschaft, ein Außenstehender, ein Zuschauer, abwechselnd gelangweilt, geringschätzend oder belustigt; er war Glied eines glücklichen Trios, fröhlich während der Abwesenheit der Erwachsenen. Er hatte die Veränderung bemerkt, die mit den beiden Kindern vor sich ging (denn als Kinder betrachtete er sie), sobald ihre Mutter das Haus verlassen hatte. Sie war in einem Wirbel von Kissen, Handtaschen, Staubmänteln und Dutzenden von kleinen überflüssigen Sachen davongefahren, die alle einzeln heruntergebracht und auf dem Rücksitz der Kalesche verstaut werden mussten; die Dienstboten waren gerannt wie die Hasen; alles schien in der letzten Minute vergessen worden zu sein. Button und Miss Wace waren gehetzt und geplagt worden, wobei Button bewun-

derungswürdig unerschüttert blieb, Miss Wace aber sichtlich die
Fassung verlor, denn die Tränen stiegen ihr in die Augen, ihre
Nase wurde rot, und sie tauchte nach einem Schnupftuch in der
in ihrem Unterrock verborgenen Tasche; die arme Miss Wace
sah auffallend reizlos aus, mit einer flachen wollenen Kappe auf
dem Kopf und einem langen Staubmantel aus Rohleinen. Über
der ganzen Abfahrtsszene dräute die Wahrscheinlichkeit, dass
die Herzogin den Zug versäumen würde. Anquetil dachte, dass
er wohl mit geringerer Aufregung nach dem Südpol aufbrechen
könnte. Endlich war sie abgefahren, allein in der Kalesche, während Button und Miss Wace, wankend und schwankend, in dem
ratternden kleinen Kremser folgten. »Am Samstag wieder da!«,
hatte sie den Kindern aus dem Wagenfenster zugerufen; und
»vielleicht finde ich Sie noch hier!«, hatte sie Anquetil zugerufen, der nicht sicher war, ob er das als Ironie oder als eine Einladung aufzufassen hätte. Also hatte er gelächelt und den Kopf
geschüttelt, aber die Herzogin war schon damit beschäftigt, ein
herunterrutschendes Paket zu retten, und im nächsten Augenblick hatte sie die Kalesche dem Hörbereich jeder Antwort entführt. Anquetil freute sich, dass er Zeuge dieser ganzen kleinen
Komödie gewesen war; er sah gerne, wie andere Menschen lebten, vorausgesetzt, dass er nicht gezwungen war, ihrem Beispiel
zu folgen. »Nun denn!«, sagte Sebastian; und Anquetil wusste,
dass nur seine angeborenen guten Manieren ihn hinderten, noch
ein gut Teil mehr hinzuzufügen.

Was für reizende Kinder sie beide waren, dachte er. Natürlich, unverdorben, und so hübsch anzusehen. Einfach? Er würde
nicht so weit gehen, das zu behaupten, obgleich sie sicherlich seiner Meinung nach auf die richtige Art einfach waren; das heißt,
sie waren leicht zu erheitern, lachten bereitwilligst und genossen die Freuden ihres körperlichen Wohlbefindens. Anquetil,
der bestimmte Ansichten hatte, mochte nicht, wenn junge Leute
blasiert waren, und blasiert waren diese zwei nicht, wenn auch
sicherlich alles geschehen war, um sie dazu zu machen. Aber
einfach? Er kam auf diese Frage zurück und entschied dankbar,

dass er dieses Wort ablehnen könnte. Er hatte nicht viel übrig für übertriebene Einfachheit, außer bei den Männern, mit denen er das Abenteuer seiner gefahrvollen Expeditionen unternahm. Diese Männer aber wussten nichts von ihm, kannten nichts als seine Eigenschaften eines heiteren, findigen und verlässlichen Gefährten; es war dies ein sonderbares Verhältnis, in welchem sich eine ganz spezifische Art der Vertraulichkeit, erwachsen aus gemeinsamer Not und Mühsal, mit völliger Unkenntnis der persönlichen Lebensumstände und des Charakters des Einzelnen verband. Anquetil behielt dieses Verhältnis jenen Männern vor, von denen er kaum wusste, ob er sie gern mochte oder nicht. Von andern Menschen verlangte er in den seltenen Zwischenzeiten seines Lebens in England – an das er beinahe wie an ein Leben auf dem Festland dachte – etwas anderes. Er hätte seine Zeit nicht an Sebastian vergeudet, wenn er gedacht hätte, Sebastian wäre alles in allem nur ein junger Aristokrat, bestrickend, weil ihn seine Erziehung so gemacht, und weiter nichts, den kleinen Stich Romantik ausgenommen, der für ihn kaum zu vermeiden war und den er seiner Geburt, seinem Reichtum, seiner Jugend und seiner persönlichen guten Erscheinung verdankte. Dieser Stich offenkundiger Romantik hatte vielmehr beinahe genügt, Anquetil anfangs gegen den jungen Menschen einzunehmen. Selbst die guten Eigenschaften eines guten Grundherrn und Landedelmannes, die noch hinzu kamen, ererbt zwar, dennoch achtenswert, hätten in Anquetils Augen nicht viel zu Sebastians Gunsten beigetragen. Er hätte solche Vorzüge als selbstverständlich angesehen; und, wie es auch geschah, hätte er die Gelegenheit ergriffen, sich selbst davon zu überzeugen; denn nach ihrem Galopp waren sie zu verschiedenen Meiereien und Vorwerken geritten, an denen Verbesserungen oder Reparaturen vorgenommen wurden, und Anquetil hatte Sebastians geschickte Art im Umgang mit seinen Pächtern und seine offensichtliche Vertrautheit mit ihren Angelegenheiten vermerkt. So weit gut, aber das genügte nicht. Auf diese Eigenschaften hin konnte Sebastian bequem mit anderen jungen Leuten in gleich glücklicher Lage in einen Topf geworfen und aus Anquetils Kopf gestrichen werden. Aber, ganz darauf gefasst, zu einem solchen oder ähnlichen Schluss zu gelangen, hatte er den Jungen beobachtet und doch seine Erwartung nicht erfüllt gesehen. Dieses Füllen war noch nicht gebändigt und gezäumt; würde es vielleicht niemals werden. Obwohl es sicherlich seinen Reiter ganz zahm ein Jahr oder länger tragen mochte, ehe es ihn abwarf.

Außerdem hatte Anquetil, der in solchen Dingen feinfühlig war, an diesem Tage in Sebastian etwas wahrgenommen, was er für eine besondere Erregtheit hielt. Er kannte freilich den Jungen so wenig, dass es schwer für ihn war, die Schattierung zwischen seinem gewöhnlichen Wesen und einer unterdrückten besonderen Erregung genau zu bestimmen. Indessen konnte er sich von der Idee nicht frei machen, dass der Junge eben eine entscheidende Krisis durchlebt habe oder gerade durchlebe. Er sann und grübelte, was das wohl für eine Krisis sein mochte, um ärgerlich zu dem Schluss zu kommen, dass es nur eine Liebesgeschichte sein könnte. Als Anquetil zu diesem Schluss gelangt war, sank Sebastian um einige Striche in seinen Augen. Anquetil interessierte sich nicht für Liebesgeschichten. Er kannte ihre tödliche Einförmigkeit zu gut. Er konnte ihnen nicht verzeihen, dass sie gleichzeitig so vielversprechend und dann so eintönig waren. Sie bedeuteten für ihn nur einen Aufwand an Geist in einer Wüste von Langeweile; und je eher sie vorüber waren, desto besser; so meinte er. In diesem Augenblick war er geneigt, Sebastian für einen ganz alltäglichen, konventionellen jungen Mann zu halten. Armer Sebastian, dachte er, durch den bloßen Umstand seiner Lebenslage dazu verdammt, niemals mehr als ein konventioneller junger Mann zu sein; ebenso konventionell wie ein König; denn selbst seine Revolten, wenn er je revoltierte, konnten nur auf vorbestimmter Linie vor sich gehen; es gab nichts, wogegen er revoltieren konnte, es sei denn gegen sein eigenes günstiges Geschick, und das war etwas, dem er nicht entgehen konnte. Sein Reichtum war gesichert – wenn Anquetil auch nur unklare Vorstellungen über Fideikommisse hatte –, sein Haus war gesichert, dieses prangende, majestätische Chevron; und was seinen großen Namen betraf, so musste er ihn bis ans Grab tragen; alle diese Dinge waren ihm angehängt wie ebenso viele Konservenbüchsen an den Schwanz einer armen Katze. Mit ihnen fiel die Romantik seiner ganzen Aufmachung. Armer Sebastian, dazu verdammt, romantisch zu sein; verdammt, immer romantisch konventionell zu sein! Was für ein Weizen blühte solchem jungen Mann? Eine unvermeidliche Ernte, gesät von seiner bösen Patenfee bei seiner Taufe. Nicht einmal von seiner eigenen Hand gesät, vorweggenommen in seinem Interesse. Armer Sebastian, seine Traditionen waren nicht nur ererbte Vergangenheit, sie reichten auch prophetisch in die Zukunft. Sie erstreckten sich nach beiden Seiten. Es war eine unbillige Belastung.

Anquetil zog sich nicht um zum Abendessen; er wusch sich nur. Diese Sachlage war von Sebastian herbeigeführt worden, der, als sie von ihrem Ritt zurückkehrten, gesagt hatte: »Hören Sie, wir wollen uns nicht umziehen – es ist ein so schöner Abend –, wir wollen nach Tisch ins Freie gehen.« Viola hatte beigepflichtet. Anquetil konstatierte mit Belustigung, dass dieser Vorschlag ein ganzes Knäuel gewagter Neuerungen in sich schloss. Er wusste recht gut, wenn Sebastian und Viola in Abwesenheit ihrer Mutter allein zu Abend gegessen hätten, so würden sie sich für dieses Abendessen zu zweit mit derselben peinlichen Sorgfalt wie für eine Gesellschaft von dreißig Gästen umgekleidet haben. Er wusste auch, dass Sebastian aus seiner eigenen fremdartigen Gegenwart den Anreiz zu diesem Bruch des Herkömmlichen schöpfte. Und er fühlte sich dem entsprechend belustigt. Aber, nicht vertraut mit den Gepflogenheiten solcher Häuser wie Chevron, war er sich der ganzen Gewagtheit von Sebastians Neuerung nicht bewusst geworden, bis er dem Haushofmeister in der Bibliothek begegnete und den schnellen Blick auf sein Reitjackett auffing, dem ein schneller, kaum wahrnehmbarer Blick nach der Uhr folgte. Er zollte Vigeons Takt seine Bewunderung. Kein andrer, dachte er, als ein in Chevron-Traditionen erzogener Haushofmeister hätte so zart und feinfühlig anzudeuten gewusst, dass es an der Zeit für ihn sei, sich umzukleiden. Eine Wallung, die Sache aufzuklären, stieg in ihm auf, wurde aber sofort schadenfroh unterdrückt. »Seine Gnaden«, wollte er sagen, »hat mir gesagt, ich solle mich nicht umkleiden« – aber gerade um des Vergnügens willen, Vigeon aus der Fassung zu bringen, hielt er sich rechtzeitig vom Sprechen zurück. Er zog es vor, Vigeon glauben zu lassen, dass er, Anquetil, der hergelaufene Abenteurer, den irgendwo aufzulesen Ihrer Gnaden gefallen hatte, sich nicht zu benehmen wisse. In diesem Augenblick hörte er das schnelle Trappeln von Sarah und Henry auf den Dielen, und Sebastian, noch in Hemd und Reithosen, betrat die Bibliothek.

Während des Essens revidierte Anquetil seine Ansicht über Sebastian und kam auf seinen zweiten Eindruck zurück. Er verschob die Kritik; er gestattete sich, dem ungezwungenen Charme des Jungen zu unterliegen. Vigeon und seine geschulten Helfershelfer warteten ihnen auf, und Anquetil hatte das Vergnügen, den Kitzel von Vigeons Missbilligung in allen Nerven zu spüren. Vigeon machte ihn verantwortlich; verantwortlich nicht nur für Sebastians ungewohnte Tracht – das äußere und sichtbare Zeichen, dachte Anquetil, einer inneren und geistigen Emanzipation, denn er hatte sich bereits, wenn auch fast unbewusst, den Platz eines Mentors in Sebastians geistigem Leben zugedacht –, sondern auch für Sebastians ungewohnten Ton und Mangel an Zurückhaltung. Nicht, dass Sebastian selber viel geredet hätte, aber er zwang ihn, Anquetil, zu reden. Sebastian saß lässig am Ende der Tafel in dem kleinen Speisezimmer, in dem seine Vorfahren Drake und Frobisher, Pope und Dryden gastlich aufgenommen hatten – wie die Porträts an den Wänden bezeugten; Sebastian saß lässig dort, in seinem blauen Hemd, spielte mit einem Glas Wein, lachhaft hübsch und romantisch anzuschauen, und verleitete Anquetil, von Dingen zu reden, von denen er sonst nie sprach: Von seinem Vordringen auf tropischen Flüssen, seinem Steckenbleiben zwischen Eisschollen, bis Anquetil (der ein wenig den Kopf verlor unter dem Einfluss des Weins und der historischen Porträts und auch der Persönlichkeit Sebastians, der dort, halb unreifer Knabe und halb Gönner, lehnte) sich erschloss, wie er es niemals, weder seinen intimen Freunden noch schmeichelnden Frauen gegenüber, getan. Er vermochte sich selber nicht befriedigend zu erklären, warum er auf Sebastians Veranlassung so aus sich herausging. War es etwas Atavistisches in ihm, fragte er sich, das dem einflussreichen Gönner entgegenkam? Bei Gott, sagte er, mit einem Blick auf das stumme Porträt von Frobisher, wünsche ich möglicherweise, dass Sebastian mein nächstes Unternehmen finanziert? Seine Beziehung zu Sebastian wurde plötzlich zu kompliziert für menschliche Enträtselung. War sie eigennützig oder uneigennützig? War sie zynisch oder unparteiisch? War sie halb übelwollend oder ganz wohlwollend? Wollte er den Jungen verwirren oder frei machen oder ihn bloß ausnützen? Waren seine Beweggründe rein oder gemischt? Waren Beweggründe nicht immer gemischt? Warum beschäftigte ihn Sebastian so stark? Bah, sagte er zu sich selber, vielleicht kann er mir nützen; und dann sagte er sich, es würde seiner Mutter recht geschehen, wenn ich ihn von all dem weglocke; und zu guter Letzt sagte er sich, ich hab' den Jungen gern, und wenn ich ihn davor bewahren kann, sich selbst zu verzetteln, so will ich's tun.

Viola trug sehr wenig zur Unterhaltung bei, und nur ein- oder zweimal wandte sich Anquetil ihr zu, um sich zu fragen, was wohl in ihrem Kopfe vor sich gehe. Er hatte Viola nicht sehr beachtet, hatte nur festgestellt, dass sie sich in dem ranken, schwanken Alter der Jungmädchenjahre befand, bebend wie eine Wasserpflanze im Strom. Es war ein Alter, das seinen eigenen Liebreiz hatte, aber Anquetils Anerkennung war unpersönlich; er liebte mehr etwas erfahrenere Frauen. Nicht Weltdamen; nein! Er dachte an die Herzogin. Aber es gab tiefe, weltweise Frauen, mit denen er reden konnte; Frauen, die das Leben kannten; das waren die Frauen, die Anquetil liebte.

Es war Sebastians Vorschlag, dass sie hinaufgehen sollten auf das Dach.

Er sperrte Sarah und Henry in die Bibliothek ein, nahm eine Kerze und schritt voran. Anquetil war ergriffen durch das Bild des Knaben, der, die Kerze in Händen, durch die Schatten und den Prunk seines Erbes schritt. Denn die weiten Gemächer hatten im Dunkel gelegen, bis die Kerze sie aufstörte; die weiten Prunkgemächer, die jetzt nie mehr benützt wurden, aber ihre alten Möbel noch bewahrten, ihre Vergoldungen und Samte, und die im Schein der Kerze noch in einem Leben zu zucken schienen, das sie eben erst verlassen hatte. Diese Beleuchtung war viel phantasieanregender als das Tageslicht, in welchem Anquetil sie zuerst erblickt hatte. Bei Tage, da waren die silbernen Dreifüße, die Porträts, die Gobelins, die gewachsten Parkettböden voll sichtbar, still und stumm hervorgetreten, nichts Geheimnisvolles umwitterte sie – abgesehen von dem ganz eindeutigen Interesse, das ihr Alter, ihr Gebrauch, der Zustand ihrer Erhaltung und die ihnen innewohnende Schönheit erweckte. So tot wie ein Museum, hatte Anquetil in der ablehnenden Stimmung, die ihn damals beherrschte, gedacht. Er hatte betrachtet, hatte bewundert, aber es war eine pflichtgemäße Bewunderung gewesen; es hatte ihn nicht berührt. Jetzt sah er die alten Räume erschauern in dem ungewissen Licht, das so plötzlich hineingebracht wurde, und lernte, dass manche Dinge gewannen, wenn man sie nicht ganz deutlich sah, Dinge, die zu zart und zerbrechlich waren, um die ganze Wahrheit des Tages zu ertragen. Denn nicht sehen ist halb glauben. Dass er dieses zugab, war ein Beweis des weiten Weges, den er seit dem Morgen zurückgelegt hatte, da er noch glaubte, ein Mann der Tatsachen zu sein, berührt nur von den (nach seiner Auffassung) harten Umrissen der Dinge, Verhältnisse und Situationen. Jetzt erkannte er, dass Aspekte sich wandelten und dass Aktualität eine Täuschung war, abhängig einzig vom Betrachter, seiner Stimmung und seinem Vorurteil. Die alten Räume flößten ihm in dem Kerzenlicht eine Zärtlichkeit ein, die er bei Tageslicht nicht anerkannt hätte. Ihre Schönheit, die er nur für eine äußerliche gehalten, bekam Bedeutung; sie wurden beseelt vom Odem eines Lebens, dessen sie sich einst erfreut hatten, als kein Auge sie als Museum betrachtete, sondern sie selbstverständlich als den natürlichen Rahmen des täglichen Lebens hinnahm; und das galt auch für ihre Einrichtung, für die Spiegel, in deren trübe Lachen manche Frau einen offnen oder verstohlenen Blick geworfen hatte, für die Stühle, deren jetzt verblichene Samtbezüge das Gewicht von Gliedern empfangen hatten, ungeachtet des Schmutzes an den Stiefeln. Trotzdem wehrte sich Anquetil weiter dagegen. Er wollte nicht zu Empfindsamkeit verführt werden durch Dinge, die tot waren, nur weil es möglich war, sich einzureden, dass sie einstmals gelebt hatten. Diese tote Schönheit flößte ihm abermals beinahe Grauen ein, als er gegen seine eigene vorübergehende Weichheit ankämpfte, und der Entschluss kehrte ihm wieder, Sebastian zu retten, wenn er irgend konnte. Der Knabe, dachte er, liegt schon aufgebahrt in einem prunkvollen Grabgewölbe. Wir wollen sehen, ob wir nicht das Bildwerk bewegen können, aufzuspringen und davonzueilen.

Der Schein der Kerze stieg die dunklen Treppen hinan und störte die Schatten in den langgestreckten niedrigen Dachspeichern auf. Hier oben gab es keine Farben, nicht Samt noch Vergoldung; nichts als Mörtel und aschengraue Eiche. Anquetil zog diese Kahlheit den prächtigen unteren Räumen vor; ihm war, als sähe er das Gerippe des Hauses, vom Fleisch entkleidet; und wirklich gemahnten diese silbrigen Gänge an die Blässe eines Skeletts. In gewissen Grabgewölben, dachte er – im Geiste noch mit Auflösung und Zersetzung beschäftigt –, in gewissen Grabgewölben liegt das Skelett unter dem Denkmal ausgestellt, ein demutvolles und doch grausiges Memento; aber hier ist es anders; das Haus stirbt von oben ab; dieses höchste Stockwerk ist schon ganz verödet, verlassen von allem munteren Getriebe; es liegt, gehüllt in die Aschenfarbe der Sterblichkeit, unmittelbar unter dem Dach, das es nur durch eine dünne Schicht vom Himmel trennt. Die Ziegel sind nicht dicker als Papier. Und er dachte, wenn er wieder unten sein würde, in den Wohnräumen mit ihren tiefen Fenstern und Vorhängen und den bequemen

Sofas – Räume, um einen Grad weniger tot als die Prunkgemächer im Mittelstock –, dann würde er an die Speicher unterm Dach denken, die stummen, geweißten, leeren Speicher mit den fahlen, gescheckten Schatten des Gitterwerks auf den Dielen, horizontal ausgestreckt unter dem Dachfirst, wie an ein altes Gerippe, das man dorthin, dem Blick entzogen, zur Ruhe gebettet und dessen Anwesenheit zu ignorieren sich alle Welt verschworen hätte.

Es war klar, dass weder Sebastian noch Viola irgendwelche Gefühle dieser Art für ihr Heim hegten. Das erschreckte Anquetil, dessen Sensibilität jetzt in ungewöhnlich hohem Grade gespannt war: Er fand, sie müssten sich auflehnen gegen den Druck der Vergangenheit. Seinen Begriffen nach waren sie nicht in gesunder Verfassung, wenn sie sich nicht in dieser Weise auflehnten. Er selbst befand sich in einem Zustand heftigen und aufgerührten Widerstands. Widerstreitende Gefühle zerrissen ihn; er war entschlossen, der Bezauberung nicht zu unterliegen, aber um sich zu schützen und zu wahren, musste er alle seine Kräfte kritisch zur Hand haben – der einzige Insasse des Dornröschenschlosses, der fähig war, sich Nadeln ins Fleisch zu stechen und sich aus dem ihn übermannenden Schlaf herauszureißen. In zwei Tagen hatte der Zauber in diesem Maße gewirkt! Und er entsann sich der Stimmung, die ihn bei Tisch überkommen hatte, als er auf das Porträt von Frobisher blickte und sich selbst im Lichte des mittellosen Abenteurers sah und Sebastian im Lichte des vermögenden Gönners, aus dessen launischer Zuneigung sich vielleicht Nutzen ziehen ließe. Solche Revolution hatten bloße zwei Tage in ihm bewirkt! Solcher Art war der Zauber von Chevron und der Vergangenheit! Aber Sebastian und Viola unterlagen ihm, neunzehn respektive siebzehn Jahre, die zu den Jahrhunderten dieses Zaubers in ihrem Blut hinzukamen; es war ein Wunder, dass sie überhaupt noch lebendig – noch wach waren.

Er ging zwischen ihnen, Sebastian mit seiner Kerze voran, Viola hinterhergleitend. Sie waren die beiden natürlichen Bewohner dieses erlesenen Grabmals, die sich zwischen seinen

Schatten so frei wie nächtliche Besucher zwischen Grabsteinen bewegten, und Anquetil empörte sich gegen den von ihnen erreichten Freimut, gegen ihre Unbeschwertheit in dieser (für ihn) erstickenden Umgebung, die bei aller ihrer Schönheit todbringend war.

Sebastian blies die Kerze aus, als sie aufs Dach hinaustraten. Der Nachtwind zauste in ihrem Haar. Der schwarze Himmel ihnen zu Häupten war dicht mit Sternen besät. Als Anquetils Augen sich an die Dunkelheit gewöhnt hatten, unterschied er die viereckigen Zinnen des Mauerwerks und die Gestalt der Türme, die sich massig aus dem Schlund der Höfe erhoben. Man vermochte nichts ganz deutlich zu erkennen, aber er hatte den Eindruck von einer weiten, gebrochenen Dachlinie und das Gefühl, sich in einer beträchtlichen Höhe über den Rasenflächen und den Baumwipfeln des schlafenden Gartens zu befinden. Er sah, dass die kurzen Firste der Zinnen und die längeren der Dächer sich in einer Klarheit abzeichneten, die nicht Licht genannt werden konnte, dennoch aber genügte, sie von der dunklen Masse zu unterscheiden, und die, ohne sie ganz zu entschleiern, das Gewirr und die Größe des Bauwerks ahnen ließ. Sein Unwille gegen das Haus schwand wieder, nun es ein Teil der Nachtluft geworden war, die ihn kühlte und die ein Ding war, das er zu verstehen vermochte. Er liebte Sebastian mehr und unkomplizierter, dafür, dass sie ihn hierherauf gebracht hatte. Aber brennend, brennend wünschte er Viola fort von hier oben.

Sie standen auf der bleigedeckten Fläche, aber Sebastian lud ihn durch eine Handbewegung ein, höher zu klimmen, er selbst sprang bereits wie eine junge Wildkatze das abschüssige Giebeldach hinauf. Anquetil folgte. Es gefiel ihm an Sebastian, dass er die mehr als zwanzig Jahre Unterschied in ihrem Alter vergessen hatte. Ihm gefiel dieses Dachabenteuer, mit seinen Möglichkeiten, die ein Fehltritt in sich barg. Ihm gefiel Sebastians von seiner Mutter befreite Jungenhaftigkeit. So klommen sie hinauf, die beiden, Anquetil nicht gewillt, zuzugeben, dass er weniger gewandt oder in solchen Übungen weniger erfahren wäre als der

Junge, denn Sebastians Persönlichkeit hatte ihn so mit romantischen Vorstellungen erfüllt, dass er wusste, als Seemann und Abenteurer erwarte man von ihm, dass er seine im Takelwerk erworbene Behändigkeit jetzt spielen ließe. Er stieg über die Dächer, hinaufkraxelnd und hinunterrutschend, unter Führung eines, der mit der inneren Geographie des Hauses innigst vertraut war, bis Anquetil zwischen den Schornsteinen, den Zinnen und den Giebeln völlig die Richtung verloren hatte und unfähig gewesen wäre, seinen Weg zurückzufinden, hätte es Sebastian gefallen zu verschwinden und ihn hier oben bis zum Morgengrauen sitzen zu lassen. Nicht ein einziges Mal blickte Sebastian sich um, um zu sehen, ob sein Gefährte ihm noch folgte, sondern er kletterte und sprang und lief wie ein vom Dämon Besessener oder wie ein Mann, der einen anderen boshaft, unbarmherzig und schadenfroh auf die Probe stellt. Anquetil hatte es schwer, Schritt mit ihm zu halten, aber er hätte sich lieber den Hals gebrochen als zu rufen. Es war ein Zweikampf zwischen ihnen; aus einem losen Streich war es zu einem Ehrenhandel geworden. Oder war es Flucht und Verfolgung? – denn die phantastischsten Gedanken drängten sich jetzt unter den Sternen in Anquetils Kopf –, floh Sebastian vor ihm, eine Verschwörung ahnend? Machte er sich sein Haus zum Verbündeten, indem er das Gewirr seiner Dächer als Schutz gegen seinen Verfolger nutzte? Und als habe Anquetil seine Gedanken laut ausgesprochen, rief Sebastian plötzlich über seine Schulter zurück: »Sie haben mich noch nicht gefangen!«

Er war unsichtbar in der Dunkelheit, als er sprach, aber im nächsten Augenblick tauchte er auf, rittlings auf dem langen First eines Daches sitzend, und winkte fröhlich mit der Hand zu Anquetil hinunter. So herausgefordert, klomm Anquetil hinauf, eine Hand vor der andern, auf seinen Knien über die glatten Ziegel kriechend. Vorsichtig setzte er sich rittlings auf den First und begann entlangzurutschen, aber mit einem klingenden Lachen wich Sebastian vor ihm zurück und lockte ihn weiter. Anquetil war jetzt von dem Entschluss erfasst, zu triumphieren; er fühlte, dass etwas außerordentlich Wichtiges davon abhinge. Aber zu seinem Entsetzen stellte sich Sebastian, als er sich eingeholt sah, auf die Füße, schwankte einen Augenblick gegen den Sternenhimmel und fiel.

Anquetil fing ihn auf, wenn er auch selber niemals begriff, wie er es tat. Er fing und hielt ihn, über dem schwarzen Loch des Hofes drunten hangend. »Nun denn«, sagte er und blickte in des Knaben aufwärts gerichtetes Gesicht, »jetzt habe ich Sie jedenfalls auf Gnade und Ungnade in der Gewalt. Wenn ich Sie nun fahren lasse?« »Dann werde ich zerschmettern, das ist alles«, sagte Sebastian; »ziehen Sie mich hoch. Wie lange wollen Sie mich hier noch baumeln lassen?« »Das kommt darauf an«, sagte Anquetil, und setzte sich fester zurecht. Er hielt Sebastian an beiden Handgelenken. »Sie haben Ihren Spaß mit mir gehabt, junger Freund, jetzt denke ich, ist die Reihe an mir. Sie sehen sehr komisch aus, kann ich Ihnen sagen, wie Sie da ausgespreizt wie ein Adler auf den Ziegeln Ihres Ahnenschlosses liegen. Hochmut ist zu Fall gekommen – beinahe zu einem sehr bösen Fall. Aber Sie scheinen ganz ruhig. Ich sehe, dass der Patrizier dem Tode mit Ruhe ins Auge blicken kann – selbst einem lächerlichen Tod. Ich gratuliere Ihnen.«

»Na, Sie sind ein komischer Gesell, weiß Gott«, sagte Sebastian.

»Komme ich Ihnen komisch vor? Ich versichere Ihnen, Sie kommen mir ebenfalls komisch vor. Es gibt da verschiedene Dinge, die ich Ihnen gerne gesagt hätte. Wollen wir plaudern?«

»So?«, fragte Sebastian, »in dieser Lage?«

»Nein, nicht so«, sagte Anquetil und zog Sebastian hoch, so dass sie jetzt einander gegenübersaßen. »Aber wir wollen hier bleiben, wenn es Ihnen recht ist. Überlegen Sie sich doch einmal: Der Zufall der Geburt hat Ihnen viele Vorzüge vor mir eingeräumt, es ist nur billig, dass ich die einzige Gelegenheit, da ich annähernd in der gleichen Lage bin, nach Kräften ausnütze. Ihre persönliche Sicherheit ist gewährleistet und meine persönliche Eitelkeit befriedigt. Ich werde Sie nicht langweilen. Ich will Sie mit ein paar Bemerkungen über Ihr Leben und das meine unterhalten.«

»Sie sind entschieden ein Spaßvogel«, sagte Sebastian, »aber ich mag Ihre Art von Humor. Reden Sie nur.«

»Ich bin ein Mann aus dem Volk«, sagte Anquetil. »Mein Vater besaß einen Fischkutter in einem kleinen Dorf in Devonshire. Ich wollte zur See gehen, aber man schickte mich stattdessen auf die Schule, und ich war vernünftig genug, nicht davonzulaufen. Sehen Sie, ich bin hervorragend vernünftig und praktisch. Ich arbeitete angestrengt; ich besaß Verstand; ich erhielt ein Stipendium; schließlich ging ich nach Oxford. Die ganze Zeit über dachte ich weiter daran, zur See zu gehen, aber ich war geduldig genug, zu warten, und gescheit genug, den Wert der Bildung nicht zu unterschätzen. Als ich Oxford absolviert hatte, geriet ich an einen Mann, der eine Expedition nach Sibirien unternahm. Er fragte mich, ob ich mitkommen wollte. Wir sollten nach Mammuts suchen. Wir fanden fossile Mammuts an den Ufern gefrorener Flüsse, und nach Nahrungsresten, die noch an ihren Zähnen klebten, konnten wir einige interessante Lichter auf ihre Diät werfen. Wir blieben einundeinhalbes Jahr fort, und da unsere Forschungen von einigem Erfolg gekrönt gewesen waren, fehlte es mir seitdem nie an Beschäftigung. Sie wissen genug von meinen verschiedenen Unternehmungen, so dass ich Ihnen hier jeden Bericht darüber ersparen kann. Ich wollte nur den Unterschied zwischen Ihrem und meinem Leben betonen.«

»Warten Sie«, sagte Sebastian. »Ich bin zurzeit in Oxford. Ich bin da, wo Sie zwanzig und etliche Jahre früher waren. Woher wissen Sie, wie sich mein Leben gestalten wird, wenn ich dort fort bin?«

Anquetil lachte. »Mein lieber Junge, Ihr Leben war Ihnen vorgezeichnet vom Augenblick Ihrer Geburt an. Sie gingen in eine Vorbereitungsschule; Sie gingen nach Eton; Sie sind jetzt in Oxford; Sie werden in die Garde eintreten; Sie werden verschiedene Liebesabenteuer haben, vorwiegend mit verheirateten Frauen von Welt; Sie werden in reichen und eleganten Häusern verkehren; Sie werden Dienst bei Hof tun; Sie werden eine weiß und scharlachrote Uniform tragen – und glänzend darin aussehen –, jede Mutter in London wird Ihnen schmeicheln und Ihnen nachlaufen. Sie werden sich vielleicht mit einer passenden jungen Dame verloben; Sie werden sich in der hiesigen Kapelle mit ihr trauen lassen, und der zuständige Bischof wird die feierliche Handlung vollziehen. Sie werden einen Erben und einige andere Kinder zeugen, die von Hoppner hätten gemalt werden müssen; dann werden Sie die Gewohnheit annehmen, Ihrer Frau untreu zu sein, und sie Ihnen; Sie werden es beide wissen, und beide werden Sie nur aus Wohlerzogenheit und der Macht der Gesittung stillschweigend übereinkommen, ihre gegenseitige Untreue zu ignorieren; Sie werden manchmal eine Rede im Oberhaus halten; man wird Ihnen den Hosenbandorden verleihen; Sie werden Ihre Söhne in eine Vorbereitungsschule, nach Eton und nach Oxford schicken und sie in die Garde eintreten lassen; und nach der Abendtafel werden Sie über Sozialismus und das Anwachsen der Demokratie sprechen; Sie werden besorgt, aber nicht ernstlich beunruhigt sein; am zwölften August werden Sie nach Norden gehen, um Birkhühner zu schießen, am ersten September werden Sie nach Süden zurückkehren, um Rebhühner zu schießen; am ersten Oktober werden Sie Fasanen schießen; Ihre Fotografie wird in den illustrierten Blättern erscheinen, auf einen Jagdstuhl gestützt, mit zwei Hunden und einem Gewehrlader; Sie werden Ihre goldene Hochzeit feiern; Sie werden bei der nächsten Krönungsfeierlichkeit einen Sporn oder einen Helm tragen; Sie werden anfangen, sich zu fragen, ob Ihr Sohn (nunmehr einundfünfzig Jahre alt) den Wunsch hat, dass Sie sterben möchten; Sie werden ihm schließlich den Gefallen tun, zu sterben, und Ihr Sarg wird auf einem Gutskarren zur Familiengruft gebracht werden unter dem Geleit Ihrer Angestellten und Pächter. Und in allen diesen Jahren werden Sie Chevron nie entrinnen können.«

»Aber ich will ja Chevron gar nicht entrinnen«, sagte Sebastian.

»Nein«, sagte Anquetil und wechselte ein wenig die Stellung, »Sie wollen Chevron nicht entrinnen. Sie glauben, dass Sie es lieben, dass Sie ihm froh und glücklich Dienste leisten, in Wirklichkeit aber sind Sie sein Opfer. Ein Ort wie Chevron ist tatsächlich ein Despot unheilvollster Art: Es verkleidet seine Tyrannei mit der Maske der Liebe. Möchten Sie gerne wissen, was ein Mann wie ich über einen Ort wie Chevron denkt? Es bezaubert, erschreckt und empört mich. Bedenken Sie, ich selber komme aus einer Hütte und war daran gewöhnt, vielköpfige Familien zusammengepfercht und armselig leben zu sehen, soweit ich zurückdenken kann. Aber es ist nicht der Kontrast, der mich empört. Es ist nicht die Tatsache, dass Sie fünfzig Dienstboten beschäftigen und sich Ihr Zimmer unter drei- oder vierhundert Zimmern auswählen können, während woanders Eltern und Kinder zusammen in einem Bett schlafen. Nein. Es ist die Wirkung, die das auf Sie selber hat. Sie haben keine Handlungsfreiheit. Ihr Leben ist von Anfang an für Sie festgelegt worden. Ich will Ihnen das Geschenk des Zweifels machen. Ich will zugeben, dass Sie voraussichtlich Ihre Pflicht nach bestem Wissen und Gewissen erfüllen werden, Sie werden sich um Ihre Pächter kümmern, gerecht über Ihre Hausangestellten herrschen, den Vorsitz führen bei Versammlungen, sich die Achtung von Ihresgleichen erwerben, dies alles, wenn Sie einmal aufgehört haben, ein ungestümer junger Mann zu sein – aber Sie werden tot sein, ein ausgestopftes Götzenbild.«

»Sie sind sehr beredt«, sagte Sebastian, »und Ihr Sarkasmus ist mir unbehaglich, – aber haben Sie recht? Man könnte sicherlich auch ein schlimmeres Leben führen.«

»Dann«, fuhr Anquetil fort, ohne ihn zu beachten, »ist da eine andere Gefahr, der zu entgehen Sie kaum hoffen können. Es ist das Gewicht der Vergangenheit. Nicht nur werden Sie materielle Dinge schätzen, weil sie alt sind – ich bin nicht oberflächlich genug, um Ihnen eine so harmlose Schwäche zum Vorwurf zu machen –, aber, weit verderblicher, Sie werden Ideen und Einrichtungen hochhalten, weil sie eine lange Zeit in Kraft geblieben sind; eine so lange Zeit, um Ihnen absolut und unabänderlich zu scheinen. Das ist die wahre Atrophie der Seele. Sie erben Ihren fix und fertigen Kodex. Diese Wachsfigur mit der Etikette ›Gentleman‹ wird Sie ewig angrinsen und ärgern. So werden Sie nie Ihre guten Manieren vergessen, wohl aber ein Herz brechen und sich dafür noch für einen Tausendsassa halten. Sie würden nie andere betrügen, aber sich selbst betrügen Sie. Nie werden Sie Ihren ganzen Formenkram nehmen und ihn in Stücke schmeißen. Sie werden nie Lügen sprechen – vermeidliche Lügen –, aber Sie werden immer Angst vor der Wahrheit haben. Sie werden sich nie fragen, warum Sie einer gewissen Linie in Ihrer Lebenshaltung folgen, Sie werden ihr folgen, weil sich das so gehört. Und an alledem ist die Vergangenheit schuld; Vererbung, Tradition, Erziehung; Ihre Kinderfrau, Ihr Vater, Ihr Erzieher, Ihre Schule, Chevron, Ihre Ahnen, die ganze Skala. Sie sind verdammt, mein lieber Sebastian; für Sie gibt's keine Rettung. Selbst wenn Sie versuchen wollten auszubrechen, würde es vergeblich sein. Ihre wildesten Exzesse werden in irgendeinem Fach untergebracht werden. Die bequeme Redensart vom ›Hörner ablaufen‹ deckt Sie von zwanzig bis dreißig. Das bequeme Wort ›exzentrisch‹ wird Sie vom dreißigsten Jahr bis zu Ihrem Tod decken. ›Ein exzentrischer Edelmann‹, das ist das Beste, was Sie erhoffen können. Und wenn Sie auch in Ihrer Bahn schwanken und schleudern, Sie können nicht heraus aus ihr.«

»Die Planeten auch nicht«, sagte Sebastian mit einem Blick nach oben zum Jupiter.

»Auch eine irreführende Analogie«, sagte Anquetil, ebenfalls zum Jupiter aufblickend, »das Firmament hat Größe und vermutlich auch Planmäßigkeit für sich, der Mensch aber, so winzig er ist, besitzt Unabhängigkeit und einen unleugbaren Wagemut. Ich liebe die Menschen. Ich ziehe einen kühnen kleinen Astronomen einem großen, wohllöblichen Stern vor. Aber wir kommen von Ihnen und Chevron und Ihrer gemeinsamen Vergangenheit ab; weiter ab, als Sie je gelangen werden. Sie werden's nie bis an die Sterne weit bringen; sogar nie weiter, als bis an die Grenzen Ihres eigenen Parks. Sie sind eingezäunt – eingezäunt mit Eichenbrettern von Bäumen, die einige Jahrhunderte alt sind.«

»Auch eine irreführende Analogie«, sagte Sebastian; »Sie verlieren sich nur in einem Schwall von Worten.«

»Ah, aber vergessen Sie nicht«, sagte Anquetil, »man hat mir den Kopf verdreht. Nicht nur halte ich Sie hier in dieser recht sonderbaren Lage, sondern ich würde von Ihrer Mutter in eine Umgebung eingeladen, die wohl berechnet ist, mir den Kopf zu verdrehen. Betrachten Sie meine Vergangenheit. Ich komme aus dem allerschlichtesten Vaterhaus; mein Abendbrot hing vom Fang einiger elender Heringe ab; ich wusste oft nicht, ob mein Vater ertrunken war oder noch am Leben; mein gesunder Verstand war mein einziger Besitz; wenn ich jetzt von Zeit zu Zeit nach Hause fahre, muss ich meine Gedanken, sogar meine Sprechweise umstellen, bis ich kaum mehr weiß, wer ich bin und wo ich hingehöre. Aber mein Wochenende auf Chevron hat mir das eine gezeigt: Hierher gehöre ich nicht. Ich will Ihnen gern zugeben, dass diese zwei Tage hier mich mehr verwirrt haben, als ich je für möglich gehalten hätte. Ich habe eine gewisse Schönheit erschaut, da, wo ich nichts als ein Possenspiel zu finden erwartete. Es hat sogar Augenblicke gegeben, in denen ich irregeführt und abtrünnig wurde, geneigt, alle meine leidenschaftlichsten Überzeugungen zu widerrufen. Ihr Chevron hat mich weich gemacht und bezaubert. Sie selbst waren mir eine neue Erfahrung. Sie und Ihr Chevron waren anders als Ihre Mutter und die Welt Ihrer Mutter; Sie waren von anderer Art. Sie sehen, ich versuche offenherzig zu sein; ich erkenne die kleine besondere Art, die Ihr Ureigenstes ist, an. Sie geht von Ihnen aus wie ein Aroma. Ich glaube nicht, dass es eine Besonderheit Ihrer Person ist. Ich denke, ich würde sie bei vielen jungen Leuten Ihres Standes wiedererkennen. Sie hören das nicht gern aus meinem Mund«, sagte Anquetil, »es macht Sie verlegen, Sie halten mich für klassenbewusst. Es ist eines Ihrer Tabus, die Klasse niemals zu erwähnen; ich verstoße gegen die guten Sitten. Das macht nichts. Diese Stunde gehört mir, und ich nutze sie nach Kräften. Und was Sie anbetrifft, so müssen Sie es ertragen, einmal in Ihrem Leben die Wahrheit zu hören. Übrigens beleidige ich Sie nicht. Ich sage ja, dass ich den Charme eines jungen Mannes wie Sie, Herrn eines großen Besitzes, liebenswürdig, huldvoll, mit Jahrhunderten liebenswürdiger huldvoller Ahnen hinter sich, sehr wohl empfinde. Sie berühren mich sehr stark, mich, der ich glaubte, über derartige Dinge hinaus zu sein – so stark, dass ich bei Tisch einen Augenblick Sie und mich im Geiste in den Rollen vor mir sah, die Ihre Persönlichkeit (oh, ganz unbewusst!) für uns beide schuf. Ich sah Sie als den Gönner und mich selbst als den Parasiten. Sie sind sich natürlich Ihrer Wirkung gar nicht bewusst; sind sich Ihrer eigenen, angenehmen Voraussetzungen gar nicht bewusst; das ist ein Teil Ihres Charmes, aber es ist auch Ihre Gefahr. Stolzer junger Mann, der Sie sind, großartig und anmaßend, ist Ihnen noch nie ein Bangen wie eine Laus zwischen Hemd und Haut gekrochen. Erinnern Sie sich immer, zu meinen Gunsten, daran, dass ich mein Möglichstes getan habe, sie dorthin zu setzen.«

»Gut, aber was soll ich denn machen?«, sagte Sebastian schließlich.

Anquetil betrachtete ihn. In Sebastians Augen, die sich inzwischen an die Dunkelheit gewöhnt hatten, sah er beinahe diabolisch aus, mit den zwei Büscheln wirren schwarzen Haares, die zu beiden Seiten seines Gesichts abstanden, und der Narbe, die vom Mund bis zum Ohr lief. Er wusste indessen, dass er Anquetil lieber mochte als irgendjemanden sonst, dem er bisher in seinem Leben begegnet war. »Was soll ich denn machen?«, wiederholte er.

»Gehen Sie mit mir fort«, sagte Anquetil. »Ich schiffe mich nächste Woche ein und komme vielleicht für zwei Jahre oder länger nicht nach England zurück. Kommen Sie mit uns, und vergessen Sie, wer Sie sind, vergessen Sie Chevron, vergessen Sie Ihre Tischler und Ihre Schmiede, vergessen Sie die Gesellschaft, vergessen Sie Ihre Wohlfahrt, vergessen Sie den ganzen Kram. Lernen Sie andere Gesichtspunkte kennen. Hier ist die Gelegenheit für Sie, Sie hängen über einem tiefen Abgrund. Da unten sterben Sie; aber hier oben, an meiner Seite, atmen und leben Sie. Was wählen Sie?«

»Wollen Sie damit sagen, dass Sie mich hinunterstoßen, wenn ich ablehne?«, fragte Sebastian. Er war nicht erschrocken, aber gespannt; er glaubte, dass Anquetil in seiner exaltierten Geistesverfassung zu allem fähig sei.

»O Nein«, sagte Anquetil verächtlich, »ich werde Sie nicht hinunterstoßen. Ich würde um einer Allegorie willen keinen Mord begehen. Aber, metaphorisch gesprochen, werden Sie fallen, wenn Sie ablehnen. Ich werde hinunterschauen und ein kleines schwarzes Pünktchen hinunterwirbeln sehen, bis es in einem dunkleren Schwarz verschwindet, und das wird Sebastians freier Geist sein, der auf immer dahin ist. Und dann wird eine leere Körperhülle mich höflich zurückgeleiten durch das Labyrinth der Dächer.«

»Und Sie werden mich verachten.«

Anquetil gab keine Antwort.

»Ich kann nicht«, sagte Sebastian verzweifelt, nach einer langen Pause. »Warum haben Sie das nicht alles gestern gesagt. Da hätte ich vielleicht auf Sie gehört; heute kann ich nicht. Sie quälen mich einfach nur, und ganz umsonst. Es ist zu spät.«

»Ah?«, sagte Anquetil. »Dann habe ich richtig geraten. Es ist Ihnen irgendetwas zugestoßen; ich habe es den ganzen Tag schon gedacht. Ich nehme an, Sie bilden sich ein, dass Sie sich verliebt haben.«

»Ich habe mich verliebt«, sagte Sebastian trotzig.

Anquetil lachte. »Welche Antiklimax! Mein armer Junge, Sie haben offenbar ein Talent für Trivialitäten. Ich sehe, ich habe mich in Ihnen getäuscht. Vergessen Sie alles, was ich gesagt habe.« Sie saßen sich gegenüber, feindselig, töricht. »Es ist in der Tat mein Unglück«, sagte Anquetil, »dass ich vierundzwanzig Stunden zu spät auf der Bildfläche erschienen bin. Denn wenn Sie mir sagen, dass Sie gestern noch auf mich gehört hätten, kann ich nur annehmen, dass diese Sündflut gestern spät in der Nacht über Sie hereingebrochen ist. Was ist geschehn? Ist irgendeine schöne Dame in Ihrem Schlafzimmer aufgetaucht? War es …«

»Schweigen Sie!«, rief Sebastian, »ich dulde es nicht!«

»Freilich nicht«, sagte Anquetil, »ich vergaß, Sie sind ein Gentleman. Ich leiste Abbitte, sehen Sie, ich bin nur ein gemeiner Mann, und ich bedaure es ein wenig, dass ich mich Ihnen so erschlossen habe, wie ich es in der letzten Stunde getan. Aber Sie sehen, dass eine meiner Prophezeiungen sich an Ihnen bereits bewahrheitet hat; ich sagte Ihnen, dass Sie eine Reihe von Liebesabenteuern mit verheirateten Frauen von Welt haben würden. Sie stehen schon am Anfang eines solchen, scheint mir; vielleicht das Erste? Ich hoffe, dass es Ihnen Freude machen wird. Ich hoffe, dass es eine ganze Weile dauern möge, ehe Sie die grausige Gleichförmigkeit entdecken, die allen solchen Abenteuern anhaftet! Ich hoffe …«

»Wollen wir jetzt hinuntergehen?«, sagte Sebastian mit eisiger Stimme.

»Selbstverständlich«, sagte Anquetil sofort, »gehen wir hinunter.«

III
Sylvia

Anquetil verließ England, und man hörte nichts mehr von ihm, aber er verließ es ohne Sebastians Begleitung. Sein Bild verblasste sehr rasch in Lucys Erinnerung, sowohl als Anlass des Ärgers wie auch des Bedauerns. Andererseits begann sie eine Veränderung an ihrem Sohn wahrzunehmen, und als sie ihn eines Tages liebkosend fragte, was über ihn gekommen wäre, gab er zur Antwort, sie könnte alles, was sie wollte, Leonard Anquetil zuschreiben. Lucy war erstaunt darüber und nicht überzeugt, denn sie hätte geglaubt, dass Anquetils Einfluss auf Sebastian, wenn überhaupt vorhanden, in ganz anderer Richtung hätte wirken müssen. Sie wünschte, dass Sebastian nicht immer so unmitteilsam wäre. Sie, die für Konfidenzen schwärmte, konnte dieser Neigung nie mit ihrem Sohne frönen, dem vermutlich einzigen Wesen in der Welt, vor dem sie eine gewisse Scheu hegte, denn er war nicht der Mensch, an den man viele Fragen richten konnte, und sie wusste in der Tat recht gut, dass sie ihren Atem verschwenden würde mit Fragen, die er von vornherein entschlossen war, nicht zu beantworten. Außerdem wurde er täglich abweisender und selbstherrlicher und richtete sich sein Leben ein, wie es ihm passte, ohne Rat oder ermunternden Zuspruch zu suchen. Lucy seufzte, aber ihr Kummer war stark gemildert durch die Tatsache, dass er sich ganz in der Richtung entwickelte, die sie am meisten wünschte. Nach ihrer Anschauung wuchs er zu einem vorbildlichen Sohn heran und benahm sich genauso, wie seine Mutter es für einen jungen Mann seines Standes für schicklich hielt. Er befreundete sich mit den richtigen jungen Leuten, brachte sie mit nach Chevron, wo sie mit Viola bekannt wurden; er besuchte Bälle in London und tanzte mit den richtigen »débutantes«, er flirtete mit den richtigen jungen Frauen; er veranstaltete Feste zu seinem eigenen Vergnügen auf Chevron und auch anderswo – war er es nicht, der einen Dampfer mietete und ein wildes Wochenende mit vierzig Freunden verbrachte, indem sie den Fluss hinauf und hinunter von London nach Gravesend und von Gravesend nach London dampften, während die Klänge seines Orchesters zu der erstaunten Menge an den Ufern fluteten? –, kaufte das schnellste Auto am Markt und steuerte es selbst, er warf mit Geld um sich, er war pittoresk, extravagant, wild. Doch bei alledem war er schlau und zeigte keine Lust zu heiraten, wenn auch jede Mutter in London ihr Möglichstes tat, ihn einzufangen. Schließlich erschien er eines Tages auf Chevron, verkündete, dass man ihn aus Oxford ausgeschlossen hätte und er nicht die Absicht habe, dorthin zurückzukehren, und schlug vor, sobald wie möglich in die Gardekavallerie einzutreten.

Im Stillen dachte Lucy, dass Leonard Anquetil weniger verantwortlich wäre als Sylvia Roehampton. Sie konnte sich nicht vorstellen, dass Anquetil – »dieser unerzogene Mensch, meine Liebe« – Sebastian zu seinem gegenwärtigen wilden Leben ermuntert hätte. Sebastians »liaison« mit Lady Roehampton war selbstverständlich bekannt. Sie wurde überall mit ihm gesehen, und wenn manche Leute auch sagten, es wäre schade, so war Lucy nicht ganz derselben Meinung; Sylvia würde den Jungen eine Menge lehren, und unterdessen hielt sie ihn von weniger wünschenswerten Verbandelungen ab; auch vermochte Lucy durch das Medium von Sylvia häufig Ratschläge in Sebastians Ohren zu träufeln, die ihm auf geraderem Wege sicher nicht beizubringen gewesen wären. Sylvia war – herrlich und siegesbewusst – dankenswert willfährig in dieser Beziehung, wenn sie auch Lucy gelegentlich durch das Affichieren ihrer größeren Intimität ärgerte. (Lucys Leidenschaft für ihren Sohn, vermutlich ihre schätzenswerteste Eigenschaft, brachte unvermeidlich einen gewissen Grad von Eifersucht mit sich.) Zahlreich und lang waren die Beratungen, die Lucy mit Sylvia abhielt, denn wenn auch

Sylvia nicht viel mehr als ein »Ah!«, oder ein »Ganz recht« dazu beitrug, so ließ sie befriedigt Lucy reden, während sie selbst, in eine Sofaecke gelehnt, an einer endlosen Handarbeit stichelte, was die Anmut ihrer reizenden kleinen, weißen Hände gut zur Geltung brachte. Es waren winzige Hände, die sich zusammendrückten, knochenlos, wie ein Kätzchen, wenn man sie ergriff. Lucy, die diese Hände früher kaum beachtet hatte, schaute nun oft darauf hin und dachte mit einem merkwürdig komplizierten, schmerzlichen Stich, wie sehr Sebastian sie wohl lieben müsste. Sie, die in der Regel Frauen nicht beachtete, ihre Kleider ausgenommen, lernte Sylvia in dieser Zeit sehr, sehr schätzen. Sie betrachtete die andere mit all ihrer weiblichen Erfahrung, die ihr zu Hilfe kam. Sylvia, die schöne Sylvia, dachte sie, hatte immer etwas von einer zu weit aufgeblühten Rose gehabt, gelöst, üppig prangend, lieblich; jetzt sah sie noch eine neue Üppigkeit an ihr, als ob die Rose alle ihre Pracht entfaltete, bevor die Blütenblätter endgültig zu Boden flatterten. Es lag ein Schmelz auf ihren Wangen, ein Leuchten in ihren Augen, eine Weichheit um ihren Mund, die sogar Lucy irgendeiner Einwirkung von innen zuschreiben musste. Gleich darauf begann sie sich zu wundern. War Sylvia wirklich verliebt in Sebastian?, oder war es nur ein letztes Blühen ihrer Eitelkeit? Unmöglich, das zu sagen!, und überflüssig, zu bemerken, dass keinerlei Anspielung je zwischen den beiden Freundinnen in Bezug auf Sebastians und Sylvias wirkliche Beziehung zueinander gemacht wurde. »Wie nett du zu meinem Jungen bist«, sagte wohl Lucy, die dankbare Mutter spielend, »zu gütig von dir, liebe Sylvia, dich mit einem Jungen zu plagen, der dein Sohn sein könnte – und der dabei noch so ungeschliffen und unbeherrscht ist; so undiszipliniert. Ich weiß nie, was er im nächsten Augenblick tun wird. Er scheint gar kein Einsehen zu haben. Ich wundere mich, dass es George nicht verdrießt, ihn dauernd in euer Haus stürmen zu sehen. Schick ihn mir heim, wenn er dir lästig wird.«

Aber sie war erfreut und nicht erschreckt. Denn es war durchaus »de rigueur« für einen jungen Mann, seine Karriere durch eine Liebschaft mit einer älteren Frau zu beginnen, und indem er Sylvia erkor, hatte Sebastian zweifellos seinen wählerischen Geschmack bewiesen. Lucy achtete den Instinkt, der gleich auf das Beste zuging. Es verdross sie nicht im mindesten, dass sie sich so zusammen zeigten, wie sie es taten, denn sie betrachtete es ganz zynisch: Sebastian affiché mit der schönsten Frau Londons, Sylvia affiché mit dem glänzendsten und begehrenswertesten jungen Mann. Der ästhetische Sinn, den sie besaß, wurde durch solch eine Verbindung befriedigt. Freilich, es durfte nicht allzulange dauern. Eine Lehrzeit war etwas ganz anderes als eine Karriere. Einstweilen war sie ganz zufrieden, dass Sebastian in den Strahlen von Sylvias Spätsommer reifen sollte.

Über Sylvia, ihre liebe Freundin, zerbrach sie sich nicht im mindesten den Kopf. Sylvia hatte genug Erfahrung und konnte selber für sich sorgen. Trotzdem wunderte sie sich. Amüsierte sich Sylvia nur mit dem Jungen, oder liebte sie ihn wirklich? Gleichviel, wie verliebt sie auch sein mochte, konnte man Sylvia doch vertrauen, dass sie kein Ärgernis aufkommen lassen würde. Angenommen zum Beispiel, George würde plötzlich die Augen aufmachen, die er so angenehm in all den Jahren zugedrückt hatte, und energisch auftreten, was bestimmt zu erwarten war? Was würde Sylvia dann tun? Lucys Kenntnis von ihrer Freundin und ihrer Welt gab augenblicklich Antwort: Einen Skandal vermeiden. Der Kodex war streng. In ihrem eigenen geschlossenen Gesellschaftskreis mochte jeder tun, was ihm beliebte, aber kein Skandal durfte zu den Uneingeweihten durchsickern. Der Schein musste gewahrt bleiben, wenn auch die Moral vernachlässigt werden durfte. Sylvia kannte dieses ungeschriebene Gesetz und hatte ihm stets gehorcht. Lucy hatte keinen Grund, sich zu beunruhigen, obgleich sie vielleicht ein leises Beben verspürt hätte, wenn sie gewusst hätte, wie leidenschaftlich Sylvia sich in Sebastian verliebt hatte.

Der Weg, auf dem Lucy ursprünglich die Betörung ihres Sohnes entdeckte, verdient vielleicht bemerkt und aufgezeichnet zu werden.

Häuser wie Chevron haben nicht nur ihre Tradition, sondern auch ihre bescheideneren Gewohnheiten. Um die Adventszeit tauchen Rosinen und Mandeln auf, wenn die letzten grünen Traubenbüschel gelb verschrumpeln wie die Haut einer alten Frau und, wenn auch noch schmackhaft, so doch kein Schmuck mehr für die Tafel sind. Rosinen und Mandeln sowie Orangen und Bananen sind bezeichnend für die Wintersaison, wenn die Erzeugnisse des Gartens, mit Ausnahme des schlichten Apfels, zu Ende gehen; doch gibt es einige importierte Früchte, die sich der Jahreszeit ungeachtet das ganze Jahr hindurch behaupten. Solch ein Ausländer ist die französische Pflaume. Schwarz und glasig, bleibt sie eine Pflaume, solange sie in einem Glas mit der Etikette »J. & C. Clark, Bordeaux« angeboten wird – ihre teuerste und luxuriöseste Form; in bescheidenen Haushalten wird sie pfundweise beim Krämer gekauft, wird gedämpft, mit Flammeri serviert, und wird zur Backpflaume, so wie aus einem Schaf nach seinem Tod ein Hammel wird: Der Unterschied zwischen »französischen Pflaumen« und »Backpflaumen« kann demnach von Leuten, die empfindlich für so feine Schattierungen sind, nicht übersehen werden. Französische Pflaumen also waren eine ständige Beigabe zu den Mahlzeiten von Chevron, Backpflaumen dagegen gab es nie. Französische Pflaumen erschienen regelmäßig, in ihrem gedrungenen bauchigen kleinen Glas mit der Etikette J. & C. Clark, Bordeaux, und Viola, die sie hasste, war von Kindheit an dazu gezwungen worden, sie zu essen. – »So gut für dich, Liebling; noch eine, Mutter zuliebe, ja?« – aber der üblichen Ironie des Lebens entsprechend, hatte Sebastian, auf dessen Teint es weniger ankam, sie immer freiwillig in großen Mengen vertilgt. Es war bekannt, dass er sogar einmal in einer einzigen Sitzung ein ganzes Glas geleert hatte, indem er dabei mehrmals den Vers: »Kaiser, König, Edelmann, Bürger, Bauer, Bettelmann« an dem Kranz der Kerne rings um seinen Teller abzählte. Was war also natürlicher, als dass seine Mutter bemerkte, dass er jetzt nie mehr als vier aß oder auf Zureden sich herbeiließ, die Rechenkugeln auf neun zu bringen? Sie prüfte ihn mehr als einmal, wenn sie allein mit ihm und Viola auf Chevron speiste: immer vier Steine oder neun. »Dies Jahr, das Jahr, heuer, niemals?«, legte sie es aus; das passte auf die vier, aber nicht auf neun. Dann dämmerte es ihr: Elle m'aime, un peu, beaucoup, passionnément – und sie sah die Rechenmethode, die es auf »pas du tout« bringen würde. Einmal den Zahlen anvertraut, wie konnte Lucy fehlgehen, wenn sie sich zwei und zwei zusammenreimte? Sebastians Geheimnis gehörte ihr.

Es gehörte auch dem Dienstpersonal von Chevron. Korrekt, den Abstand wahrend, reserviert, konnte man doch nicht annehmen, dass sie keine Augen im Kopfe hätten, und man kann ebenfalls voraussetzen, dass sie ihre eigenen Ansichten über die Sache hatten. Diese merkwürdige Dienstbotenwelt hinter den Kulissen – so scharf abgetrennt und doch in so inniger Berührung – war in der Tat angesichts der neuen Komplikation in den Angelegenheiten ihres Herrn in eine verworrene Gemütsverfassung versetzt worden. Die höheren Angestellten, die sich selbst als die verschwiegenen Hüter von Haus und Familie ansahen, litten am meisten unter dieser Verwirrung ihrer Gefühle, denn sie traten an die Betrachtung des Falls mit zwei vollwertigen, aber einander widersprechenden Anschauungsweisen heran: Die eine, in der Jugend in einem Heim erlernt, das Tugend und Moral geziemend berücksichtigte, die andere, durch jahrelange Erfahrung in einer Atmosphäre erworben, wo Nachsicht mit sich selbst Naturgesetz war. Was war ihre eigene Existenz denn anderes als ein ewiges Hätscheln dieser Eigenliebe? Gedruckte Hausordnungen, mit einer Liste und einer Zeittabelle ihrer Pflichten, hingen in allen Schlafzimmern der unteren Dienstboten. Holz musste kleingemacht und gebracht, Wärmflaschen in die Betten gelegt, Tintenfässer gefüllt, Frühstückstabletts bereitgestellt, Jalousien hoch- oder heruntergezogen werden; Hausmädchen mussten stillschweigend verschwinden, wenn sie bei ihrer Arbeit betroffen wurden, Flurpagen hatten nicht zu pfeifen, Vigeon musste Stadtkleidung auf dem Lande tragen, nirgends durfte Lärm gemacht werden, denn Ihre Gnaden könnte es hören und ärgerlich werden – dieses ganze Glaubensbekenntnis wurde ausgegeben, und seine Befolgung wurde als selbstverständlich vorausgesetzt. Mit einem Wort, das Leben für die Reichen und Großen musste so angenehm wie möglich gestaltet werden. Ihre Vergnügungen fielen unter die gleiche Rubrik; traditionsgemäß hatten die Herren von Chevron seit so viel hundert Jahren ihre Geliebten hier im Haus gehabt, so dass die liebreizende Schattenkohorte dieser Damen die Gänge bevölkerte und Ohren, die darauf gestimmt waren, zu hören, ihre Lockungen einflüsterten. Wenn der fünfte Herzog zur Zeit der Königin Anna einen Skandal aufgerührt hatte, warum sollte Seine Gnaden das jetzt nicht tun, wenn ihm der Sinn danach stand? So dachte die wackre Mrs Wickenden und versuchte, die leise Stimme zu ersticken, die flüsterte, dieses sei nicht ganz die Lehre, die sie an ihrer Mutter Schürzenband gelernt. Ihre Mutter setzte voraus, dass verheiratete Damen in Gegenwart anderer Herren als ihrer Gatten die Augen niederschlügen und dass junge Herren ihre Aufmerksamkeit denjenigen jungen Damen vorbehielten, die sie zu heiraten gedächten; und wenn auch ein Lebensalter von Erfahrungen Mrs Wickenden gelehrt hatte, dass in der Gesellschaft, der sie den Vorzug hatte zu dienen, recht verschiedene Prinzipien sich behaupteten, war ihre frühe strenge Erziehung doch noch hinreichend lebendig, um ihr einen gelegentlichen Seufzer zu erpressen. Lady Roehampton war eine große Schönheit, versteht sich, und man wusste, wie junge Männer nun einmal waren – sagte Mrs Wickenden, die nie in ihrem Leben einem jungen Mann auf drei Meter nahegekommen war; trotzdem konnte man nicht umhin, zu wünschen, Seiner Gnaden Neigung wäre auf eine hübsche junge Dame gefallen, so dass man sich auf eine Hochzeit in der Kapelle hätte freuen können und vielleicht gar – wenn auch Mrs Wickenden viel zu feingebildet war, um derlei auszusprechen – noch einmal auf eine Kinderstube auf Chevron.

Etwa in diesem Sinne erleichterte sich Mrs Wickenden ihrer Schwägerin gegenüber, der Gattin von Wickenden, dem Tischlermeister, die zum Tee vorgesprochen hatte. Sie war einmal

Wirtschafterin auf Chevron gewesen und war jetzt Mrs Wickendens einzige Freundin und Vertraute. Die beiden ältlichen Frauen konnten gemeinschaftlich in ihrem Tee rühren und die Angelegenheiten von Chevron hin und her, von innen und von außen besprechen. Denn Mrs Wickenden konnte innerhalb des Hauses keine Freundschaften schließen. Die Hausmädchen – auch das oberste Stubenmädchen – standen unter ihr; der Koch war ein »chef«, und überhaupt, das »Küchenvolk« war so weit weg wie die Australneger; zwischen ihr und Miss Wace bestand eine ausgesprochene, wenn auch lästige Feindschaft, zu kompliziert in ihren Ursprüngen und Verästelungen, um hier auseinandergesetzt zu werden; Button hielt sie für vorwitzig und nicht vertrauenswürdig, mit Mrs Vigeon stand sie auf gezückte Messer; Jungfern, die etwa auf Besuch waren, sogar Miss Hull, ihre alte Bekannte, kamen für intimere Herzensergüsse nicht in Betracht, da sie nicht zu Chevron gehörten und Mrs Wickendens Sinn für den geschlossenen Kreis mindestens ebenso stark war wie der von Lucy. Ihre Schwägerin indessen war die ideale Partnerin. Wenn auch jetzt nicht mehr zum Haus gehörig, hatte sie doch einst dazugehört und hatte den Betrieb in den Fingerspitzen; außerdem war sie ihm durch Heirat verbunden und verfolgte jedes Ereignis, ob klein oder groß, mit treuem und leidenschaftlichem Interesse; und endlich stand ihre Verschwiegenheit der Außenwelt gegenüber fest. Sie ließ eben nur durchblicken, dass kein Geheimnis von Chevron vor ihr verborgen blieb, aber weiter ging sie nie. Mrs Wickenden sprach infolgedessen ihr gegenüber Dinge aus, die sie sich kaum in der Verschwiegenheit ihres eigenen Kämmerleins zu denken erlaubte.

Es war sehr hübsch, im Zimmer der Haushälterin Tee zu trinken. Es gab sehr guten Tee – mit Weizenkringeln, Napfkuchen, Sandtorte und verschiedenen Marmeladen – alles hereingebracht und handlich hingestellt von einem gutgeschulten Hausmädchen zweiter Ordnung. (Mrs Wickenden war weit hochfahrender und krittliger dem Mädchen gegenüber, das zu ihrer Bedienung abgeordnet war, als Lucy es je Mrs Wickenden gegenüber zu sein wagte.) Martha Wickenden genoss ungemein die wöchentlichen Tees, zu denen sie von ihrer großartigen Schwägerin eingeladen wurde; sie ließ sich nicht nur den Napfkuchen schmecken, sondern sie fühlte sich gerne der herrschaftlichen Art verbunden, mit der die Haushälterin klingelte und sagte: »Bring noch ein paar Kohlen«, dann wieder um noch etwas kochendes Wasser klingelte und schließlich noch einmal klingelte, damit die Vorhänge zugezogen würden. Sie liebte es, sich im Sofa zurückzulehnen und die Fotografien anzuschauen, die da in ihren Rahmen standen; Lucy im Brautkleid; der verstorbene Herzog in der Tracht des Hosenbandordens; eine königliche Gruppenaufnahme mit dem König in der Mitte in einem weichen Filzhut, Lucy neben ihm sitzend; Sebastian als kleiner Junge; Sebastian und Viola als Kinder, lachend, auf einem Schlitten im Schnee; Sebastian, wie er heute aussah, in Uniform. Die Haushälterin lehnte sich niemals an. Sie saß aufrecht und zierlich, ihren Schal um ihre Schultern ruckweis raffend – denn es fröstelte sie immer –, eine charakteristische Bewegung, die das dauernde Stechen und Bohren ihres Häkelhakens unterbrach, während Ellen von Häkelspitze, mit unglaublicher Geschwindigkeit immer länger werdend, herunterbaumelten. Zuweilen hatte sie »eine meiner Migränen« – denn so pflegte sie immer von ihnen zu sprechen, unter Voranstellung des besitzanzeigenden und fast liebevollen Fürworts –, dann wurde das Bohren des Häkelhakens aufgesteckt, und sie rieb ihre Stirne mit einem Mentholstift, der in ihrem Arbeitskorb, in eine gelbe Holzhülse geschraubt, seinen Platz hatte. Mrs Wickenden erlaubte diesen Ablenkungen niemals, ihre Unterhaltung zu stören. Mit leiser, gleichmäßiger, bekümmerter Stimme schwafelte sie daher, wie jemand, dessen Amt es ist, immer zu wehklagen. Wenn man ihr zuhörte, hätte man geglaubt, dass selbst die Schönheit von Chevron mit tödlicher Melancholie gefärbt sei und dass Sebastian und Viola von Geburt an tragisch gezeichnet wären. Sebastian war ihr Liebling. Von Viola sprach sie selbstverständlich mit gebührendem Respekt, doch mit einer leisen Zurückhaltung; denn heimlich hielt sie Viola für hochmütig. Aber Sebastian! Wie oft hatte sie sich nicht in sein Kinderzimmer eingeschlichen, trotz der finstern Blicke seiner Kinderfrau, wenn er mit einer Erkältung zu Bett lag, und hatte ihn stundenlang aufgeheitert, indem sie ihm Puppen machte aus Hühnerbrustbeinen, mit Köpfen aus Siegellack und grauen Flanellmäntelchen. Sie war immer überzeugt gewesen, dass er nie das Mannesalter erreichen würde, und auch jetzt blieb sie dabei, dass seines Bleibens auf dieser Welt nicht lange wäre. Oftmals hatte die Tischlersgattin, die von robusterer Natur war (und die außerdem ihren Tee so genoss), ein Wort des Widerspruchs eingeworfen: »Glaub mir, Jane, ich hab' nie einen jungen Herrn gesehen, der besser in Form war als Seine Gnaden« – aber Jane wollte nichts davon wissen. »Du magst so denken, Martha«, antwortete sie wohl, »aber du hast ihn nicht so wie ich in seinem Kinderzimmer husten gehört, Winter auf Winter – ach, jemine, zum Erbarmen! Und der Zug, der all die Korridore entlang weht, und die Kälte, die von diesen steinernen Fußböden aufsteigt – an solche Dinge hat man damals in den alten Zeiten nicht gedacht; und jetzt mit diesem liederlichen Leben«, fügte sie düster hinzu, und Martha schürzte ihre Lippen und nickte mit dem Kopf, während sie in ihrem Tee rührte, denn sie wusste, worauf diese Anspielung ging. Sie war das Vorspiel zu dem saftigsten Augenblick des ganzen Nachmittags. Sie bedeutete, dass Jane, mit vielen windreichen Seufzern, auf das Thema von Seiner Gnaden Betörung lossteuerte.

Lady Roehampton war keine junge Frau mehr; aber sie war, wenn auch nicht ohne einen gewissen Aufwand an Mühe, noch immer schön. Diese Frage von der Schönheit und Begehrenswürdigkeit der Frau in mittleren Jahren ist von den Romanschriftstellern noch nie genügend ausgebeutet worden. Es ist eines der kleineren Dramen des Lebens; aber wer sind wir, dass wir es klein nennen, wenn es für die Frauen, die es angeht, ihren ganzen Daseinszweck in sich birgt? Lady Roehampton, zum Beispiel, glaubte bestimmt, es gebe keine anderen Mittel des

Ausdrucks für ihre Persönlichkeit und wähnte auch, keine anderen zu begehren, wenn sie auch, wie wir gleich sehen werden, eine menschliche Schwäche in sich selber entdecken sollte, die unbequem mit ihrem System zusammenstieß – aber was das betrifft, so müssen wir die Geschichte schon selber für sich sorgen lassen. Inzwischen haben wir es nur mit jener Lady Roehampton zu tun, die seit ihrem achtzehnten Jahr eine Schönheit von Beruf gewesen war, umworben von einigen Männern aufgrund echter Leidenschaft und von anderen aufgrund echten Snobismus', dieser ansteckendsten aller menschlichen Schwächen; jener Lady Roehampton, um die in Rotten Row die Volksmenge getobt hatte und die aus schierer Übersättigung gleichgültig gegen die Komplimente geworden war, mit denen man sie so lange überschwemmt hatte, dass sie sie ebenso selbstverständlich hinnahm wie das Auf- und Untergehen der Sonne. Jetzt hatte sie die mittleren Jahre erreicht; und die Komplimente, die ihr zwar noch immer automatisch dargebracht wurden, hatten unmerklich die Klangfarbe geändert; Frauen – geistreiche Frauen – sagten: »Niemand würde glauben, dass deine Margaret achtzehn geworden ist«; und Männer – geistreiche Männer – sagten: »Keine von unseren jungen Schönheiten kann Ihnen das Wasser reichen«; und selbst während sie geistesabwesend lächelte, zuckte sie zusammen. Sie genoss weder, noch schätzte sie diese neue Note des Erstaunens, die sich in den Ausdruck der Bewunderung eingeschlichen hatte. Bewundert zu werden, weil man reizend war, war etwas ganz anderes, als bewundert zu werden, weil man noch so reizend war. Sie gehörte nicht zu den Frauen, die, in der Mitte des Lebens angelangt, ihr Wesen ändern und ein neues Dasein beginnen können; sie hatte eine eigne Note gehabt, aber diese besondere Note lag nun hinter ihr. Wäre sie mit dreißig Jahren gestorben, so hätten die Menschen diese Tragödie beklagt; sie hätten besser die Tragödie beklagen sollen, dass sie bis zweiundvierzig weiterlebte, dem Alter, da sie ihre eigenen Finger so böse in der Falle fing, die sie Sebastian gestellt hatte.

Es war das letzte Aufflackern ihrer vergehenden Jugend, das

aus süßem Delirium und wilden Schrecken zusammengesetzt war. Es gab Augenblicke in dieser Londoner Season von neunzehnhundertundsechs, in denen sie glücklicher oder elender war als jemals in ihrem Leben. Ihre Beziehungen zu Sebastian schienen den Gipfel der Vollendung erreicht zu haben, bis, wie bei einem Aufstieg in hügeligem Gelände, ein anderer Gipfel auftauchte und wieder einer, und immer noch kein Höhepunkt in Sicht kam. Und alles, was sie am meisten entzückte, wurde ihr jetzt gleichzeitig zuteil: Das Schaugepränge der Season, das ganze aufregende Dasein in London, die Menschenfülle, die Farben, die heißen Straßen am Tage, die kühlen Balkone bei Nacht, die Blumen, die ihre Zimmer füllten, und die Blumenmädchen mit ihren vollen Körben an den Straßenecken, die endlosen Gesellschaften, bei denen die Menschen zu den Türen ein- und aus-, die Treppen hinauf- und hinunterströmten; der Aufwand, der Luxus, der Reichtum, die Eleganz, die ihr schmeichelten und sie befriedigten – und um alles dies zu krönen, das Bewusstsein, dass sie überall Sebastian begegnen würde und dass er an ihrer Seite weilen würde, aufmerksam, besitzbewusst, von tadellosem Benehmen selbstverständlich, aber mit einem gelegentlichen tiefen Blick in ihre Augen, geladen mit der vollen Botschaft ihrer Intimität. Sie wünschte nichts weiter. Geistig war ihr Kopf ebenso leer, wie er schön war. Für Sylvia, wie für die meisten ihrer Bekannten, galt das Leben der geselligen Vergnügungen alles; weder Bücher, Kunst noch Musik bedeuteten ihr irgendetwas, es sei denn, insofern sie als aktueller Gesprächsstoff zum Rüstzeug der Gesellschaft gehörten. Sie ging zuweilen in eine Gemäldeausstellung, und häufig war sie in ihrer Loge in der Oper zu sehen; aber sie schenkte den Gemälden und der Musik gerade so viel Aufmerksamkeit wie den Pferden in Ascot. Bücher las sie niemals, und in ihrem Bekanntenkreis war auch selten davon die Rede. Eine Biographie konnte vielleicht zur Erörterung kommen, besonders wenn sie jemanden betraf, den sie gekannt hatten; aber es war leicht genug, einige Kenntnis aus dem Gerede der andern aufzuschnappen und dann als eigne Ansicht von sich zu geben, dass entweder Winston Churchill Lord Randolf ziemlich überschätzt habe oder dass Lady F. denn doch ein zu großes Lästermaul sei und dass man ihre Memoiren unterdrücken müsste. Man konnte, ohne allzu große Anstrengung, den letzten Roman von H. G. Wells lesen. Aber zum Klatschen, Gott sei Dank, war nicht mehr Verstand als eine gewisse Beschlagenheit in menschlichen Verhältnissen vonnöten. Der Klatsch war zudem immer von der erfreulichsten Art, denn er betraf nicht nur Menschen, die man intim kannte, sondern man genoss noch die köstliche Zugabe, zu der kleinen Schar der Eingeweihten zu gehören. Das Freimaurertum von Sylvias besonderer Clique, wie sich Lucy zu ihrer Beruhigung gerade rechtzeitig erinnerte, wurde eifersüchtig bewacht. So waren allem Anschein nach die Templecombes die besten Freunde, aber jeder in der Clique wusste, dass Lord Templecombe einmal Harry Tremaine in Lady Templecombes Schlafzimmer gefunden hatte und zwanzig Jahre lang, außer in der Öffentlichkeit, nicht mehr mit ihr gesprochen hatte. Das war eine fürchterliche Sache gewesen, und man erinnerte sich noch daran als an den schlimmsten Skandal der achtziger Jahre. Lord Templecombe hatte völlig den Kopf verloren und sich einfach unerhört benommen: Er hatte mit Scheidung gedroht, und man sagte, dass er seine Drohung wahr gemacht hätte, wenn nicht der Prinz von Wales persönlich eingeschritten wäre. Die großen Damen der damaligen Zeit – vor allem Lady L. und die Herzogin von D., die unter ihnen als Diktatorinnen der Gesellschaft regierten – hatten in panischem Schrecken ebenfalls ihr Gewicht in die Waagschale geworfen; sie hatten, jede für sich, Lord Templecombe zu sich gebeten und ihm in ihren verdunkelten Boudoirs erklärt, er könne, wie auch immer seine privaten Gefühle sein mochten, seine Klasse nicht einer solchen Bloßstellung preisgeben. »Noblesse oblige, mein lieber Eadred«, hatten sie gesagt; »Menschen wie wir stellen ihre Gefühle nicht zur Schau; sie lassen sich nicht scheiden. Nur der Pöbel lässt sich scheiden.« Sie hatten ihm ihre Teilnahme ausgesprochen; sie bedauerten ihn aufrichtig, aber sie hatten eine

Pflicht zu erfüllen, und er desgleichen. Er beugte sich ihnen; er erfüllte sie. Die Templecombes blieben zusammen, und in der Außenwelt war niemand um das Geringste klüger. Wie ihr Privatleben sich gestaltete, danach zu forschen gab sich niemand die Mühe, solange Lady L. und die Herzogin von D. zufrieden waren. Die Sittenstrenge hatte sich seit jenen rigorosen Zeiten ein wenig gelockert, doch noch herrschte der Kodex; es gab nur ein Gebot, das galt, und das war das Elfte. Gleicherweise wusste jedermann, dass man nicht klingeln durfte, wenn eine unauffällige, einspännige Kalesche vor einer gewissen Türe hielt, weil die Dame dann anderweitig beschäftigt war. War man von solchen Dingen erfüllt, wie Sylvia das in reichem Maße war, so war es herrlich, täglich mit Menschen umzugehen, die ebenso bewandert waren wie man selbst.

Ein lästiger Gedanke ward ihr in den Kopf gesetzt: Was dachte Sebastian von alledem? Julia Levison hatte ihn ihr eingegeben, denn abgesehen davon, dass sie eine von Sylvias besten Freundinnen war, war sie auch dafür bekannt, die schärfsten Krallen von London zu haben. Sylvia war beunruhigt, wenn sie es auch nicht verriet. Was dachte Sebastian wirklich? Bislang hatte diese Frage für sie nicht existiert. »Ist es möglich«, dachte sie, »dass ich nicht weiß, wie er wirklich ist?«, und Sebastian, mit seinem Charme und seinem chic und seinen Ungereimtheiten, stand plötzlich als völlig unergründlich vor ihr. Sie dachte an seine eindringliche Art, sie anzublicken; sie hatte immer den Sinn hineingelegt, den sie darin zu finden wünschte; aber jetzt zweifelte sie. Was wälzte er in seinem Kopf? Verräterische Dinge, feindselige Dinge? Sie entsann sich kleiner Zusammenstöße mit ihm, bei denen sie auf einen so sturen Eigensinn geraten war, dass alle ihre Listen daran zuschanden wurden. Und, nach Sylvias Kredo, war ein junger Mann, der den Wünschen der Herrin seines Herzens Widerstand leistete, überhaupt ein unlenksamer junger Mann. Wenn er zum Beispiel ruhig sagte, dass er für ein paar Tage nach Chevron ginge, so wusste sie aus Erfahrung, dass die Schlacht von Anfang an verloren war; wenn er sagte, dass er gehen wollte, dann ging er. Sylvia hatte es hinzunehmen. Beim Gedanken daran tröstete sie sich ein wenig damit, dass sie so scharfsichtig seine Leidenschaft für Chevron erraten hatte. »Demnach kann ich doch nicht so ganz töricht sein«, dachte sie mit dem Pathos einer ungewohnten Bescheidenheit. Aber ihr Stolz sank wieder zusammen, als sie einsah, dass sie ihn nie dahin bringen konnte, über Chevron mit ihr zu sprechen. Und wenn er ihr das vorenthielt, was mochte er ihr sonst noch vorenthalten?

Dann verscheuchte sie ihre Besorgnisse, die gewissermaßen anormal für ihr Wesen und nur künstlich von Mrs Levison erzeugt worden waren; Sylvias Auffassung von den Menschen war von einer gröberen und seichteren Art. Trotzdem war sie zum Denken veranlasst worden, eine ungewohnte Beschäftigung für sie; man hatte sie aufmerksam gemacht. Wenn ein kleiner Liebesstreit zwischen ihnen stattfand, war seitdem, mochte er auch leicht und köstlich beigelegt werden, doch ein Element in diesen Streitigkeiten, das scharf genug war, ihr als Warnung zu dienen, das seine Anziehung für sie noch erhöhte und der Ungewissheit dieser flüchtigen Tage noch ein Gefühl persönlicher Gefahr hinzufügte. Unbefriedigten Gemüts und unberechenbaren Temperamentes, wie er nach ihrer jetzigen Erkenntnis selbst in seinen hingebungsvollsten Augenblicken war, wusste sie, dass sie ihn nicht an einem Seil, sondern an einem Zwirnsfaden hielt, eine Erkenntnis, die sie ebensosehr reizte wie erschreckte. »Ah, das ist Leben!«, rief sie aus und schwang sich zu einer Höhe der Erregtheit auf, dass sie fühlte, sie müsse schreien oder singen; dann, hinunterstürzend in die Tiefe, dachte sie daran, dass jeder Tag ihr ja Sebastian rauben, so wie jedes Jahr die Schönheit von ihrem Antlitz hinwegnehmen könnte.

Nur ein Tropfen Wermut verbitterte ihren Kelch, und das war der leise Schatten von Missbilligung, mit dem sie von den wirklich exklusiven Damen angesehen wurde. Natürlich tat sie so, als spotte sie dieser großen Damen, indem sie sagte, die Kalender auf ihren Schreibtischen wären seit achtzehnhundertundachtzig nicht mehr ausgewechselt worden; aber es traf sie trotzdem. Die Herzogin von D. und Lady L. konnten immerhin Lady Roehampton nicht völlig übersehen – sei es auch nur um des armen George Roehampton willen –, aber sie konnten ihre Einladungen auf ihre ganz großen Gesellschaften beschränken und sich enthalten, sie zu jenen intimeren Abenden einzuladen, zu denen nur zwanzig Gäste statt tausend gebeten wurden und die das kleine Paradies für alle diejenigen darstellten, denen die Krone gesellschaftlicher Makellosigkeit als köstlichstes Kleinod strahlte. Die Zulassung zu ihnen war durch gewisse ganz bestimmte Qualifikationen bedingt. Geburt – das braucht nicht erst gesagt zu werden. Würde – mit Würde meinten sie Tugend. Zurückhaltung – mit Zurückhaltung meinten sie eine schickliche Enthaltung von aller Öffentlichkeit. Lady Roehampton erfüllte nur die Erste dieser Forderungen. Was die Tugend anbetraf, so war es richtig, dass sie sich streng in den Grenzen gehalten und sich niemals über einiges Gerede hinaus kompromittiert hatte, welches bisher das Bollwerk einer erlaubten Vertraulichkeit noch nicht überschritten hatte. Aber andererseits gehörte sie zu einer Clique, die nur Achtung vor dem Thron offener Kritik entzog, so dass das Missfallen jener Diktatorinnen Erleichterung in einer Kritik von persönlicherer Natur suchte; Sylvia Roehampton pudert sich das Gesicht, sagten sie; Sylvia Roehampton ist unzweifelhaft mit »rouge« auf den Wangen gesehen worden; Sylvia Roehampton ist einmal in einem Wagen allein mit Tommy Brand, diesem leichtsinnigen Libertin, gesichtet worden; Sylvia Roehampton ist nicht die Person, der wir von ganzem Herzen unsere Sanktion erteilen können. Dann, was die Zurückhaltung anbelangte – so war Sylvias Qualifikation beklagenswert gering. Es war natürlich nicht die Schuld der armen Frau, dass sie als Schönheit von Beruf bejubelt wurde; nicht ihre Schuld, dass die Leute aufstanden, um sie anzustarren, wenn sie eine Loge in Covent-Garden betrat; aber es war ihre Schuld, dass sie sich zu einer so gewöhnlichen Schaustellung wie der Personifizierung der Königin Etheldreda bei einem Umzug in Earl's Court hergegeben hatte. So etwas hatte man noch nie gehört, und was Lady L. und die Herzogin von D. anbetraf, war ihr Schicksal besiegelt. Lady L. und die Herzogin von D. entschieden, dass sie wahnsinnig sein müsste. Sie hatten ihr immer misstraut und hatten nun einen unbestreitbaren Vorwand zu offener Missbilligung. Heimlich griffen diese gestrengen Tyranninnen mit Wonne zu einer so schätzenswerten Entschuldigung, um ein Mitglied jener Clique zu verurteilen, die sie ablehnten. Es war leicht genug für sie, Leute wie Mrs Levison zu übergehen, die sie als eine Abenteurerin ablehnten, oder Sir Adam, den sie als Juden ablehnten. Aber selbst für sie war es schwer, über jemanden wie Lucy den Bann zu fällen, so heftig auch ihre Missbilligung sein mochte; es war schwer genug für sie gewesen, den kleinen Unterschied in ihrer Liebenswürdigkeit Sylvia gegenüber zu betonen, da nur der zarte Hauch von Sylvias Gesichtspuder zwischen ihnen und der natürlichen Anerkennung ihrer Stellung als Lady Roehampton schwebte. Frauen wie Lucy und Sylvia – Renegatinnen einer strengeren Lebensführung, wenn sie sich auch noch durch geschickte Akrobatik auf dem straffen Seil der Gesellschaft hielten – stellten das brennendste Problem für sie dar. Erwählt und eingesetzt durch sich selbst, maßten sich Lady L. und die Herzogin von D. gewisse Verantwortlichkeiten der Gesellschaft gegenüber an, wenn auch die Zeiten sich geändert hatten; sie vergaßen nie, dass sie einen gewissen Führungskanon aufrechtzuerhalten hatten. Sie waren ehrlich genug, zu bedauern, dass eine Person mit dem Titel Lady Roehampton diesen Kanon überschritt. Sie waren menschlich genug, die Gelegenheit auszukosten, die sie ihnen bot.

Sylvia selbst erkannte den Fehler, den sie damit begangen hatte, als Königin Etheldreda zu erscheinen. Die öffentliche Schaustellung war etwas ganz anderes als das prächtige Kostümfest, das einige Zeit zuvor von einer dieser großen Gastgeberinnen veranstaltet worden war und das noch immer das Gesprächsthema bildete; oder als kostümierte Bälle in Privathäusern. Sie hatte sich auf ewig die schwache Hoffnung, die sie immer noch nährte, verscherzt, – an den exklusiven Gesellschaften im Hause der Lady L. in Park Lane oder im Haus der Herzogin D. in Piccadilly teilzunehmen. Sie würde weiter zu »großen Empfängen« in beide Häuser gehen, aber von den strenger gesiebten Versammlungen würde sie strenger als je ausgeschlossen sein. Königin Etheldreda – Schönheitskönigin. Ihre weibliche Eitelkeit mochte befriedigt sein, ihre gesellschaftliche Eitelkeit war verwundet; sie hatte den Todesstoß empfangen. Sie erfuhr es, als sie die Herzogin von D. bei Lucy zum Abendessen traf und nur zwei Finger anstatt drei gereicht bekam – fünf hatte sie nie bekommen – und »Lady Roehampton« anstatt »Sylvia« angeredet wurde. »Welchen Erfolg Sie gehabt haben!«, sagte die Herzogin und hob ihr Lorgnon, als wollte sie die Reste von Sylvias Schönheit erforschen, »die Daily Mail war heute Morgen Ihres Lobes voll. Sie sind geradezu zu einer stadtbekannten Persönlichkeit geworden.« Sylvia wunderte sich einzig darüber, dass die Herzogin sich überhaupt herbeiließ, die Daily Mail zu erwähnen. Trotzdem bedauerte sie mit einer Hälfte ihres Wesens die Schaustellung nicht. Auf einem schwarzen Streitross aus Sebastians Regiment hatte sie als Schönheitskönigin paradiert; sie war von ihrem Ross nur abgestiegen, um die Stufen zu einem Thronhimmel hinanzuschreiten, umringt von einer Gruppe der reizendsten »débutantes« der Season als Ehrenjungfrauen – Viola, sehr spöttisch, war darunter, und gezwungenermaßen die arme Margaret, als Tochter der Schönheitskönigin, wenn auch die arme Margaret durch keinerlei Anstrengung der Phantasie eine Schönheit genannt werden konnte –, und unter ihnen hatten die jungen Herren der Gesellschaft gestanden, als Herolde gekleidet; mit Waffenrock und Trompete hatten sie genau wie die Buben im Kartenspiel ausgesehen. Sebastian war einer von ihnen gewesen, von Sylvia zu dieser Rolle gedrängt. Das Kostüm stand ihm verblüffend. Die geraden Linien des Heroldrocks mit seinen lebhaften roten, schwarzen und goldenen Farben stimmten überwältigend zu seinem schwarzen Haar und seinem olivfarbenen Teint. Er hatte seine Trompete in die Hüfte gestemmt mit einer Gebärde, die ihm keiner der andern jungen Leute nachmachte. Als der Augenblick für die Herolde kam, eine Fanfare zu blasen – eine Scheinfanfare, denn der wirkliche Ton wurde von hinter der Estrade versteckten Regimentstrompetern erzeugt –, hatte er seine Trompete an die Lippen gesetzt, als wolle er die Schönheit seiner Herzensherrin dem ganzen mittelalterlichen London verkünden. Dieser eine Augenblick, das fühlte Sylvia, war die Verurteilung aller Herzoge und Herzoginnen von D., vom Tage ihrer Ernennung im Jahre 1694 an, wert gewesen.

Trotzdem ärgerte es sie in nüchternen Augenblicken, wenn Sebastian zu kleinen Gesellschaften ins Haus der Herzogin D. geladen wurde und sie nicht. Der Stolz verbot ihr, dem wahren Ursprung ihres Ärgers Ausdruck zu verleihen, so nahm sie ihre Zuflucht zu erdichteten Kümmernissen. Die Herzogin wolle ihn für eine ihrer Töchter oder Enkelkinder einfangen!, rief sie aus, er war ein Tor, so durchsichtige Pläne nicht zu durchschauen! Dann konnte ihre üble Laune sie wohl übermannen, und sie machte ihm unverhohlene Vorwürfe, dass er zu Gesellschaften ginge, zu denen sie nicht geladen war. »Du bist ihnen gut genug, weil du ein begehrenswerter junger Mann bist«, sagte sie dann. »Ich bin ihnen nicht gut genug, weil ich mich mit dir kompromittiert habe; ich wundere mich über dich, dass du eine solche mir deinetwegen erzeigte Nichtachtung duldest.« Sebastian, der jetzt gescheit genug war, um Wahrheit von Falschheit unterscheiden zu können, lächelte nur auf die Weise, die Sylvia am meisten in Wut bringen konnte. »Gut also, gut, geh nur!«, sagte sie; »geh, oder du wirst zu spät kommen. Geh, und amüsiere dich in deinen achtbaren Kreisen. Ich speise mit Julia und Sir Adam, und ich glaube, wir werden einen unterhaltsameren Abend verbringen als du. Ich beneide dich nicht – muffig, wohlanständig, eng geschnürt, wie ihr seid. Das ist deine Welt ...« Und so gingen sie auseinander; aber wenn Sylvia an solchem Abend heimkam, löste sie zornig ihren Schmuck und warf ihn auf ihren Toilettentisch, innerlich rasend über die Tyrannei, die diese alten Weiber ausübten, und sie fuhr ihr schläfriges Mädchen an, das gewohnt war, seine Herrin vergnügt und heiter, wenn auch eine Spur launenhaft zu finden. Muffige alte Grüfte!, dachte Sylvia; muffige alte Grüfte, entschlossen, alles so in sich einzusargen, wie es von je gewesen war! Aber sie tobte vergeblich, und sie wusste es. Ihr Lächeln oder ihr Stirnrunzeln genügte, um zuzulassen oder zu verbannen. Sie waren die letzten Überlebenden des alten Regimes, und sie waren nie einen Zoll breit von ihrem ursprünglichen Standpunkt abgewichen. Ihre Anmaßung war so großartig wie aufreizend. Sie weigerten sich sogar, Leuten vorgestellt zu werden, die zu kennen die meisten Menschen sich die Beine abgelaufen hätten. Ihre Unverschämtheit war unerträglich – aber sie konnten nicht umgangen werden. Moderne Eleganz war nichts im Vergleich mit ihrer Katafalkwürde. So glänzend eine gesellschaftliche Karriere auch sein mochte, schließlich prallte sie doch gegen die Mauer ihrer Strenge. Nur wenige von Sylvias persönlichen Freunden übertrafen sie; und in Augenblicken der Ehrlichkeit gab Sylvia zu, dass einige ihrer Bekannten minderwertig neben ihnen wirkten; nicht nur diejenigen unter ihnen, die Amerikaner oder Juden waren, sondern Leute wie … und Sylvia erschrak bei den Namen, die ihr durch den Kopf gingen. Es war ein unbequemes Eingeständnis. Sylvia tröstete sich bei dem Gedanken, dass sie bald wegsterben würden und dass es niemanden gab, der ganz ihres Kalibers war, um sie zu ersetzen – diese alten tugendstolzen Unentwegten, in ihren schwarzen Spitzen und Diamanten, die ihre Missbilligung sogar bei der Wahl eines Königs fühlen lassen konnten.

Lord Roehampton wurde nicht als das würdige Gegenstück zu seiner reizenden Gattin angesehen. Man duldete ihn nur ihretwegen, denn er war wirklich ein stumpfsinniger, schwerer Mensch, mit dem als Tischnachbarn sich zu langweilen Lucy ein volles Recht gehabt hatte; die einzigen Menschen, deren Gesellschaft ihm behagte, waren sein Trainer in Newmarket und der Förster auf seinem Gut in Norfolk. In dieser Gesellschaft konnte er sich den einzigen Dingen widmen, die ihm – außer seiner Frau – für schön galten. Er würde natürlich misstrauisch vor diesem Wort gescheut haben; dennoch gewährte es ihm innige Befriedigung, seine Füllen in ihrem Gehege herumgaloppieren und seine Fasanen am Saum seiner Wälder entlanglaufen zu sehen. Stand er dann mit dem Trainer oder Förster beisammen, so beschränkten sich seine Bemerkungen auf die Vorteile, die dieses Vieh oder jenes Geflügel ihm vermutlich einbringen würden. »Eine Chance für die Rennen im Frühjahr«, sagte er; oder: »Wir müssen den Abschuss vom vergangenen Jahr auffüllen. Aber wie steht's mit den verdammten Füchsen?« Trotz alledem werden diejenigen, die solche englischen Lord Roehamptons schätzen, gerne glauben, dass dieses kurze Gebrummel und Gemurmel zu Förster oder Trainer nur ein Zehntel des Vergnügens darstellte, das er tatsächlich genoss an einem Tage, den er im Gestüt oder durch die Äcker stapfend verbrachte. Wenn er auch unfähig war, es in Worte zu kleiden, liebte er doch die grüne Wiese mit ihren weißen Pfählen und den sensitiven Fohlen, die Verschmelzung von Wald und Kornfeld, die Rübenblätter, in denen das Regenwasser stand. Er schöpfte eine stumme Befriedigung aus diesen Dingen, die jemandem anzuvertrauen ihm niemals in den Sinn kam.

Wenn seine Genussfähigkeit demnach wortlos und begrenzt war, so waren seine Prinzipien ebenfalls schlicht und unausgesprochen. Es gab gewisse Dinge, die man nicht tat, und damit basta. Man nahm nicht für sich den besten Stand bei der eigenen Jagd in Anspruch, man schaute seinem Nachbarn nicht beim Spiel in die Karten, man öffnete seine Briefe nicht, man begünstigte seinen Ehebruch mit der eigenen Frau nicht. Das waren Dinge, die jedermann wusste und die demzufolge für sicher gelten konnten. Lord Roehampton hatte ganz bestimmte Ansichten über seine Frau. Er war stolz, die schönste Frau in London geheiratet zu haben, und ihren Hang für Gesellschaften und Geselligkeit überhaupt als die natürliche Schwäche eines Geschöpfes betrachtend, das von der Natur dazu bestimmt ist, die Bewunderung aller Männer zu erregen, machte es ihm Ver-

gnügen, ihr all die Beigaben des Luxus zu gewähren, die zu ihrer
eigenen Vorstellung nötig waren; Schmuck, Kleider, Pelze – sie
konnte haben, was immer sie wollte. Niemand sollte sagen, dass
er den von ihm errungenen Preis nicht zu schätzen wisse. Er
war sogar bereit, die Season in London zu verbringen, wenn
auch sein Herz sich schmerzlich nach Norfolk und der jungen
Saat in diesen besonders sonnigen Mai- und Junitagen sehnte.
Sylvia indessen vergalt seine Güte mit großer Rücksicht, denn
oft drängte sie ihn, sein Wochenende auf dem Gut zu verlän-
gern, während sie selbst nach London zurückkehrte, um wieder
prächtig auf den Ozean der Festlichkeiten hinauszuschiffen, die
ihm nur Last und Langeweile bedeuteten. Jawohl, sie hatte sogar
darauf bestanden, allein auf den Hofball zu gehen, damit er nicht
um einen wichtigen Verkauf von kurzhörnigen Rindern drunten
in Norfolk gebracht würde. Es gab wenig Frauen, dachte er mit
wirklicher Dankbarkeit, die das tun würden. Ja, Sylvia war gut
zu ihm, dachte er – zu ihrem stumpfsinnigen alten George –, und
auf der Straßeninsel stehend, um den Damm nach Park Lane zu
überqueren, hatte er sie aus dem Stanhope-Tor in ihrer Viktoria
mit den rassigen, hochtrabenden Hengsten herausfahren sehen
mit James, dem Livreediener, der kerzengerade mit gekreuzten
Armen auf dem Bock saß, und sein Herz war in Rührung aufge-
wallt, als er seinen Hut lüftete. Ein hübsches Gespann, dachte er
und sah der Equipage nach, die in die Great Stanhope Street ein-
bog; und wie hübsch ist es, dachte er, eine reizende Frau in London hinter einem gut zusammenpassenden Zwiegespann sitzen
zu sehen. Lord Roehampton hatte nichts übrig für die Automo-
bile, die anfingen die Straßen zu füllen. Er bog in den Park ein
und setzte seinen Spaziergang fort, im Gefühl, dass alle Falten
in ihm geglättet seien. Der Park leuchtete von Tulpen, und die
Fliederbüsche bei Rotten Row standen ganz in Blüte; Menschen
schlenderten oder saßen unter den Bäumen und betrachteten die
vorbeifahrenden Wagen; es schien Lord Roehampton, als wäre
alles besonders angeregt und heiter, als glichen die Frauen wan-
delnden Blumen in ihren hellen Kleidern und als gäben die Män-

ner in ihren schwarzen Röcken eine wundervolle Folie dazu ab, mit ihren Gamaschen, die weißer, und ihren Zylindern, die glänzender waren als sonst. Und diese gute Stimmung, überlegte er, kam einzig daher, weil er Sylvia aus dem Stanhope-Tor hatte herausfahren sehen! Er hielt sich selbst für ungewöhnlich glücklich; wie viele Männer konnten nach zwanzig Jahren Ehe das Gleiche sagen? Er war nahezu ausgesöhnt damit, in London zu sein; er begann Freude an dem Gefühl dieses um ihn herum strömenden Lebens zu finden, und über das Geländer gelehnt, betrachtete er eine Eskorte Gardekavallerie, die auf ihren schwarzen Pferden um die Biegung getrabt kam, mit ihrer blitzenden und klirrenden Ausrüstung, den scharlachroten Waffenröcken, die über den makellosen gipsweißen Reithosen flammten. Ein junger Offizier ritt an der Spitze, den Degen an der Schulter; Lord Roehampton erkannte Sebastian. Netter Junge – dachte er –, ein netter Junge; und er seufzte, denn er hatte keinen Sohn.

Es war unbequem für Sylvia, dass »Sebastians Sommer« mit der Einführung ihrer Tochter in die Gesellschaft zusammenfiel. Sie hatte überlegt, ob sie nicht irgendeine Entschuldigung ersinnen könnte, um diese Zeremonie noch ein Jahr aufzuschieben, sie hatte aber keine gefunden: Margaret war achtzehn, und alle Welt wusste es, und bei allem Wagemut war Lady Roehampton zu wohlerzogen, um die Konvention zu durchbrechen, nach welcher ein junges Mädchen bei Vollendung ihres achtzehnten Jahres reif war für Jubel und Trubel dieser Welt. Sie hätte ebensogut versuchen können, das Datum von Weihnachten zu ändern. Also seufzte sie und fügte sich. Nichtsdestoweniger war sie entschlossen, sich von Margaret so wenig wie möglich stören zu lassen und dabei doch den Schein einer gewissenhaften Mutter zu wahren; und dieses Ziel im Auge, beschloss sie, einen Nachmittag der Herstellung guter Beziehungen zwischen Margaret und verschiedenen ihrer Tanten zu widmen, die selbst Töchter hatten und vielleicht Margaret zu denjenigen Gesellschaften mitnehmen würden, bei denen der mütterliche Schutz nicht unbedingt erforderlich war. Glücklicherweise billigte George seine Schwestern – die in der Tat Damen von unantastbarer Achtbarkeit waren – und würde bereitwillig den Gedanken aufnehmen, dass Margaret in ihrer Gesellschaft und in Gesellschaft ihrer Kusinen mit Leuten zusammenkam, deren Ansichten und Sitten besser zu ihrem unverdorbenen Alter passten als die Gesichtspunkte, die unter ihrer Mutter Freunden überwogen. Sylvia prüfte ihn, um herauszufinden, ob er in dieser Hinsicht so arglos war, wie sie hoffte und voraussetzte.

»Siehst du, liebster George, ich fürchte, ich bin ein bisschen selbstsüchtig gewesen. Ich hätte mir klarmachen sollen, dass Margaret im Heranwachsen war. Ich hätte Berührung suchen müssen mit Leuten wie den Wexfords – nette, altmodische, gediegene Leute, die in Cadogan Square wohnen und einmal im Jahre einen Ball geben, um wieder eine Tochter auszubieten und loszuschlagen –, wirklich, man kann schon nicht mehr mitzählen; ich glaube, es ist das neunte Wexford-Mädel, das dieses Jahr ausgeführt wird. Oder ist es erst das achte? Und nur die Älteste ist verheiratet, und noch dazu an einen Pfarrer. Immerhin, die Wexfords sind gerade die Leute, die man braucht, wenn man eine Tochter auszuführen hat. Jungen Leuten ist es ganz gleich, wer die Gesellschaft gibt – es ist ihnen gleich, meine ich, wie ungenießbar ihre Wirte an sich sind, wenn es nur überhaupt eine Gesellschaft gibt, auf die sie gehen und wo sie tanzen können, und ich muss sagen, ich möchte lieber, dass Margaret bei den Wexfords Freunde findet, selbst wenn sie ein bisschen stumpfsinnig sind, als immer bei Julia Levison oder Romola Cheyne. Romola ist ziemlich vorsichtig, das stimmt, in Bezug auf das, was sie in Gegenwart eines jungen Mädchens sagt, aber man weiß nie, wie viel sie hören und sehen, was nicht für sie bestimmt ist. Außerdem ist es die ganze Atmosphäre, auf die es ankommt. Du weißt, was ich meine, George. Nun sind deine Schwestern so lieb, ich bin sicher, sie werden uns helfen und Margaret mitnehmen, wenn du und ich einfach gezwungen sind, zu Abendgesellschaften zu gehen, die ihr keinen Spaß machen würden. Ich muss wirklich heute Nachmittag eine Besuchstournee machen und Karten abgeben, und nachher werde ich sie zu Clemmie zum Tee mitnehmen.«

»Meine Beste«, sagte George milde, »neulich hast du gesagt, du hättest Clemmie seit fünf Jahren nicht gesehen.«

»Hab' ich auch nicht – darum muss ich ja gerade mit Margaret heute zu ihr zum Tee gehen. Clemmies Tochter ist gerade in Margarets Alter. Wie heißt sie doch gleich, George?« »Agatha«, sagte George, der seine Schwestern häufig besuchte, wenn er nichts Besseres zu tun hatte.

»Agatha. Natürlich. Das Mädchen mit den Sommersprossen. Ich gehe besser ungepudert«, sagte Lady Roehampton mit einer kleinen Lachsalve, »oder Clemmie wird Anstoß nehmen. Und nicht wahr, du findest wirklich, George, dass ich Margaret lieber mit Clemmie gehen lassen soll, statt sie immer mit uns herumzuschleppen zu Leuten wie Romola oder Sir Adam? Ich glaube, du hast recht. Man kann nicht vorsichtig genug mit einem jungen Mädchen sein. Ich werde Clemmie nicht so ausführlich wiederholen, was du sagst, sonst könnte sie denken, dass ich mich unserer Freunde wegen entschuldige, aber wenn sie es anregt, Margaret gewissermaßen für diese Saison unter ihre Fittiche zu nehmen, werde ich nicht nein sagen. Lieber George, du bist immer so weise. Was sollte ich ohne dich anfangen. Drück auf die Klingel, und ich bestelle den Wagen.«

Eine Stunde später fuhr Lady Roehampton, Margaret zur Seite, in ihrer eleganten Viktoria fort. Nach einiger Überredung – denn er zog Pferde noch immer dem Motor vor – hatte George ihr ein elektrisches Coupé geschenkt, aber nachdem sie es bekommen hatte, benützte sie es nur selten. Es fehlte ihm beides; die Geschwindigkeit des Motors und die Vornehmheit einer Equipage. Es hatte noch andere Nachteile. Wenn man damit hinunter nach Ranelagh fuhr, waren die Batterien imstande, sich leer zu laufen, so dass es mitten in Kingston Hull stecken blieb. Dann, nach jedem Aufenthalt, setzte es sich mit solchem Ruck wieder in Bewegung, dass einem nicht nur das Rückgrat, sondern auch die Hutkrempe verrenkt wurde, und da der Hut ein wenig schwankend auf dem Gipfel der Frisur saß und festgesteckt war, rutschte er einem nach vorne über die Augen; das war eine ernste Angelegenheit. Sylvia stimmte nicht oft mit George überein – wenn sie aus taktischen Gründen auch manchmal Übereinstimmung vorgab –, aber die Frage: Elektrisches Coupé versus Viktoria sahen sie zweifellos mit gleichem Auge an. Freilich gingen sie an die Streitfrage von etwas verschiedenen Gesichtspunkten aus heran. George dachte zuerst an seine Pferde und den Wagen, dann an seine Frau, dann an beide zusammen als an ein zufriedenstellendes Ganzes. Sylvia sah sich selbst als Bild in einem Rahmen. Sie wusste, dass eine Frau in einem Wagen dem Wagen überaus gut steht, wohingegen George gesagt hätte, dass der Wagen der Frau, die in ihm fährt, überaus gut steht. Sylvia wusste außerdem, dass die vornehmeren und würdigeren Damen, die, trotz ihrer Vorliebe für alles Moderne, ihren Neid und ihre Nachahmungssucht erregten, eigensinnig an ihren Chaisen festhielten. Sylvia konnte Chaisen nicht gut vertragen. Sie konnte wohl die Chaisen bewundern, in der gewisse große Damen ausfuhren, aber sie konnte sich nicht vorstellen, dass sie selbst darin führe. So entschloss sie sich zu dem Kompromiss einer Viktoria.

Es war nicht zu bestreiten, dass Lady Roehampton in ihrer Viktoria, ihre Tochter neben sich, einen ungewöhnlich hübschen Anblick bot. Sie hielt einen Sonnenschirm über ihren Kopf, und auf dem Rücksitz lag ihre Visitenkartentasche und ein Adressenbüchlein aus rosa Leder von Dreyfous. Während der Wagen rasch durch den Park rollte, bereitete sie drei Karten vor und ließ die dazwischenliegenden kleinen Seidenpapierblättchen über den Wagenrand hinausflattern; sie bog eine Ecke um und legte sie säuberlich zusammen; auf der größeren Karte stand: Gräfin Roehampton, Lady Margaret Cairn; und unten in der Ecke die Adresse: Roehampton House, Curzon Street. Die kleineren Karten verkündeten: Graf Roehampton, und unten in der Ecke: Carlton Club. Sylvia war höchst befriedigt. Sie liebte die müßige Beschäftigung, durch den Park zu fahren, vor verschiedenen Häusern anzuhalten, die Antwort zu empfangen: »nicht zu Hause«; dem Livreediener James die Karten einzuhändigen, nachdem sie rasch darauf gekritzelt hatte: »Bedauert lebhaft, Sie nicht angetroffen zu haben«, ihre Liste nach der nächsten Adresse zu befragen; wieder davonzurollen auf den geräuschlosen Gummirädern, zum schnellen Trott ihrer beiden kleinen Hengste. Sie liebte die schräge Art, in der Bond, der Kutscher, seinen Hut aufsetzte, und seine behutsame Weise, mit der Peitsche zu schnippen, wenn er um eine Ecke biegen wollte. Und heute genoss sie das alles ganz besonders, denn hatte sie nicht einige Aussicht, Margaret auf ihre Tanten abzuwälzen, so dass ihr selbst größere Freiheit bliebe für Sebastian?

Lord Roehampton hatte fünf Schwestern, die alle nach derselben Schablone angefertigt zu sein schienen. Sie waren alle eckig, lang und platt und sahen aus, als wären sie dazu geboren, hinter einem Teetisch zu sitzen, Tee einzuschenken und die Teekanne wieder aus silbernem Wasserkessel nachzufüllen. Sie hatten alle lange vornehme Gesichter und auffallend schöne Hände. Sie hatten einen strengen Stil, sich zu kleiden, angenommen, dessen Wirkung durch die Tatsache verdorben wurde, dass ihr Haar um den Hinterkopf herum unverbesserlich struppig abstand; nicht Netz noch Spange konnten ihnen zu einem ordentlichen Nacken verhelfen. Ziemlich unverfroren in ihrer Redeweise, waren sie ganz offenbar tüchtige und energische Frauen, ebenso befähigt, die lokalen Verwaltungsbehörden einzuschüchtern wie den Wirtschaftsverbrauch in ihrem eigenen Haushalt zu kontrollieren. Torheiten gab es nicht bei ihnen, noch konnten sie Torheit ertragen. Was sie über ihre reizende Schwägerin dachten, wurde niemals ausgesprochen, da ihr Kodex keine laute Kritik an der Frau ihres Bruders gestattete, aber es war deutlich genug, und bei den seltenen Gelegenheiten, bei denen Sylvia mit ihnen allen auf einmal zusammen gewesen war, hatte sie gefühlt, dass sie umgeben von fünf Grenadieren, bewaffnet mit den starrenden

Piken der Missbilligung, dasaß. Glücklicherweise war sie nur selten ihrer Prüfung ausgesetzt, da ihre gesellschaftlichen Kreise sich kaum je schnitten. Höchstens erspähte sie einmal eine von ihnen bei irgendeiner großen offiziellen Angelegenheit, wie zum Beispiel bei einem Ball in Devonshire-House, wo sie dann, hinter ihrem Fächer lachend, die Aufmerksamkeit ihrer Begleiter auf den stahlgrauen Atlas und den diamantenen »Brustschild« von Lady Blanche oder Lady Clementina lenkte, die sich steif durch das Menschengedränge schoben. Aber bei den intimeren Veranstaltungen, die das eigentliche Leben der Londoner Season bildeten – bei den kleinen Bridgepartien bei Sir Adam, den nicht förmlichen Abendgesellschaften, zu denen der König beinahe inkognito erschien und über seiner dicken Zigarre viel in sich hineinlachte –, konnte sie sicher sein, dass kein hagerer Zensor zur Hand sein würde, um ihre glückliche Unverantwortlichkeit abzukühlen.

Sylvia hatte sie richtig beurteilt, wenn sie annahm, dass sie in der Wexford-Welt in ihrem Element wären. Sie alle gehörten zu der gleichen gediegenen, eingesessenen Aristokratie, die keine Notiz von »Cliquen« und Emporkömmlingen, von Jargon oder Modewahnsinn nahm, sondern stetig ihren Weg ging und ihre Würde wahrte mit dem Gewicht und dem Gerumpel einer Familienkutsche. Sie hatten die Stammbäume in den Fingerspitzen; sie hielten mehr von einer kleinen alten Familie als von einem großen neuen Vermögen; sie waren tief und ehrlich empört über die Zulassung von Juden in der Gesellschaft; sie betrachteten die fortschrittliche Clique, insoweit sie Leute einschloss, die durch Geburt zum Anschluss an ihre eigene Partei berechtigt waren, als richtige Verräter an den Traditionen des esprit de corps. Ihre Solidarität war schreckenerregend. Sie hatten eine Art, voneinander zu reden, die jeden anderen in die Stellung eines Bittstellers an der Hausschwelle hinunterdrückte. Zu wohlerzogen, um anmaßend zu sein, zu geistlos, um zu spotten, waren sie einfach so fest überzeugt von ihrer eigenen Unantastbarkeit, dass diese Überzeugung keiner Worte bedurfte, sondern sich gelassen durch Blicke verriet, durch An-spielungen, durch ein Heben der Schultern, Falten der Hände und in der ungetrübten Annahme, dass gewisse Anschauungen und bestimmte Wertungen allgemeine Gültigkeit besäßen. Ein großer, vierkantiger Block, so bewegten sie sich alle zusammen im Herzen der englischen Gesellschaft, massiv, majestätisch und stur. Auf ihre Art waren sie ebenso exklusiv und kritisch wie die tugendstolzen grandes dames, die Sylvia ein solcher Dorn im Fleisch waren; der einzige Unterschied zwischen ihnen war ein Unterschied in Reichtum und Stellung; ihre geistige Einstellung war die Gleiche. Nur die Gunst des Schicksals unterschied Lady Blanche oder Lady Clementina von Lady L. oder der Herzo-gin von D. Denn selbstverständlich konnten nicht alle Töchter dieser Welt glänzende Heiraten erstreben, sondern mussten sich mit den ehrenwerten Gentlemen begnügen, die England glück-licherweise als so angemessenen Ersatz hervorbrachte. Als Lord Roehamptons Schwestern vor etwa zwanzig Jahren einsahen, dass Adelskronen und Grafensitze ihnen nicht bestimmt waren, waren sie dem Beispiel mancher hochgeborener aber überzäh-ligen Schwester in ähnlicher Lage gefolgt und hatten eine nach der anderen ihre Hände verschiedenen Gutsbesitzern von gerin-gerem Adel gereicht, die ihrerseits nicht ungern sich eine Frau mit einem Titel beim Namen erwarben und die als Gegenleis-tung in der Lage waren, sie zur Herrin über ein behagliches Ge-orgianisches Gutshaus mit eigenem Park und über ein Stadthaus mit einem wenn möglich dorischen Portal zu machen. Von da ab war das Leben der Dame für sie abgesteckt mit weißen Pfosten und Ketten dazwischen, gerade wie die Wagenauffahrt zu ih-rem Landhaus. Ihre Zukunft war nun beruhigend vorauszusehen. Die ersten paar Jahre ihres Ehelebens wurden in Zurückgezo-genheit verbracht, indem sie sich der Erzeugung eines Erben, wenn möglich eines oder zweier jüngerer Brüder und vermutlich etlicher kleiner Mädchen widmete, deren eigene Zukunft, zu je-ner Zeit, nicht sehr schwierig zu erraten schien. War diese Pflicht erfüllt, konnte sie auf eine Periode jährlicher Ausspannung in

London hoffen, nunmehr gesichert, in zunehmender Stattlichkeit, während die natürliche Frivolität der Jugend allmählich in die Gelassenheit völligen Matronentums hinüberreifte. Bis wir sie in der Person von Lady Clementina Burbidges verkörpert erblicken, wie sie verbarrikadiert hinter ihrem Teetisch und ihrem summenden Wasserkessel sitzt, ihren Nachmittagsbesuchern Tee eingießt, ihre eben flügge Tochter zur Hand, um kleine Teller mit Kuchen, gerollten Butterschnittchen oder gebutterten Toasts herumzureichen, die über einem Schuss heißen Wassers in der Spülschale ihre Wärme behalten sollten.

Die Räume selbst, in denen sie wohnten, waren anders als Sylvias Räume oder die Räume ihrer Freunde. Dort begann eine gewisse Mode kostspieliger Einfachheit sich bemerkbar zu machen, ein Geschmack kam auf, der dahin zielte, überflüssige Dinge auszumerzen. Hier bewahrten die überfüllten Räume noch den unseligen Wirrwarr früherer Zeiten. Kleine silberne Modelle von Wagen und Sänften, silberne Riechfläschchen, silberne Miniaturfächer, winzige Körbchen aus Silberfiligran bedeckten die Tische unter der schützenden Rundung des Lampenschirms. (Sylvia bemerkte belustigt, dass sich keine Aschenbecher unter diesem Krimskrams befanden.) Palmen standen in jeder Ecke des Zimmers, und zwischen den Palmwedeln nisteten Familienphotographien, ungerahmt, aber auf unverwüstlich steife Pappe aufgezogen; ein einziges Schütteln, dachte Sylvia, die jede Einzelheit in der kurzen Spanne zwischen Tür und Teetisch wahrnahm, ein einziges Schütteln würde ganze Kaskaden von Verwandten herunterwerfen: Tante Fanny mit ihrer Turnüre, George in seinem Matrosenanzug, Ernestine, im Begriff ihren Reifrock zu raffen; und eine Fotografie von überraschender Schönheit: Daisy, die jetzige Gräfin-Mutter, eine sehr bekannte irische Schönheit, von Kopf zu Fuß in Hermelin gehüllt, mit ihren zwei kleinen Knaben auf einem Schlitten in einem Wald von schneebeladenen Tannen, irgendwo in den Karpaten; und dann, ihrem Herzen schon näherstehend, Sylvia selbst mit Margaret, Sylvia in wollener Mütze und Schneiderkleid mit Matrosenschlips, Margaret in einem Sportwägelchen, mit einem unterm Kinn zugebundenen Mützchen und Faust- handschuhen. Es berührte Sylvia ärgerlich, dass sie in einem ihr so unvertrauten Wohngemach als so vertraute Persönlichkeit figurierte. Sie wusste, dass ihr Bild hier vertreten war, nicht weil ihre Schwägerin sie irgend gern mochte, sondern weil sie (wenn man sie auch ablehnte) zur Familie gehörte. Es gehörte sich, dass »die Gattin des armen George« ihren Platz zwischen den Pal- men hatte.

Ja, gewiss, der Raum war überfüllt. Es waren zu viele Stühle da, zu viele Polstersitze, zu viele Tischchen, zu viel Pampasgras in Vasen mit Kranichhälsen, zu viele Rouleaux und Vorhänge um die Fenster gerafft und gebunden. Das Ganze wirkte muf- fig, dumpfig, stickig, staubig. Es musste vernichtet, ausgelüftet werden. Selbst der Atlasbezug der Stühle war mit aufreizenden Knöpfen befestigt. Jedem Ding war ein anderes aufgepfropft; der Ofenschirm trug eine Last von Ornamenten auf jeder Seite, das Kaminsims selber war bedeckt von einem Damaststreifen mit dicken Fransen, auf dem Flügel lag ein viereckiges Stück Da- maszener Samt, auf welchem noch mehr Fotografien und noch mehr Zierrate unsicher balancierten. In der Mitte des Zimmers stand ein doppelsitziger Lehnsessel, ebenfalls in seinen Bezug eingeknöpft, ein Sessel, auf dem zwei Personen einander gegen- übersitzen konnten, aber säuberlich getrennt durch die gewun- dene S-förmige Lehne. Sylvia entsann sich, dass Romola Cheyne einmal gesagt hatte, das S eines solchen Doppelsessels bedeute »sexus«. Das waren die Scherze, die den König zum Lachen brachten und ihn bei guter Laune erhielten.

Als Lady Clementina hörte, dass »Lady Roehampton« gemel- det wurde, schaute sie auf in der Erwartung, ihre eigene Mut- ter zu sehen; aber es war keine Gräfin-Mutter, die das Wohn- zimmer betrat, sondern eine strahlende Sylvia mit Margaret im Schlepptau. Charme war so sehr Sylvias zweite Natur, dass sie ihn sogar im Salon ihrer Schwägerin ausüben musste. Sie rauschte vorwärts, unter Umgehung der zahlreichen Hindernisse, und erfüllte die Luft mit ungewohntem Duft; sie war voll sinnlicher Lust, wie eine gurrende Taube. Man hätte glauben mögen, dass ihre weichen, üppigen Rundungen sich an den knochigen Vorsprüngen der versammelten Damen stoßen müssten. Denn ein Damentee war hier im Gange. Sylvia erfasste sie alle mit einem geübten und raschen Blick: Clementina selbst; Ernestine; Blanche, Lady Wexford in kastanienbraunem Samt; Lady Porteviot; und eine Handvoll junger Mädchen, alle sehr »gauche«, aber sehr beflissen: Sie sprangen auf, um sich aufmerksam zu erzeigen, ließen sich dann aber dankbar wieder an dem extra für sie gedeckten Teetisch nieder, wo ihr Getuschel und ihr unterdrücktes Lachen das ausgezeichnete Einvernehmen bezeugte, das unter ihnen herrschte. Sylvia ließ sich zwischen dieser Versammlung nieder, so wie ein Paradiesvogel auf eine Hühnerschar herunterschweben mag. Sie wusste recht gut, dass sie aufgescheucht und ihr feindlich gesinnt waren, sie wusste auch, dass sie harte Nüsse waren, die es zu knacken galt – keinerlei naive Empfindsamkeit, die ihre Schönheit im Sturme hätte erobern können –, auch wäre die Eroberung keine besonders lockende. Aber so sehr war ihr das Erobern zur Gewohnheit geworden, dass sie alle ihre Kräfte gegen eine Niederlage in Bewegung setzen musste, aus ästhetischen Gründen und aus Eigenliebe, ganz abgesehen von den dringenden praktischen Motiven, die sie im Auge hatte. So begann sie also damit, es als selbstverständlich vorauszusetzen, dass Lady Clementina entzückt sei, sie zu sehen; sie schloss die herben Formen ihrer Schwägerin in eine üppige und ausgedehnte Umarmung ein, wiederholte dieselbe leicht abgewandelt mit Ernestine und Blanche, streckte Lady Wexford und Lady Porteviot eine herzliche Hand entgegen, unbeirrt durch die Frostigkeit, mit der sie ergriffen wurde; sie strahlte den Kreis der jungen Mädchen an, pflückte sich ihre Nichten heraus und warf ihnen eine Kusshand zu; und ließ sich auf das Sofa neben Lady Clementina nieder, behielt die Hand dieser Dame in der ihren und tätschelte sie sanft, als sie auf ihrem Knie lag.

Dieser physische Kontakt mit Lady Roehampton war Lady

Clementina höchst zuwider; durch das Medium ihrer Hand wurde sie sich der ungewöhnlichen Weichheit von Sylvias Schenkel unter der dünnen Seide ihres Kleides bewusst, und das flößte ihr ein Gefühl der Ungehörigkeit ein, das sich in ihrem Geiste sofort mit ihr wohlbekannten Geschichten verband – Geschichten über Sylvias Privatabenteuer wie über die Affären der freien Clique, mit der sie verkehrte. Wie nannte sie Lady Porteviot doch immer? »Diese schrecklich freie Person, meine Beste – verzeih, wenn sie auch die Frau deines Bruders ist –, ich kann nichts dafür – diese schrecklich freie Person!« Lady Porteviot hielt sich, von der Höhe ihres straff hochgeschnürten Busens herab, für befugt, unverblümte Erklärungen von sich zu geben und nahm in der Tat in dem Kreis von Damen, mit denen sie verkehrte, die Stellung einer Diktatorin ein. Sie war es gewohnt, dass man ihr mit Respekt zuhörte; ihre Vertrauten wussten, wann sie selbst zu verstummen hatten, um ihren Worten zu lauschen; und nun war Sylvia da und riss die Unterhaltung an sich, plauderte strahlend und wandte sich bald an Ernestine, bald an Lady Wexford um Bestätigung: »Ich bin sicher, liebe Lady Wexford, Sie wissen, was ich meine – ja, ich sehe, Sie tun's« – und sie drehte ihren hübschen Kopf erst zu der einen und dann zu der anderen Dame, lachend, scherzend und die ganze Zeit über Lady Clementinas Hand tätschelnd, und immer wieder kehrte ihr Blick auf sie zurück, so, als wäre sie der einzige Gegenstand ihrer Zuneigung in dieser Welt. Die jungen Mädchen hatten aufgehört miteinander zu tuscheln; sie starrten Lady Roehampton an und dachten, dass sie noch niemals jemanden gesehen hätten, der faszinierender, angeregter, selbstsicherer und alles in allem so beneidenswert gewesen wäre. Es war ein richtiger Schlag für sie, als Lady Clementina bei der ersten Gelegenheit ihre Tochter Agatha mit einem Blick, stechend wie ein Bohrer, fixierte und sagte, sie wäre sicher, die jungen Mädchen würden jetzt gewiss gern alle nach oben in Agathas Zimmer gehen.

Natürlich verließen sie, ein kleinlautes Häuflein, das Zimmer, und mit ihrem Abgang wusste Sylvia, dass sie ihre letzten Stützen verlor. Sie hatte sehr wohl gemerkt, dass sie auf ihrer Empfänglichkeit spielen konnte wie auf der Empfänglichkeit junger Männer. Jetzt waren sie fort, und sie stand diesem Schanzwerk fühlloser Brüste gegenüber. Sie war mit manch einer schwierigen Lage fertiggeworden; sie hatte den König in gute Laune zurückgeschmeichelt, wenn er in schlechter Laune gewesen war; sie hatte grollende Liebhaber, die zusammentrafen, in den Hafen gegenseitiger Höflichkeit gesteuert, solchen Situationen war sie durchaus gewachsen; aber eine Phalanx von Frauen war eine andere Sache. Es gab keine schlimmere Feindseligkeit als die von Frau zu Frau. Aber noch hielt sie Clemmies Hand gefasst. Clemmie versuchte sie ihr zu entwinden. Lady Roehamptons ganze Durchtriebenheit erwuchs zu dem Entschluss, sie festzuhalten. Solange sie ihre Hand hielt, konnte Clemmie keinen Tee einschenken, und nach Lady Roehamptons Auffassung von Clemmie war es Clemmies Amt, hinter einer Teekanne zu sitzen und daraus einzuschenken. So, unter dem Mantel schwesterlicher Liebe, würde sie Clemmie brachlegen. Sie fuhr fort, ihre Hand zu halten und zu streicheln, während sie gleichzeitig einen ganzen Band liebenswürdiger Ungereimtheiten von sich gab. »Denken Sie, Lady Porteviot«, rief sie aus, »als ich Agatha das letzte Mal sah, saß sie im Schulzimmer und übte mit Frostbeulen und zwei Hängezöpfen ihre Tonleitern; jetzt ist sie erwachsen, und was für eine hübsche Figur sie hat, Clemmie! Meine arme Margaret sieht wie ein Trampel neben ihr aus.« Ihre arme Margaret, fuhr sie fort, amüsierte sich in ihrer ersten Saison kaum so, wie sie sollte, »und es ist ganz meine Schuld«, sagte sie seufzend, »ich hätte in Fühlung bleiben sollen mit der jüngeren Generation, aber wenn man älter wird, werden auch die eigenen Freunde älter, und die Folge ist, dass Margaret nicht annähernd genug junge Leute ihres Alters kennt.« Lady Clementina blickte ihre Schwägerin zynisch an, aber ein so unverschämter Blödsinn verdiente keine Erwiderung und bekam auch keine. Lady Roehampton ging dazu über, ein trauriges Bild von der Lage der armen Margaret auf einem Ball zu malen: »Ich kenne keinen jungen Mann, den ich ihr vorstellen könnte«, sagte sie, »ein junges Mädchen muss doch lanciert werden, nicht wahr, Ernestine? – Aber ohne Brüder oder Schwestern ist es so schwer. Wenn ich sie zum Beispiel heute Abend auf den Hofball mitnehme, wird sie einfach die ganze Zeit hinter mir hertrotten – und ich soupiere vorher auswärts, und das arme Kind ist nicht mit eingeladen und wird ganz allein zu Hause zu Abend essen müssen. Ein einsames Kotelett auf einem Tablett! Natürlich werde ich sie nachher abholen.« Und sie seufzte wieder.

Lady Clementina begann Mitleid mit Margaret zu fühlen; sicher ließ Sylvia keine Gelegenheit vorübergehen, ohne das Kind fühlen zu lassen, dass es eine Last war. Sie hatte nicht den Wunsch, Sylvia gefällig zu sein, aber man musste an das Kind denken. Außerdem war es ganz und gar nicht wünschenswert, dass die Tochter des armen George (Lord Roehampton war für seine Schwestern immer »der arme George«) ganz in die Gesellschaft von Sylvias schrecklichen Freunden geriet. Eine Mutter, die ständig einen jungen Liebhaber zur Seite hatte! Man hatte an die Familie zu denken. Was würden Susanne Darlington und Julia Keswick und Charlotte Grantham sagen, wenn sie erführen, dass Clementina, Blanche, Ernestine, Ermyntrude und Ada nichts getan hätten, um ihre Nichte zu befreien und auszulösen? Und sie würden es sicherlich erfahren – diese tyrannischen alten »Matres«, die nie in die Nähe Londons kamen, aber von allem unterrichtet waren, was dort vorging, und die Familie mit einer Macht und Strenge beherrschten, deren Geheimnis nur einer abgesetzten, aber zähen alten Fürstin-Mutter bekannt ist. Lady Clementina, die selbst in diese Richtung steuerte, wäre eine scharfe Musterung durch Charlotte Granthams Lorgnon nicht erfreulich gewesen, noch das Gekrächz ihrer kratzigen alten Stimme: »Nun, Clemmie, nun, Clemmie? Was muss ich denn da hören? Georges Tochter wird den Juden überlassen und Leuten wie dieser Frau – die, wenn ich nicht irre, Mrs Cheyne heißt? Was soll das heißen, Clemmie? Wie? Was hast du dir bei alledem gedacht?«

Lady Clementina lud also Margaret ein, eine Woche bei ihnen im Haus zu wohnen. Sie tat es so unliebenswürdig wie möglich – was in der Tat sehr unliebenswürdig war –, aber sie tat es immerhin. Sie würde Margaret an diesem Abend mit Agatha ins Crystal-Palace mitnehmen. Sie würde anstelle von Sylvia Margaret betreuen. Für eine Woche.

Sylvia belohnte sie dadurch, dass sie sofort ihre Hand freiließ. Ihr Dank war überströmend, was Clemmie »widerlich aufdringlich« nannte. Und jetzt müsse sie gehen, rief sie aus – in der Hoffnung, dass ihr Aufbruch nicht unanständig plötzlich wirken würde –, aber nun, da sie ihr Ziel erreicht hatte, konnte sie die Gesellschaft dieser alten Grenadiere wirklich nicht mehr länger ertragen – sie würde den Wagen mit Margarets Sachen und mit Margarets Jungfer zurückschicken, sagte sie. – »Liebe, liebe Clemmie, wie gut du bist!«, rief sie aus und umarmte abermals die hagere Gestalt und rief Lady Wexford und Lady Porteviot dazu auf, selber zu sagen, ob Clemmie nicht gut wäre, was diese Damen denn auch grimmig bestätigten; und dann ließ sie ihren Schleier herunter, sammelte ihre Siebensachen ein, ihre Handschuhe, ihre Boa, ihren Mantel, und segelte zur Tür, ein strahlendes Lächeln an jedermann austeilend. Und jetzt, dachte sie, als sie die Treppe heruntertrippelte, mögen sie über mich sagen, was sie wollen; ich hab' ihren alten Zungen mindestens für eine Woche Stoff zum Schwätzen gegeben, und auf ihre Uhr blickend, stellte sie fest, dass sie ja nur um eine Stunde zu spät zu ihrer Verabredung mit ihrem Friseur kommen würde.

Ja, sie war in der Tat eine schöne Frau, entschied sie, als sie im Buckingham-Palast aus dem Garderoberaum heraustrat und sich selbst in einem langen Wandspiegel erblickte. Sie war allein in dem Durchgang, bis auf die Leibgardisten, und die kümmerten sie nicht mehr als das Vorhandensein ebenso vieler Möbelstücke. Sie konnte ihr Bild im Spiegel in sich aufnehmen, ohne jedes Gefühl dafür, dass Männer sie beobachteten. Leibgardisten waren keine Männer, es waren Bildsäulen, in Abständen aufgestellt, ebenso wenig Männer wie Schildwachen oder Wachsfiguren in Ritterrüstungen. So zögerte sie, aus der Garderobe gekommen, nur um unerwartet vor einem Spiegel zu stehen, der ihr, in voller Größe, das Abbild jener vollkommenen Frau wiedergab, die sie nach dem Anblick von Schultern und Nacken im Toilettenspiegel auf dem Tisch der Garderobe erwartet hatte. Dort hatte sie einen reizenden Kopf studiert – ein wenig in der Art des Lely, dachte sie – da man ihr das unzählige Male gesagt hatte –, bloße Schultern, austerfarbenen Atlas und Perlen à la Lely, die sie alle bei Galafesten zu tragen pflegte, weil sie wusste, dass sie zu ihrem Schönheitstypus passten. Hier, in dem langen Wandspiegel, sah sie sich nicht nur als Brustbild, sondern in voller Größe: Austerfarbener Atlas floss um ihre Füße, Perlen verloren sich in der Bucht zwischen ihren Brüsten, Perlen schlangen sich um ihre Handgelenke, ein rosa Tüllschal bauschte sich um ihre Schultern. Sie trug kein Diadem. Die Tatsache, dass Lady Roehampton auf Hofbällen kein Diadem trug, veranlasste andere Frauen mit einem halb verächtlichen, halb neidischen Auflachen zu sagen, Lady Roehampton wäre eine unkonventionelle Dame. Solch Erkühnen war beinahe eine Dreistigkeit. Es war fast ungezogen. Aber der Orden des heiligen Johannes von Jerusalem raffte und hielt ihren rosa Schleier zusammen.

Befriedigt von dem Bild, das ihr der Spiegel zurückwarf, schenkte sie ihrem Selbst ein kleines Lächeln. Lady Roehamptons Lächeln war berühmt: Ihre Lippen lösten sich langsam, gleichsam widerstrebend, aber mit unendlichem Liebreiz voneinander; und wenn das Lächeln schwand, so sagten Beobachter, stürbe es dahin wie die Schlussakkorde von Musik. Dichter hatten es besungen, Browning, mit dem sie einmal in einer Loge in der Oper zusammengetroffen war, hatte ein anmutiges Kompliment auf die Rückseite ihres Programmes geschrieben. »Wenn Sylvia lächelt …« begann es. Wenn Sylvia lächelte, war es in der Tat unmöglich zu glauben, dass Sylvia ein Engel direkt vom Himmel wäre. Die ganze Welt weiblicher Wollust schien zusammengefasst und erschlossen in dieser einen göttlichen

Kurve der gelösten Lippen. Es lag keine Fröhlichkeit darin, aber eine unbeschreibliche Liebkosung. Es verriet, dass Sylvia sich auf ihr höchst weibliches Geschäft durch und durch verstand, und wenn Sylvia in diesen Tagen lächelte, wandten sich die Gedanken der Leute, nicht ohne Neid, Sebastian zu. Niemand sah Sylvia jetzt, ohne sofort an Sebastian zu denken, denn sie gehörte zu den Frauen, deren Anwesenheit sogleich den Gedanken an ihren Geliebten und sein Besitzerrecht weckt. Würde er sie halten? Würde sie ihn halten? War sie ihm treu? Das waren die Fragen, die sich die Leute stellten, nicht nur, wann immer sie sie beisammen sahen, sondern auch, wann immer sie Lady Roehampton allein sahen. Ihre Vergangenheit war bewegt gewesen; Lord Roehampton – so dachten sie, irrten sich aber darin – hatte für nichts Sinn als für Rennen. Jetzt hatte sie den bekanntesten jungen Mann in London eingefangen. Wie würde es enden? – Aber inzwischen lassen wir die Dame ja noch immer in der Halle stehen!

Ihr Schreiten zum Ballsaal war der Betrachtung ebenso wert wie ihr Lächeln, und es war bedauerlich, dass nur Leibgardisten zugegen waren, um es zu beobachten. Aber die Leibgardisten starrten steinern auf ihre Hellebarden. Die Klänge eines Walzers diktierten den Rhythmus ihrer Schritte, denn sie bewegte sich immer harmonisch, mit der Haltung einer Frau, die gewohnt ist, aller Augen auf sich gerichtet zu wissen. Sie schritt ohne Hast dahin, mit anscheinender Unbekümmertheit, so aufrecht wie eine Ägypterin, die Lasten auf dem Kopfe getragen hat, und doch mit der Hoheit einer Frau, deren einzige Last eine Krone gewesen ist. Sie schritt jetzt den Wandelgang zwischen dem Spalier der Leibgardisten hinunter, als wäre es ihre rechtmäßige und natürliche Umgebung, sich hier dem königlichen Ballsaal zu nähern, in dem sich die Elite Londons und Rang und Würde des Imperiums drängten, ein Ballsaal, in dem sich eine Gasse für sie bilden würde, nicht so sehr aus Achtung vor ihrer gesellschaftlichen Stellung als vor ihren persönlichen Vorzügen. Aber das eben war ihre besondere Gabe, sich stets so zu bewegen, als wäre ihre augenblickliche Umgebung die Richtige und natürliche für sie, ob sie nun in Atlas und Perlen einen Gang im Buckingham-Palast hinunterschritt, oder ob sie in Sportkostüm und hohen Stiefeln aus dem Landhaus eines schottischen Gutsbesitzers über die niedrige Schwelle trat, um (auf einem Jagdstuhl) ihren Platz zwischen den Schützen für eine Mittagspausenphotographie von Lord Tomnoddys Jagdpartie auf seinen Perthshire-Mooren einzunehmen. Was immer sie tat, stets schienen die Umstände ganz einzigartig ihr angepasst und kleidsam für sie zu sein. Dasselbe galt für alles, was sie trug, denn sie war mit der beneidenswerten Eigenschaft gesegnet, jeder Farbe, die man an ihr sah, eine neue Bedeutung zu verleihen: So schien Blau ein lebhafteres Blau zu sein, Grau zarteres Grau und Schwarz noch tiefer schwarz, wenn sie es wählte; und Wolle und Seide waren die einzig mögliche Tracht für eine Frau, je nachdem Lady Roehampton Wolle oder Seide trug. Sie hatte ihre Nachahmerinnen, die überrascht und bekümmert waren, zu entdecken, dass dasselbe Kleidungsstück auf ihnen nicht dieselbe Wirkung tat.

Eine adelige Familie vom Lande, die gerade den Wandelgang betrat, erblickte sie und wisperte mit einem kleinen Schauer der Erregung ihren Namen. Vater, Mutter und Tochter, waren sie in dem großen Haus am Beigrave Square für die Saison »eingetroffen«. Eine diesbezügliche Notiz war in der Times erschienen, welche indessen zu erwähnen unterließ, dass Lord und Lady O. sich für das, was sie für ihre Pflicht ihrer Tochter gegenüber hielten, aufopferten. Von makelloser Achtbarkeit und historischer Abkunft, hatten sie lange mit Angst und Schrecken diesem Jahr entgegengesehen, da es nötig sein würde, ihre eigenen Personen, ihren Haushalt, ihre Wagen und ihr Silberzeug im Mai nach London zu verfrachten und sich drei Monate lang der Aufgabe zu widmen, ihre Alice »auszuführen«, eine Aufgabe, die nicht nur Last und Mühe mit sich brachte, sondern auch eine ständige, aufreibende Angst davor, mit Dingen und Menschen in Berührung zu geraten, die sie missbilligen würden. So vorsichtig sie auch in Bezug auf die Häuser sein mochten, die zu besuchen sie ihrer Alice erlauben würden, die Gesellschaft und die Sitten waren – ihrer Meinung nach – so locker geworden, dass Verwerfliches in die besten Häuser eingedrungen sein mochte. Hier, zum Beispiel, selbst im Buckingham-Palast, selbst auf dem Hofball, war die erste Person, die sie erblickten, eine Person, mit der zu sprechen Lady O. ihrer Alice ganz gewiss nicht erlauben konnte. Die berüchtigte Lady Roehampton! Dass ihre bloße Anwesenheit schon demoralisierend war, bewies die Wirkung, die sie auf zwei von den drei Mitgliedern der adeligen Familie vom Lande hervorbrachte. Alice erschauerte geradezu in einem schrecklichen, neidvollen Entzücken, als hätten sich plötzlich Möglichkeiten vor ihr aufgetan; Lord O. aber starrte, rückte sein breites rotes Band zurecht und dachte: »Himmel, das ist ein Prachtweib, da ist nichts zu sagen!« Lady O. allein blieb der Familienehre treu. Sie reckte sich auf, so dass ein Diamant aus ihrer Tiara in gleiche Linie mit einem Wandleuchter kam und einen farbigen Lichtstrahl in das Auge eines Leibgardisten blitzte und er blinzeln musste. Niemals, dachte sie, niemals! – nicht, wenn der König selbst sie mir vorstellt.

Lady Roehamptons Eintritt in den Ballsaal erregte das Aufsehen, das sie als den ihr gebührenden Tribut hinnahm. Der ausländische Gesandte, der sich zum Kusse über ihre Hand beugte, symbolisierte mit dieser Gebärde die Stimmung aller der Männer, die sie ansahen und leicht zur Seite traten, um Platz zu machen. Ihr Liebreiz blühte, wie immer, bei dieser Huldigung auf. So vollgedrängt, glanzvoll und mannigfaltig der Saal auch war, sie wurde zu einem Brennpunkt und füllte den Raum um sich herum mit einem Duft von Anmut, der von ihrer ganzen Person ausströmte. Sehr langsam wanderte sie herum, eifrig beobachtet, scheinbar diejenigen kaum bemerkend, die Anspruch auf Begrüßung erhoben, und dennoch alle schließlich mit einem Lächeln belohnend, das jeden Einzelnen als Gegenstand ihrer besonderen Gunst auszeichnete. Mit dem Vorrecht des Romanschriftstellers darf man dennoch fragen, was in diesem Augenblick hinter einem Äußeren von so erlesenem Selbstvertrauen ihren Sinn beschäftigte. War sie so sehr an den Geist solcher Versammlungen gewöhnt, dass sie keinen Zauber mehr für sie bergen konnten, so wie sie ihn für Lord und Lady O.s Alice, die vom Lande kam, bargen? Uniformen, Juwelen, Orden; Namen, berühmt durch geschichtliche Vergangenheit oder gegenwärtige Großtaten; Reichtum, Macht, Repräsentation, Königtum – hatte dieses Gepränge wirklich nicht die Macht, ihre Phantasie aufzurühren? Gehörte sie selber zu unmittelbar dazu? Konnte sie tatsächlich dem präsumtiven Vizekönig zwei Finger reichen, ohne an das Indien zu denken, über das er regieren würde? Konnte sie dem höchsten Admiral der Marine zunicken, ohne dass ihr etwas anderes als »der gute alte Jacky!« durch den Kopf ging? Vergaß sie, mit einem Wort, im Gegensatz zu Lord und Lady O.s Alice, Menschen im Geiste mit ihren historischen oder offiziellen Merkmalen zu verbinden? Formulierte sie nicht einmal still für sich den Gedanken: »Hier bin ich, die schöne Sylvia Roehampton, gleich berühmt in Paris wie in London, von jedem Modemaler gemalt, von Carolus Duran bis Sargent, hier bin ich und betrete den Festsaal eines Hofballs«? Nahm sie das, wie auch alles andere, als selbstverständlich hin?

Das sind vielleicht Fragen, die sich nicht beantworten lassen; in der Hauptsache deswegen, weil die Person, die es angeht, so hilfsbereit und wohlwollend sie auch sein mag, selbst keine Antwort hätte geben können. Ohne allen Zweifel würde die schöne Sylvia den forschbegierigen Romanschriftsteller verdutzt angeschaut haben. Wie antwortet man einem Mann, der fragt, ob man sich bewusst ist, seine eigene Sprache zu sprechen? »Er spricht Englisch mit mir; ich antworte ihm auf Englisch; er ist Vizekönig von Indien; ich bin die schönste Frau in London« – die Parallele scheint einleuchtend und unwichtig. Es war klar, dass sie nie über solche Dinge nachdachte; bei der bloßen Annahme, dass sie darüber nachdächte, hätte die Frage automatisch ihre Antwort gefunden: Der Englisch sprechende Frager hätte sich als Ausländer entpuppt.

Inzwischen überließ sie sich sehr hoheitsvoll und anmutig (M. de Soveral sagte immer, er kenne keine andere Frau, die es fertig brächte, gleichzeitig hoheitsvoll und sinnlich auszusehen, so dass man sich fragte, ob sie mehr grande dame oder mehr grande amoureuse wäre) den Armen des jungen Ambermere und dem Rhythmus eines Walzers. Bewusst oder unbewusst war sie nicht gewillt, in der Fülle zu bleiben, wenn der begehrenswertere Teil des Saales in der Nähe des königlichen Thronsessels lag, und der Tanz schien der schnellste Weg zu sein, um dahin zu gelangen, wo sie hinwollte. Darum tanzte sie, und der Tanz kam ihr zustatten, denn jetzt stand sie im Gespräch mit dem König, der, als er ihrer ansichtig geworden war, sie herangewinkt hatte, damit sie ihm seine Langeweile vertreibe, und der jetzt mit ihr lachte, während der junge Ambermere jedes Winkes gewärtig in der Nähe stand und der übrige Saal sie aus einem Auge beobachtete – dem untertänigen Auge, das immer nach der königlichen Majestät blinzelte –, wenn sie auch vorgaben, nichts dergleichen zu tun. Lady Roehampton gehörte, wie man wusste, zu des Königs engerer Clique, und zahlreich waren die Blicke voll Neid, Herabsetzung und Kritik, die auf ihr ruhten, während sie, anmutig ihren Fächer bewegend, dastand, mit dem König sprach und ihn zum Lachen brachte. Zahlreich waren die Frauen, die sich an ihre Stelle wünschten – die Gattinnen von Zivilbeamten, die jungen Frauen altadliger Grundherren, reicher an Geburt als an Eleganz, die Gattinnen chilenischer Gesandtschaftssekretäre –, aber diejenigen, die ehrlich mit sich selber waren, mussten zugeben, dass sie keine so gute Figur zu machen vermöchten, wie Lady Roehampton es tat. Vorm Angesicht des Königs würden sie sich, in der Tat, in äußerster Verlegenheit befunden haben. Es war eine berauschende, aber angstvolle Lage; denn der König, so heiter er sein konnte, war dafür bekannt, leicht das Interesse zu verlieren und dann mit gereizten Fingern auf seiner Stuhllehne oder der Tischplatte zu trommeln. Welch ein Abgrund lag dazwischen, ob man den König unterhielt oder ihn langweilte, und für eine Frau hing alles davon ab, auf welcher Seite des Abgrunds sie stand. Es bedeutete Leben oder Tod. Nun dachte vielleicht manche der Frauen, die heute Abend zugegen waren, sie hätte einen ebenso prächtigen Hofknicks wie Lady Roehampton machen können; aber welche Dame hätte das Rückgrat gehabt, diese Einleitung mit gleicher Selbstverständlichkeit und gleichem Erfolg aufrechtzuerhalten? Kein Wunder, dass sie voll Neid dreinblickten und boshafte Anmerkungen machten. Lady Roehampton, dieser Blicke bewusst, konnte sich's leisten, ihre Bosheit zu genießen.

Der italienische Gesandte und Marchesa Potini mussten, da sie in den Bereich des königlichen Auges traten, von Seiner Majestät begrüßt werden; ein spontaner Schritt auf sie zu und eine ausgestreckte Hand, nicht weniger als dieses, entsprach den Forderungen der Höflichkeit den italienischen Exzellenzen gegenüber. Lady Roehampton, die sich taktvoll zurückzog, war vielleicht leise erleichtert durch diese Dazwischenkunft. Die Etikette verbot, dass sie sich ganz zurückzog, aber sie konnte sozusagen zur Disposition gestellt bleiben und mit dem jungen Ambermere flüstern, bis der diplomatische Höflichkeitsaustausch vorüber wäre und sie wieder verlangt oder entlassen würde. Aber Marchesa Potini zeigte keine Neigung, den König freizugeben; eine schöne, imponierende Römerin, das Haar nach der Mode des achtzehnten Jahrhunderts hochgekämmt, um ihre Ohren zu zeigen, die auffallend klein und wunderbar modelliert waren, fuhr sie sehr energisch fort, mit ihrer rauen Stimme zu reden, und schon erkannte Lady Roehamptons erfahrenes Auge die Zeichen der Langeweile unter der Vollkommenheit der königlichen Manieren. Nicht, als ob man den König hätte zerstreut nennen können; nein, aber er hatte angefangen, mit dem silbernen Armband an seinem Handgelenk zu spielen. Es blieb Sylvia nichts anderes übrig, als die Potinis taktvoll wegzulotsen. Einen Augenblick saßen sie alle drei zusammen auf einem Sofa, und Sebastian trat hinzu, verbeugte sich vor der Gesandtin und bat Lady Roehampton um einen Tanz. Seine Augen funkelten listig durch seinen feierlichen Ernst. Die Marchesa, weit davon entfernt, unempfindlich für die Reize hübscher junger Männer zu sein – und Sebastian sah unbestritten sehr hübsch in seiner blau und goldenen Uniform mit dem scharlachroten Kragen aus –, die Marchesa schlug ihn scherzend mit ihrem Fächer. »So, da ist unser Verworfener«, sagte sie; »und was wird die nächste wilde Geschichte sein, die wir zu hören bekommen werden? Werden Sie wieder Ihr Leben aufs Spiel setzen oder wieder ein Herz brechen?«

Sebastian liebte diese Art von Unterhaltung nicht; es langweilte ihn und machte ihn verlegen. Er stand und lächelte höflich. Dann sagte Sylvia: »Er muss heiraten; nicht wahr, Marchesa? Ich sage ihm immer, dass er heiraten muss, wenn auch nur, um seine Erben zu ärgern. Da ist ein alter Onkel, dessen Leben vergiftet ist durch die Frage, ob er je Nachfolger auf Chevron werden wird oder nicht. Dann sind da seine Vettern, die sogar noch mehr daran denken, weil sie jünger sind und es länger genießen würden. Wenn er nun also bloß heiraten und einen eigenen Erben in die Welt setzen wollte, würden alle diese Leute ihre Spekulationen aufgeben und an etwas anderes denken. Sie könnten darangehen, sich ein eigenes Leben zu gründen, unabhängig von Chevron. Sie müssen sich eine Braut suchen«, sagte sie zu Sebastian und blickte zu ihm mit jener Mischung aus Schelmerei und spöttischer Zärtlichkeit auf, die nur zwischen Liebenden in der hemmenden und zugleich anreizenden Gegenwart Dritter möglich ist.

»Eine Braut« – sagte die Marchesa und sprach es Braaaut aus; sie blickte Sebastian liebkosend an, genau mit den Empfindungen, die manchen Menschen eigen sind, wenn sie die Fotografie eines Brautpaares in der Zeitung betrachten und sich in einen Zustand sexueller Empörung auf Kosten des einen oder des andern Teils hineinsteigern, ein Geisteszustand, der in den Ausruf: »Er ist nicht annähernd gut genug für sie!« zusammengefasst werden kann oder in den Aufschrei: »Was kann einen so reizvollen jungen Mann veranlasst haben, so ein Gräuel von Mädchen zu wählen!« –, ein Geisteszustand, der nur bei Betrachtung eines

Paares, das in allem Wesentlichen, als da sind Tugend, Stolz und Anmut, gut zusammenpasst, eine gewisse lüsterne Befriedigung findet. »Eine Braut«, sagte die Marchesa; »und wo, liebste Lady Roehampton, wollen Sie eine Braut für den Herzog finden? Warum wollen Sie ihn in die Ehe hetzen? Nein, Sie müssen warten«, sagte sie; »seine Braut sitzt vielleicht noch auf der Schulbank; ein kleines Mädchen mit Hängezöpfen. Sagen Sie mir, welche von unsern jungen Damen würden Sie denn wünschen, dass er heiratet?«

»Nun, ich wünsche, dass er meine Tochter heiratet«, sagte Lady Roehampton leichthin, »aber er ist zu eigensinnig: Er lässt sich nicht fangen. Seine Mutter und ich, wir sind beide verzweifelt darüber. Wir sind so alte Freundinnen, und wir würden so gerne gemeinsame Enkelkinder haben. Aber glauben Sie, dass dieser junge Mann hören will? Der nicht! Er lacht und sieht mich nur für eine zweite pläneschmiedende Mutter an. Das ist der ganze Dank, den ich für meine Mühen ernte.« Sie lachte zu Sebastian hinauf und fing den Ausdruck seiner Augen auf. Ein Wonneschauer durchrieselte sie. Sie verlangte vom Leben nicht mehr als das, was es ihr in diesem Augenblick gab – diese Mischung von Glanz, Flirt und Leidenschaft und für einen Augenblick vergaß sie den Gedanken, der ständig an ihr nagte: Wenn ich nur jünger wäre! Sie war restlos glücklich. Gleich würde sie Sebastian sagen, dass sie diese Nacht allein sein würde. Kein George, keine Margaret. Aber noch nicht. Sie würde ihn noch ein wenig langen und bangen lassen. Sie würde diese Stunde ausdehnen, in der er sie suchen und sie ihm ausweichen würde. So folgte sie dem alten Lord Wensleydale, der gefühlvoll um sie herumgirrte, und warf im Fortgehen Sebastian einen Blick zu, der fast eine Grimasse war; und eine ganze halbe Stunde lang, wann immer sie gewahrte, dass er sich einen Weg zu ihr zu bahnen suchte, nahm sie hastig die Aufforderung eines andern zum Tanzen an. So gewährte sie auf dem ersten Hofball der Season manchen Leuten, die sie für gewöhnlich kurz abfahren ließ, eine Menge unerwarteten Vergnügens.

Schließlich erhaschte er sie; und Lady O.s Alice, die neben ihrer Mutter saß – denn niemand schien Lust zu haben, sie um einen Tanz zu bitten –, wisperte ihrer Mutter zu, da sei er, der junge Mann, von dem sie so viel gehört hätten. Wie verwöhnt er aussah und wie herablassend! Aber wie romantisch, so brünett, in dieser Uniform mit dem scharlachroten Kragen! Und was für eine wundervolle schlanke Figur er hatte und was für lange schlanke Beine in den knappanliegenden Hosen mit dem goldenen Streifen an den Seiten. Alices Kopf brummte von Eindrücken. Aber Lady O. schaute missbilligend auf Sebastian, und instinktiv suchten ihre Augen Lady Roehampton, die flirtend bei zwei anderen jungen Männern stand und kaum auf Sebastians dringende, aber achtungsvolle Aufforderung antwortete. Plötzlich aber schien sie sich zu ergeben; sie legte ihre Hand auf Sebastians Arm; verließ die beiden jungen Männer; gab sich Sebastian hin und schwebte mit ihm davon in den Strudel der Tanzenden. Alice sah ihnen nach und fiel aus den Wolken, als ihre Mutter etwas Säuerliches über die Entartung der heutigen Welt sagte.

IV
Sylvia

Bei den Ansichten, die Lord Roehampton hegte, war er naturgemäß aufgebracht, als er ein Paket erhielt, das etwa zwanzig
Briefe von Sebastian an die Adresse seiner Frau enthielt. Beim
ersten flüchtigen Blick sah er genug, um alles zu wissen, und
mit einer raschen Bewegung warf er das Paket in eine Schublade seines Schreibtisches und schob das Fach zu, wie hinter
einer Schlange, die ihn gebissen hätte. Dann lehnte er sich zurück und starrte auf das Schubfach. Alle Gedanken, die einem
Gentleman in dieser unglückseligen Lage zu kommen pflegen,
begannen unverzüglich in seinem Kopf zu kreisen und brauchen hier nicht im Einzelnen wiedergegeben zu werden. Auf
ehrenvolle Ungläubigkeit folgte widerstrebende Überzeugung,
auf widerstrebende Überzeugung herkömmliche Empörung,
auf herkömmliche Empörung primitive Wut, und die primitive
Wut endlich wurde aufgehoben durch schlichten, menschlichen
Kummer. Lord Roehampton starrte auf das Schubfach, ein sehr,
sehr unglücklicher Mann. Wäre Sylvia zufällig in diesem Augenblick hereingekommen, hätte er sich ohne Zweifel gleich auf
der Stelle ausgesprochen; wie die Sache aber lag, hatte er Zeit,
sich zu sammeln, mit sich selbst zu Rate zu gehen und zu dem
Entschluss zu kommen, nichts Übereiltes zu tun. Nachdem er
eine lange Weile in seinem Stuhl zusammengesunken dagesessen
hatte, raffte er sich auf, zog langsam seine Schlüssel aus seiner
Hosentasche, wählte den richtigen, beugte sich vor, steckte den
Schlüssel ins Schlüsselloch, schloss die Lade ab, schob die Schlüssel wieder in seine Tasche und ging langsam ins obere Stockwerk hinauf.

Wenn er auch nicht viel von sich selber wusste, so wusste

er doch jedenfalls nach fünfzig Jahren seines Lebens, dass sein Hirn, als Werkzeug betrachtet, ein gemächliches und mühseliges Ding war. Es brauchte reichlich lange Zeit, um einen neuen Gedanken aufzunehmen oder zu einem Entschluss zu kommen; so dass er sich des Gefühls nicht erwehren konnte, als hätte man sich ihm gegenüber einen recht unbilligen Vorteil verschafft, indem man ihm so jäh einen völlig neuen und besonders trostlosen Gedanken darbot und von ihm verlangte, einen Entschluss von äußerster Wichtigkeit zu treffen. Man hätte ihn warnen müssen, und es war keine Warnung an ihn ergangen. In der Zeit, da er nach oben gelangte, gelangte er auch zu dem Entschluss, dass er vorläufig keinen Entschluss fassen dürfte. Er würde sich eine Woche Zeit nehmen, um alles zu überdenken. Er musste sich erst an einige Wahrheiten gewöhnen: Dass Sylvia ihm untreu war; dass sie ihm vermutlich auch früher schon untreu gewesen war; dass zum mindesten eine Person – der Absender der Briefe – es wusste. Es wurde Mitternacht, ehe es ihm dämmerte, dass vermutlich jedermann außer ihm es wusste und immer gewusst hatte. Er entsann sich eines diesbezüglichen Witzes in einem Lustspiel von Flers und Caillavet, das er in Paris gesehen hatte; das Publikum hatte gelacht, und Romola Cheyne, die mit ihnen da war und seine Verständnislosigkeit gewahrte, denn seine französischen Kenntnisse waren beschränkt, hatte es ihm übersetzt; »liebenswürdig von ihr, sich zu bemühen«, hatte er damals gedacht, aber jetzt zweifelte er daran. Ein guter Konservativer, stand für ihn der Grundsatz fest, dass nichts in Eile getan werden dürfe. Je größer die Folgen, je größer die Notwendigkeit der Erwägung. In der zerbröckelnden Welt seines Privatlebens hatte dieses Axiom noch Geltung; er kehrte zu ihm zurück, nach den ersten Stürmen der Unbesonnenheit, die gedroht hatten, ihn aus der Bahn zu werfen. »Eine Woche Bedenkzeit.« Dieser Satz allein brachte ihm ein gewisses Maß von Beruhigung; so lange war die Angelegenheit eine Privatsache zwischen ihm und seiner Schublade; niemand brauchte zu wissen, was zwischen ihm, seinen Grundsätzen, seinem Fierzen und seinem Gewissen vorging. Er war wohlgeübt in der Gewohnheit beherrschter Zurückhaltung. Als er an diesem Abend mit Sylvia im Coupé zum Diner fuhr, wurde er von keiner Anwandlung befallen, das Coupé durch die Wahrheit in die Luft zu sprengen, eine Anwandlung, die vielleicht einen Mann, der sich weniger im Zaum hätte, überwältigt haben würde.

In der Woche, die darauf folgte, blieb er seinem Entschlusse mit verhältnismäßig geringer Anstrengung treu. Sebastian kam zweimal zum Lunch; er kam sogar einmal zum Abendessen vor einer kleinen Tanzerei und führte die Hausfrau zu Tisch, was, in der Tat, unvermeidlich war. Lord Roehampton beobachtete die beiden von seinem Platz am Tischende her fast gar nicht, wie etwa ein Mann, der von persönlicher Eifersucht besessen wäre, das getan hätte; denn ihm ging es nicht um Eifersucht, sondern um Grundsätze. Es war nicht so sehr, weil er Sylvia liebte, als weil Sylvia seine Gattin war. Sylvia war Lady Roehampton. Sie trug seinen Namen. Nun er sich von dem ersten Schlag erholt hatte, dachte er an Sebastian nicht mehr in persönlicher Weise. Sebastian war ein Symbol geworden, ein X. Aber in dem Maße, wie das persönliche Element aus Lord Roehamptons Betrachtungsweise schwand, in dem Maße wuchs proportional die unpersönliche Entschlossenheit. »Ich werde keine Dummheiten dulden!«, war der Rhythmus, der jetzt in seinem Kopfe umging. »Meine Frau weiß sich zu benehmen, oder sie hört auf, meine Frau zu sein«, lautete ein anderer Satz, den er für sich in diesen qualvollen Tagen geprägt hatte und der ihm eine starke Stütze und Befriedigung gewährte. Am Ende der Woche hatte er sich wirklich eingeredet, dass seine Strenge gegen Sylvia einzig Lady Roehampton galt.

Zuweilen ergriff ihn eine rührselige Reue, wenn er sah, wie Sylvia ihren Vergnügungen nachging, ohne das Unheil zu ahnen, das über ihr Haupt hereinzubrechen drohte. Er kam sich dann vor wie jemand, der finster in den Kulissen steht und einen Revolver auf die lachende, triumphierende, herumwirbelnde

Königin des Balletts richtet. So kam er in ihr Schlafzimmer hinauf, nachdem er gefrühstückt und seine Times gelesen hatte, und fand sie noch in ihrem breiten Bett, das mit Rechnungen und Haushaltszetteln übersät war, wie sie ihr Mädchen anwies, verschiedene Kleider mit allem Zubehör zurechtzulegen, damit sie wählen könne, was sie heute anziehen wollte. Und so konnten acht oder zehn verschiedene Garnituren auf Stühlen rings im Zimmer herum zur Auswahl ausgebreitet werden mit allem, was dazugehörte, mit Schuhen, Strümpfen, Hut, Schleier, Boa und Sonnenschirm, während Sylvia, in ihrem Bett zurückgelehnt wie Kleopatra auf ihrem Thron, die einen verwarf, zwischen anderen schwankte, über dieses in üble Laune geriet, zugunsten jenes schwach wurde, während sie sagte, dass sie Rosa hasse und nicht begreifen könne, warum sie es jemals bestellt hätte, dass Worth der einzige Schneider sei, der sie verstünde, und dann wieder, dass Paquin eine Taille zuschneiden könne wie sonst keiner; und endlich, dass sie nichts Passendes zum Anziehen habe und sich für heute wohl mit dem kleinen Tussorkleid behelfen müsse. Es kam oft vor, dass sie, schon völlig angekleidet, nach langem Stehen und Drehen vor ihrem beweglichen Toilettenspiegel, erklärte, in dem Aufzug könne sie unmöglich ausgehen, und sich noch einmal von Kopf bis Fuß umzog, denn sie ließ lieber eine Frühstücksgesellschaft eine dreiviertel Stunde warten, als dass sie unter der Norm ihrer eigenen Vollkommenheit blieb. Es war ein Gottesdienst, ein Ritus, den sie im Dienste einer doppelten Gottheit ausübte: Im Dienste ihrer eigenen Schönheit und der Gesellschaft, der sie eine Zierde war. Wenn ihr Gatte sie beobachtete, alle die vertrauten, kleinen Bewegungen sah, mit denen sie ein ungebärdiges Löckchen aufwickelte oder eine Schleife feststeckte, so dass sie gerade unter ihr Ohr zu sitzen kam, und wenn er ihrem Geplapper über den Ball der vergangenen Nacht zuhörte – denn im vertraulichen Zusammensein war sie gut gelaunt wie ein glückliches Kind –, dann empfand er nichts wie Nachsicht mit diesem frivolen und schamlos eitlen Geschöpf. Dann aber fiel ihm ein, dass sie vermutlich, wohin sie auch immer ginge, Sebastian treffen würde, und sein innerer Vorsatz festigte sich wieder.

Die Lage wurde durch eine Entwicklung, die Margarets Angelegenheiten genommen hatten, erschwert. Margaret war einem jungen Maler begegnet, der sich in sie verliebt hatte und in den sie sich verliebt hatte und den sie jetzt heiraten wollte. »Wo kann sie nur solch einem Menschen begegnet sein?«, sagte Lady Roehampton, ihre Hände ringend; »ich glaubte wirklich, sie wäre bei Clemmie und Ernestine sicher genug aufgehoben.« Offenbar war sie nicht sicher genug aufgehoben gewesen. Sie kam eines Tages in ihr Elternhaus zurück, eine ganz andere, strahlende Margaret. Adrian hatte eine große Zukunft vor sich, sagte sie; und das bisher ungelenke junge Mädchen verfocht ihre Sache mit wirklicher Eingebung. Dieser ausgefallene Streich ihrer Tochter trug viel dazu bei, Lord und Lady Roehampton enger zusammenzuführen; Sylvia empfand aufrichtige Dankbarkeit George gegenüber für seine Festigkeit, und George vergaß beinahe seine tödliche Missbilligung für Sylvia, wenn er sah, wie sie ihn mit ganzem Herzen unterstützte. Sie hat doch noch einige Grundsätze, dachte er; sie hat noch nicht all ihr Anstandsgefühl verloren. Es war platterdings ausgeschlossen, dass man Margaret erlauben könnte, diesen Menschen zu heiraten. Erstens einmal war er illegitim und sagte fröhlich, dass er keine Eltern aufzuweisen habe, da man ihn auf den Stufen des Findelhauses in braunes Packpapier gewickelt, den Namen »Adrian« auf einem Zettel an sein Umschlagtuch gesteckt, zurückgelassen habe. »Aber, mein lieber Junge ...«, sagte George; und wenn er sich auch davon zurückhielt, den Satz zu vollenden, war es klar, dass er meinte: »Du kannst kaum annehmen, dass das gut genug für unsere Tochter ist!«

Margaret weinte, und Lord Roehampton, der sie aufrichtig lieb hatte, war sehr bekümmert. Wie die meisten Männer unter diesen Umständen getan hätten, verließ er das Haus und überließ sie Sylvia. Sylvia hasste Ungelegenheiten jeder Art, besonders aber Ungelegenheiten, die ihren eigenen Plänen in die Quere kamen; aber sie hatte Geduld mit dem Kind, streichelte ihre Schulter und erklärte ihr, dass gewisse Opfer eben manchmal gebracht werden müssten, wenn man zu einer gewissen Stellung geboren war. »Das ist die Buße, siehst du, Margaret, mein Liebling«, sagte sie, »und wir alle müssen sie in der einen oder anderen Form zahlen. Es ist eine schreckliche Sache, déclassé zu sein, wie du es sicherlich werden würdest, wenn du diesen armen Jungen heiratetest – auch wenn er noch so nett ist«, fügte sie hastig hinzu. »Aber wenn mir das gleichgültig ist?«, sagte die arme Margaret. »Du musst an deinen Vater und an mich denken, Liebling; ich glaube, es würde uns das Herz brechen; wir sind immer so ehrgeizig für dich gewesen. Übrigens dachte ich, der junge Wexford? … Also das wäre wirklich eine reizende Heirat, und wir könnten alle so glücklich miteinander sein.« In diesem Augenblick wurde die Herzogin von Hull hereingeführt – alt, angemalt und selbstherrlich. »Was höre ich da, Margaret?«, begann sie sofort, »du bist mit Tony Wexford verlobt? Nun, ich gratuliere dir, es ist ein wunderhübsches Besitztum, denke ich, und außerdem brauchst du ja nicht die ganze Zeit über in Irland zu hocken.« Diese Bemerkungen riefen einen erneuten Tränenausbruch bei Margaret hervor. »Was ist los, was ist los?«, krächzte die Herzogin; »liebst du ihn nicht, Kind? Ah, Unsinn, darüber wirst du bald hinwegkommen. Sei du kein solches Närrchen, solche Chance von der Hand zu weisen – was, Sylvia?« »Margaret glaubt, sie möchte einen Maler heiraten«, sagte Sylvia und schaute ihre Tochter mit einem gewissen Mitgefühl an. »Wie? Was?«, kreischte die Herzogin, »einen Maler? Was für einen Maler? Wer hat je so etwas gehört? Sylvia Roehamptons Tochter einen Maler heiraten? Aber natürlich wird sie das nicht. Du heiratest Tony Wexford, und wir werden sehen, was sich nachher mit dem Maler machen lässt«, sagte sie und zwinkerte Sylvia hinter Margarets Rücken zu.

Margaret verbarg ihre Kümmernisse, da sie sah, dass bei keinem ihrer Eltern Hilfe zu finden war; da sie sich aber irgend jemandem anvertrauen musste, unterzog sie ihre Freundinnen einer Musterung auf der Suche nach einem mitfühlenden Herzen. Ihre Kusinen taugten nicht dazu; sie waren viel zu nüchtern und wohlerzogen. Bis zu diesem Ereignis hatte Margaret sich selber auch für nüchtern und gehorsam gehalten; aber jetzt entdeckte sie das Grollen einer Rebellion in ihrem Herzen, war ernstlich über sich erschrocken und wünschte eine unparteiische Vertraute, die ihr zeigen sollte, wo die Wahrheit lag. Es hatte keinen Zweck, Menschen wie ihre Kusinen um Rat zu fragen, wenn sie im Voraus wusste, was sie sagen würden. Endlich entschloss sie sich zu Viola.

Sie hatte keine Ahnung, was Viola dazu meinen würde. Viola war ein stilles Wasser. Sie hatte sich in den letzten paar Monaten sehr verändert. Sie ließ sich, wie jede andere junge Dame ihres Alters und ihrer Stellung, überall mit herumführen, aber vielleicht weil sie still und aufmerksam war, gab sie den Leuten das unbequeme Gefühl, sich nur einer Sache zu fügen, die sie im Grunde verachtete. Infolgedessen war sie trotz ihres Äußern nicht beliebt. Ferner galt sie für »klug«, und das war ein ernstlicher Nachteil für ein junges Mädchen; »wenn ich auch wirklich nicht entdecken kann«, sagte Mrs Cheyne, »wo ihre Klugheit stecken soll, denn sie spricht ja kaum. Dicky Ambermere sagt, dass er kein Wort aus ihr herausbekommen kann.« Margaret ging, Viola um Rat zu fragen, ungefähr wie sie zu einer Hexe hätte gehen können, um sich Rat zu holen. Von ihrer Jungfer begleitet, begab sie sich von Curzon Street nach Grosvenor Square.

Viola war zu Haus. Sie nahm Margaret in ihr eigenes Zimmer hinauf, da sie im ersten Augenblick gesehen hatte, dass etwas nicht stimmte. Margaret folgte und fühlte sich plump neben Violas schlanker Grazie, unreif neben Violas Gelassenheit und Zurückhaltung. Wie hatte es Viola fertig gebracht, schon so viel zu denken mit ihren achtzehn Jahren? Aber Viola forderte sie auf, sich zu setzen, und fragte unumwunden, was es gäbe.

Margarets Darlegung war kläglich anfängerhaft und unreif. Wie die meisten jungen Mädchen ihrer Generation, war sie immer an ihrem Platz geblieben, und ihr Platz war, zu glauben, was immer ihre Eltern ihr sagten. Nie hatte es irgendeinen freien Meinungsaustausch zwischen ihnen gegeben, noch hatte ihre Mutter, hochgemut und leichtlebig wie sie war, je das geringste Interesse dafür verraten, was Margaret wohl denken mochte, sondern sie nahm es für selbstverständlich hin, dass Margaret als ein kleines Schleppboot in ihrem Kielwasser nachschleifen würde – willfährig, anspruchslos und fügsam. Zum Unglück für sie nahm Margaret es ebenfalls für selbstverständlich hin und hielt sich für sehr glücklich, weil sie keine reizbare Mutter hatte, wie so viele junge Mädchen ihrer Bekanntschaft, sondern eine lebhafte, entzückende Mutter, die immer scherzte und nie schalt, jünger schien als die wirklich Jungen und weit mehr Vergnügen aus dem täglichen Leben schöpfte, als man irgend selber für sich hätte schöpfen können. Bis zu diesem Zeitpunkt war Margaret recht zufrieden gewesen. Doch jetzt war sie erstaunt, zu sehen, wie Viola, nachdem sie still zugehört hatte, ihre armselige kleine Geschichte in die Hand nahm, sie formte, ausbaute, mit ihr spielte, sie zu einem Symbol erhob, es deutete und sich zu eigen machte; sie war tatsächlich erschrocken, zu sehen, wie ein starker Geist sich mit ihren Schwierigkeiten abfand. »Woran haben unsere Mütter für uns in allen diesen Jahren gedacht?«, sagte Viola; »daran, dass wir eine gute Heirat machen sollen, damit sie das Gefühl haben können, ihre Pflicht an uns getan zu haben und ihre Verantwortlichkeit obendrein nun mit Stolz los zu sein. Eine erfolgreiche Tochter plus einem begehrenswerten Schwiegersohn. Irgendeine andere Möglichkeit ist ihnen nie in den Sinn gekommen – dass wir zum Beispiel unseren eigenen Geschmack befragen könnten. Sie laufen wie Züge auf Geleisen, und wenn du mit deinem Maler davonlaufen würdest, würde das einem Eisenbahnunglück in ihrem Leben gleichkommen.«

»Darum eben«, sagte Margaret tastend, »kann man nicht.«

»Im Gegenteil«, sagte Viola, »niemand wird dabei ums Leben kommen, nur durchgerüttelt werden sie ein bisschen. Siehst du denn nicht, dass ihre Eisenbahnen aus Pappe sind – zusammengeklebt aus lauter Schnippelchen von Vorurteilen und Konventionen, geschmückt mit einigen Fähnchen aus Brokat und mit hochtrabenden Namen belegt? Es ist nichts Wirkliches an ihnen.«

»O doch«, sagte Margaret ein wenig empört, »sie lieben uns. Das ist wirklich.«

»Lieben uns! Tun sie das wirklich? Ja, sie lieben uns, aber sie opfern uns. Um ihnen gerecht zu werden«, fügte sie hinzu, »sie opfern sich selbst ebenso gut. Da ist keiner unter unseren Vätern und Müttern, der nicht sein eigenes Herz ohne Zaudern brechen würde, wenn es zu einem Kampf zwischen ihren Wünschen und ihren Überzeugungen käme. Wirklich«, sagte sie, »manchmal finde ich es großartig. Wie Märtyrer, die zum Marterpfahl schreiten. Großartig und unsinnig. Aber für was für ein Glaubensbekenntnis!«

Margaret starrte sie völlig fassungslos an. »Viola! Aber was meinst du denn? Man muss doch bestimmt irgendwelche Grundsätze haben? Man muss doch Rücksicht nehmen auf … nun, auf seine Kaste? Mama hat mich immer angehalten, das zu glauben, und ich bin sicher, deine Mutter hat es auch getan. Es ist mir immer eingetrommelt worden. Vielleicht gar nicht mit so vielen Worten; aber es galt immer für selbstverständlich. Darum ist es jetzt so schlimm für mich. Siehst du, Adrian war in Packpapier gewickelt. Man weiß nicht, wer seine Eltern waren, und natürlich gefällt das Papa und Mama nicht. Ich sehe das ja ein. Für mich ist es etwas anderes, weil ich ihn liebe; aber ich denke mir, das dürfte nicht mitsprechen. Tante Clemmie sagt, man ist nicht in die Welt gesetzt worden, um Nachsicht mit sich selbst zu üben.«

»Sagt das deine Mutter auch?«

»Ich bin sicher, sie würde es sagen. Ich weiß, Mama glaubt daran, dass man seine Pflicht tun muss. Sie hat in der vergangenen Woche zwei Wohltätigkeitsbasare eröffnet.«

»Und ist photographiert worden und hat einen Strauß Orchideen überreicht bekommen?«

»Nein, es waren Malmaison-Rosen – aber Viola, ich sehe, du machst dich über mich lustig. Du machst mich furchtbar verwirrt. Ich fühle, dass du voller Ideen steckst und nur die Hälfte von ihnen aussprichst. Es ist sehr aufregend. Es ist, als ob man mit einem Sozialisten spricht«, sagte die arme Margaret.

»Hast du je mit einem Sozialisten gesprochen?«

»Nein, natürlich nicht. Aber ich denke mir, dass es so sein muss. Man würde fühlen, dass er sich zurückhält – und nur ein paar Tropfen durchsickern lässt, obwohl ein großer Niagara dahintersteht. Schreckliche Menschen – die alles Umstürzen wollen. Tante Clemmie hat es mir erklärt. Alles, woran wir glauben, würde über Bord gehen. Alle Zucht. Alle Grundsätze. Oh, Viola«, sagte Margaret, »ich gebe mir solche Mühe, klaren Kopf zu behalten. Zwischen Adrian und Papa und Mama – und jetzt noch du, ich fühle mich wie in einem Wirbel. Adrian sagt, dass Liebe das Einzige ist, worauf es ankommt. Papa und Mama sagen, Benehmen ist das Einzige, worauf es ankommt. Der Himmel weiß, was du sagst. Du sprichst von Pappeisenbahnen, bis ich nicht mehr weiß, wo ich bin. Was würde Sebastian sagen?«

»Sebastian?« Viola machte ein Gesicht, als ob Margaret ihr einen Stoß versetzt hätte. Sie zögerte. »Lass Sebastian aus dem Spiel; Sebastian, glaube ich, kennt seine eigne Meinung nicht. Einstweilen nimmt er sich, was er will, und weiß nicht, warum er unglücklich ist. Er spricht nicht mit mir. Ich vermute, er spricht mit niemandem. Er lebt drauflos und versucht, nicht zu denken. Menschen wie wir dürfen nicht denken, aus Angst, uns aus dem Dasein hinauszudenken. Wenn Sebastian überhaupt etwas dächte, würde er nach Chevron zurückgehen.«

Viola hätte noch ein gut Teil mehr über Sebastian sagen können, aber sie spürte einiges Widerstreben, mit Lady Roehamptons Tochter über ihn zu sprechen, denn, der einfältigen Margaret darin nicht gleich, war sie sich der Liaison zwischen den beiden wohl bewusst. Sie änderte deshalb das Gesprächsthema, aber da ihr Unwille stark und bitter war, kreiste sie heimlich noch darum, indem sie sagte: »Lassen wir unseren Eltern wenigstens die Gerechtigkeit widerfahren, zu sagen, dass sie nichts von uns verlangen, was sie nicht ohne zu zögern auch von sich selbst verlangen würden. Deine Mutter zum Beispiel würde jedweden lieber über Bord werfen, als einen Skandal heraufbeschwören. Und meine ebenso«, fügte sie hinzu, denn es klang gehässig, Margarets Mutter so herauszugreifen; aber sie hatte sich schon verraten, und Margaret nagelte sie fest.

»Meine Mutter, Viola? Einen Skandal? Aber wen sollte sie über Bord werfen? Es hat nie einen Skandal um Mama gegeben. Du kannst dir nicht vorstellen, wie nett sie zu Papa ist, obwohl sie ganz verschiedene Neigungen haben. Jedenfalls hört man doch überhaupt nur höchst selten etwas von Skandalen im Zusammenhang mit Leuten wie wir! Es ist doch immer in Arbeiterkreisen, dass diese schrecklichen Morde passieren, oder auch in Neapel.«

»Margaret, du bist wirklich köstlich. Ich wollte gar nichts gegen deine Mutter sagen, und ich glaube, die Art, wie sie dich erzogen hat, zeugt für ihre moralische Gesinnung. Da! Bist du jetzt zufrieden? Quäl dich nicht, Liebe; ich meinte gar nichts damit, und es war nur ein angenommener Fall.«

Aber Margaret beharrte. »Du hast etwas damit gemeint, wenn auch vielleicht nicht in Bezug auf meine Mutter. Meinst du, dass Leute – die Leute, mit denen wir verkehren – manchmal Dinge tun, die sie nicht tun sollten? Richtig schreckliche Dinge? Die schlimmsten? Viola, sag es mir. Ich habe früher nie daran gedacht, aber jetzt habe ich das Gefühl, als gingen vielleicht die ganze Zeit Dinge vor, von denen ich nichts weiß und die ich nicht merke. Du scheinst eine ganze Menge mehr zu wissen als ich. – O Gott«, sagte sie, »was würde Tante Clemmie sagen?«

Viola schaute in ihr rundes, ganz verdutztes Gesicht. Sie hatte große Lust, Margaret aufzuklären. Sie hatte Lust, ihr zu sagen: »Schön, wenn du die Wahrheit hören willst, hier ist sie.

Die Gesellschaft, in der du lebst, besteht aus Leuten, die beides sind: zügellos und vorsichtig. Sie wollen ihren Spaß haben, und sie wollen ihre Stellung behaupten. Sie glänzen von Geist an der Oberfläche, aber darunter sind sie dumm – zu dumm, um ihre eigenen Beweggründe zu erkennen. Sie wissen nur eine ganz beschränkte Anzahl von Dingen über sich selbst: Dass sie eine Menge Geld brauchen und dass sie an den richtigen Orten, in Gesellschaft der richtigen Leute gesehen werden müssen. Trotz ihrer Anstrengungen, sich in gemalte Bilder zu verwandeln, bleiben sie doch irgendwo menschlich und müssen sich in Liebesgeschichten einlassen, die manchmal künstlich und manchmal unangenehm echt sind. Was auch immer geschieht, der Welt muss zuerst Genüge getan werden. Trotz ihres Glanzes macht dieses Kredo sie notgedrungen klein und erbärmlich. Denn sie sind neidisch, hämisch und berechnend, anmaßend und kalt. Was uns betrifft, ihre Kinder, so lassen sie uns in völliger Unkenntnis des Lebens, übermitteln uns nur die Ideen, die wir ihrer Ansicht nach haben sollen, und behandeln uns mit der äußersten Unbarmherzigkeit, wenn wir verfehlen, uns danach zu richten.«

Aber Viola ließ diese Anklagerede ungesprochen. Sie dachte im Stillen, dass Margaret sich sehr gut für die Zukunft eigne, die Lady Roehampton für sie wünschte; sie würde sich wunderbar als Tony Wexfords Gattin machen. Nach zwanzig Jahren würde sie sehr hübsch in die Form passen, die Lady Wexford mère, Lady Porteviot und ihre eigenen Tanten gegossen hatten. Adrian war eine Grille, die irgendwie in ihr Leben geraten war, und außerdem vermutete Viola, dass unternehmende junge Maler vielleicht nicht ungern ihre soziale Stellung aufbesserten; denn sie konnte sich nicht vorstellen, dass ein anziehender junger Bohémien wie Adrian sich wirklich in Margaret verliebt haben sollte. Sie hatte Margaret die Tatsache verheimlicht, dass sie ihn im Café Royal gesehen hatte, einem Ort, den sie in strengstem Inkognito besuchte. Nein, dachte Viola, sie sind nicht füreinander geschaffen.

So versuchte sie den Schaden wieder gutzumachen, den sie angerichtet hatte, und Margaret ging ungetröstet fort, mit einigen Ratschlägen bedacht, die ihre Mutter von ganzem Herzen gebilligt hätte, aber mit dem Gefühl, dass Viola sie im letzten Augenblick im Stich gelassen habe. Man konnte auf niemanden bauen. Viola hatte damit angefangen, ihre Eltern zu kritisieren – und zwar in solchen Ausdrücken, wie Margaret sie nie zuvor vernommen –, aber geendet hatte sie damit, sie zu unterstützen. Was sollte die arme Margaret glauben? Niemals war sie sich ihrer eigenen Unwissenheit und Unerfahrenheit so bewusst geworden. Die Heiterkeit ihrer Mutter bedrückte sie jetzt, und das übliche Geplauder klimperte falsch in ihren Ohren; sie untersuchte und urteilte auf einmal, statt alles mit verzückter Bewunderung hinzunehmen.

Leonard Anquetil wäre belustigt gewesen, wenn er gewusst hätte, wie sein Gärstoff, durch Viola übermittelt, in dem plumpen, jungen Mädchen wirkte, das er in Chevron gesehen, aber mit dem er kein Wort gesprochen hatte. Er erfuhr es etwa sechs Monate später, denn als Margaret gegangen war, setzte sich Viola zu ihrem allwöchentlichen Brief an ihn nieder; er erreichte ihn in Manaos und amüsierte ihn höchlichst.

Seiner selbstauferlegten Frist getreu, stellte sich Lord Roehampton genau nach Ablauf einer Woche in Sylvias Zimmer ein. Das heißt, er hatte das Paket um drei Uhr nachmittags erhalten, und um drei Uhr nachmittags klopfte er an Sylvias Tür. Sein Zug nach Newmarket ging um vier Uhr fünfzehn. Sylvia saß vor ihrem Spiegel und machte sich zum Ausgehen fertig. Sie hatten ein halbes Dutzend Leute zum Lunch bei sich gehabt; es war eine wohlgelungene Gesellschaft gewesen; sie hatte unklar empfunden, wie nett George auf seine einfache Art als Wirt sein konnte. Sie fühlte sich George wohlgesinnt, hauptsächlich weil sie ihn dazu bestimmt hatte, seine Verabredung in Newmarket einzuhalten, anstatt sie heute Abend in die Oper zu begleiten, und teils auch, weil Margaret, offiziell mit Tony Wexford verlobt, jetzt zu Besuch bei ihrer Tante Ernestine weilte. George war ihr eine große Hilfe in dieser Angelegenheit gewesen, und alles das wirkte zusammen, sie in gute Laune zu versetzen. So lächelte sie ihm im Spiegel zu, als er hinter ihrem Rücken herantrat. Sie steckte gerade ihren Hut fest, und ihre Jungfer stand mit den Nadeln dabei; ihr Gesicht trug einen ängstlichen Ausdruck, und sie vollführte kleine Ruck- und Zuckbewegungen, die an einem weniger günstigen Tag Sylvia vielleicht gereizt hätten, die sie aber jetzt fast unbeachtet hinnahm, einfach weil sie sich frei und glücklich fühlte und in gutem Einvernehmen mit der ganzen Welt. Kein George, keine Margaret; sie konnte sie ganz lieb haben, nun sie sie los war. Der liebe George; guter Schlag, angenehm dickfellig, aber guter Schlag. Nicht der Schlechteste, wenn auch sein Kragen immer zu hoch und sein Melonenhut zu klein für ihn war. »Lieber George«, sagte sie laut.

»Sie können gehen, Sheldon«, sagte er zu dem Mädchen. »Ihre Gnaden wird läuten, wenn Sie gebraucht werden.«

Sylvia fuhr herum und starrte ihn an; er, sonst so mild, hatte sich noch nie auf eine so eigenmächtige Weise benommen.

»Mein Mädchen hinausschicken, George! Aber ich mache mich zum Ausgehen fertig. Brichst du denn nicht selber gleich auf? Was in aller Welt ist denn los?«

Dann bemerkte sie, dass er sehr befremdlich aussah; er hatte seinen Londoner Anzug abgelegt und mit einem Sportanzug vertauscht, aber sein Gesicht war gerötet, und er führte andauernd die Hand zu seinem Schlips und ließ sie dann wieder sinken. Die andere Hand hielt er in der Tasche seines Jacketts, betastete irgendetwas in der Tasche, zog es halb heraus, besann sich dann eines Besseren und schob es wieder zurück. Es schien, als habe er mit seiner Weisung an das Mädchen sein Sammelbecken an Entschlossenheit geleert und warte jetzt, dass es sich wieder füllte, ehe er mehr daraus entnahm. Inzwischen richtete er den Blick starr auf Sylvia und schluckte immerzu, so dass der Adamsapfel in seiner Kehle beklemmend gegen seinen Kragen stieß und ihn zwei- oder dreimal zum Husten brachte,

was ihn zu ärgern schien, als ob er dies als eine Albernheit emp-
fände. Ein abgeschmackter Gedanke durchfuhr Sylvia: »Es wird
ihm übel!«, dachte sie; und dann: »Er hat mir irgendwelche
schlechten Nachrichten mitzuteilen.« Und ihre Gedanken flogen zu Margaret, denn sie wusste, dass George nicht so zaudern
würde, wenn es sich um schlechte Nachrichten, die Sebastian
beträfen, handeln würde. Er würde geradeheraus sagen: »Ich
habe eben gehört, dass Sebastian heute beim Polospiel verletzt
worden ist«, oder was für ein Unglück es sonst sein mochte. So
verscheuchte sie diesen Schrecken wieder so schnell, wie er ihr
in den Sinn gekommen war, und fühlte gleichzeitig, wie alles
Blut aus ihrem Körper wich, als hätte man es ihr plötzlich abge-
zapft, so groß war ihre Angst gewesen und so groß die Erleichterung, da sie sie unbegründet fand. »George«, sagte sie und
fasste ihn, sich zu ihm aufrichtend, an seinen Rockaufschlägen.

»Das ist es«, sagte er, von ihr forttretend, und warf das Bündel
Briefe auf den Toilettentisch.

Ein Blick genügte ihr.

»Wie lange hast du sie schon?«

»Eine Woche.«

»Eine Woche? Und du hast nichts gesagt? – Woher hast du sie,
wenn ich fragen darf?«

»Post. Anonym.«

»Und was wirst du tun?«

»Das hängt von dir ab.«

»Von mir? Soll ich dir erzählen, dass sie eine Fälschung sind?«

»Nein. Sie sind keine Fälschung.« Das Briefpapier von Chevron lag offen auf dem Tisch, und die heißen Worte sprudelten in
Sebastians Handschrift heraus.

»Wirst du dich von mir scheiden lassen, George?«

Ihre Gedanken flogen irr zu den Templecombes.

»Ich habe es mir überlegt. Zuerst dachte ich, ich müsste mich
von dir scheiden lassen, aber das würde einen furchtbaren Skandal bedeuten. Ich glaube nicht, dass ich dem ins Gesicht sehen
könnte. Außerdem hasse ich den Gedanken, derlei Dinge der

Öffentlichkeit preiszugeben, es ist solch ein hässliches Beispiel. Ich habe beschlossen, mich nicht von dir scheiden zu lassen, wenn du tust, was ich dir sage.«

»Und das ist?«

»Du musst wissen, was es ist.«

»Sebastian aufgeben?«

»Natürlich.«

»Aber, George«, sagte sie, durch seinen harten Blick verängstigt, niedergeschmettert durch diese plötzliche Katastrophe und verzweifelt nach einem Ausweg suchend, »wie kann ich – es ist nicht durchführbar – ich werde ihm überall begegnen – und was sollte ich Lucy sagen? Ich könnte dir versprechen, dass nichts … nichts Derartiges mehr Vorkommen soll, aber wie kann ich es aufgeben, ihn überhaupt zu sehen?«

»Ich habe daran gedacht. Wir werden dieses Haus zuschließen und hinunter nach Wymondham gehen. Du hast zwanzig Jahre diese Art von Leben genossen. Ich habe mich damit abgefunden, dir zu Gefallen; jetzt wirst du dich mit Wymondham abfinden, mir zu Gefallen.«

»O Gott, du lässt mir keine Zeit, nachzudenken – würde es dir nicht genügen, wenn ich schwöre, ihn als Geliebten aufzugeben?«

Lord Roehampton antwortete nicht. Er betrachtete sie mit einem Ausdruck von Hass und Verachtung.

»George?! Du würdest mich gerade genug damit strafen; ich liebe ihn.«

»Lass das beiseite, bitte; ich wünsche nichts von deinen Gefühlen zu wissen.«

»Wünschest du auch nicht zu wissen, was meine Gefühle dir gegenüber sein werden, wenn du mir das Herz brichst und mich auf dem Lande einsperrst? Was für ein Leben, glaubst du, würden wir miteinander führen? Wir würden höflich miteinander sein in Gegenwart der Dienstboten und vor Margaret, aber darunter würde ich dich hassen. Sei großmütig zu mir, George, und du wirst es nicht bereuen. Lass ihn mir als Freund.«

»Sylvia, wie kannst du so einen kindischen Vorschlag machen? Es zeigt mir nur, wie leer und verantwortungslos du bist. Du könntest meine Tochter sein und nicht meine Frau. Ich sehe«, fuhr er fort, und ein Gefühl der Kränkung stieg in ihm hoch, »dass du meine Hochherzigkeit nicht zu schätzen weißt.« Und jetzt begann er sich tatsächlich als einen Mann voller Edelmut zu sehen, der übersehen und beiseite geworfen wird, statt mit inständigen Tränen der Reue und Dankbarkeit anerkannt zu werden. Die ganze pomphafte Feierlichkeit, die in ihm lag, wurde plötzlich wachgerufen, als Sylvia, wie er vermeinte, den Versuch machte, ihn ins Unrecht zu setzen. »Kein anderer Mann«, fuhr er fort, »würde dir ein zweites Mal die Hand bieten. Ein anderer hätte dich stracks aus dem Haus gewiesen. Und anstatt mir zu danken – anstatt fast auf die Knie vor mir zu sinken –, wagst du, mit mir zu rechten, wagst du, mich um weitere Vergünstigungen zu bitten.«

»Du könntest ein viktorianischer Gatte sein«, rief sie aus, nun ihrerseits in Zorn geratend.

»Oh, meine Moralbegriffe weichen von den deinen ab, das will ich meinen«, antwortete er; »ich bin niemals sehr modern gewesen, ich war nur zufrieden damit, dir dein Vergnügen zu gönnen, ohne zu bemerken, dass du mich zum Narren hattest, und nun, da ich dahinterkomme und dir das großherzigste Anerbieten mache, das irgendein Mann in meiner Lage nur machen könnte, fällst du über mich her und behauptest, dass ich dich hart behandle.«

»Du machst so ein unsinniges Aufheben davon«, sagte sie und versuchte, den Ton der Unterhaltung zu ändern; »wenn man dich sprechen hört, würde man meinen, du hättest dein ganzes Leben hinter Klostermauern verbracht. Weißt du nicht, wie die Leute leben? Natürlich weißt du es. Du weigerst dich nicht, nach Chevron zu gehen, obwohl du weißt, dass Harry Tremaine eine Liaison mit Lucy hat, oder an einem Tisch zu sitzen mit …« Aber hier wieder ist der Name so erhaben, dass er mit Rücksicht auf den Setzer unerwähnt bleiben muss. »Warum also, wenn es mich angeht, sich so benehmen, als lebten wir noch um achtzehnhundertfünfzig? Weil ich deine Gattin bin, vermutlich«, höhnte sie und hatte dabei ein Gefühl, als ob sie vor Angst in einer Falle wimmerte.

Etwas in ihrer Art, sein pomphaftes Gebaren nachzuahmen, erregte physischen Ärger in ihm, eine Erbostheit, wie sie durch einen Stoß am Ellenbogen entsteht. Er packte sie bei den Handgelenken, schüttelte sie hin und her und schleuderte sie schließlich auf ihr Bett nieder. Keuchend, erschüttert, starrte sie ihn in sprachlosem Entsetzen an. Gewalt war etwas, das nie in ihrer Auffassung vom Leben Raum gefunden hatte. Das üppige Zimmer, das weiche Bett, die seidene Steppdecke, alles strafte solch ein primitives Benehmen Lüge. Was blieb in einer Welt, in der gute Manieren alles bedeuteten, noch übrig, um sich dran zu klammern, wenn diese guten Manieren über Bord gegangen waren? Wenn die Männer anfingen, ihre Frauen wie Frauen zu behandeln und nicht mehr wie Damen? George selbst war sofort ebenso entsetzt wie sie. Er stand einen Augenblick über sie gebeugt, bebend vor Leidenschaft und erschreckt durch seinen Wunsch zu morden. Dann, als seine Erziehung sich wieder zu behaupten begann, erwachte er zu einem Gefühl der Scham und des Staunens, dass solche Szene zwischen Leuten, wie er und Sylvia es waren, stattfinden konnte. »Sieh, was du getan hast«, sagte er; »du verwandelst mich in ein Vieh; du lässt mich allen Anstand und selbstverständliches Benehmen vergessen. Aber ich will mich nicht entschuldigen. Dieses ist vermutlich das erste Mal, dass je etwas Ehrlichkeit zwischen uns gewesen ist. Wir haben an der Oberfläche gelebt, wir haben nie etwas voneinander gewusst. Du bist sehr nett zu mir gewesen, und Gott weiß, dass ich nicht schwer zu behandeln war. Weine nicht so«, sagte er rau, denn Sylvia war zusammengebrochen und schluchzte in ihre Kissen. »Ich werde kein Wort von dem zurücknehmen, was ich gesagt habe, nicht um alle deine Tränen. Du kannst dankbar sein, dass ich dich schone. Ich schone dich nicht deinetwegen, auch nicht etwa meinetwegen; du kennst meine Gründe. Und dann ist da Margaret. Wir müssen die Posse aufrechterhalten, wir sind es dem Kind schuldig.«

Er hielt inne. Der Zorn hatte ihn getragen, aber jetzt schien alles schal geworden.

»Was würde Clemmie sagen, wenn sie es wüsste?«, sagte er, elend und sinnlos.

Er schaute auf seine Uhr.

»Sylvia, ich gehe jetzt. Versuche dich zusammenzuraffen. Lass Sheldon nicht merken, dass du geweint hast, Sylvia!«, sagte er und berührte sie an der Schulter.

Er bekam keine Antwort außer einem unartikulierten Gemurmel.

»Ich erwarte, dass du bereit sein wirst, London am Ende dieser Woche zu verlassen. Hast du gehört?«

»Ich habe gehört«, antwortete sie.

George war fort; sie wanderte in ihrem Zimmer herum und schlug sich mit den Fäusten gegen die Stirn; sie schaute auf die Utensilien ihres Toilettentisches und wünschte, dass ihre Haarbürsten aus Holz sein möchten, statt aus getriebenem Silber, so dass sie selbst, dem entsprechend, eine Frau von niederer Herkunft wäre, in der Lage, mit ihrem Liebsten davonzulaufen, unbeachtet, ohne dass der Gongschlag eines Skandals durch die Salons der hohen Gesellschaft dröhnte und in tausend Vorstadthäusern widerhallte. Sie hielt sogar im Schreiten inne, um nach dem Handspiegel zu greifen; er stammte aus der Zeit der Königin Anna und hatte eine achteckige Rückseite – sie bemerkte die stumpfen Ecken, die von den Jahren abgerundet waren – mit einem getriebenen Muster von chinesischen Pagoden. Sie schleuderte ihn zu Boden, in dem Wunsch, ihn zu zerschmettern; aber er zerbrach nicht, weil der Plüschteppich zu weich und dick war. Mechanisch bückte sie sich, um ihn aufzuheben, und drehte ihn um, tiefer erschreckt, dass er nicht zerbrochen war, als eine gleich abergläubische Frau durch das Zersplittern eines Spiegels auf härterem Boden es gewesen wäre. Der Spiegel, der Teppich schwollen zu Symbolen eines Lebens auf, dem sie nicht entrinnen konnte. Die Haltbarkeit des einen und die Dicke des anderen besiegten sie. Sie sank auf ihr Bett nieder und nahm ihren Kopf zwischen ihre Hände. Dies ist das Ende, dachte sie, sich hin und her wiegend, denn vom ersten Augenblick an, als George das Päckchen auf ihren Toilettentisch geworfen hatte, hatte sie gewusst, dass das Spiel aus ist. Das liebliche, berauschende Spiel mit Sebastian, in das sie ihre Leidenschaft eingesetzt; und nicht nur ihre Leidenschaft, sondern auch ihre letzte Herausforderung an die vordringenden Jahre. Sie hatte Sebastian geliebt; sie würde niemals mehr einen Geliebten haben. In jenen ersten Augenblicken, nachdem George gegangen war, wusste sie kaum, ob sie um Sebastian oder um den Abschied ihrer Jugend trauerte. Sie war schön gewesen seit ihrem siebzehnten Jahr. Seit ihrem siebzehnten Jahr war sie der Gegenstand allgemeiner Huldigung gewesen. Zum ersten Mal fasste sie jetzt die Jahre ins Auge, in denen sie nichts sein würde als Lord Roehamptons Gattin. Norfolk und der Weihnachtsbaum für die Pächter – ihre Phantasie malte ihr vorwärtsstürmend die Zukunft in den ihr widerwärtigsten Farben. Aber wie sie so dasaß, sich hin und her wiegend, die geballten Fäuste an die Stirn gepresst, schmolz alles schließlich in die eine Tatsache zusammen, dass Sebastian für sie verloren war.

Sie nahm die Briefe auf und schaute sie an, legte sie aber schnell wieder hin, als einige Worte hier und da ihr die köstlichen Tage und Ereignisse des verflossenen Jahres zurückriefen. Sie fragte sich, wer für dieses Unheil verantwortlich war – welche eifersüchtige oder neidische Frau ihren Schreibtisch durchwühlt, vielleicht einen Dienstboten bestochen hatte, um einen Abdruck ihres Schlüssels zu bekommen? Alle die großen Skandale waren ihr geläufig; der Skandal der Templecombes natürlich und andere Geschichten – Geschichten von verärgerten Frauen, die ihren ganzen Ruf aufs Spiel setzten, um die Taschen eines in zu großer Eile abgeworfenen Mantels zu durchsuchen; Geschichten von Unbarmherzigkeiten und zerstörten Liaisons; Geschichten von brutal enthüllten illegitimen Geburten; Geschichten von schrecklichen Auftritten zwischen untreuen Liebespaaren, oder zwischen Mann und Frau. Jedermann in der Gesellschaft wusste von diesen dunklen Flecken auf glänzenden Karrieren; jedermann wusste von den Opfern, gebracht im heiligen Namen der tenue, und von Lächeln, liebenswürdig ausgetauscht in der Öffentlichkeit zwischen Todfeinden. Man brüstete sich mit einem sozialen, wenn schon nicht mit einem moralischen Gewissen. Und jetzt war dasselbe Schicksal über sie hereingebrochen, und sie musste ihm geradeso begegnen, wie andere ihm begegnet waren.

Keine andere Lösung bot sich ihr. Sie war zu gut diszipliniert. Leute in ihrer Stellung – ihrer, Sebastians und Georges machten keinen offenen Skandal. Das war einfach undenkbar. So gut, wie die Straße nichts von dem verschwiegenen einspännigen Coupé wusste, das vor einer gewissen Türe zu warten pflegte, so gut, wie die Straße nichts von dem Bruch wusste, der seit dreißig Jahren zwischen Lord und Lady Templecombe bestand, so gut durfte die Straße nichts von der dreieckigen Verwicklung zwischen Sebastian und Lord und Lady Roehampton wissen. Jede Klasse war durch andere Verpflichtungen gebunden. Sylvia, die sich auf ihrem Bette wiegte und den Stein der Verzweiflung zu erweichen versuchte, der im Verlauf einer halben Stunde sich so verhärtet hatte, dass er ihren ganzen Sinn versteinerte, erinnerte sich an den unlängst berichteten Fall eines Mannes und einer verheirateten Frau, die eher einen Mord geplant hatten, als ohne hinreichende finanzielle Mittel miteinander zu fliehen. Hinreichende finanzielle Mittel – das war der Satz, den der Anklagevertreter gebraucht hatte. Sylvia hörte sich zu ihrem Staunen laut auflachen. Was für eine armselige Sache war das Geld! Wie konnten Liebende sich durch so etwas den Weg versperren lassen? Wie gerne würde sie Sebastian zuliebe Entbehrungen erdulden (oder so wenigstens glaubte sie in diesem Augenblick; aber Entbehrung bedeutete für Sylvia drei- statt fünfzigtausend im Jahr). Aber sie war gebunden durch weit härtere Notwendigkeit: das Kredo ihrer Kaste, ihres Kodex. Selbst Sheldon – ungeachtet der besonderen, der ganz ausnehmenden Vertraulichkeit, die zwischen Herrin und persönlicher Zofe herrschte – »Leib-Zofe«, nannte man's nicht so? –, selbst Sheldon durfte nicht merken, dass irgendetwas nicht in Ordnung war. Sie erhob sich, legte den unversehrt gebliebenen Spiegel auf den Toilettentisch zurück, tilgte sorgfältig mit Puder und Rouge allen Schaden, den ihr Gesicht gelitten hatte, glättete ihr Haar und klingelte.

Sheldon erschien, wurde davon unterrichtet, dass ihre Herrin nunmehr doch nicht vorm Abend ausgehen würde, frühzeitig vor der Oper zu Abend essen und sich um sechs Uhr ankleiden würde; dass sie Kopfweh hätte und sich so lange hinlegen würde und nicht gestört zu werden wünschte.

Und falls Seine Gnaden vorsprechen sollten?

Lady Roehampton blickte Sheldon an, als hätte sie eine Unverschämtheit beabsichtigt; was auch der Fall war.

»Ich bin für niemanden zu Hause. Bitte, lass die Rouleaus herunter. Decke das Bett auf. Lege ein Taschentuch in Eau de Cologne getaucht zurecht. Trag diese Lilien aus dem Zimmer – sie machen mein Kopfweh noch ärger. Komm nicht wieder vor sechs herein.«

Sheldon gehorchte den Befehlen, lief dann nach oben, stülpte sich ihre Haube auf den Kopf und eilte davon, nach Grosvenor Square, in der Hoffnung, Miss Button in Haus Chevron anzutreffen. Es hatte einen Krach gegeben zwischen der Gnädigen und Seiner Lordschaft, das war klar; und Sheldon wollte die Erste sein mit dieser Neuigkeit.

Um acht Uhr ging der Vorhang über »Tristan und Isolde« auf vor einem Haus, das schon durch das Vorspiel in die richtige Stimmung versetzt worden war.

Vor einem Haus – der Ausdruck ist ungenau. Die oberen Ränge und die Galerie waren voll, die Sperrsitze und Logen aber nur schwach besetzt. Zu den Sperrsitzen tröpfelten die Leute in Gruppen zu zweit und zu viert, sich auf Zehenspitzen in dem

Halbdunkel vorwärtsbewegend; in die Logen traten die Gruppen mit weniger Umständen, da sie nicht über beleidigte Füße zu stolpern und keine Entschuldigungen zu flüstern hatten; sie kamen herein, mit einem Schimmer von Licht, der durch die sich öffnende Tür fiel, und nahmen ihre Plätze unter kaum unterdrücktem Schwatzen und Lachen ein. – Pssst – Psst – Pssst, tönte es von den Rängen und der Galerie, aber die Störenfriede blickten sich, selber ungesehen, in dem dämmerigen Amphitheater um, als habe sie ein Eindringling in ihrem eigenen Haus zurechtgewiesen. Im Verlauf des ersten Aktes wurde das Aufschimmern und Rascheln seltener und versiegte schließlich. Die Sperrsitze füllten sich, und das Haus begann auf die Schlussakkorde des Orchesters und das Andrehen des Lichtes zu warten, wo dann die ganze Pracht von Covent Garden in der Hauptsaison sich offenbaren würde.

Wie dunkel waren sie, diese Minuten, erfüllt vom Grollen dräuender Tragödie. Ein schicksalbeladenes Schiff – seltsame, anerkannte Bühnenkonvention – da doch jedermann wusste, dass die Ränge um das Haus mit der Auslese der Londoner Gesellschaft besetzt waren, mit leichtherzigen, sorgenfreien Menschen, die diesen Theaterbesuch in den natürlichen Lauf der Dinge einreihten, die zu tun ihnen oblag. Kleine Angestellte, die eine halbe Krone von ihrem wöchentlichen Gehalt von fünfundzwanzig Schillingen beiseite legten, fühlten keinen Verdruss; sie warteten nur auf das Angehen des Lichtes, um ein Schauspiel zu bewundern, das ebenso sehr für sie zum Genuss des Abends gehörte wie die Musik selbst. Dr. John Spedding, der endlich Teresa, seine Frau, nach Covent Garden geführt hatte, weil sie ihm keine Ruhe gelassen, bis er dareingewilligt hatte, und der, selbst ein aufrichtiger Musikfreund, seinen Sitz voll Vorurteilen gegen diese elegante Vorführung eingenommen hatte, fand sich nun selber von der allgemeinen Atmosphäre von Luxus und Verderbtheit angesteckt und lehnte sich in seinem Sitz im ersten Rang zurück, nun entschieden das Gefühl genießend, dass um ihn herum Hunderte verwöhnter müßiger Menschen saßen, die bald zur Schaustellung gelangen würden wie preisgekröntes Zuchtvieh oder Geflügel, gewohnt, angegafft zu werden und offenbar gleichgültig dagegen.

Teresa, an seiner Seite, vermochte kaum stillzusitzen, so groß war ihre Ungeduld. Sie kuschelte sich an ihn wie ein Kätzchen und fragte flüsternd, ob der Akt bald zu Ende sein würde. König Marke langweilte sie fürchterlich. Psch-scht, machten die Leute hinter ihnen, und sie verstummte und gab sich wieder der Wärme und der geheimnisvollen Gegenwart aller dieser Männer und Frauen hin, lässig in ihren Logen zwischen den abgedämpften rosa Lichtern der Wandarme, die gerade erlaubten, sie gelassen, still und aufmerksam sitzen zu sehen. Teresa Spedding war unverhohlen und kindlich bezaubert von der großen Welt. Sie besaß eine ganze Sammlung von Fotografien, die sie aus Zeitungen herausgeschnitten und in ein Album gesteckt hatte, so dass sie sicher war, viele dieser Berühmtheiten erkennen zu können, auch wenn sie sie noch nie zuvor leibhaftig erblickt hatte. Sie verbrachte ein gut Teil ihrer Zeit mit Fragen und Gedanken über sie; hatten sie irgendwelche Gefühle?, fragte sie sich. Stritten sich Gatte und Gattin je bei ihnen? Wussten sie, wie viele Dienstboten sie hatten, oder blieb das alles einem Sekretär überlassen? Nannten sie den König Sir oder Sire? Und waren sie alle schrecklich verworfen? Es erregte sie über alle Maßen, zu wissen, dass sie sich augenblicklich in Reichweite von ihnen befand; dass sie einige von ihnen streifen würde, wenn sie nach Schluss der Oper das Haus verließen. Wenn doch nur einer von ihnen ausgleiten und sich den Knöchel verstauchen würde, so dass sich John beruflich hinzudrängen könnte – »Gestatten Sie, Lady Warwick, ich bin Arzt« –, und dann würde ein paar Wochen später eine Einladung auf Papier mit einer goldenen erhabenen Krone kommen: »Sehr verehrte Mrs Spedding, es wäre mir ein großes Vergnügen, wenn Sie und Ihr Herr Gemahl das nächste Wochenende mit uns auf Schloss Warwick verbringen würden.« So tummelten sich Teresas Gedanken, bis sie inne ward, dass das Orchester das Finale spielte und dass in ein paar Augenblicken alle Welt klatschen und das Licht angehen würde.

Die Musik hörte auf, der Beifall brach los, und der Vorhang rauschte prunkvoll nieder. Aber er musste wieder hochgehen, und die Sänger mussten sich zwei-, dreimal verbeugen. »Klatsch nicht, John; klatsch nicht«, flehte Teresa, in Todesängsten, dass die Begeisterung ihres Gatten den abschwellenden Lärm wieder anfachen könnte. Aber wie alles Unglück, nahm auch dieses ein Ende, der Beifall erstarb, der Vorhang blieb endgültig unten, und Covent Garden strahlte plötzlich in Licht auf. Es war wie am ersten Tag der Schöpfung: Es werde Licht, und es ward Licht – dachte Teresa, unterdrückte aber hastig diese Gottlosigkeit. Das ganze Haus geriet in Bewegung; die Menschen erhoben sich von den Sperrsitzen; Unterhaltung rauschte; das Orchester schlich durch die Versenkung davon. Nur der große rote Sammetvorhang hing regungslos. Aber Teresas Augen verschlangen die Logen; sie packte Johns Arm, sie kniff ihn: »Oh, John, schau, da ist Prinzess Patricia in der königlichen Loge, und Lord Chesterfield spricht mit ihr – man sagt, er ist der bestangezogene Mann von London«; aber Teresa hatte keine Zeit, sich bei Lord Chesterfield zu versäumen. Wie ein Kind vor einem Christbaum, fühlte sie sich geblendet von dem Geflimmer und der Mannigfaltigkeit, die sich ihrem Blick bot. Reihe auf Reihe von Logen, dunkle Vierecke, eingeschnitten in eine Wand von Licht. In ihnen, sichtbar bis zur Taille, saßen die Königinnen der Mode und der Schönheit – so wenigstens dachte Teresa, die zwischen rechtmäßigem Inhaber und Parvenü nicht unterschied –, glitzernd in Diademen und »rivières«, schimmernd in Atlas und »décolletés«, ließen sie ihre Arme in den langen weißen Handschuhen auf der samtenen Brüstung ruhen, indes ein Fächer leise wogte und ihre Augen langsam das Haus durchschweiften, um einen Freund, viele Freunde zu suchen und zu finden; und ein wohlerzogenes Minimum an Aufmerksamkeit wurde den Herren gewährt, die mit geziemender Galanterie sich über die Lehnen ihrer Sessel neigten. Das war in Wahrheit die große Welt, wie Teresa sie sich gedacht hatte. Sie bedauerte nur, dass die Männer im gewöhnlichen Gesellschaftsanzug waren; irgendwie hatte sie sich vorgestellt, dass sie alle in Uniform sein würden. Trotzdem, das Schwarz und Weiß war eine gute Folie, und die Damen gaben ihr keinen Anlass zur Klage, so freigebig hatten sie den Inhalt ihrer Safes auf ihre Personen entleert: Vom Kopf bis zur Taille glitzerten sie von Diamanten. Aber es waren nicht so sehr die Diamanten, die Teresa blendeten, denn diese hatte sie durchaus erwartet. Was sie nicht vorausgesehen hatte, war dieses Kommen und Gehen, dieser Wechsel zwischen den Gruppen, diese Zeichen von Vertraulichkeit. So, dass ein junger Mann, der eben noch in der einen Loge zu sehen gewesen war, jetzt in einer anderen auf der gegenüberliegenden Seite des Hauses auftauchte und dort in derselben geziemenden Weise lässig lehnte. Und was sie fast um jede Fassung brachte, war, zu sehen, wie berühmte und bekannte Persönlichkeiten stehen blieben und miteinander plauderten: Lord Curzon mit Mr Balfour am Ende des Ganges, die zusammen über einen Scherz lachten. Jetzt kam ihr ihr Album mit den Fotografien gut zustatten, denn zahlreich waren die Persönlichkeiten, die sie John bezeichnen konnte: »Siehst du, John?«, sagte sie, immer noch seinen Arm drückend, »dort in der dritten Loge links, in der ersten Reihe – das ist Mrs Asquith mit der Herzogin von Rutland –, und in der nächsten Loge, das ist Lady Savile und Sir Ernest Cassel – schau, jetzt sprechen sie mit Mrs Asquith über die Brüstung hinweg – was sagen sie wohl, was glaubst du? – Und dort ist der Marquis de Soveral mit seinem kleinen Knebelbärtchen – und, o John, schau! In der Loge ihnen gegenüber, das ist sicherlich Lady Roehampton? Ja, sie muss es sein; ich habe sie schon früher einmal gesehen, einmal im Park.« – Und Teresas Aufregung erreichte ihren Höhepunkt, als sie die Schönheit durch ihr Opernglas betrachtete und dachte, dass nichts in der Welt herrlicher sein könnte als der Anblick der berühmten Lady Roehampton in der Umrahmung einer Loge im ersten Rang. Was für eine Selbstsicherheit, dachte sie, drückte sich in der Haltung der prachtvollen Schultern aus, die aus Wolken von Tüll aufstiegen! Wie göttlich trug sie den Kopf unter seiner Krone von Diamanten! Wie königlich saß sie da und blickte über das Haus, während ein mattes Lächeln um ihre Lippen spielte! Wie beneidete Teresa sie – so gelassen und matt und königlich, ohne eine Sorge in der Welt! Sogar der unempfindliche John gab zu, dass sie eine schöne Frau sei. Und jetzt betrat ein junger Mann die Loge, ein dunkler, schlanker junger Mann, setzte sich einen Augenblick neben sie und sprach mit ihr, aber sie schien kaum auf ihn zu achten, sondern wandte sich stattdessen einem anderen zu, einem Ausländer offenbar, der hereinkam und sich sehr tief über ihre Hand neigte; und der dunkle, schlanke junge Mann stand auf und ging hinaus.

Nach diesem Augenblick, den er in Sylvias Loge verbracht, gab es für Sebastian nur noch zwei Menschen im Opernhaus: ihn selbst und sie. Er war jäh in einen Sturm der Wut und der Rachsucht geschleudert worden. Er war in der Tat sehr aufgebracht und tief verstört, tiefer verstört, als es, es sei denn durch Intuition, gerechtfertigt war. Sylvia hatte im Grunde sehr wenig gesagt; sie mochte ihn bloß geneckt haben; aber er wusste, dass es nicht so war. Sie war boshaft gewesen, im Ernst, nicht im Scherz. Wie gemein von ihr, dachte er, die Fäuste ballend, diesen Augenblick zu wählen, wo er unmöglich eine Erklärung verlangen konnte! Aber er würde sie schon stellen; er würde Klarheit zwischen ihnen schaffen; er würde darauf bestehen, zu erfahren, was sie beabsichtigt hatte. Er fühlte, dass er sie umbringen würde, wenn es nötig wäre. Er war verzweifelt, als ob alles im Begriff sei, zusammenzubrechen, ohne jegliche Warnung. Eine leidenschaftliche Sehnsucht nach Anquetil erfasste ihn. Anquetil, den er um Sylvias willen zurückgewiesen hatte. Dieser Gedanke an Anquetil fiel ihm als wunderlich auf, hier in Covent Garden. Wo war Anquetil jetzt, in diesem Augenblick? – Nur Sebastians Disziplin und herkömmliche Haltung bewahrten ihn davor, sich vor aller Augen zu verraten, aber als er die Treppen hinunterstieg, um zurück zu den Sperrsitzen zu gelangen, und hinaufblickte zu Sylvias rosigen Wolken, ahnte niemand etwas von einer Missstimmung. Eine bekannte Erscheinung, sah er ziemlich so aus wie sonst: schlank, reizend, elegant, vielleicht ein wenig abwesend, es sei denn, wenn er einer Frau zulächelte mit einer Eindringlichkeit, die fast unbewusst war. Aber seine Bekannten würden keine geringe Überraschung empfunden haben, wenn sie in seinem Herzen hätten lesen können. Denn ein sehr gemischter Zorn entlud sich in ihm bereits auf die liebreizende Erscheinung gerade ihm zu Häuptern. Er war vergiftet worden – so tobte er in seinem Herzen –, er hatte sich an sie vergeudet, sie hatte ihn zum Narren gehabt, und alle seine Narreteien im letzten Jahr waren ihr zu verdanken; sie hatte ihn in etwas verwandelt, das gar keine Ähnlichkeit mit ihm mehr hatte. Oh, sie mochte ihm jetzt ausweichen; aber sie sollte nur warten, bis er sie unter vier Augen hatte: Er würde sie beschimpfen, er würde ihr sagen, was er wirklich von ihr und ihresgleichen dachte, dann würde er mit ihr brechen, und sie würde ihn niemals wiedersehen. Er würde nach Chevron zurückkehren; er würde einen Aufruf erlassen, um nach Anquetil zu forschen; er würde direkt vor ihrer Nase anderen Frauen den Hof machen. Solche und andere Pläne kreisten in seinem Hirn. Sie hatte ihn schon erniedrigt, nun gut, er würde sich noch mehr erniedrigen. Er wusste, ohne ungebührliche Eitelkeit, dass er jede Frau haben konnte, die er wollte. Sylvia war eifersüchtig, wie er Grund hatte zu wissen; er würde sie alle Qualen der Eifersucht leiden lassen. Er würde sich nichts daraus machen, wenn sie ihm mit gleicher Münze heimzahlte; seine Liebe zu ihr war tot, und nichts als der Wunsch nach Rache war an ihre Stelle getreten.

Er hörte die Glocke draußen im Foyer läuten; alle fuhren zusammen, ärgerlich, in ihrem Geplauder unterbrochen worden zu sein, und über die Aussicht, der Musik noch einmal mehr oder weniger höfliche Aufmerksamkeit schenken zu müssen. Eine große Bewegung entstand, da alle nach ihren Plätzen strebten.

Die Lichter begannen zu verlöschen, gleichsam um Entschuldigung bittend, nicht plötzlich und gebieterisch, sondern so, als wollten sie der Zuhörerschaft reichlich Zeit lassen, um, wenn sie es wünschte, sich wieder in die andere Stimmung zurückzuversetzen. Sebastian war dankbar für die Dunkelheit. Er gesellte sich wieder zum jungen Ambermere. Das letzte Geflüster und Geraschel erstarb; der Dirigent wuchs vor seinem Pult empor, schaute drohend über die Köpfe des Orchesters, schlug zweimal kurz mit seinem Stöckchen auf, und die unerträgliche Süße der Violinen setzte zum Vorspiel für den zweiten Akt ein.

Sebastian war dankbar für die Dunkelheit gewesen; aber er hatte nicht mit der Musik gerechnet, die er anhören musste. Der zweite Akt Tristan ist keine geeignete Kost für einen jungen Mann, der unglücklich verliebt ist.

Im Schatten des ersten Ranges saß Sylvia, entsetzt über das, was sie getan hatte. Sie hatte ganz und gar nicht beabsichtigt, den Bruch mit Sebastian auf diese Weise einzuleiten. Sie hatte sich im Gegenteil dazu entschlossen – nach jenen furchtbaren Stunden, als George sie verlassen hatte –, in die Oper zu gehen, so, als sei nichts geschehen, sich zum Vergessen zu zwingen, Sebastian nicht den leisesten Wink zu geben, dass etwas nicht stimmte, sondern ihn in ihre Loge zu bitten und einen letzten herrlichen Abend mit ihm zu verleben und ihm beim Abschied zu sagen, dass sie ihn in dringender Angelegenheit am nächsten Tage allein sprechen müsse. Bei ihrem Stilgefühl musste diese Vorstellung sie ansprechen. Und sie war zur Oper gefahren mit der echten Prahlerei eines Aristokraten auf dem Wege zum Schafott. Sie hatte beschlossen, wenn irgendjemand überhaupt solch ein Heldenstück vollbringen könnte, sollte sie es sein. Und dann, kaum dass sie Sebastian zu Gesicht bekommen, war sie zusammengebrochen; sie war über ihn hergefallen, mit den ersten besten Worten, die ihr in den Sinn kamen, einfach weil sie selber litt. Er war ihr teuer, zu teuer; sie konnte nur grausam gegen sich selber sein, indem sie grausam gegen ihn war.

Was für eine unbedachte Törin sie gewesen war! Nicht nur

war sie jäh von ihrer eigenen Höhe heruntergestürzt, sondern sie hatte nichts anderes vollbracht, als sich selber einen grausam unerbittlichen Sebastian auf die Fersen zu hetzen. Sollte sie unter Deckung von Musik und Dunkelheit hinausschlüpfen? Nein, dazu war sie zu stolz; sie war nicht umsonst Lady Roehampton. Sie würde es durchkämpfen.

Wenn die Musik sie nur einen Augenblick nachdenken ließe, dachte sie verzweifelt und versuchte, durch die schäumenden Wasser und vernichtenden Riffe ihrer Gedanken hindurchzusteuern. Aber weit davon entfernt, sie nachdenken zu lassen, wuchs und wuchs die Inbrunst der Musik, bis sie zu einem Echo all ihrer verflossenen Freuden mit Sebastian anschwoll und tragisch die Verzweiflung ihres jetzigen Jammers kündete. Würde sie es wagen, ihre Hände gegen ihre Ohren zu pressen, um dieses Krescendo auszusperren, das sich wie eine Woge sammelte, sich kräuselnd höher und höher hinaufbäumte, bis zu dem unerträglichen Augenblick, da sie brechen würde? Würde sie es wagen? Das Licht brannte dunkel – aber trotzdem könnte sie gesehen werden. Der Instinkt, vor der Welt ihre Würde zu wahren, saß ihr im Blut, in den Knochen: Sie mochte leiden, aber sie musste es ertragen.

Er trat ihr in den Weg, als sie die Stufen herunterkam, in ihren kirschroten Mantel gehüllt, herrlich selbst unter dieser farbenprächtigen Menge, die um sie wogte; und trotz seines Grolles gingen ihm einige Verszeilen aus dem »Cyrano« durch den Sinn:

Elle fait de la grâce rien, elle fait
Tenir tout le divin dans un geste quelconque
Et tu ne saurais pas, Vénus, monter en conque
Ni toi, Diane, marcher dans les grands bois fleuris
Comme elle monte en chaise et marche dans Paris!

Doch selbst als er das Zitat bewahrheitet fand, kreidete er es ihr noch als einen Strich zum Nachteil an, dass sie nach der strömenden und leidenschaftlichen Glut des »Tristan« an die gezuckerte Wollust des »Cyrano« gemahnte. Er näherte sich ihr in vollendeter äußerer Haltung – ein junger Mann, der sich anschickt, eine Dame zu ihrem Wagen zu geleiten, alles in tadelloser Ordnung. »Darf ich mich um Ihren Wagen kümmern«, sagte er und war ihr behilflich, ihren Mantel, der ihr von den Schultern glitt, zu halten. »Den Wagen für Lady Roehampton!«, sagte er zu dem Türsteher.

»Eine Minute, Euer Gnaden«, und der Name wurde aufgegriffen und durch die Kette der Bedienten weitergegeben und in die Straße hinausgebrüllt: »Der Wagen für Lady Roehampton! Der Wagen für Lady Roehampton!« Und es entstand ein Strudel in dem kleinen Haufen von Lakaien, als Lady Roehamptons James sich aus der Gruppe löste und in seinem Zylinderhut und seinen hallenden Stulpenstiefeln davonlief, um den Wagen um die Ecke herum zu holen.

Mehr Menschen warteten unter der Säulenhalle auf ihre Wagen; darunter, wenn auch Sylvia und Sebastian es nicht bemerkten, Lord und Lady O. mit ihrer Alice. Lady O. nahm ihre Schleppe zur Seite und machte Alice Zeichen, welche diese nicht im mindesten verstand. Zum ersten Mal in ihrem Leben zollte sie ihrer Mutter und deren Zeichen nur ein Minimum an Aufmerksamkeit. Lady Roehampton und der Herzog waren weit mehr des Anschauens wert! Sie stellten für sie den Extrakt des ganzen Lebens jener großen und glänzenden Welt dar; sie hatten nichts auf Erden zu tun, als zu genießen und dekorativ auszusehen. Wie wundervoll sah Lady Roehampton in dem Geriesel dieses kirschfarbenen Sammets aus! Sie beneidete die beiden aus tiefstem Herzensgrund.

Dann kam James gelaufen, griff an seinen Hut und meldete, dass der Wagen Ihrer Gnaden der übernächste sei. Sylvia trat, ihre Röcke raffend, behutsam hinaus, als die Pferde, stolz die Köpfe werfend, vorfuhren, und James, die Felldecke über dem Arm, sprang vor, um den Schlag zu öffnen. Es war eine warme Nacht, und das Fenster des Coupés war heruntergelassen. Sebastian lehnte sich darüber in das Wageninnere. Er war barhäuptig und außerordentlich bleich.

»Sylvia, ich muss dich sehen.«

»Komm morgen zum Lunch.«

»Nein, heute Nacht.«

»Aber, Sebastian! George …«

»Unsinn, George ist in Newmarket. Ich komme dir nach, in einer Viertelstunde.«

»Der Wagen von Lady Roehampton versperrt den Weg!«, schrie der Türsteher.

»Du wirst nicht hereinkommen«, sagte Sylvia; »ich schicke die Dienerschaft zu Bett.«

»Du vergisst: Ich habe den Schlüssel.«

»Ich werde die Kette vorhängen.«

»Dann läute ich!«

»Der Wagen von Lady Roehampton versperrt den Weg!«

»Wenn du absolut musst – aber um Gottes willen lass dich von niemandem erblicken.«

»Das ist alles, woran du denkst. – Los, James«, sagte er und trat zurück.

Es war ein Genuss, zu sehen, wie James sich auf den Bock zu schwingen verstand, wenn der Wagen schon im Rollen war.

Eine halbe Stunde später öffnete Sebastian sich die Tür zur Halle von Haus Roehampton. Er hörte, wie das Geklapper seines Wagens und der rasche Hufschlag des Pferdes auf dem hölzernen Pflaster von Curzon Street erstarb. Es wurde ihm abwechselnd kalt und heiß, und ein heftiger Schmerz stach unaufhörlich in seinem Kopf. Sylvia trat aus der Bibliothek heraus, als sie ihn leise die Türe schließen hörte, und winkte ihn, einen Finger auf den Lippen, ins Zimmer herein. Ein Feuer brannte und eine Tischlampe unter einem Schirm. Sie standen einander gegenüber und sahen sich an. Sylvia trug noch ihren Kirschenmantel um sich gerafft, ihre Schönheit stieg daraus empor wie ein gemaltes Bild aus seiner Drapierung, aber Sebastian gewahrte mit Genugtuung, dass sie ungewöhnlich nervös war. Sie hatte ein

Papiermesser aufgenommen und schlug damit gegen ihre Nägel. »Bist du ganz von Sinnen, Sebastian, dass du um diese Nachtstunde herkommst?«

»Es ist nicht das erste Mal«, sagte er und sah sie an.

»Bitte, sag, was du zu sagen hast, und gehe dann rasch. Sprich nicht zu laut; ich glaube, die Dienstboten sind alle zu Bett, aber man ist nie sicher. Wie empfindlich und lächerlich du auch bist, kannst du mir immerhin noch ein wenig Rücksicht erweisen. Was hast du? Warum sprichst du nicht?«

Aber Sebastian blieb stumm. Die Worte erstickten, als sie ihm auf die Lippen kamen. Er fühlte so stark, dass Worte ihm nichts nützten. Statt dessen konzentrierte sich sein ganzer Geist auf einen kleinen, belanglosen Gegenstand, so dass es schien, als wäre dieser Gegenstand das einzige Ding, das Wichtigkeit für ihn auf dieser Welt besaß: Ein chinesisches geschnittenes Kristallhäschen, das auf dem Tisch gerade unter der Lampe stand. Die Strahlen fielen darauf und betupften das Kristall mit kleinen Glanzlichtern; die Nase, die Ohren und ein Pfötchen wurden zu kleinen Prismen, auf die Sebastian starrte. Er hatte das Häschen schon tausendmal gesehen; tatsächlich hatte er selber es Sylvia geschenkt; es war ihm so vertraut wie die vielen anderen Dinge, die auf den Tischen umherstanden – die Onyxschalen, die Aschenbecher aus Jade, die Zigarettendosen von Fabergé oder die kleinen, juwelenbesetzten Uhren von Cartier. Von dem Häschen schweiften seine Augen über das übrige Zimmer, dieses Zimmer, in dem er ein ständiger Gast gewesen war und das so vielen anderen Londoner Zimmern glich, in denen er verkehrte: Sehr schön in ihrer Art, aber alle gleich unpersönlich, konventionell, korrekt, mit dem grauen Plüschteppich, den petit point-Sesseln, den Romneys und den Raeburns, dem großen Koromandelschirm, den Mahagonitüren und all den Gegenständen auf den Tischen – meistens Weihnachtsgeschenken, ausgetauscht zwischen sogenannten Freunden, denen in Wirklichkeit nichts aneinander gelegen war, die aber ungefragt der kostspieligen Mode folgten, sich gegenseitig diesen Tand zu schenken, der entweder in Stein geschnitten war, so hart wie ihre eigenen Herzen, oder in Emaille oder Katzengold gefasst, so eitel wie ihre eigenen Beteuerungen. Romola Cheyne brüstete sich damit, wie er sich erinnerte, dass sie eine Weltreise gemacht und Leygon beauftragt hatte, ihr neues Heim für sie einzurichten, und dass sie am Abend ihrer Rückkehr eine Gesellschaft und einen Ball darin gegeben habe. Er entsann sich dessen, wieder auf den unschuldigen Kristallhasen starrend. Er hatte nahezu vergessen, was ihn hierhergeführt hatte; er dachte nur, dass die Leute, die er kannte, den Räumen glichen, in denen sie lebten – nicht gewöhnlich, nicht protzig; nein, eher zurückhaltend und von bewundernswertem Geschmack; aber hart, stereotyp und ausdruckslos.

War nicht seine eigene Liaison mit Sylvia von derselben Art gewesen? Er schaute sie an, wie sie am Kaminfeuer stand und darauf wartete, dass er reden sollte; so wunderschön in ihrem kirschroten Mantel, so wunderbar in Harmonie mit der Erlesenheit ihrer Umgebung. In dieser Beziehung aber missverstand er sie genau so krass wie Lady O.s Alice und Teresa Spedding.

»George ist dahinter gekommen«, sagte sie.

Dann brach sie zusammen und weinte, aufs Sofa sinkend und ihr Gesicht in den Händen vergrabend. Ein einziges Mal in ihrem Leben vergaß sie, an ihr Äußeres zu denken: Ihr Diadem verrutschte, höchst kläglich und grotesk; ihre Tränen tropften auf den Sammet ihres Mantels. Was hätten Lady O.s Alice und Teresa Spedding gesagt, wenn sie sie jetzt hätten sehen können! Sebastian selbst war entsetzt; er hatte sie nicht solcher Verzweiflung für fähig gehalten. Er hatte ihr so oft ihre Oberflächlichkeit vorgeworfen; hatte ihr – grausam genug – gesagt, dass er aus Selbsterhaltungstrieb ihr nie sein ganzes Herz schenken würde. »Du weißt nichts von Liebe«, hatte er gesagt. Es war ein Scherz zwischen ihnen gewesen – wenn auch ein Scherz mit einer bitteren Spitze und er hatte nie bemerkt, wie sinnend sie ihn manchmal betrachtete, nachdem er sie geneckt hatte. Sie hatte nicht gewollt, dass er wissen sollte, wie sehr sie ihn liebte, obgleich sie ihn durch Vorenthaltung dieses Wissens sogar zwang, sie ungerecht zu beurteilen. Sie hatte Angst davor gehabt, er könne sich dadurch als Gefangener fühlen. Jetzt gab es keinen Grund mehr zur Verheimlichung. Sie streckte die Hand aus und tastete nach seinem Kopf; er kniete neben ihr nieder, und sie drückte seinen Kopf an ihre Brust und weinte darüber.

Als sie sich ein wenig gefasst hatte, sprachen sie miteinander. Sebastian sprang auf und ging im Zimmer auf und ab, denn er konnte es nicht ertragen, Sylvia in solchem Verfall zu sehen. »Aber wenn es dir wirklich so nahe geht«, sagte er, »so sage George, er solle sich zum Teufel scheren; lass ihn sich von dir scheiden und komm zu mir; wir werden reisen, wir werden uns auf Chevron vergraben – alles, was du willst. Jetzt, da ich es gesehen habe, werde ich nie wieder an dir zweifeln.« Und er beschwor sie, indem er sagte, Glück sei ein Ding, das man um keinerlei Rücksicht in der Welt von sich stoßen dürfe. Sie schluchzte wieder, sogar als sie über ihn lachen musste: »Sebastian, mein Liebling, was sagst du da? Ich bin eine alte Frau – schlägst du mir vor, mich zu heiraten? Oder sollen wir in offener Sünde miteinander leben? Siehst du nicht, dass eine Heirat zwischen uns ein Unding wäre? Ich könnte mich nie der Lächerlichkeit aussetzen …«

»Dann lebe mit mir zusammen«, sagte er.

Aber sie schüttelte den Kopf: »Sebastian, du bist jung, du bist toll, du kennst die Welt nicht; ich könnte mich nie einem solchen Skandal aussetzen.«

»Ja, aber Sylvia«, sagte er und versuchte, vernünftig zu sein, »du machst mich ganz wirr; einen Augenblick erzählst du mir, dass dein ganzes Leben zu Ende ist, wenn wir einander aufgeben, und im nächsten Augenblick sagst du, dass du dich dem Skandal nicht aussetzen kannst. Ist dir dein Ruf kostbarer als ich? Wir sind doch sicher über gesellschaftliche Fragen erhaben. Das Leben besteht nicht nur aus Geselligkeit. Wenn ich mich keinen Deut um die Welt schere, warum solltest du's?«

»Ich weiß nicht, Sebastian«, sagte sie kläglich. »Ich bin wohl so geschaffen, nehme ich an. Was würde aus uns, wenn ich mit dir zusammen lebte? Jedermann würde uns aus dem Wege gehen, und das könnte ich nicht ertragen. Verachte mich, wenn du nicht anders kannst. Du hast ein großes Teil mehr Mut als ich, und du bist unabhängiger. Erinnere dich, wie böse du mit mir wegen Margarets Verlobung warst. Wenn ich auf dich gehört hätte, hätte ich ihr einen Scheck gegeben und ihr gesagt, sie soll mit Adrian auf und davon gehen. O Gott im Himmel«, schluchzte sie mit einem frischen Tränenausbruch, »sag mir nicht, dass sie den Jungen so geliebt hat wie ich dich.«

Er versuchte abermals, sie zu überreden. Er sagte ihr, sie mache sich selbst zum Opfer eines Systems, das sie und ihresgleichen geschaffen hätten. Ihm schien eine Unstimmigkeit zu bestehen zwischen ihrem Kummer, der offenkundig aufrichtig war, und dem falschen Glauben, der sie zwang, ihn zu leiden. »Die moralische Seite existiert für dich nicht«, sagte er; »existierte sie, so hätte ich, glaube ich, kein Recht, dich zu bedrängen; aber dir liegt nichts an George, dir liegt nur etwas an der Welt. Das ist mir unbegreiflich, Sylvia. Ich wusste immer, dass wir verschieden sind. Nichts könnte uns doch etwas anhaben, solange wir einander hätten.«

»Sebastian, du sprichst wie ein Knabe.«

»Und du – du sprichst wie die zynischste aller Frauen. Du bist nach den Geboten der alten Octavia Hull erzogen worden: Du sollst dich nicht erwischen lassen!«

»Ich bin's, ich gebe es zu; ich schäme mich dessen nicht. Menschen wie wir dürfen nicht erwischt werden. Das schulden wir …«

»Oh, Sylvia, erspare mir diese Phrasen.«

»Aber sie sind wahr. Die Gesellschaft ist darauf gegründet. Wir an der Spitze …«

»Ich habe nie gewusst, dass so viel Solidarität zwischen dir und den alten Weibern besteht«, sagte er sarkastisch.

»Ich habe es auch nicht gewusst – bis es in Frage kam«, antwortete sie. »Du weißt, dass ich nie sehr ängstlich war; nicht überängstlich. Ich habe unbesonnene Dinge getan, wie diesen öffentlichen Maskenzug, der meine Stellung bis zu einem gewissen Grade kompromittierte, aber ich riskierte es, weil ich es gern wollte.«

»Oh, Sylvia!«, sagte er, plötzlich gerührt von ihrer Kindlichkeit.

»Du siehst doch also selber«, fuhr sie zuversichtlicher fort, ermutigt durch seinen weicheren Ton und in dem Gefühl, dass sie endlich etwas zu ihrer Selbstrechtfertigung gefunden habe, »ich bin nicht gerade immer ein Feigling gewesen, nicht wahr? Ich habe doch eine gewisse Unabhängigkeit gezeigt? Ich tat das damals gegen den Wunsch von George. Er verbot es nicht geradezu, aber er sagte, dass es unschicklich wäre, und ich wusste, dass er recht hatte. Ich wusste, eine Menge Leute – Leute, auf die es ankam – würden es missbilligen, aber ich tat es trotzdem. Und ich hatte dafür zu leiden«, fügte sie hinzu, »o ja, ich hatte dafür zu leiden.«

Er schaute sie an, gütig, nicht verächtlich, und dachte, dass für sie nur sehr wenig Unterschied bestand zwischen einer Art zu leiden und einer anderen.

»Du siehst also, Sebastian«, fuhr sie fort, »bis zu einem gewissen Grad bin ich immer bereit gewesen, etwas zu wagen. Aber es kommt ein Punkt, über den kann man einfach nicht hinüber. Es bricht mir das Herz, dich zu verlieren. Ich werde nie wieder die sein, die ich war.« Sie meinte es ernst.

»Aber du wirst noch immer Lady Roehampton sein, und ich glaube, nach Verlauf einiger Jahre werden die Leute das ganze Maskenfest vergessen haben. Soll ich jetzt nicht lieber gehen? Die Dienstboten könnten das Licht in der Halle sehen und herunterkommen, um zu sehen, wer da war. Sie haben uns bis jetzt noch nie betroffen, und es wäre schade, wenn wir gerade noch in der Nacht betroffen würden, da wir uns Lebewohl sagen.«

V
Teresa

Lucy schüttete Miss Wace ihr Herz aus. Sie nahm Waceys Treue und Verschwiegenheit als eine Selbstverständlichkeit hin, teils aus jahrelanger Gewohnheit, teils weil es ihr nie in den Sinn gekommen war, Wacey überhaupt als ein menschliches Wesen zu betrachten, sondern vielmehr als ein Behältnis zur Ablagerung für schlechte Laune, geringfügige Ärgernisse, gelegentliche gute Laune, oder für welche Stimmung immer, in der Lucy gerade sein mochte. Wacey war in der Tat durch und durch vertrauenswürdig. Ihr ganzes Leben ging auf in Chevron und in Lucy, aus snobistischen und gefühlsmäßigen Gründen, und Lucys Vertraulichkeiten ersetzten hinreichend jegliches Baby, das unter anderen Umständen an Waceys Brust hätte zullen können. Wacey hatte wohl ihre Freunde, aber ihnen würde sie wahrscheinlich nicht wiederholen, was Lucy ihr anvertraute. Wahrlich nicht! Sie fand genügend Befriedigung darin, ihren Kopf zu wiegen, ihren Mund zu spitzen und eine allgemeine Miene der Art: Ich-könnte-wenn-ich-nur-wollte, aufzusetzen. Ein innerer Stolz entschädigte sie für jedes äußere Prahlen, auf das sie so verzichtete. Das Pochen an der Tür, das beinahe verstohlene Hereinschleichen von Lucy war Belohnung genug. Sie kam sich dann wie eine alte Kindermuhme vor, zu der ihr Pflegling in Augenblicken der Verzweiflung wieder seine Zuflucht nimmt.

Lucy saß am Schulzimmertisch – das Schulzimmer war seit langem Wacey als ihr eigenes Reich übergeben worden – und wand ihre hübschen kleinen Hände unglücklich über dem dunkelroten, tintenbefleckten Tuch ineinander. »Ich wollte, ich wüsste, was geschehen ist, Wacey« – war ihr Kehrreim. Wacey wusste sehr gut, auf was sie anspielte. »Er lässt nicht mit sich reden, Wacey. Er sieht keinen seiner Freunde. Er kommt hierher und verbringt seine ganze Zeit mit Wickenden und den Leuten vom Gut. Du kennst die neue Kreissäge, die er jetzt neben der Schmiede aufgestellt hat? Also da steht er stundenlang, die Hände in den Taschen, und sieht den Männern zu, wie sie Holz schneiden, als wären es menschliche Wesen, die sie zerschnitten. Das hat Mrs Cheyne letzte Woche gesagt. Er wusste nicht, dass wir ihn beobachten. Dabei scheint er in gewisser Weise ruhiger. Er macht jetzt keine so tollen Sachen mehr – veranstaltet nicht mehr diese tollen Gesellschaften. In gewisser Hinsicht wünschte ich, er täte es. Es schien normal für einen jungen Menschen mit viel Geld. Es bekümmerte mich, aber es bekümmerte mich nicht wirklich, wenn du verstehst, was ich meine. Es bekümmerte mich nur, weil ich fühlte, dass er dabei nicht wirklich glücklich war. Er tat es nicht, weil er es gerne mochte. Ich wollte, er täte es wieder, weil er es gerne mag, ganz einfach«, sagte die arme wirre Lucy.

»Er wird aber nicht«, sagte Miss Wace weise; »nicht jetzt, wo er eine Enttäuschung in der Liebe gehabt hat.«

»Rede keinen solchen Unsinn, Wacey«, sagte Lucy aufgebracht; »was weißt du von Enttäuschungen in der Liebe? Du bildest dir doch nicht ein, dass er sich wirklich etwas aus dieser Kindsräuberin gemacht hat? Gott bewahre mich, er war ein Jahr alt, als ihre Tochter geboren wurde. Ich erinnere mich, dass ich ihn mitgenommen habe, als ich ging, um sie in ihrem Wiegenkörbchen anzusehen.« Aus einer schier übermäßigen und unnötigen Diskretion geriet Lucy durch Vermeidung der Eigennamen in Verwirrung mit den Fürwörtern. Die Verwirrung nahm zu, als sie fortfuhr: »Ihre Mutter und ich – ihre Mutter lag noch zu Bett –, wir pflegten Scherze zu machen über ihre Verheiratung. Ich besinne mich, wir pflegten darüber zu streiten, in welcher Kirche sie getraut werden sollten. Das war – oh, mein Gott!« Lucy seufzte – »im Jahr sechsundachtzig. Wir trugen Turnüren« – und Lucy brach plötzlich erheitert in ein helles Lachen aus. »An was für komische Dinge man sich erinnert! Und um wie viel vernünftiger wir seit jenen Tagen geworden sind! Willst du es glauben, Wacey, einmal da hatte ich ein Paar Ärmel aus regenbogenfarbenem Samt zu einem enganliegenden weißen Atlaskleid von Worth, und ein Mann, der sah, wie ich mich mühsam durch eine enge Haustür durchzuzwängen suchte, rief mir zu: ›O Herzogin, Sie sollten gewiss nur einen Ärmel auf einmal tragen?!‹ Und dann nach dieser Zeit wurden die Ärmel so eng, dass man sein kleines Barett nicht aufsetzen konnte, ohne sich die Taille zu zerreißen. Ist der Gedanke nicht unglaublich, dass wir so etwas im Namen der Mode erduldet haben?«

Dies war die Stimmung, in der Miss Wace Lucy anbetete; sie hätte stundenlang solchen Erinnerungen zuhören können. Sie beschworen eine blendende Vergangenheit herauf, die Miss Wace nur vom Hörensagen kannte, denn sie lag weit vor Miss Waces Anwesenheit auf Chevron; sie bezeichneten eine Zeit, in der sich große Skandale, wie zum Beispiel der Tranby Croft-Skandal, abgespielt hatten, eine Zeit, da der König noch Prinz von Wales war, der modische Zeitvertreib darin bestanden hatte, um den Battersea-Park zu radeln; eine Zeit, da der Vater von Miss Wace noch lebte und sie noch nicht gezwungen gewesen war, hinauszuziehen und ihr Brot zu verdienen. Sie betete Lucy dafür an, dass sie zu jener Zeit nahezu das gleiche Leben geführt hatte, das sie heute noch führte. Neuerdings, hatte Miss Wace beobachtet, neigte die Herzogin viel bereitwilliger zu solchen Erinnerungen aus der Vergangenheit. Es war, als langte sie nach etwas, das entschwunden – das schon Geschichte geworden war.

»Stelle dir nur vor«, sagte Lucy, »Sylvia und ich in Turnüren! Aber wie reizend sie war! Alle alten Herren waren verrückt nach ihr. Und alle jungen ebenso. Wann immer sie in einem Ballsaal erschien, stürzte man sich auf sie.«

»Und auf Sie auch, Herzogin«, sagte Miss Wace gesinnungstreu.

»Nun ja«, sagte Lucy, der dieses »auch« nicht sonderlich behagte. »Wir pflegten freilich ziemlich viel zusammen auszugehen. Und zu denken«, fiel sie zurück, »dass sie zu guter Letzt ihm diesen Streich spielen muss! Was sagst du dazu, Wacey? Was sagst du dazu? Wenn ich an ihn denke in seinem Kindermäntelchen und Margaret, die in ihrer Wiege an einem Schnuller saugte!«

»Ich nenne das einen Freundschaftsbruch«, äußerte Miss Wace.

»Unsinn!«, sagte Lucy, sich gegen sie kehrend. »Wenn eine Frau in ihrem Alter einen jungen Mann in seinem Alter einfangen kann, hat sie alles Recht dazu, es zu tun. Nicht, als ob ich Lust zu so etwas hätte; mir käme es unwürdig vor. Aber diese Frauen, die ihr ganzes Leben lang Schönheiten gewesen sind – die haben ein zähes Leben, weißt du, Wacey. Sie können nicht widerstehen. Sie erinnern sich ihrer alten Triumphe. Aber vorläufig wissen wir nicht, was wirklich geschehen ist, Wacey, nicht wahr? Wir wissen nur, dass sie einander nicht mehr sehen und dass sie nach Norfolk gegangen ist und dass er auf einem völlig toten Punkt angelangt zu sein scheint. Und jetzt höre ich, dass Lord Roehampton sich zum Gouverneur in irgendeiner Provinz in Australien hat ernennen lassen – oder vielleicht ist es auch Afrika – und dass sie unmittelbar nach der Hochzeit ihrer Tochter abreisen.«

»Einen Augenblick – Lady Margaret wird mit Lord Wexford in der ersten Novemberwoche getraut, glaube ich«, murmelte Miss Wace voll Genuss, »in der St.-George-Kirche, Hannover Square: Und das erinnert mich«, fügte sie sachlich hinzu, und ihre Stimme klang wie ein Notizbuch, »Viola muss am nächsten Donnerstag ihr Brautjungferkleid anprobieren.«

»Dann begleitest du sie am besten, Wacey; ich weiß, du tust so was gern. Kinderzeugen und dergleichen. Eine Hochzeit ist nichts wie eine Entschuldigung, um sich unter achtbarer Verkleidung in Unanständigkeiten zu ergehen. Oh, du brauchst nicht auf deine Nase hinunterzuschauen. Du weißt recht gut, dass du gern eine Kinderstube voll Kindern von Sebastian auf Chevron erleben möchtest. Du weißt, dass du, wenn du zu Sebastians Trauung in die Kapelle kommen wirst, die ganze Zeit an die Kinderstube denken wirst.«

Miss Wace schätzte solche Bemerkungen nicht, aber Lucys Diagnose war trotzdem richtig. Die Vorempfindung von Sebastians Heirat und ihrer Folgen war ein unveränderlicher Faktor in den Gedankengründen der gesamten weiblichen Bevölkerung von Chevron. Miss Wace, Mrs Wickenden, die Hausmädchen, die Küchenmädchen, die Wäschermädchen und die Frauen der männlichen Bedienten, alle sahen sie heimlich und lüstern dem Tag entgegen, da Seiner Gnaden Verlobung verkündet werden würde. Die wesentliche Geheimhaltung ihrer Vorempfindungen hielt sie nicht von offener Erörterung zurück. Aber ihre Erörterungen beruhten auf andern als den wirklichen Gründen. Sie nahmen die warnende Form eines altruistischen Interesses an Sebastians Wohlergehen an. Miss Wace hielt sich ihnen natürlich fern, aber ihren eigenen Freunden gestand sie ihre Befürchtung, dass Sebastian ein eingefleischter Junggeselle werden könnte. Mrs Wickenden nahm natürlich Zuflucht zu dem mitfühlenden Ohr ihrer Schwägerin. Die Hausmädchen, Küchenmädchen und Wäschermädchen schwatzten unter sich, ohne sich bewusst zu sein, dass eine jede von ihnen sich an die Stelle der Braut von Seiner Gnaden versetzte, dass sie die Ausstattung durchwühlte, als wäre es ihre eigene, vor dem Altar in der Kapelle mit den weißen Lilien in den großen goldenen Kübeln stand, sich selbst in einem Erster-Klasse-Abteil allein mit Sebastian »en route« nach Spanien oder Ägypten sah, die berauschende Befremdlichkeit der ersten Nacht im Pariser Ritzhotel durchlebte. Jedes der Hausmädchen, der Küchenmädchen und der Wäschermädchen wäre ehrlich und gehörig empört über eine Andeutung in dieser Richtung gewesen. Alle ihre Phantasiegebilde kreisten nur um eine junge schöne Dame, die, unschuldig und wohlerzogen, scheu dem Drängen Seiner Gnaden nachgab und sich selig und unentrinnbar in die Folgen des von ihr gemurmelten »Ja!« schickte; denn so groß war ihre Unwissenheit und Bescheidenheit, dass sie damit zufrieden waren, ihre eigenen Träume durch das Medium einer anderen auszukosten. Ihre einfältigen Gemüter verweilten nur bei der Ehe. Wacey und Mrs Wickenden waren sicher besser beraten und zogen einen gefährlichen, aber angenehmen Kitzel aus ihrer Kenntnis von Sebastians Liebschaft mit Lady Roehampton; sie genossen ihre Überlegenheit, eingeweiht wie sie waren in die Vorkommnisse der großen Welt. Nichtsdestoweniger teilten sie die schlichten Begierden der untergeordneteren Schar, die Begierde nach Romantik, der weiblichen Erfüllung einer Hochzeit, den feudalen Wunsch nach einem Erben – und ihre primitive Gefühlsseligkeit noch einen Grad weitertreibend, würden sie bereitwillig bei Sebastians Beerdigung geweint und einem Säugling in der Wiege als neuem Herrn von Chevron gehuldigt haben. Sebastian selber, sich des Aufruhrs in dem Ameisenhaufen von Chevron nicht bewusst, ging seinen eigenen Weg und versäumte es, die Wunschträume seiner Mutter und seiner Untergebenen zu erfüllen.

Er hatte eine unselige Erfahrung gemacht; er begehrte keine Zweite. (Aber Löwen liegen auf der Lauer hinter jeder Biegung unseres Pfads.) Er war nicht zerbrochen durch Sylvias Verlust, aber er war unglücklich dadurch gemacht und missgestimmt. Was ihn am meisten quälte, war, zu wissen, dass Sylvia irgendwo in der Welt sich befand, viel härter getroffen als er selber. Sooft er nach Chevron kommen konnte, genoss er Stunden völliger Vergessenheit. Seine Mutter sorgte sich unnötig: Wenn er bei seiner neuen Sägemühle zusah, dachte er einzig, wie sauber die Kreissäge das Holz, die Knorren und alles durchschnitt; er dachte nicht an Sylvia, die er im Geiste niemals in Verbindung mit Sägemühlen oder ähnlichen Dingen gebracht hatte. Chevron und Sylvia waren immer völlig getrennt bei ihm gehalten worden. Nur wenn er in London war, kehrte der unbehagliche Gedanke an Sylvia wieder: Er fühlte immer die Nähe von Curzon Street, auch wenn er wusste, dass die Rouleaus im Haus Roehampton heruntergelassen waren – heruntergelassen, wie bei einem Todesfall. Arme Sylvia!, wie musste sie ihre gezwungene

Zurückgezogenheit in Norfolk hassen! Wie unerträglich würde George verbauern! Er fragte sich, was Sylvia wohl den ganzen Tag über täte. Sylvias Freunde fragten sich das auch und versuchten, Sebastian auszuhorchen, aber einzig Mrs Cheyne wagte es, ihn geradezu zu stellen. Mrs Cheyne war eine Frau von starker Individualität und herzhaftem Mut. Sebastian bewunderte und achtete sie, und sie ihrerseits hegte ein beinahe mütterliches Interesse für den jungen Mann, ein Interesse, das nicht durch die Tatsache vermindert wurde, dass er reich, hübsch, unbefriedigt, ein Herzog und der Besitzer von Chevron war. Sie verstanden einander ganz vorzüglich. Mrs Cheyne schien ihm eine der wenigen Frauen aus seiner Bekanntschaft zu sein, die eine wirkliche Großzügigkeit im Charakter besaß; eine Frau, die mit einer gewissen Großartigkeit irrte und strebte. Sie trug überall die Eigenschaft des Superlativs hinein. Wenn sie mondän war, war sie es in gewaltigem Maßstab. Wenn sie geschäftstüchtig war, forderte sie die größten Vermögen zum Vergleich heraus. Wenn sie liebte, geschah es in den höchsten Kreisen. Wenn sie ehrgeizig war, galt es der größten Machtfülle. Wenn sie litt, würde es auf der Ebene der Tragödie sein. Bei aller Härte, allem Materialismus war Romola Cheyne keine gewöhnliche Seele.

Sie hatte immerhin eine Schwäche: Sie konnte nicht dulden, dass irgendjemand besser unterrichtet war als sie selber. Ob es sich nun um Politik, Finanz- oder nur um die Privatangelegenheiten ihrer Freunde handelte, das letzte Wort, die eventuelle Enthüllungsbombe musste von ihr und niemand anderem ausgehen. Im Allgemeinen gab sie richtigen Nachrichten den Vorzug; und wenn sie auch durchaus bereit war, zu erfinden, wo sie nicht feststellen konnte, machte sie doch stets erst einen Angriff auf den zuverlässigsten Hauptquell des Wissens. Wenn sie also genau wissen wollte, was zwischen Sylvia und Sebastian vorgefallen war, so fragte sie eben Sylvia oder Sebastian; und da Sylvia nicht erreichbar war, war es Sebastian, auf den sich ihr Angriff eines Abends richtete, als er sie in ihrem eigenen Hause zu Tisch führte. »Jetzt erzählen Sie mir, Sebastian«, fing sie sofort an, »was soll das heißen, dass Sylvia mitten in der Saison aufs Land geht? Sie sagte mir, sie brauche eine Ausspannung, aber das ist ganz offenbar Unsinn; sie hat, solange ich sie kenne, in ihrem Leben nie besser ausgesehen. Sylvia würde sich nie auf diese Weise mit diesem alten George einsperren, wenn sie nicht einen guten Grund dazu hätte. Was soll das alles?«

Sebastian würde jedem anderen dieses Ausfragen übel genommen haben, aber Mrs Cheyne hatte etwas in ihrer Persönlichkeit, das die Leute veranlasste, ihre Fragen nicht nur zu dulden, sondern sogar zu beantworten. Außerdem hatte man, wenn man sie ins Vertrauen zog, mehr Aussicht, ihre Verschwiegenheit zu erkaufen, als wenn sie, auf Widerstand stoßend, zu ihrer eigenen Phantasie greifen musste. Sie war zudem eine Frau von großer Erfahrung, die nur wenige Worte der Erklärung brauchte.

»Nun denn«, sagte Sebastian, sein Brot zerbröckelnd, »George ist dahintergekommen und wurde unangenehm.« Es war ihm eine Erleichterung, das auszusprechen. Nach diesen sechs Worten wusste er, dass Mrs Cheyne ihn nicht weiter bedrängen würde. Es waren sechs Worte mehr, als er zu irgend jemandem sonst gesprochen hatte, aber Mrs Cheyne war eine Frau, die einen Umriss von sechs Worten selbst mit allen Einzelheiten auszufüllen vermochte.

»Das ist es also«, sagte Mrs Cheyne, aber wenn sie auch schroff abbrach, so fühlte Sebastian doch, dass ihre Schroffheit weder Mangel an Güte noch an Sympathie war.

Er schöpfte einen seltsamen Trost und Rückhalt aus dieser kurzen Zwiesprache mit Mrs Cheyne. Das Band zwischen ihnen hatte sich um fünfzig Prozent verstärkt – ein rein platonisches Band zwischen einer Frau in mittleren Jahren, die eine schwierige Stellung zu behaupten hatte, und einem jungen Mann, dessen Probleme einzig durch sein eigenes Temperament geschaffen wurden. Dennoch, dachte Sebastian, als er in dieser Nacht ihr Haus verließ, hatte sie ihm keine Lösung eingegeben. Er war noch immer in der Lage, sich selbst den Weg zum Heil suchen zu müssen. Vielleicht gab es keine Lösung. Vielleicht war er wirklich von Anfang an zu diesem unbefriedigenden, suchenden Ersatzleben verdammt worden. Er fragte sich, was aus Anquetil geworden sei. Anquetil, dieser Fremdling, hatte eine ganze Menge beunruhigender Wahrheiten gesprochen.

Außerdem war Sebastian gerade damals, in jenem Herbst des Jahres neunzehnhundertundsechs, noch aus anderen als persönlichen Gründen unglücklich. Vielleicht hatte die übermäßige Heiterkeit dieses Sommers nicht zu ihm gestimmt. Er hatte Sylvia oft beneidet, die freimütig zu genießen vermochte und in ihrer so gar nicht analytischen Weise voraussetzte, dass auch er freimütig genösse, trotz ihrer gelegentlichen Besorgnisse um seine Verdrossenheit, die sie ganz unfähig war zu verstehen. So konnte sie sich auf alles Neue mit einem unkritischen Geist stürzen, der für Sebastian eine Quelle des Neides, vermischt mit Widerwillen, war. Jede Augenblickstorheit strömte in ihr Leben wie die Wogen einer Flut und füllte ihre seichten Buchten. Er entsann sich ihrer zahlreichen Enthusiasmen: Ihres Enthusiasmus über den jüngsten amerikanischen Millionär: »Aber Liebling, du weißt die Frische seines Geistes nicht zu schätzen, wir alle kommen ihm wie ein Haufen alter Wachsfiguren vor; er hat es selbst zu mir gesagt; so eine lustige Vorstellung, finde ich. Und er mag unsere Bilder und Häuser so sehr; er will Eadred Templecombes »Roten Knaben«, den Sir Joshua, kaufen, weißt du; und als er das letzte Mal nach Wymondham kam, wollte er das ganze Haus kaufen und es Stein für Stein nach Amerika transportieren.« Ihr Enthusiasmus für das öffentliche Maskenfest, ihr Enthusiasmus für den Boston und die jugendliche Energie, mit der sie jeden Nachmittag zum Tanzunterricht zu d'Egville gegangen war, um ihn zu lernen. Er hatte über sie gestaunt, selbst wenn er vorgab, gleicher Meinung zu sein. Aber unter der Oberfläche hatte alles an ihm gezehrt: Diese amerikanische Invasion, diese radikale Regierung, die so unerwartet bei den letzten Wahlen wieder ans Ruder gekommen war, dieses viel besprochene Arbeitergesetz, die Zeichnungen von John Bull, der über eine Mauer auf einen Stier mit einem Zettel: »Arbeiterpartei«, blickt, diese neue Tollheit, die sich unter den Leuten seiner Bekanntschaft breitmachte, alles in die Öffentlichkeit zu tragen, die Fieberhaftigkeit überall, diese Verderbtheit der Gesellschaft, diese Neigung des jungen Wickenden, auszubrechen – was wollte das alles heißen? Wollte es heißen, dass sie alle einem Zusammenbruch entgegeneilten? Und würde der Zusammenbruch, wenn er kam, aufbauend oder niederreißend wirken? Aber weil solche Betrachtungen unstatthaft waren, hatte er sie Sylvia niemals aufgedrängt; er hatte sie niemandem je aufgedrängt, er hatte sie für sich behalten, und sie hatten in ihm geschwärt.

Zeitweise war er von der Nutzlosigkeit seines Lebens übermannt. Liebeleien waren kaum ein entsprechendes Ventil für die Energie von einundzwanzig Jahren. Als er einmal unvorsichtigerweise etwas in dieser Art zu seiner Mutter sagte, schaute sie ihn ganz verdutzt an und fragte, was in aller Welt er meinte. »Ich bin sicher, du tust alles, was man von dir erwarten kann, Liebling. Du verwaltest das Gut, und dann denke doch an all die Zeit, die du in diesen ermüdenden Kasernen verbringst! Erst neulich hörte ich, wie Margot dich aufforderte, mit ihr nach Cannes zu gehen, und du sagtest, du könntest nicht, weil du in Windsor sein müsstest. Ich war ganz ärgerlich, weil ich wusste, wie gut du dich mit Margot in Cannes amüsieren würdest. Wirklich, ich weiß nicht, warum du dir Vorwürfe machen solltest.« Aber er fuhr fort, sich Vorwürfe zu machen. Jedes Mal, wenn er an den zwei Schilderhäuschen in Whitehall vorüberkam und die beiden Posten, regungslos auf ihren regungslosen Pferden sitzend, den dumm bewundernden Blicken der Vorübergehenden ausgesetzt sah, hasste er sich selber wegen der Autorität, die er auf diese Männer ausüben konnte. Jedes Mal, wenn er einem Detachement seines Regimentes begegnete, in ihren roten Mänteln, die prächtig über die Hinterhand ihrer Pferde gespreitet waren, durch den Nebel Londons die St. James's Street hinunterreitend, empörte er sich gegen die Verbindung, die ihn mit solcher malerischen Narretei verkettete. Er liebte sie und hasste sich für diese Liebe. Er liebte sich für diesen Hass und hasste sich, weil er sich unterwarf. Er konnte es nicht ertragen, seine eigene Fotografie in Uniform, mit den hohen schwarzen Stiefeln und den riesigen weißen Stulpenhandschuhen, anzusehen. Als indessen Wacey, auf Geheiß seiner Mutter, sich mit sechs Abzügen seines Bildes bei ihm einfand, die er für Mrs Wickenden, Mrs Vigeon, Mrs Diggs, Mrs Holder, die andere Mrs Wickenden und für Wacey selber mit seiner Unterschrift versehen sollte, setzte er sich dennoch gehorsam nieder und unterschrieb sie alle mit einem geziemenden Schnörkel.

Das war anlässlich seiner Mündigkeitserklärung. Seine Großmutter und alle seine Onkel mit ihren Frauen versammelten sich auf Chevron. Sebastian mochte seine Großmutter gern. Er besaß genügend Unterscheidungsgabe, um in ihr eine Wirklichkeit zu ehren, von der seine Mutter und ihre Freunde bei größter Anstrengung nur eine schwache Nachahmung zustande brachten. Seine Mutter und ihre Freunde mochten unterhaltsamer, moderner sein; sie waren sicher flotter, eleganter: Aber die Herzogin-Mutter hatte eine gediegene Sicherheit an sich, die einer zuverlässigeren Zeit angehörte. Ihren Äußerungen fehlte jene etwas raue Note des Trotzes. Sie protestierte nicht, sie ignorierte nur. Nichts Unangenehmes hatte je ihren Seelenfrieden getrübt, da sie es einfach nicht bemerkte. Darwin und die Arbeiterpartei waren gleicherweise unbemerkt unter dem Bollwerk ihrer mächtigen Nase vorbeigezogen: der eine achtzehnhunderteinundsiebzig, die andere neunzehnhundertundsechs. Sie wurde es nicht gewahr, dass die Amerikaner im Begriffe standen, Europa weit rascher zu entdecken, als die Europäer Amerika entdeckt hatten. Das einzige Ereignis, von dem bekannt war, dass es jemals ihre Empörung hervorgerufen hatte, war die Erbschaftssteuer, die von Sir William Harcourt in dem radikalen Budget von achtzehnhundertvierundneunzig eingeführt worden war. Sie war gezwungen worden, Kenntnis davon zu nehmen; denn ihr Sohn, Sebastians Vater, war im Jahre neunzehnhundert im Südafrikanischen Krieg gefallen, als Sebastian vierzehn Jahre alt war, und sie hatte in der Morning Post gelesen, dass die für die Besitztümer von Chevron zu zahlende Steuer dem Finanzamt einhunderttausend Pfund eintragen würde. Bei dieser Gelegenheit war die Herzogin-Mutter jäh und erschreckt aus ihrem Trancezustand emporgetaucht, hatte nach ihrem Sachwalter geschickt und ihm einen Protest einlegenden Brief an den Finanzminister diktiert. Es war ein würdiger Protest, aber immerhin ein Protest. Er legte das Trügerische dar, das in der Aussaugung des Großgrundbesitzes läge, und wies auf das Wachsen der Arbeitslosigkeit hin, das notgedrungen sich als Folge einer solchen Besteuerung ergeben werde. Er lenkte die Aufmerksamkeit auf die Zahl der Rentenempfänger, die von Chevron unterstützt wurden. Er deutete an, dass diese Renten in Zukunft aufhören, herabgesetzt oder sogar der Regierung zur Last gelegt werden könnten. Er wies auf die Notwendigkeit hin, das gute Einvernehmen zwischen Gutsbesitzern, wie es die Herren auf Chevron waren, und ihren Leuten zu erhalten. Er ließ durchblicken, dass jede Lockerung dieses guten Einvernehmens von den katastrophalsten Folgen begleitet werden könnte.

Die Herzogin-Mutter war mit ihrem Werk zufrieden. Sie sandte nach ihren andern noch lebenden Söhnen, Lord Geoffrey, Lord John und Lord Richard, und befahl ihrem Sachwalter, ihnen den Brief laut vorzulesen. Der Sachwalter, der unter vier Augen mit der Herzogin-Mutter der demütigste und kriecherischste aller Sterblichen war, gewann einen gewissen Grad von männlichem Selbstgefühl wieder, als er diesen drei männlichen Vertretern des Hauses Chevron gegenübergestellt wurde. Er war ungewiss, wie sie seine Mitwirkung bei dieser Briefangelegenheit beurteilen würden; sie mochten sogar der Ansicht sein, dass es nicht seine Sache gewesen wäre, ihn zu schreiben. Aber er war ein armer Mann, hatte drei Kinder zu ernähren, und man konnte nicht von ihm erwarten, dass er den Wünschen der Herzogin-Mutter entgegentrat. So stellte er es sich selber dar und hoffte, Lord Geoffrey, Lord John und Lord Richard würden Verständnis für seine Lage haben. Wenn es der Herzogin-Mutter gefiel, einen Narren aus sich zu machen, war das nicht seine Sache; er war dazu da, um zu tun, was man ihm sagte. Zu seiner Überraschung, und auch zu seiner Erleichterung, erörterten weder Lord Geoffrey noch Lord John noch Lord Richard überhaupt die Frage seiner Mitwirkung. Im Gegenteil, sie billigten die Handlung ihrer Mutter vollkommen. Sie begrüßten sie als höchst zeitgemäß und angebracht. Sie ließen sich bei ihr häuslich nieder, um auf eine befriedigende Antwort zu warten. Wie sie, brachen sie in spontane Empörung aus, als eine formelle Empfangsbestätigung vom Finanzamt eintraf mit der Mitteilung, dass Ihrer Gnaden Schreiben eingegangen wäre und nunmehr an die zuständige Stelle weitergeleitet werden würde. Wie sie, schöpften sie neuen Optimismus. Wie sie, führten sie die Abfassung einer alljährlichen Beschwerdeschrift ein, nachdem eine höfliche Zuschrift des Finanzamtes eingegangen war, die besagte, dass der Minister Ihrer Gnaden Besorgnisse sehr wohl verstehe, aber sehr bedauere, keine Ausnahmen für individuelle Fälle machen zu können.

Die Herzogin-Mutter erholte sich niemals ganz von dieser schmählichen Kränkung. Sie hatte indessen eine entscheidende Wirkung auf sie: Sie veranlasste sie, Sebastian unter ihre Obhut zu nehmen. Sie beharrte dabei, ihn von da ab stets als ein Opfer von Misshandlungen zu betrachten. Umsonst erklärte ihr Lucy, dass Sebastian – besonders nach einer lange währenden Minderjährigkeit – ein mehr als angemessenes Einkommen haben würde; die Herzogin-Mutter fuhr fort, ihr schneeweißes Haupt zu schütteln und Lucy mit der Versicherung zu trösten, dass nach ihrem Tode ihre Witwenapanage von fünftausend Pfund im Jahr an Sebastian zurückfallen würde, um sein Budget aufzufüllen. »Wir unnützen alten Frauen«, konnte sie reuevoll sagen. An Sebastians Geburtstag und am Anfang jedes neuen Schulsemesters sandte sie ihm ein Pfund in Gold in einer Pillenschachtel; und das Pfund war jedes Mal von zwei getrennten Schreiben begleitet: Das eine, an Sebastian, besagte, da sie selbst vier Söhne gehabt habe, wisse sie, wie gerne Schuljungen ein Taschengeld hätten; das andere, an Lucy, besagte, sie schicke nicht mehr, denn es wäre nicht gut für Jungen, zuviel Taschengeld zu haben, aber sie könne den Gedanken nicht ertragen, dass der arme Sebastian zu kurz käme. »Er muss in der Lage sein«, schrieb sie, »unter seinen Schulkameraden seine Stellung wahren zu können.«

Sebastian also liebte und schätzte seine Großmutter und lud sie nie zu den Ausflüssen seiner Launen oder Missstimmungen ein. Sein Benehmen ihr gegenüber war immer voll Rücksicht und Ritterlichkeit. Lucy spöttelte und nannte es seine »Kleine-Lord-Fauntleroy-Manier«; aber Sebastian lächelte nur und blieb unberührt. Die Dienstboten sagten, es sei hübsch, sie miteinander zu sehen. Sebastians Arm war in der Tat der einzige Arm, den die Herzogin-Mutter bei ihrem alljährlichen Rundgang durch den Garten annehmen wollte. Sie blieb dann häufig stehen, weil sie außer Atem war und es nicht wahrhaben wollte, so krächzte sie denn kritisch über irgendeine Anordnung in den Blumenrabatten, die ihr nicht gefiel. »Diggs' Geschmack hat nie über Begonien hinausgereicht«, raunzte sie und wies mit ihrem Stock mit der Gummizwinge auf eine Zusammenstellung von Tulpen und Vergissmeinnicht hin; aber Sebastian, als geduldiger Begleiter, wusste, dass sie an Diggs' Vater dachte und nicht an den jetzigen Diggs. Er machte sie nie darauf aufmerksam. Er ermunterte seine Großmutter gern in ihren Erinnerungen, die fünfzig Jahre zurücklagen, als sie mit einem früheren Diggs wegen der Begonien gescholten hatte. Lucy beobachtete ihn und sagte dann zu Wacey, wie wunderlich er wäre. »So süß wie Honig mit der alten Frau und so störrisch wie zwei Stöcke mit uns andern allen.« Wacey wiegte ihren Kopf und meinte, mit der heutigen Generation sei nicht zu rechnen.

Einzig die Anwesenheit seiner Großmutter versöhnte Sebastian mit seiner Volljährigkeitserklärung. Er liebte ihre Urwüchsigkeit, ihren Widerspruch, ihre Schranken. Sie war eine raue, offenherzige alte Frau, die sagte, was sie meinte, und meinte, was sie sagte, und die in Meinung und Betragen keine Ziererei oder beschönigenden Höflichkeiten kannte. Sie sagte ganz offen, dass sie die Abschaffung der Sklaverei bedauerte. Es ärgerte sie zu wissen, dass ein aufsässiger Dienstbote kündigen konnte. Ihre persönlichen Gewohnheiten waren ebenfalls primitiv, und dank ihrer Stellung forderte sie gleiches Recht für sie: Wenn sie spucken wollte, spuckte sie; und da sie grausam an einem Hautreiz litt, kratzte sie ihren Rücken ganz ungeniert mit einer Elfenbeinhand am Ende eines langen Stabes, den sie nach dem Abendessen in den Ausschnitt ihrer Taille tauchte. Oder auch rieb sie am Tage ihre Schultern an ihrer Stuhllehne und vollführte beides mit gleicher Gemütsruhe und Inbrunst. Eine kleine ordinäre Ader in Sebastians Natur war entzückt über dieses Sichgehenlassen und über die Verlegenheit, in die es seine Mutter versetzte. »Wirklich, Sebastian – sie vergöttert dich –, könntest du ihr nicht andeuten …« »Aber ich will ihr gar nichts andeuten, Mutter; siehst du nicht, dass sie im achtzehnten Jahrhundert lebt?« »Nein, das sehe ich nicht«, sagte Lucy herb, »ich sehe nur, dass sie äußerst unangenehm ist, und ich bin froh, dass ich niemanden außer der Familie mit ihr zusammen eingeladen habe.«

Sebastian sprach mit seiner Großmutter über seine Nöte. Er wusste, dass sie nicht mit ihm fühlen würde, aber er wusste auch, dass ihr Mangel an Mitgefühl aus tieferen Gründen als bei seiner Mutter und seinen Freunden kommen würde. Was, zum Beispiel, hätte es für einen Sinn, mit Ambermere zu reden, der in der gleichen Lage war wie er, der aber keine andere Besorgnis kannte als die, sein Leben so gut und bequem wie möglich einzurichten. Was hatte es für einen Sinn, selbst mit Mrs Cheyne zu reden, die einfach zu ihm sagen würde, er solle nicht so töricht sein? Seine Großmutter würde ihn nicht mit so oberflächlichen Ausflüchten abfertigen; sie würde ihm eins mit der Keule auf den Kopf geben. Das gerade war es, was Sebastian wollte; er wollte vor den Kopf geschlagen werden. Aber er wollte durch eine echte, nicht mehr zeitgemäße Überzeugung vor den Kopf geschlagen werden, und nicht durch eine Halbüberzeugung, die man verzweifelt, wie einen bedrohten Unterschlupf, durch Untermauerung zu stützen sucht. Er wollte, vor den Kopf geschlagen, auf dem letzten Mauerrest liegenbleiben und hoffte, dass er sterben würde, ehe er wieder genügend zu sich gekommen, um das Wanken der Grundfesten zu spüren. Seine Großmutter, um ihr gerecht zu werden, versetzte ihm die schwersten Schläge, die in ihren Kräften standen. »Quatsch!«, sagte sie, als er geendet hatte. »In meinem ganzen Leben habe ich nicht solchen Quatsch gehört. Zu meiner Zeit redeten junge Männer nicht solches Zeug. Junge Männer waren zu meiner Zeit Männer. Sie gingen auf die Jagd und tranken und machten den Hof, und sie sorgten sich nicht darum, ihre Pflicht zu tun. Sie waren nicht so bedächtig.« Sie kratzte sich den Rücken mit der Elfenbeinhand. »Sei du nicht so zimperlich, mein Junge. Wenn du zu gewissen Rechten geboren bist, nimm sie dir und sei dankbar dafür. Nicht, als ob ich deine Mutter und ihre Richtung billigte. König hin, König her, ich mag diese Juden nicht; ich habe heute eine Menge ihrer widerlichen Namen gesehen, als ich das Gästebuch durchblätterte. Sie hätte das Buch weglegen sollen, ehe ich kam, wenn sie nicht wollte, dass ich dahinterkomme. Sie sind keine geeignete Gesellschaft für sie oder für dich. Ich glaube fast, sie haben dir Ideen in den Kopf gesetzt – vielleicht wollen sie Geschäfte mit dir machen? Ein Name wie der deinige würde ihr Glück sein. Hör du nicht darauf. Und hab du keine Ideen. Ideen werfen alles um. Die Dinge stehen selbst heute noch ganz gut und angenehm. Lass sie in Ruhe. Hab du keine Ideen.«

»Die Dinge stehen gut für uns, Großmutter.«

»Gott segne dich! Worauf kommt es denn sonst noch an? Wir regieren doch das Land, nicht? Leute, die regieren, verdienen ihre Privilegien. Was würde aus dem Land werden, möchte ich wissen, wenn die Leute an der Spitze sich keiner Muße erfreuten? Was würde aus den Schneidern, wenn deine Mutter keine hübschen Kleider mehr brauchte? Abgesehen davon, liebt das Land dergleichen. Täusche dich nicht darüber. Die Menschen müssen etwas haben, zu dem sie aufschauen. Das ist gut für sie, das gibt ihnen ein Ideal. Sie sehen es nicht gerne, wenn ein Gentleman sich selbst herabsetzt.«

Nun – dachte Sebastian –, das ist ehrlich! Keine Schwäche! Er liebte seine Großmutter, weil sie für keine Zugeständnisse zu haben war. Er wusste jetzt, was ihm so unbehaglich in Gesellschaft seiner Mutter und ihrer Freunde war. Sie klammerten sich mit einer Art fieberhaften Hartnäckigkeit an etwas, an das sie nicht mehr so recht glaubten. Der Unterschied zwischen ihnen und der Herzogin-Mutter war, dass die Herzogin-Mutter keinen Riss in ihrem Kredo zuließ. Auch sie ließen keinen zu, doch waren sie sich bewusst, dass grobe, raue Stimmen im Hintergrund grollten. Darum versuchten sie ihre Unsicherheit durch Glanz zu verkleiden. Verglichen mit diesem soliden alten Bauwerk waren sie ein ganz klein wenig gewöhnlich. Sie war trotz all ihrem Spucken und Kratzen weniger gewöhnlich als jene.

Lucy bekannte offen ihre Erleichterung, als die ganze Verwandtschaft abreiste. Sie sank auf ein Sofa nieder, fächelte sich und sagte: »Uff!« Sie sagte, sie hätte keinen weiteren Tag ertragen können mit Geoffreys Anekdoten oder mit dem Gelästre und Gebelfere ihrer Schwiegermutter oder mit Lady Johns Häkelhaken. »Gottlob«, sagte sie, »dass sie nie wieder bis zu Sebastians Hochzeit alle auf einmal eingeladen werden müssen.« »Oder zu Violas Hochzeit«, sagte Sebastian und zerrte Sarah an den Ohren. Lucy erwiderte in einem Anfall von Niedergeschlagenheit, sie denke manchmal, dass Viola niemals heiraten werde. Sie sei so wunderlich.

Inzwischen war das Fest der Großjährigkeit vorüber und überstanden und hatte keine andern Spuren hinterlassen als ein paar verkohlte Narben da, wo – sehr zu Diggs' Missvergnügen – das Feuerwerk auf dem Rasen gesprüht hatte, eine neue Silberschüssel in der Silberkammer und eine Zeichnung von Sargent: ein Porträt von Sebastian in offenem Hemd, mit muskulösem Hals, wehendem Haar und kühnem Blick. Diese Zeichnung war Lucy von den Pächtern überreicht worden und hing nun in ihrem Wohnzimmer, als Gegenstück zu einer leicht getönten Radierung Violas von Helleu, auf welcher lange gerollte Locken ihr bis auf die Schultern herabfielen und zarte Lockenkringelchen sich um ihre Ohren bauschten. Sebastian hatte darauf hingewiesen, dass Violas Haar von Natur glatt war und dass Brennscheren nur ein formloses Gekräusel hervorbrächten, aber keine üppige und weiche Wellenlinie. Lucy hatte sich über diese Bemerkung geärgert, weil sie auf ihre unanalytische Weise dunkel fühlte, dass der Schein dadurch bedroht wurde, den sie einer unangenehmen Wirklichkeit so ungeheuer vorzog. Sie war stets beunruhigt durch die Vorliebe ihrer Kinder für die Wahrheit. Sie besaß nicht genug Intelligenz, um dagegen anzukämpfen oder zu streiten; sie konstatierte nur ihre Abneigung, wurde böse und tat ihre Schwäche als eine moderne Schrulle ab, auf gleicher Stufe stehend wie die Werke des Mr H. G. Wells, dessen Romane sie nach einem einmaligen Versuch nie wieder gewillt war zu lesen. Wozu, fragte sie mit einem zärtlichen Blick auf den Helleu, waren Künstler denn da, wenn nicht, um die Menschen schöner zu machen, als Gott für nötig befunden hatte, sie zu schaffen? Glaubte Sebastian etwa, dass die Damen von Gainsborough unveränderlich wellige Haare und einen vollkommenen Busen besessen hätten? Nein, sagte Sebastian, und wagte zu sagen, dass van Dycks Kavaliere sicherlich nach einem Jagdtag bei Regenwetter mit jämmerlich hängenden und triefenden Schmachtlocken nach Haus gekommen wären. »Aber«, rief Lucy triumphierend aus, »ein um wieviel größerer Künstler war dann van Dyck, dass er uns seine Kavaliere immer in tadelloser Lockenpracht dargestellt hat?!« »Nein«, sagte Sebastian abermals, »wieviel wahrer, wieviel interessanter, wieviel intimer wäre ein Porträt Karls des Ersten, in aller Zwanglosigkeit, so, wie ihn nur seine Jagdgefährten oder sein Kammerdiener kannten, ehe er sich, wieder zu seiner offiziellen Erscheinung zurechtgestutzt, den Blicken darbot.« Diese Einwände verstimmten Lucy heftig, und nur in seltenen Fällen war Sebastian unklug genug, sich dazu hinreißen zu lassen. Er wusste, dass sie nur dazu dienten, die unüberbrückbare Kluft zwischen seiner eigenen Generation und der seiner Mutter aufzuzeigen. Wahrheit war ein Bazillus, der nur verstohlen auf eine ungeimpfte Welt losgelassen werden durfte. Dann nur konnte er sich nutzbringend vermehren und tödlich wirken.

Inzwischen aber war der Druck für ihn zu stark. Er konnte Helleu als ein Symbol angreifen, aber er vermochte nicht, sich völlig frei zu machen.

Teresa Spedding und Sebastian wurden auf jene plumpe Art zusammengeführt, die häufig solche offenbar unwahrscheinlichen, aber unzweifelhaft vorbestimmten Ereignisse kennzeichnet. Das Leben, wie es die Romanschriftsteller gerne hätten, gestattet solche Zwischenfälle nicht. Dennoch kommen sie, wie wir alle Grund haben zu wissen, im wirklichen Leben vor. Lady Roehampton hatte wahr gesprochen, als sie in jenen ersten Tagen gesagt hatte, dass die Ereignisse einander in einer raschen, wunderlichen Weise folgten. Sebastian sehnte sich zu dieser Zeit gewisslich nicht nach Liebes- oder andern Abenteuern. Wenn er irgendetwas wünschte, so wünschte er, in Ruhe gelassen zu werden, um gründlich nachzudenken. Aber in Ruhe gelassen zu werden, dieser Wunsch lag jenseits aller vernünftigen Hoffnungen seiner Schwäche. Das Leben gestaltet sich von selber, gleichgültig gegen unsere Oberaufsicht, und beweist am Ende, dass es weise tat. Ohne Zweifel war Teresa für Sebastians Entwicklung notwendig.

Es mag daran erinnert werden, dass Teresa, während einer Aufführung von »Tristan und Isolde«, gewünscht hatte, Lady Warwick – unschuldiges und unbewusstes Opfer in diesem Fall – möge am Ausgang ausgleiten und sich den Knöchel verstauchen; Lady Warwick indessen war unbeschädigt hinausgelangt. Es war Sebastian selber vorbehalten, diesen leichten Unfall zu erleiden, der sein Leben in einem gefährlichen Augenblick komplizierte und ihm einen so enttäuschenden Einblick in das Getriebe einer Welt verschaffte, die anders war als die seine. Mutmaßungen über die Mächte, die Sebastian gerade vor Teresas Türschwelle niederwarfen, wären hier müßig und unangebracht; physische Unfälle sind im Roman selten eines eingehenderen Verweilens wert, wie unangenehm breit sie auch ins Leben eingreifen mögen; der kluge Autor eilt darüber hinweg zu der psychologischen Situation, die solcherweise zufällig geschaffen worden ist, und überspringt jede Erklärung eines Ereignisses, das bei vernunftgemäßem Vorgehen tatsächlich unerklärlich ist. Sebastian also, der aus einer Droschke, die noch nicht ganz angehalten hatte, ausstieg, stolperte über die Bordschwelle und taumelte mit verstauchtem Knöchel in den Rinnstein. Sein Ungestüm war ohne Zweifel tadelnswert. Er hatte eine Blumenverkäuferin mit einem Korb voll Gardenien erspäht und hatte seinem Kutscher durch die aufgestoßene Klappe geboten, zu halten. Aber obwohl das Pferd, dem plötzlichen Ruck der Zügel gehorchend, alle vier Beine zusammennahm und, auf dem nassen Pflaster ausgleitend, sich auf die Hinterhand setzte, rutschte Sebastian mit oben erwähntem Ergebnis vom Wagentritt ab. Das erschrockene Blumenmädchen trat, ein Trinkgeld witternd, hilfsbereit näher. Sebastian indessen war mit so bescheidener Hilfe nicht gedient; kurz gesagt: Er konnte nicht aufstehen. Hilflos auf der Bordschwelle sitzend, förderte er zwei Goldstücke zutage und sagte, dass er alle Gardenien nähme. Droschkenkutscher und Blumenmädchen betrachteten ihn, über ihm stehend, mit einer Mischung von Bewunderung und Bestürzung. Nicht jedermann konnte sich einen Knöchel verstauchen und doch einen Kauf mit solcher Freigebigkeit und Kühle zu Ende führen. Der Kutscher meinte, der junge Stutzer habe Schneid, da sei nichts zu sagen. Das Blumenmädchen schnappte nach Luft und stopfte hastig die beiden Sovereigns oben in ihren Stiefel. Aber offenbar war es damit nicht getan: Sie konnten den feinen jungen Herrn doch nicht dasitzen lassen. Die Straße war nicht nur nass, sondern auch leer; nichts als ein Messingschild unter einer Hausglocke versprach Abhilfe. Das Blumenmädchen klingelte. Und ohne irgendeine Warnung vor dem, was da seinem Leben geschah, sah sich Sebastian, unter den Armen gestützt, hilfreich in Dr. John Speddings Wartezimmer geleitet.

Es war nicht Teresas Art, sich mit den Patienten ihres Mannes zu befassen. Es war vielmehr ein Punkt, in dem John festblieb. Aber diesmal glaubte sie mit der Regel brechen zu können; denn als sie gelangweilt aus dem Fenster ihres Wohnzimmers hinunterschaute, hatte sie den Unfall beobachtet und war schon im Begriff, die Treppe hinunterzustürzen, als die Türglocke ertönte und sie feststellte, dass die einzig richtige Lösung auch den andern beiden Zeugen eingefallen war. So fügte es sich, dass Teresa selber Sebastian die Türe öffnete und mit ihrer angeborenen und gepflegten Begabung für Wiedererkennung ihn sofort als den brünetten jungen Mann identifizierte, den sie in der Oper in Lady Roehamptons Loge gesehen hatte.

Während der nächsten halben Stunde litt Teresa Qualen. Ein Freund von Lady Roehampton unter ihrem Dach! Ein möglicher Weg zu dieser großen, dieser begehrenswerten Welt! – denn wir haben schon gesehen, wie Teresas Einbildungskraft vorauseilen konnte und zu welch glänzenden Gesichten sie sie im Fluge führte. Es schadete nichts, dass der schwarze Mantel und die Hosen des jungen Mannes – »Vormittagsanzug«, murmelte Teresa – von Schmutz starrten oder dass sein Zylinder sich in einen trostlosen Gegenstand verwandelt hatte – vom Kutscher aus dem Rinnstein gefischt, in den er gerollt war, und sachte, auf Zehenspitzen, von dem Rosselenker auf der Spiegelkonsole in Dr. Speddings kleiner Halle niedergelegt, zwischen die Visitenkarten und die Schildchen, die »zu Hause« und »nicht zu Hause« verkündeten. Die Kleidung des jungen Mannes mochte beschmutzt sein, aber der junge Mann darin war ein Mitglied von Lady Roehamptons Welt. Das genügte für Teresa, die nichts Lächerliches in seiner Lage sah. Er war ein Mitglied von Lady Roehamptons Welt. Aber sie wusste seinen Namen nicht.

John, von dem Hausmädchen geholt, das mit gemächlicher Würde auf das Klingeln hin erschien, kam auf seine verdrossenste berufsmäßige Art aus seinem Sprechzimmer. Teresa lief, um ihn in der Diele abzufangen. Es war notwendig, es war wesentlich, versuchte sie ihm in hitzigem Geflüster klarzumachen – gehemmt, weil Droschkenkutscher und Blumenmädchen noch immer beide herumlungerten –, den Namen seines Patienten festzustellen. Aber John konnte einen bei solchen Gelegenheiten rasend machen. Er schob Teresa einfach beiseite, in gütiger, aber verabschiedender Weise, und verschwand ins Wartezimmer, die Tür fest und endgültig hinter sich schließend. Es blieb Teresa nichts weiter übrig, als hinaufzugehen und, die Spitzenvorhänge ihrer Wohnzimmerfenster zusammenzwirbelnd, den Weggang *ihres* Gastes zu belauern. John, der so bedacht, so gründlich, so trostreich in den meisten Lebenslagen war, dachte sie, war in solchen Dingen nicht ganz zuverlässig. Man konnte ihn nicht dahin bringen, ihre Wichtigkeit einzusehen. Wenn sie versuchte, ihm ihre Wichtigkeit auseinander zu setzen, war er imstande, zu lachen und sie zu liebkosen. »Du lieber kleiner Snob du«, hatte er einmal gesagt; und Teresa hatte es nie vergessen. Es hatte ihr gezeigt, wie wenig er den Ehrgeiz schätzte, den sie seinetwillen hegte. Nicht ihretwegen natürlich; nur, um John als Modearzt von London, als den begehrtesten Doktor von Mayfair zu sehen. Wenn John das würde, dann war Teresa geneigt, Gesellschaften in Mayfair mitzumachen, Teresa, die Gehilfin von John Spedding – *Sir* John Spedding –, »solch eine Hilfe ist ihm diese prächtige kleine Frau in seiner Karriere gewesen!« Teresa hatte den ganzen Plan fertig, aber aus irgendeinem Grunde wollte John nicht mitspielen. Dieser junge Mann mit seinem verstauchten Knöchel im Wartezimmer – sicher würde ihn sich John wieder durch die Finger schlüpfen lassen. Mit plötzlichem Entschluss lief Teresa wieder nach unten und horchte am Schlüsselloch, bis die Männer sich anschickten, herauszukommen. Dann überraschte man sie dabei – wie es auf der Bühne heißt –, als sie die Sportbildchen in der Halle geraderückte.

Dies bezeichnete den Anfang von Sebastians Freundschaft mit den Speddings. Mit überraschender Ehrlichkeit hatte das Blumenmädchen vor dem Fortgehen die Gardenien auf den Tisch des Wartezimmers zwischen die veralteten Nummern des »Punch« und der »Illustrated London News« abgeladen, und Sebastian überreichte sie alle der hübschen, sympathischen, flatterigen kleinen Frau des Doktors. Als er fort war, addierte sie Teresa, die wusste, was Gardenien kosten, mit taxierenden und geblendeten Augen zusammen. In ihrer Aufregung und Erwartung konnte sie nichts anderes tun, als die Gardenien in Wasser stellen – aber zwei davon steckte sie sich ans Kleid –, denn der junge Mann war mit John in einem Landauer fortgefahren und hatte bis jetzt, soweit Teresa herausbekommen konnte, nur seine Adresse, 120 Grosvenor Square angegeben, keinen Namen; wenigstens hatte John ihn weder mit seinem Namen noch mit seinem Titel angeredet. Nur ein kurzes »Ich bringe Sie nach Haus«, und dann waren sie miteinander fortgefahren in der Kutsche, zu der der junge Mann auf einem Fuße hüpfte, nicht fähig, so zu tun, als könnte er ohne Johns ausgestreckte Hand auskommen. Teresa wartete, ohne zu wissen – so wenig kennen wir uns selber, und Teresa war bestenfalls eine junge Frau, die zur Selbsttäuschung neigte –, ob es die Anonymität des jungen Mannes oder seine Persönlichkeit war, die sie am meisten reizte.

Aber als John allein zurückkehrte, war sie nicht viel klüger. Sie bestürmte John mit Fragen, wie John in seiner Schläue durchaus vorausgesehen hatte. Er fand jetzt ein boshaftes Vergnügen darin, sie zu enttäuschen. Wo lag ein Grund, fragte er sanft und unschuldsvoll, einen Zufallspatienten, der ihm seine Dienste bar bezahlte, nach seinem Namen zu fragen? Ein Patient, der einem von einem Kutscher und einem Blumenmädchen ins Haus gebracht wurde und der sich seinen Knöchel buchstäblich auf der eigenen Türschwelle verstaucht hatte, würde vermutlich nicht zu einem regelmäßigen Patienten werden, selbst wenn er zufällig Ziegenpeter oder Masern oder ein gewöhnliches Schnupfenfieber erwischen sollte. Bei ihrer Ankunft in Grosvenor Square 120 hatte der junge Mann mit schicklicher Befangenheit seine Hand in seine Tasche versenkt, mit Geldstücken geklimpert und den Doktor gefragt, was er ihm schuldig sei. Dann war er in sein Haus gehumpelt, gestützt von zwei Lakaien und gefolgt von einem Haushofmeister, alle im Zustande gebührender Bestürzung über das Missgeschick, das ihren Herrn befallen; die Türe hatte sich hinter ihm geschlossen, und John war seiner Wege gegangen. Teresa schüttelte ihre kleinen Fäuste vor dem Gesicht ihres Gatten. War er verrückt, war er denn *verrückt*, fragte sie, einen solchen Patienten aus den Augen zu verlieren, ohne auch nur seinen Namen festzustellen?

Indessen gab es ja so etwas wie das »Rote Buch«, den Adelskalender, und nachdem Teresa ihre Wut an einem belustigten und reuelosen John ausgelassen hatte, stürzte sie davon, um es zu befragen. Mit dem Finger die Seite hinunterfahrend – »hier kommt Brook Street«, »hier kommt Carlos Place« – entdeckte sie endlich den Eigentümer von Nummer 120. Dann allerdings stieg ihre Empörung über John auf den höchsten Gipfel. Haus Chevron! Er hatte auf der Schwelle von Haus Chevron gestanden und hatte verabsäumt, den Herzog auch nur bis zu einem Sofa zu geleiten! Teresa rang ihre Hände, und ihre Verzweiflung war aufrichtig. Es war ihr ebenso um Johns Wohl zu tun wie um ihr eigenes – so dachte sie jedenfalls, und was wir denken, das sind wir zum Teil wenigstens auch. Wenn John sich nicht selber half, dann, erklärte sie, würde sie die übermenschliche Aufgabe, John zu helfen, seinlassen. Sie war den Tränen nahe, aber John sog nur an seiner Pfeife und lächelte in sich hinein wie über einen ganz persönlichen Spaß. Er liebte Teresa, und in seinen Augen erhöhten Teresas Schwächen nur ihren Reiz. Der Gedanke belustigte ihn, dass Teresa eben einen Herzog in ihrem Haus beherbergt und ihn, überlistet, fortgelassen hatte. John selber hatte die ganze Zeit über eine scharfsichtige Vermutung über Sebastians Identität gehabt. Aber er war nicht der Mann, um einen Patienten zur Angabe seines Namens, den derselbe offenbar nicht gerne nennen wollte, zu drängen.

Ein Hoffnungsstrahl, ein Zeichen der Vorsehung indessen leuchtete Teresa! Sie entdeckte, dass Sebastians Zylinder in der Halle liegengeblieben war.

In Erwiderung auf Mrs Speddings Zeilen – denn Haus Chevron besaß noch keinen Telefonanschluss – kam Sebastian persönlich, um seinen Hut zu holen. Warum er persönlich kam, statt einen Bedienten zu schicken, wusste er selber kaum; er wusste nur, dass er sich im Augenblick langweilte, dass er Mrs Speddings Augen begegnet war, dass sie voller Fragen und Erregung waren, dass er alle Leute aus seinem Bekanntenkreis tödlich satt hatte, dass er vor allen Dingen wünschte, sich in Chevron zu begraben, und dass, in Ermangelung des Aufwandes, den seine Pflichten zu treiben ihn verhinderten, er seinen Geist irgendwie beschäftigen müsse, um Sylvia und die Katastrophe, die er über sie gebracht hatte, zu vergessen. Er war in der Tat in jener unseligen Gemütsverfassung, die auf eine unglückliche Liebesgeschichte mit unglücklichem Ausgang zu folgen pflegt. Er dachte nicht gern an Sylvia. Seine Vernunft sagte ihm, dass er in keiner Weise zu tadeln war; aber nur ein Laffe sagt sich gern, dass er mehr geliebt worden ist, als er geliebt hat. Es erzeugt ein unbequemes, wenn auch ganz unberechtigtes Gefühl von Schuld. Also ging Sebastian selber seinen Hut holen.

Dieses zweite Zusammentreffen von Sebastian und Teresa war kein glückliches. Er hatte sich nicht bei ihr angesagt und ließ sich durch das verwirrte Hausmädchen bei Teresa melden, als sie sich gerade niederließ, um ihrer Schwägerin, die mit dem billigen Zug aus Dorking für den Tag nach London gekommen war, Tee einzugießen. Teresa hatte in Erwartung ihrer Schwägerin keine Sorgfalt auf ihre Toilette verwandt, sondern sich – im Ganzen gar nicht ungern – auf ein gemütliches Klatschstündchen über Johns Familie und über einen Vergleich der Preise bei Whiteley und John Barker anlässlich der Weißen-Winter-Woche eingestellt – eine Sache, die Mrs Spedding und Mrs Tolputt in gleichem Maße interessierte. Sebastians Ankunft war, um das Mindeste zu sagen, bestürzend. Teresa war in der jämmerlichsten Verlegenheit, wie sie diese beiden widersprechenden Elemente miteinander in Einklang bringen sollte. Trotzdem lag das Übergewicht entschieden auf der triumphierenden Seite. Wie konnte es auch anders sein? Ein Herzog, der zum Tee hereinschneite! So formulierte es Teresa vor sich selbst – »comme si de rien n'était«, fügte sie hinzu, da sie einmal ein Examen in der französischen Sprache abgelegt und ein paar gebräuchliche Redewendungen behalten hatte, wenn sie auch eine französische Unterhaltung nicht länger als eine Minute mit einiger Sicherheit hätte durchführen können. Ein Herzog, der zum Tee hereinschneite! –, und während sie Sebastian Mrs Tolputt vorstellte, begann es ungestüm hinter ihrer Stirn zu arbeiten, sie zermarterte sich, wie sie Mrs Tolputt wohl verhindern könnte, über Kopfkissenbezüge zu reden, und gleichzeitig Sebastian verhindern könnte, den höchst oberflächlichen und zum Verzweifeln zufälligen Charakter ihrer Bekanntschaft zu verraten. Die Eröffnung war gut. Teresa konnte, aufgeregt wie sie war, sehen, dass Mrs Tolputt, wie sie selbst das ausgedrückt hätte, einfach wie vom Donner gerührt war. Sie hatte keine Ahnung gehabt, dass Teresa ein solches Leben führte. Herzoge, Donnerwetter! Das würde eine Wonne sein, es morgen Mutter zu erzählen. Oder sollte sie einen früheren Zug nehmen und heute Abend noch zu Mutter herumlaufen? Mrs Tolputt schaute verstohlen auf ihre Uhr; sie hing schwer und gewichtreich mit ihren Schlüsseln an ihrer Châtelaine. Teresa bemerkte den Blick, und um die zweifelhafte Sicherheit der Situation nicht zu gefährden, meinte sie, Maud solle nicht riskieren, ihren Zug zu versäumen. Mrs Tolputt war empört. »Du weißt doch, Teresa, dass die billigen Tageskarten Gültigkeit bis zum Theaterzug haben – bis elf Uhr vierzig heißt das –, du solltest das doch wissen, wenn man bedenkt, wie oft du und John, als ihr noch in Dorking lebtet« … Teresa schnitt ihrer Schwägerin eine rasche Grimasse, die Mrs Tolputt, welche sich einer scharfen Auffassungsgabe rühmte, auch sofort verstand. »Ah, freilich, 's ist so lange her, dass du und John in Dorking lebtet, du hast es vergessen. Aber würden Sie mir's glauben« – sie wandte sich Sebastian zu, und ihre Beredsamkeit stockte plötzlich, weil sie nicht sicher war, ob sie ihn »Euer Gnaden« oder »Herzog« anzureden hätte –, »würden Sie mir's glauben«, setzte sie, eine neue Runde beginnend, wieder ein und beschloss, dass er anonym für sie bleiben sollte, »würden Sie mir's glauben, dass ich hin und zurück nach der Stadt für einen Schilling dreißig fahren kann. Das heißt an den Mittwochen von Dorking. Und Sie können mir glauben, Herzog«, rief sie, sich selbst vergessend, als ihre Begeisterung stieg, »das fällt ins Gewicht zurzeit der Ausverkäufe. Ich versichere Ihnen, ich bringe den Preis meiner Fahrkarte über und über herein. Diese Läden auf dem Lande, das ist schon chronisch, wie die einen betrügen. Ob du's glaubst oder nicht«, sagte sie, sich aufgeregt zu Teresa wendend, und kehrte zum Ton ihrer Unterhaltung vor Sebastians Eintritt zurück, »Judd wollte mir zehn Schilling für ein Paar Leutelaken rechnen, während ich dasselbe bei Barker für sechs und sieben Schilling haben kann. Das ist eine halbe Krone Unterschied«, sagte sie, wieder zu Sebastian gewandt, und unterstrich ihre Bemerkung dadurch, dass sie mit den Fingern der einen Hand in die Fläche der andern schlug, »eine halbe Krone Unterschied! Es klingt vielleicht nicht viel, das gebe ich zu, aber wenn es sich immer wiederholt, macht es im Jahresverbrauch schon was aus, und das will kein Mann je begreifen – obwohl Sie, Herr Herzog«, sagte sie, sich plötzlich besinnend, »vermutlich an so was nie zu denken gehabt haben. Ich nehme an, Teresa«, sagte sie, indem sie sich zu ihrer verstörten Schwägerin wendete, »der Herr Herzog hat eine Haushälterin, die für ihn an solche Sachen denken muss, nicht? – aber ich denke, du weißt gewiss mehr von seinen Haushaltangelegenheiten als ich, nicht?«, und sie kicherte und versenkte ihre Nase in ihrer Teetasse.

Das Teetrinken staute auf jeden Fall Mrs Tolputts Redeflut für den Augenblick, aber der Trost für Teresa war nur gering, denn sie wusste, dass Maud wieder loslegen würde, sobald ihre Nase aus der Tasse auftauchte. Sie krümmte sich, wenn sie dachte, dass Sebastian jeden anderen Tag, da Maud nicht da war, hätte kommen können. Und jetzt würde er sicher niemals wiederkommen. Sie blickte ihn unverwandt an, wie er dasaß, so geschmeidig in seinem schwarzen Londoner Anzug – »sein Haar ist wie Lackleder«, dachte sie –, sein Ebenholzstock lag auf dem Boden neben ihm. Interessiert und achtungsvoll hörte er Mauds Ergüssen zu. Wie wunderbar ernst er war!, und dabei musste er doch gelangweilt, entsetzt sein – dachte Teresa in Todesängsten und schaute auf ihre Schwägerin, die, so dick und hausbacken und zungenfertig, in ihre pflaumenblaue Sammettaille eingeknöpft, wie jede englische Kaufmannsfrau aussah. Sie bemerkte Mauds Pompadour, der mit bauchigen Paketchen vollgestopft neben ihr auf dem Fußboden ruhte, und verglich seine Plumpheit mit der Eleganz von Sebastians Stock. Dieser Gegensatz der Attribute, die sie trugen, schien den Unterschied zwischen ihnen darzustellen. Oh, dachte sie, wenn sie nur ihre Augen bedecken und sich die Finger in die Ohren stopfen könnte, damit ihr der Jammer dieser Szene erspart bliebe! Nein, er würde sicher niemals wiederkommen.

Aber er kam wieder. Als er sich verabschiedete und sich mit Hilfe der Stuhllehne und auf seinen Stock gestützt erhob, bat er Teresa um die Erlaubnis, wiederkommen zu dürfen. Freilich brauchte er die Entschuldigung, dass er dem Doktor seinen Dank aussprechen wolle … »Ich bedauere so sehr, Ihren Gatten verfehlt zu haben …« aber Teresa wusste recht gut, dass der Doktor nichts damit zu schaffen hatte. Sie selber war es, die Sebastian zu sehen wünschte; sie merkte das an der Art, wie er sie anschaute, mit einem Blick ohne Lächeln, aber eindringlich, forschend; mit dem Blick, den Sebastian in Wirklichkeit auf alle Frauen zu richten gewohnt war, ob er nun etwas damit sagen wollte oder nicht. Dieses Mal wollte er etwas damit sagen. Niemand wusste je, aus welcher Ecke der Wind von Sebastians Laune demnächst blasen würde, wenn es auch sicher ziemlich seltsam war, dass er in Richtung auf Mrs John Spedding umgeschlagen war. Aber er war angeödet; er hatte zu viel verschiedene Arten von Frauen gekannt und konnte sie alle einschätzen – Frauen von Welt, Prostituierte, zweifelhafte Anwärterinnen auf gesellschaftliche Stellung, Glücksritterinnen, Intrigantinnen, Speichelleckerinnen und die leichtlebigen Damen von der Bühne –, er kannte sie alle in- und auswendig wie das Abc; aber diese hübsche, törichte kleine Teresa, die ihn mit so verdutzt bewundernden Augen anstarrte und sich offenbar so sehr ihrer netten und gewöhnlichen Schwägerin schämte, könnte ihm für eine Woche Spaß machen, und auf alle Fälle würde sie eine neue Erfahrung für ihn sein, ein Typus, den er noch nicht kannte. Vielleicht war das ein etwas matter Antrieb, und für Teresa nicht sehr schmeichelhaft; aber Sebastian war nicht in der Stimmung für irgendetwas Zulänglicheres. Noch beabsichtigte er, Teresa irgendwelches Unrecht anzutun. Sebastian gehörte zu den reizenden, aber gefährlichen Menschen, die immer nur zufällig Unrecht tun. Solch eine Unzufriedenheit, wie sie ihn innerlich verzehrte, blieb ihm allein bewusst: Er gab nie mehr von sich her als das, was er unwillkürlich gab – seine Blicke, seine ernste Haltung, sein müdes Lächeln, seine liebkosende Art, die, in Verbindung mit seiner Unzugänglichkeit, ihn besonders anziehend und aufreizend für Frauen machte. Auf irgendeine komplizierte Weise überzeugte ihn dieses Gefühl mangelnder Bindung auch von der Unversehrtheit der Frauen. Er spielte ein Spiel mit einem weichen Ball; ein Spiel, bei dem niemand Veranlassung hatte, verletzt zu werden. Die Tatsache, dass sie überhaupt den Ball zurückgaben, nach seinem ersten vorfühlenden Wurf, überzeugte ihn davon, dass sie das Spiel und seine Regeln kannten; danach ging er daran, im Ernst zu spielen.

Wenn Teresa für Sebastian eine neue Erfahrung war, so war Sebastian um nichts weniger eine neue Erfahrung für Teresa. Sie war vollkommen geblendet durch ihn. Sein Einbruch in ihr Leben schien nicht nur phantastisch, sondern unglaubwürdig. Alle ihre Begriffe wurden umgestürzt; anstatt der kleinen Ersparnisse und »Ermöglichungen« in ihrem Leben sah sie seine gedankenlose Verschwendung; anstatt ihres neidischen Interesses für alles Große, Berühmte und gesellschaftlich Hervorragende gewahrte sie seine gelangweilte und gleichgültige selbstverständliche Vertrautheit damit; anstatt der ängstlichen Beschränkungen, die Sitten und Bräuche der Mittelklasse forderten, atmete sie die freiere Luft einer gelockerten Bequem-

lichkeit; anstatt jede seltene kleine Abweichung von der Ein-
tönigkeit des Alltags als ein Ereignis zu betrachten, kam sie
nun in Berührung mit jemandem, für den solche Ablenkungen
nicht aufregender waren als ein Bissen Brot. Es gelang ihr niemals, sich seinen Lebensbegriffen anzupassen. Die Frage, was
Sebastian sich leisten könnte und was nicht, beherrschte stets
ihren ganzen Sinn. Sie war entsetzt, wenn er ihre Zimmer mit
Orchideen füllte; sie schalt mit ihm, wenn er sie und John in
eine Loge ins Theater führte und den vierten Platz unbesetzt
ließ: »So eine Verschwendung!«, rief sie mit wirklichem Kummer aus. Sie war verdutzt, wenn Dinge auf ihn keinen Eindruck
machten, die ihren leicht erregbaren Enthusiasmus weckten, ob
es nun die Schönheit einer gerade gefeierten Schauspielerin war
oder Geschirr und Pferde einer Equipage, die gerade die Straße
herunterkam. Sie fand ihn respektlos, kritisch und verwöhnt.
Dennoch betete sie ihn dafür an und beschloss immer wieder,
dass sie das nächste Mal auch geringschätzig sein wollte, die
Nase rümpfen, ihm nicht Anlass geben würde, über ihre Na-
ivität zu lachen. Zu ihrem Glück brachen diese Absichten in
sich zusammen, sowie sie auf die Probe gestellt wurden. Teresa konnte sich nicht verstellen. Sie klatschte in die Hände, sie
stieß Ausrufe des Entzückens aus, sie forderte Sebastian zur
Bekräftigung auf, sowie sie etwas sah, was ihr gefiel, und erst
wenn es zu spät war, fiel ihr ein, dass sie die feine Dame hatte
spielen wollen. Nachdem es ihr dann eingefallen war, wurde sie
hochmütig und blieb hochmütig etwa eine Viertelstunde lang.
Sebastian beobachtete zu seiner größten Wonne diesen ganzen
Prozess und war von jeder Stufe der Reihe nach entzückt. Es
machte ihm Spaß, ihre funkelnden Augen zu sehen, das erregte
Gezupf ihrer Finger an seinem Ärmel zu spüren; es machte ihm
Spaß, in leichtem und absprechenden Ton zu antworten, den
raschen, mahnenden Blitz über ihr Gesicht zucken zu sehen
und dann zu bemerken, wie sich ihr Benehmen änderte, wie sie
nach einem: »Oh, schauen Sie, schauen Sie doch, wie reizend!«,
so eine kleine Miene der Frau von Welt aufsetzte und vorgab,

nicht berührt zu sein. Er hatte wirklich eine Art Zuneigung für sie, wie man sie für ein zutrauliches, verspieltes Tierchen hat, das man bald dazu abrichtet, Kunststücke zu machen, bald ihm befiehlt, auf den Schoß zu springen und sich da hinzukuscheln. Er bedauerte nur, dass einige ihrer Kunststücke dringenden Zuredens bedurften. So hätte er gerne Geschichten von Mrs Tolputt gehört, deren Berechnungen ihn begeisterten; aber Teresa war natürlich unfähig, Mrs Tolputt darzustellen – und war auch durchaus abgeneigt, es zu tun, da sie Sebastians Interesse völlig unverständlich fand. Das Äußerste, das er ihr entlocken konnte, war eine gelegentliche Anekdote, die als ein Beispiel für die Unwürdigkeiten, die sie zu erdulden hatte, angeführt wurde. »Aber warum wollen Sie das denn wissen?«, fragte sie dann, wenn Sebastian sie fragte, ob Mr Tolputt wohl Kirchenvorsteher sei. – »Tatsächlich *ist* er einer, und sie speisen oft mit dem Bischof. Nun, vielleicht nicht oft«, sagte Teresa, die peinlich wahrheitsliebend war, »aber immerhin einmal im Jahr. John und ich wurden einmal dazu gebeten«, fügte sie hinzu, »als der Bischof hörte, dass wir in Dorking wären.«

»Und?«, sagte Sebastian, sie beobachtend, »hat es Ihnen Spaß gemacht?«

»Es war furchtbar – furchtbar!«, sagte Teresa und verbarg plötzlich ihr Gesicht in den Händen.

»Erzählen Sie mir«, sagte Sebastian.

»Maud verlor eine Locke!«, sagte Teresa und blickte ihn mit runden Augen an.

»Verlor eine Locke?«

»Sie fiel in ihre Suppe. Eine falsche Locke, wissen Sie. Oh, schrecklich«, sagte Teresa. »Ich wusste nicht, wo ich hinsehen sollte. Ich denke über den Bischof seitdem ein wenig anders. Stellen Sie sich vor: Er lachte. Statt wegzuschauen und so zu tun, als ob er es nicht sähe, lachte er! So schlechter Ton, fand ich. Aber er ist freilich ein unverheirateter Mann.«

»Und was tat Mrs Tolputt?«

»Das war das Schlimmste von allem. Sie fischte sie heraus und hielt sie tropfend in die Höhe. Sie fand es wahnsinnig komisch. Sie schämte sich nicht ein bisschen.«

»Mir scheint, sie hat sich sehr vernünftig benommen.«

»Was für schreckliche Dinge Sie sagen, wenn Sie so Mauds Partei ergreifen. Aber natürlich ist es meine Schuld, weil ich Ihnen von solchen Sachen wie falschen Locken erzähle.«

»Weil ich ein unverheirateter Mann bin, wie der Bischof? Erzählen Sie mir noch mehr von Mrs Tolputt. Wann kann ich sie bei Ihnen wiedersehen?«

»Jetzt machen Sie sich über mich lustig, und das ist gar nicht nett von Ihnen. Erzählen Sie mir lieber etwas von sich selbst. Erzählen Sie mir, wie man sich fühlt, wenn man Sie ist. Macht es Ihnen Freude, Sie selbst zu sein?«

»Es macht mir Freude, ich selbst zu sein, wenn Sie mir gestatten, zu Ihnen zum Tee zu kommen. Sonst macht es mir keine besondere Freude. Warum sollte es auch?«

Aber Teresa war diskret und antwortete nicht. Ihre Freundschaft befand sich noch in einem sehr tastenden Stadium, und sie sparte sich viele Dinge auf, die sie Sebastian zu sagen wünschte, weil ihre Erziehung sie gelehrt hatte, dass man nicht zu vertraut mit jungen Männern werden darf, wenn man sich ihre Achtung erhalten will. Sebastian durchschaute ihre Taktik und wusste, nicht eher, als bis er ihr erklärtermaßen den Hof gemacht, würde sie ihm ganz natürlich entgegentreten. Er hatte es indessen nicht eilig, das zu tun, da er wusste, dass diese Probezeit, da jede Begegnung die Gefahr eines Geständnisses in sich barg, die köstlichste und erregendste von allen war, und dass, war sie erst einmal vorüber, sofort eine neue Phase eintrat, die ihre eigenen Wonnen brachte, die aber eine gewisse Frische eingebüßt hatte, so gewiss wie der Mittag die Frische des Morgens einbüßt. Er war deshalb ganz damit zufrieden, bequem auf Teresas Sofa zu sitzen, ihrem Geplapper zu lauschen, sie mit anderen Frauen zu vergleichen und zu denken, wie reizend unschuldig sie war, in ihren Geständnissen sowie in ihrer Zurückhaltung, und er hatte nicht den Wunsch, das Tempo zu beschleunigen oder eine Krisis heraufzubeschwören, die ihre Beziehungen zueinander ändern musste. Wenn er sich manchmal über ihren Gatten wunderte, so stellte er ihr doch keinerlei Fragen. Das war eine Sache, mit der sie für sich allein fertig werden musste. Er wusste nicht einmal, ob dem Doktor die Häufigkeit seiner Besuche bekannt war.

»Warum kommen Sie gerne hierher?«, fragte sie ihn einmal, »Sie, der Sie überall hingehen und mit jedermann verkehren können?«

Er schaute sie an, aber sie war aufrichtig; sie versuchte nicht mit ihm zu flirten. Das war einer ihrer Reize für ihn: Sie kannte kein doppelsinniges Wort.

»Wären Sie erstaunt zu hören, dass ich Ihre Gesellschaft vorziehe?«

»Sehr erstaunt. Ich habe es Ihnen nie gesagt, aber ich habe Sie einmal in der Oper gesehen. Ich sah Sie in Lady Roehamptons Loge.«

Sebastian stand auf und trat ans Fenster.

»In Lady Roehamptons Loge? An jenem Abend? Im ›Tristan‹? Aber woher wussten Sie, dass das Lady Roehampton war?«

»Man kennt sie doch sehr gut von Ansehen, nicht wahr?«

»Ich nehme an. Nun und? Was weiter?«

»Nun, Sie können doch meine Gesellschaft nicht der von Lady Roehampton vorziehen.«

»Meine liebe Mrs Spedding. Sie wissen nicht das Geringste von Lady Roehampton.«

Teresa fühlte sich schrecklich geduckt; Sebastian war auf einmal barsch und abweisend geworden. Sie nahm an, dass sie seine Freunde nicht hätte erwähnen sollen. Offenbar dachte er an sie nur als an etwas ganz Gesondertes, und mit einem kleinen Stich im Herzen gab sie den Traum auf, dass er sie eines Abends zu einer Gesellschaft nach Grosvenor Square einladen würde. Er stand jetzt drüben am Fenster und starrte düster auf die Straße hinaus. »Oh, es tut mir so leid«, sagte sie, in ihrer kindlichen Art zu ihm hintretend; »natürlich weiß ich gar nichts von Lady Roehampton, nur ist sie so schön, nicht wahr? Und ich bin sicher, sie ist sehr geistreich. Ich dachte eben nur, wie Sie irgendetwas an mir finden können, wenn Sie an den Umgang mit solchen Menschen gewöhnt sind.«

Einen Augenblick schwankte die Waage, ob Sebastian durch ihre Bescheidenheit gereizt oder gerührt sein würde. Dann blickte er auf sie nieder, sah ihre geöffneten Lippen, ihre ängstlichen Augen – und lächelte. Es lag ihm auf der Zungenspitze, zu sagen, je weniger sie von Lady Roehampton wüsste, desto besser wäre es, aber eine rückwirkende Anstandspflicht Sylvia gegenüber hielt ihn zurück. »Machen Sie sich darüber keine Sorgen«, sagte er. »Ich versichere Ihnen, diese Menschen würden sehr bald allen Glanz für Sie verlieren, wenn Sie sie so gut kennen würden wie ich. Lassen Sie uns von etwas anderem reden. Alle meine Freunde gleichen sich wie ein Stück Zucker dem andern.«

»Unbegabter junger Mann!«, dachte Teresa. »Sieht er denn nicht, dass ich nur auf eine Gelegenheit warte, um mir selbst ein Urteil zu bilden? Sieht er denn nicht, wie ich mein Leben, mein Aussehen und meine gesellschaftlichen Fähigkeiten ungesehn vergeude, im Umgang mit Doktoren und Rechtsanwälten und deren Frauen? Sehr ehrenwerte Leute, aber ich bin zu etwas Besserem geboren. Man gebe mir nur Gelegenheit, es zu beweisen!« Teresa wurde fast rasend über Sebastians Dickfelligkeit, aber eine Mischung aus Scham und Schläue hielt sie dennoch ab, zu verraten, was ihr beständig im Sinn lag. Sie konnte nicht freimütig zu ihm sagen: »Machen Sie mich mit Ihren Freunden bekannt.« Nein, nicht einmal unter dem Vorwand, John helfen zu wollen, konnte sie das sagen. So ging sie um das Thema herum, ohne zu ahnen, wie klar Sebastian sie durchschaute und welche Lust es ihm bereitete, sie zu necken, indem er ihr einen saftigen Bissen hinhielt und ihn zurückzog, sowie sie mit ausgestreckten Händen danach greifen wollte. Dennoch wuchs ihre Keckheit. Jedes Mal, wenn sie Sebastian sah, stellte sie ihm mindestens eine neue Frage, gleichsam unabsichtlich, und verleibte die Antwort ihrem Wissensschatz ein. Solcherart stellte sie fest, dass die große Welt nicht nach Henley aufs Land ging, wie sie immer gedacht hatte, und erfuhr auch, zu wieviel Points in den Häusern der reichen Juden Bridge gespielt wurde. Sebastian genoss dieses anscheinend arglose Gefrage mit ganzem Herzen; er antwortete ihr feierlich, wohl wissend, dass er ihr den Mund vor Neid und Neugier wässrig machte, und die ganze Zeit über dachte er, er müsse aufhören, das kleine Ding zu quälen, und müsste ihr eine Kostprobe jenes Lebens geben, nach dem es sie so sehr gelüstete. Es war schändlich, ihr den Genuss, den er ihr verschaffen konnte, länger vorzuenthalten, da er doch sah, dass sie vor Verlangen nach jener Gunst verging, um die zu bitten sie nicht wagte.

»Übrigens«, sagte er zu seiner Mutter, »wer kommt eigentlich in den Weihnachtstagen zu uns?«

Lucy haspelte eine Namensliste herunter.

»Ich habe auch zwei von meinen Freunden eingeladen.«

»Ja, Liebling? Wen?«

»Einen Arzt und seine Frau.«

»Einen Arzt, Sebastian? Wo in aller Welt hast du denn Freundschaft mit einem Arzt geschlossen?«

»Es sind die Leute, die mich aufgelesen haben, als ich mir den Knöchel verstaucht hatte.«

»Aber, Liebling, werden die zu der übrigen Gesellschaft passen?«

»Nein, sie werden ganz und gar nicht passen.«

»Aber, Liebling, das ist doch komisch von dir, das zu tun. Du weißt, wie ein unpassendes Element eine ganze Gesellschaft stören kann. Hättest du sie nicht für ein Wochenende einmal allein einladen können?«

»Das hätte den Zweck verfehlt. Die Dame will einen Blick tun in das, was sie, wie ich vermute, in ihrem Innern ›die große Welt‹ nennt.«

»O Himmel, Sebastian, ein ordinärer kleiner Snob.«

»Ein Snob, ja; sie wird von Snobismus verzehrt, aber ordinär ist sie nicht. Sie ist, im Gegenteil, ungewöhnlich manierlich. Und sie ist sehr hübsch.«

Lucy stöhnte.

»Und der Doktor ist wirklich ein sehr guter Kerl. Ruhig, weißt du, verständig, ein klein wenig sarkastisch, angegrautes Haar, zieht seine Pfeife heraus und guckt zu, während die anderen Leute reden.«

»Ist er auch ein Snob?«

»Oh, ganz im Gegenteil. Ich glaube beinahe, der Snobismus seiner Frau belustigt ihn ebensosehr wie mich. Auf jeden Fall kommen sie, und du musst nett zu ihnen sein. Ich verpflichte mich, dir die Dame die meiste Zeit über abzunehmen.«

»Sebastian, sei vorsichtig. Du wirst dem armen Geschöpf den Kopf verdrehen, und dann wird sie dir langweilig werden, und du wirst sie fallenlassen. Ich beginne zu sehen, wie die Sache liegt. Willst du dir's nicht überlegen und ihnen absagen? Sage, du hast das Haus schon voll gefunden – jede Entschuldigung ist recht. Es wäre wirklich gütiger.«

Sebastian lachte. »Höre, Mutter, du denkst nicht im Geringsten an Mrs Spedding oder ihr gebrochenes Herz. Du denkst nur an deine Gesellschaft, und wie lästig diese Leute sein werden.«

»Nun ja, ich glaube auch, dass sie lästig sein werden. Immerhin, es ist dein Haus, und du tust ja immer, was du willst, ohne mich um Rat zu fragen. Ich habe alle Mühe und du alles Vergnügen davon. Ich bin wirklich nichts wie deine Haushälterin …« Und in diesem Ton fuhr die Herzogin noch eine Weile fort und redete sich in einen Unmutskoller hinein; als sie aber sah, dass Sebastian sie nur mit einem sarkastischen Lächeln beobachtete, machte sie sich schließlich davon, um ihren Ärger an der getreuen Wacey auszulassen. Viola und Sebastian blieben allein zurück.

»Wie ich Mutter liebe, Viola; sie ist so lächerlich durchsichtig. Dir jedenfalls wird Mrs Spedding gefallen.«

»Mutter scheint zu vergessen, dass alle die Leute, die sie schon eingeladen hat, ihre Freunde sind und nicht die deinen.«

»Natürlich hat sie das vergessen. Sie hat ein bequemes Gedächtnis. Wer war es alles? Sir Adam, Julia Levison, die Templecombes; den Rest hab' ich vergessen. Auf jeden Fall werden sie Mrs Spedding aufregen.«

»Regen sie dich nicht auf?«

»Regen sie *dich* auf?«

»Mich? Ich hasse sie alle.«

»Und ich desgleichen.«

Bruder und Schwester waren selten miteinander allein, und wenn sie allein waren, unterhielten sie sich selten, oder unterhielten sich nur über alltägliche und gleichgültige Dinge. Viola wäre stets jeden Augenblick bereit gewesen, sich enger an ihren Bruder anzuschließen, aber so wie alle andern scheute sie sich, eine Vertraulichkeit zu erzwingen, wenn er ihr nicht den ersten Schritt dazu entgegentrat. Aber jetzt war Sebastian in mitteilsamer Laune; da er von Teresa gesprochen hatte, aber gezwungen gewesen war, dieses auf eine mehr oder minder vorsichtige Weise zu tun, war er in der Stimmung, sich auch durch andere Kanäle zu erleichtern. Außerdem hatte er Viola sehr gern, er liebte sie auf jene zwischen Geschwistern häufig verlegene und ferne Art und hatte oft gedacht, wenn sich einmal eine passende Gelegenheit dazu böte, würde er sich ein wenig Mühe geben, um herauszubekommen, wie und was Viola wirklich war. Weil es denn also ein Winterabend war und er von Teresa gesprochen hatte, weil sie in der Bibliothek vor einem großen Holzfeuer im Kamin saßen, weil ihre Mutter zu ihrer beider Belustigung zornschnaubend hinausgegangen war, weil Henry auf dem Boden liegend im Schlafe zuckte und Sarah in Sebastians Armen lag, die Schnauze an sein Kinn geschmiegt, und er sie an den Ohren zupfte – aus allen diesen Gründen stand er Rede, als Viola sagte: »Warum verbringst du dann alle deine Zeit mit ihnen?« –

»Gewohnheit, nehme ich an. Was soll man sonst anfangen? Irgendwie muss man das Leben hinbringen.«

»Aber befriedigt dich das, Sebastian?«

»Weiß Gott, nein. Ich glaube nicht, dass es irgendwen befriedigt, ausgenommen vielleicht ein Spatzenhirn wie Mutter. Man ist einfach in eine Maschine eingespannt, das ist alles, und man geht im Kreis herum mit allen andern, Nase an Schwanz, wie eine Kette Raupen. Es erspart Sorgen. Es gibt stumpfsinnige Augenblicke und lustige Augenblicke, was, wie ich glaube, das Höchste ist, was man vom Leben überhaupt sagen kann – und man kann dankbar sein, wenn die lustigen Augenblicke die stumpfsinnigen an Zahl überwiegen.«

»Lustige Augenblicke – ich finde nicht viele.«

»Nein, weil du auch zu ernst bist«, sagte Sebastian und sah sie an, als ob er eine Entdeckung machte. »Ich habe meine vergnügungssüchtige Ader, siehst du. Die scheint dir zu fehlen. Aber ich habe auch meine ernste Seite, und die beiden streiten sich in mir. Dann bin ich knurrig, wie gerade jetzt. Amüsierst du dich nie?«

»Oft, aber nicht bei solchen Gelegenheiten. Nicht auf Gesellschaften. Nicht über Klatsch. Die brennende Kerze lockt mich nicht.«

»Du bist eine geheimnisvolle Person, Viola; wenn du eines Tages vollkommen verschwändest, würde ich mich nicht im mindesten wundern.«

»Du bist ebenfalls eine geheimnisvolle Person, Sebastian; du gibst dir ziemlich große Mühe, dich selbst zu verstecken. Ich glaube nicht, dass du an irgendetwas auf der Welt hängst, außer an Chevron und an Sarah, an irgendeinem Menschen sicher nicht.«

»Dennoch habe ich meine Freunde.«

»Ja – Frauen, die dich an sich reißen. Deine männlichen Freunde haben es nur den Umständen zu verdanken, dass sie dich überhaupt kennen. Sag mir ehrlich, bist du je einem Menschen begegnet, den du wirklich gern hattest?«

Sebastian dachte sofort an Anquetil, aber er wollte seinen Namen nicht aussprechen. »Ja, einem. Und du?«

Viola dachte ebenfalls an Anquetil, dessen letzter Brief in ihrer Tasche steckte: »Ja, einem.«

Eine leichte Verlegenheit stieg zwischen ihnen auf, die ihre Vertraulichkeiten unterband, denn beide hätten sie gern gefragt: »Wer ist es?«, aber ihre Verschwiegenheit hielt sie zurück. Ein Scheit fiel in das Feuer und sprühte einen Funkenregen um sich. Sarah wachte auf und versuchte, Sebastians Kinn zu lecken; als ihr dieses nicht erlaubt wurde, winselte sie klagend und schlief mit einem Seufzer wieder ein.

»Wie lange noch, glaubst du, wird es Menschen wie uns geben, Sebastian? Und Besitzungen wie Chevron?«

»Wie sonderbar! Ich dachte gerade genau dasselbe.« Anquetils Gegenwart war tatsächlich sehr wirksam im Zimmer. »Wie kann man das wissen? Ich glaube, wir sind bereits ein Anachronismus, wenn wir uns auch noch ein oder zwei Generationen lang halten können. Inzwischen sehe ich nicht, dass wir viel Böses tun.«

»Noch auch viel Gutes. Wir sind hübsch negativ.«

»Ja, sind wir das? Ich gebe zu, dass ich kein besonders prächtiges Exemplar bin; aber wenn du mich auch für beklagenswert leichtfertig halten magst: Gelegentlich kümmre ich mich doch um die Wohlfahrt des Gutes!«

»Sei nicht töricht, Sebastian. Ich weiß, dass du das tust. Im Herzen weiß ich, dass du nie wirklich glücklich bist, als wenn du mit Wickenden redest oder mit Bassett herumstapfst. Du bist wirklich zum Landjunker, in Reithosen und Gamaschen, geboren, statt in London herum und hinter hübschen Frauen herzulaufen, die du verachtest. Du liebst Chevron abgöttisch, und es würde dir das Herz brechen, es in ein Nationalmuseum verwandelt zu sehen.«

»Nun natürlich.«

»Ja, natürlich. Und das ist unsere einzige Rechtfertigung. Aber lass uns nicht in Empfindelei über uns selber geraten. Denke stets daran, dass wir nur ein malerischer Überrest sind, auch wenn wir so tun, als ob wir noch zur Zeit der Kriege der Rosen lebten.«

»Großer Gott, Viola, ich habe nie gewusst, dass du solche Ideen hegst.«

»Nein? Ich mutmaße, dass du sie ebenfalls hegst und ihnen nur noch nicht ins Gesicht geschaut hast. Zu unerfreulich. Aber ich gebe zu, dass man etwas zugunsten von Sebastian dem Landjunker sagen kann. Ich gebe aber nicht zu, dass man irgendetwas zugunsten von Sebastian dem flotten jungen Mann sagen kann.«

»Oder zugunsten von Mutter? Oder von Lady Templecombe? Aber erzähl mir mehr von Sebastian dem Landjunker. Er interessiert mich.«

»Er interessiert mich auch. Er ist eine wirkliche Person. Ein wirkliches Verständnis besteht zwischen ihm und Wickenden und Bassett. Sie sprechen dieselbe Sprache, wenn auch Wickenden seine Endungen verschluckt und Sebastian das nicht tut. Sie achten einander. Und ich will noch dieses zu Sebastians Gunsten sagen: Der Tag, an dem Wickenden aufhört, Sebastian zu achten, wird eher kommen als der Tag, an dem Sebastian aufhört, Wickenden zu achten.«

»Darin irrst du, Viola. Sie sind voneinander abhängig. Der Wickenden, der aufhört, Sebastian zu achten, wird nicht länger derselbe Wickenden sein.«

»Du meinst, Wickenden wird als Erster das Feudalwesen abschütteln, während Sebastian noch darin steckenbleibt.«

»Du eilst weiter voraus als ich. Ich gebe nicht zu, dass das Feudalwesen versagt. Ich betrachte es als einen Felsen, auf den wir nicht einen Palast und eine Bretterbude, sondern ein Gutshaus neben einem Bauernhof gebaut haben. Chevron ist groß, aber im Grunde ist es nur ein etwas größeres Gutshaus. Das ist vor einigen Jahrhunderten geschehen, aber noch steht es fest. Chevron und Wickendens Bauernhaus wurzeln auf gleichem Grund. Das gleiche Erdbeben, das Chevron zerstört, wird auch Wickendens Häuschen zerstören.«

»Nur wird es kein Erdbeben sein – in England nicht, England ist nicht vulkanisch –, es wird ein allmähliches Zerbröckeln sein.«

»Vielleicht. Aber die Wirkung wird die Gleiche sein. Sie werden beide gemeinsam zugrunde gehen.«

»Aber etwas anderes wird an ihrer Stelle aufgebaut werden«, sagte Viola; »etwas, das nicht so grell voneinander absticht.«

»Ja – zwei Mietskasernen, in jeder Einzelheit einander gleich«, sagte Sebastian bitter.

»Mein armer Sebastian, der Gedanke ist hassenswert für dich, aber du wirst dich damit abfinden müssen. Ich weiß, du versuchst, ihm gelassen ins Auge zu sehen, aber du bist um hundert Jahre zurück. Nur hundert Jahre – wir brauchen gar nicht bis auf die Kriege der Rosen zurückzugreifen. Du lebst noch in der Zeit, da England ein Agrar- und kein Industrieland war, da die Bevölkerung weniger zahlreich war und der Pächter wirklich von seinem Gutsherrn, der Angestellte von seinem Brotgeber abhängig war, da ihre Beziehungen viel persönlichere waren, da Wickendens Sohn nicht davon träumte, sich irgendwo anders eine Stellung zu suchen als in den Werkstätten von Chevron, da Wickendens Stellung, wie die von Sebastian, erblich war.«

»Heute geht er zur Motorbranche über.«

»Und Sebastian nimmt das übel.«

»Aber Wickenden ebenfalls. Das vergisst du.«

»Wickenden, mein Lieber, wird aussterben. Wickenden und Sebastian gehören beide der alten Ordnung an. Es gibt heutzutage zu viele junge Wickendens – sie können nicht alle Anstellung finden in den Werkstätten von Chevron. Natürlich wird sich Sebastian länger daran klammern als die jungen Wickendens. Sebastian hat Recht; er hat ein angenehmes Leben, eine Menge Geld, er verbringt die Hälfte seiner Zeit in London, die andere Hälfte verbringt er angenehm damit, seine Pächter zu begönnern, bei schönem Wetter um sein Gut herumzureiten, Gnaden auszuteilen und zu sagen: ›Gewiss, ich werde Ihr Dach ausbessern lassen …‹«

»Und wen schlägst du als Ausbesserer von Wickendens Dach vor, wenn ich es nicht länger tue?«

»Wickenden selber. Einen Wickenden, der nicht mehr dir oder sonst jemandem verpflichtet ist, es sei denn einem unsichtbaren Brotherrn – vielleicht dem Staat –, der ihm einen anständigen

Lohn im genauen Verhältnis zu der Arbeit, die er geleistet hat, zahlt. Keine Gönnerschaft, keine Unterwürfigkeit, keine Verpflichtung.«

»Aber zum Kuckuck, Viola, ich zahle Wickenden einen anständigen Lohn! Und ich schwöre, Wickenden hat gar kein Gefühl von Gönnerschaft oder Verpflichtung mir gegenüber. Frag ihn. Er würde gar nicht verstehen, was du meinst.«

»Nein, aber sein Sohn würde es verstehen.«

»Der junge Frank. Dieser Bengel hat keine Art, kein Gefühl für Chevron …«

»Warum sollte er? Chevron ist dein Haus, nicht das seine. Du magst Wickenden achten, weil er seine Interessen mit den deinen identifiziert; ich achte den jungen Frank, weil er darauf besteht, seine eigenen Interessen zu haben. Es sind verschiedene Gesichtspunkte, Sebastian. Wir werden nie Zusammenkommen.«

»Ich dachte, du liebst Chevron ebenso sehr wie ich, Viola.«

»Jawohl, ich liebe Chevron. Etwas ist in mir zerbrochen an dem Tage, da ich erkannte, dass ich mich nicht an Chevron klammern dürfe. Kleine Wurzelfaserchen streben noch dahin, und ich muss sie immer wieder ausreißen. Es tut mir weh, aber ich reiße sie aus. Ich betrachte unsere Liebe zu Chevron als eine Schwäche.«

»Jede Liebe ist Schwäche, wenn man so will, insofern als sie einen Teil unserer Unabhängigkeit zerstört. Ich sehe nicht ein, warum die Liebe zu einem Ort eine größere Schwäche sein soll als die Liebe zu einem Menschen.«

»Ich glaube, ich weiß warum, in diesem besonderen Fall. Deine Liebe zu Chevron ist nicht rein. Sie umschließt das ganze System, auf dem Chevron aufgebaut ist. Sie umschließt Wickenden, und die Hobelbank des Schreiners, und die Malerwerkstatt, und die Schmiede, und die Schneidemühlen, und sie umschließt deine Beziehungen zu ihnen allen.«

»Ich sehe nicht, was das schaden soll«, murmelte Sebastian eigensinnig. »Nein, ich will dir sagen, was ich wirklich denke«, fügte er hinzu, indem er sich aufrichtete. »Ich will dir zugeben, dass Chevron und ich selber, und Wickenden, und der ganze Apparat nichts als ein Wachsfigurenkabinett sind, wenn du willst. Die heutigen Lebensbedingungen haben uns alle zu ziemlichen Belanglosigkeiten gemacht. Aber ich denke immer noch, dass das jammerschade ist. Ich glaube, dass wir im Ganzen ein gutes System entwickelt hatten, das auf gutes gegenseitiges Verständnis zwischen den Klassen hinwirkte. Nichts wird mich je davon überzeugen, dass die Beziehungen zwischen Gutsherr und Handwerker, oder zwischen Gutsherr und Ackerbauer, oder zwischen Gutsherr und Pächter nicht die Elemente von Anstand und Redlichkeit und gegenseitiger Achtung enthielten. Ich wünschte nur, die Zivilisation hätte sich auf dieser Linie weiterentwickeln können. Die Zeiten sind vorüber, da wir unsere Tagelöhner unterbezahlten und ihnen die Ohren abschnitten und die Nasen aufschlitzten, weil sie ein Stückchen Holz gestohlen hatten, und wir hätten einer Ära entgegenblicken können, in der wir alle anständig miteinander hätten leben können, unter einem System, das sich für das englische Volk ganz besonders eignet. Aber, wie du sagst, es gibt jetzt zu viel Menschen. Zu viel Industrie. Mein idyllisches England schwindet. Leute wie ich und Wickenden sind an die Wand gedrückt. Natürlich mögen wir das nicht.«

Viola lachte. »Liebster Sebastian, wie gut sehe ich dich auf deine alten Tage voraus – eingeschlossen in den Mauern von Chevron, jammerst du, dass das Land vor die Hunde gegangen ist, ein guter Tory bis zum Ende. Wie schade, dass du nicht um achtzehnhundertfünfzig gelebt hast.«

»Nun, du hast über Sebastian den Landjunker verfügt. Jetzt sage mir noch etwas über Sebastian den flotten jungen Mann.«

»Ich mag ihn nicht. Sebastian den Junker liebe ich, wenn ich auch nicht mit ihm übereinstimme. Aber den flotten jungen Mann – nein. Er sündigt wider sich selbst, weißt du; er ist ein Schwindel. Er ist sehr reizend und sehr hübsch, er hat vollendete Umgangsformen und zieht sich tadellos an. Er tut alles, was sich gehört. Er tanzt, er spielt Polo, er geht auf Rennen, er flirtet – oh, und wie er flirtet! Er verkehrt mit Leuten, die er verachtet, aber lässt natürlich nie die leiseste Andeutung ihnen gegenüber fallen, was er wirklich von ihnen denkt. Er tut, als nähme er ihre Werturteile an, und tut das mit bestem Erfolg. Bin ich superklug? Ist es nur, weil er jung ist und sich gern amüsiert?«

»Glücklicherweise hat er eine Schwester, die ihm einige kräftige Wahrheiten sagt«, sagte Sebastian und zog ein schiefes Gesicht.

Lucy kam herein.

»Ihr sitzt im Dunkeln, Kinder?«

»Wir hatten eine sehr ernsthafte Unterhaltung«, sagte Sebastian, und er stand auf und küsste seine Mutter, sehr zu ihrem Erstaunen, denn Gefühlskundgebungen gehörten nicht zu seinen Gewohnheiten.

VI
Teresa

Chevron war im Winter eher noch schöner als im Sommer, so dachte Sebastian. (Aber, welche Jahreszeit es auch sein mochte, Sebastian fand allerdings immer, dass gerade sie Chevron besser stehe als jede andere.) Er war jetzt seit zwei Tagen da, allein mit seiner Mutter und Viola, und hatte, wie gewöhnlich, alles, was London anging, vergessen und war tief in seine Chevronstimmung versunken. Er hatte noch einen ganzen Tag vor sich, bis die Weihnachtsgäste mit dem Sechsuhrzug eintreffen würden. Er hatte dieser Gesellschaft entgegengesehen, im Stillen entschlossen, dass es zwischen ihm und Teresa zu einer Entscheidung kommen sollte, aber jetzt ärgerte es ihn nur, zu denken, dass das Haus am Abend voller Gäste sein würde, wenn auch Teresa darunter war. Er hatte schon vor längerer Zeit entdeckt, warum er Gesellschaften auf Chevron so übel aufnahm, während er sie anderenorts auf seine verbissene Art genießen konnte. Es war, weil sie ihn zwangen, die zwei Seelen in seiner Brust zu vermischen – denn Sebastian war ehrlich genug, um eine Gefühlsverfälschung nicht zu mögen. Er konnte nur mit sich ins Reine kommen, wenn er seine beiden Ichs scharf auseinander hielt. Dann vermochte er sich durch den Gedanken zu stärken, dass sein eines Ich für das andere entschädigte. Auf diese Weise hatte er sich, seitdem wir ihn zuerst rebellisch auf dem Dache rittlings sitzend fanden, säuberlich in Fächer eingeteilt. Aber trotzdem hatten Gesellschaften auf Chevron noch die gleiche trostlose Wirkung, sie verwirrten ihn, indem sie die Wirklichkeit der Unwirklichkeit feindlich gegenüberstellten – eine Stimmung gegen die andere. Die Anwesenheit von Teresa würde die Dinge komplizieren. Er war hellsichtig genug, um zu wissen, dass er sich auf Teresa abstimmen würde; in die Rolle willigen würde, die sie von ihm erwartete; dass er sich selber dafür hassen würde; und dass er vor lauter Verzweiflung übertreiben würde. Er wünschte bei allen guten Göttern, dass er Teresa nicht eingeladen hätte.

Inzwischen waren Teresa und die Gesellschaft noch fünfundzwanzig Meilen und acht Stunden entfernt, und Sebastian, Sarah und Henry auf seinen Fersen, weilte an einem frostigen Morgen draußen im Park. Im Augenblick brachte er es fertig, glücklich zu sein. Chevron ging seinem Tagewerk nach wie immer, als würden keine störenden Fremdlinge erwartet; die innere Geschäftigkeit des Hauses trat hier nicht in Erscheinung; Sebastian konnte vergessen, dass da drinnen seine Mutter sich mit dem Küchenchef beriet, Mrs Wickenden Bettwäsche herausgab, Wacey sich mit der Abendtafel abquälte, Vigeon in den Keller hinunterstieg, der Zimmerpage alle Schreibtische mit Tinte, Bleistiften und Briefpapier versah, die Wirtschafterin in der Anrichte Teegebäck bereitete. Alle diese Haushaltsgeschäfte berührten Sebastian nicht im geringsten. Er streifte um die Außenmauern herum, begegnete zuerst einem mit einem gestürzten Baum beladenen Leiterwagen und freute sich über die kastanienprallen Leiber der Zugpferde; dann schaute er ins Schlachthaus hinein, wo Hodder, der Forstgehilfe, ein Reh abhäutete, das mit allen vier Beinen über einem Sparren hing; dann begegnete er zwei Gärtnern, die eine Karre voll Rüben und Kartoffeln schoben; dann schaute er in den Holzschuppen, wo der alte Turnour Brennholz hackte. Der alte Turnour, dessen Gesicht mit einer weißen Bartkrause eingefasst war, grinste freundlich, griff an seinen Hut und fuhr dann fort, Holz zu zerkleinern.

»Na, wie geht's, Turnour? Schönes Wetter, was?«

»Recht schön, Euer Gnaden, aber nicht der Jahreszeit gemäß, nicht der Jahreszeit gemäß.«

»Na, kalt genug ist es, Turnour; aber vermutlich wartest du auf Schnee zu Weihnachten?«

»Ach, das Klima ist nicht mehr, was es war, Euer Gnaden; ein Weihnachten ohne Schnee ist unnatürlich.«

»Ich glaube beinahe, wir bekommen welchen, bevor's so weit ist, Turnour.«

»Kann sein, Euer Gnaden, aber das Klima ist doch nicht mehr, was es war. Jedenfalls kriegen wir einen leichten Frost, um Stecklinge zu setzen. Ich hatte eine hübsche Menge Stecklinge dieses Jahr, Euer Gnaden, und es wäre ein Jammer gewesen, wenn sie aus Mangel an ein bisschen Frost umgekommen wären.«

»Allerdings, Turnour, das wäre ein Jammer. Und wie steht's mit dem Rheumatismus?«

»Nicht unvernünftig schlecht, Euer Gnaden, so verhältnismäßig. Aber ich werde älter, und das spürt man.«

»Achtundsiebenzig, nicht, Turnour?«

»Ah, Euer Gnaden haben das Gedächtnis von Seiner Gnaden selig. Achtundsiebenzig, stimmt – zu Ostern werden's neunundsiebenzig.«

»Also, hören Sie, Turnour, es gibt eine Weihnachtsüberraschung für Sie und jedermann auf dem Gut – fünf Schilling Wochenzulage ab ersten Januar.«

»Nein, Euer Gnaden, ist das wirklich wahr?«, sagte Turnour und ließ von seinem Holzhacken ab, um seinen Hut zurückzuschieben und zu starren; »nicht, dass es nicht jedermann willkommen wäre, bei den Preisen, die wieder steigen. Na, ich sage …«, sagte Turnour, noch immer staunend über diesen Brocken Glück – »ich hab's ja immer gesagt: Ein Herr ist ein Herr, aber Euer Gnaden ist ein wirklicher Herr. Und hier beweist sich's, dass ich wahr gesprochen habe.«

»Das ist es nicht, Turnour«, sagte Sebastian, zur Ehrlichkeit getrieben. »Nur ich kann's erschwingen, während andere es nicht können.«

»Ah, Euer Gnaden wollen es nicht wahrhaben. Aber nicht jeder denkt daran, auch die nicht, die's erschwingen können. Und Euer Gnaden zahlen schon einen anständigen Lohn, wie nur wenige. Danke auch gütigst, Euer Gnaden. Meine Alte zu Haus wird tanzen, wenn sie's hört; ob die Knochen steif sind oder nicht.«

Sebastian lächelte, nickte und ging weiter, nicht sehr befriedigt in seinem Herzen. Er fühlte, dass er mehr Dankbarkeit empfangen und mehr Verdienst geerntet hatte, als ihm zukam. Fünf Schilling in der Woche bedeuteten dreizehn Pfund im Jahr, und – angenommen er beschäftigte hundert Leute – machte das dreizehnhundert Pfund im Jahr; nur wenig mehr als seine Mutter für einen einzigen Ball ausgeben würde; eine geringfügige Summe in seinem Jahresbudget. Er fühlte Scham. Seine Unterhaltung mit Viola hatte ihn beschämt. Geld beiseite, er fühlte, dass sein Verhältnis zum alten Turnour unwahr war. Was kümmerte ihn in Wirklichkeit des alten Turnour Rheumatismus?, oder sein Alter?, oder die Tatsache, dass er täglich um fünf Uhr morgens drei Meilen zu seiner Arbeit zu gehen hatte, Sommer und Winter, und drei Meilen täglich abends zurück? Sebastian mochte hin und wieder wohl nach dem Holzschuppen schlendern und für zehn Minuten freundlich mit dem alten Turnour schwatzen, und er wusste, dass der alte Turnour das liebte und jedes Wort aus ihrer Unterhaltung am Abend seiner Alten wiedererzählte; aber angenommen, Sebastian fände an einem kalten Winterabend das Feuer in seinem Kamin nicht angezündet, und auf sein Läuten würde Vigeon ihm berichten, der alte Turnour habe heute versäumt, Holz zu machen – würde er, Sebastian, nicht vor Wut schäumen und fragen, was der alte Turnour sich eigentlich dächte, wozu er da wäre, wenn nicht um Holz zu machen? Und würde er sich nicht für einen milden Herrn halten, weil er Turnour nicht ohne weiteres auf dem Fleck entließ? Er wanderte weiter, unglücklich seinen Kopf schüttelnd. Viola hatte ihn aufgestört. Turnours Dankbarkeit machte ihn verlegen. Er hatte das Gefühl, dass er vielmehr dem alten Mann dankbar zu sein hätte, dafür, dass er jeden Morgen um fünf Uhr aufstand und drei Meilen weit lief, damit das Bad um acht Uhr heiß und die Kaminfeuer den Tag über genügend versorgt wären.

Aber der Morgen war zu wunderbar, und Sebastian zu jung, als dass seine Niedergeschlagenheit lange hätte währen können. Er nahm seinen Weg quer durch den Park, indem er Henry kleine

Stöckchen zum Apportieren hinwarf – Sarah machte sich nichts aus Stöckchen –, und dann und wann drehte er sich um, um auf das Haus zurückzublicken, das unter ihm lag, ausgebreitet wie ein mittelalterliches Dorf mit seinen viereckigen Türmchen und grauen Mauern, seinen hundert Schornsteinen, die blaue Rauchfahnen in den Himmel sandten. Es war sein; und er entsann sich Teresas Frage: »Erzählen Sie mir, wie fühlt man sich, wenn man Sie ist?« In diesem Augenblick wusste er genau, wie man sich fühlte, wenn man er war.

Der Rasen war weiß von Reif, und jedes einzelne Grashälmchen ragte hoch, spröde wie ein Eiszapfen. Das Gras knirschte unter seinen Füßen, und als er über die Wiese zurückschaute, konnte er seine Fußspur erkennen, die als schwarzer Strich über den Raureif lief. Sarah trat vorsichtig auf, und von Zeit zu Zeit legte sie sich nieder, um die Eisklümpchen abzulecken, die sich zwischen ihren Fußballen ansammelten; Henry, der aus gröberem Stoff gemacht war, jagte wie besessen immer im Kreis herum, galoppierte wie ein kleines Pferd, setzte mit fliegenden Ohren und wehendem Behang über Grasbüschel. Sebastian feuerte ihn an. Er wünschte, er hätte herumtollen können wie Henry. Sie kamen an den Rand der Wiese; Sebastian setzte zu einem Lauf den Hang hinunter an; jetzt waren sie im Talgrund; sie rannten weiter und scheuchten die Rehe auf, die dort zwischen ein paar Armen Heu, die man ihnen hingestreut hatte, herumschnupperten. Sie stoben davon, die Spaniels hinter ihnen her; in Sätzen jagten sie den Abhang hinauf, sprangen, als hätten sie Federn in den Füßen, über die Büsche abgestorbenen Farrenkrautes, ihre weißen Schwanzstummel blitzten zwischen den Bäumen auf. Sebastian blieb stehen, um zuzuschauen; er fühlte sich so glücklich, dass er meinte, das Herz müsse ihm bersten. Henry und Sarah krochen, zurückgekehrt, auf ihren Bäuchen zu ihm hin und waren erstaunt, dass sie keine Schläge bekamen.

Am Morgen des Heiligabends war Schnee gefallen. Sebastian freute sich darüber, als er zuerst aus seinem Schlafzimmerfenster hinausschaute und den weißen Garten sah. Er freute sich, weil

Teresa jetzt Chevron sehen würde, wie sie erwartet hatte, es zu sehen. »Ein ganz altmodisches Weihnachten«, würde sie sagen. Er war so guter Laune, dass er voll Herzlichkeit Teresas wohl bedachte Plattheiten vorausfühlen konnte. Er schaute hinaus auf das vertraute Bild. Zwei Gärtner fegten bereits den Schnee vom Weg. Witsch, witsch, machten ihre schwarzen Besen, und die Männer gingen hinterdrein, sich von einem Fuß auf den andern wiegend, eine Karikatur vom wundervollen Rhythmus des Schnitters. Der Schnee war pulverig und flog bereitwillig unter dem Reisigraschen des Besens auf und häufte sich zu beiden Seiten, sauber und glitzernd, zu einem niedrigen, giebelförmigen Wall; der gelbe Kies des Weges kam zum Vorschein, mit streifigen Halbkreisen von Schnee, der zwischen den Besenreisern liegenblieb, überzogen. Schwarzdrosseln spazierten über die Rasenfläche und prägten ihre zierlichen Spuren in den Schnee. Sebastian hielt es nicht im Hause aus an einem solchen Morgen. Er zog sich derbe Hosen und einen Sweater über, rief Sarah und Henry, die sich noch im Zustand des Streckens und Gähnens in ihren beiderseitigen Körbchen befanden – Sarah vor allem war immer ein saumseliger Erwacher und liebte es, für fünf Minuten zärtliches Getue auf Sebastians Bett zu springen, ehe sie offiziell erwacht war –, ging hinunter und versuchte, in den Garten hinauszugelangen, wurde aber überall durch heruntergelassene Läden und verschlossene Türen gehemmt, denn das Hauspersonal durfte diesen Teil des Schlosses nicht so früh betreten und hatte weder die Läden aufgemacht noch die Vorhänge aufgezogen. Sebastian rüttelte und zerrte ungeduldig, unvernünftig aufgebracht gegen seine Dienerschaft, die mit solcher Gewissenhaftigkeit ihren Pflichten nachkam. Er war so aufgebracht wie zuweilen während der Londoner Season, wenn er unangemeldet nach Chevron kam und alle Möbel in der Mitte der Zimmer unter Staubhüllen zusammengeschoben fand. Dann knurrte er mit Mrs Wickenden wegen ihrer Sorgsamkeit, die er in Wirklichkeit schätzte. Schließlich gelangte er hinaus, nachdem er über die Läden im Bibliothekszimmer triumphiert hatte. Henry stürmte voraus in den Schnee, den er mit seiner Schnauze aufwühlte. Sarah folgte bedächtiger, schnüffelte und blickte sich fragend nach Sebastian um, was dieses ungewohnte weiße Gras wohl zu bedeuten habe. Sie liefen beide, kleine braune Gestalten, schnuppernd und schnüffelnd hin und her, und Sebastian schritt hinterdrein, anfänglich nur widerstrebend den dicken weißen Teppich zerstörend; dann aber riss er ihn mit Vergnügen auf und sah zu, wie der pulvrige Schnee von seinen schleudernden Fußspitzen hochstäubte. So überquerte er den Raum bis zur Allee und den fegenden Gärtnern, nahm einem der Männer den Besen aus der Hand und schickte ihn an eine andere Arbeit.

Ein roter Sonnenball stieg hinter den Bäumen hoch; jetzt war schon eine lange Wegstrecke reingefegt. Sebastian fegte mit solcher Energie, dass er seinen Mitarbeiter ständig hinter sich zurückließ. Die kalte Luft und die körperliche Bewegung machten seine Haut prickeln; seine Lebensgeister stiegen; er neckte den anderen Mann mit seinem langsamen, stetigen Vorwärtskommen. »Guck, ob ich nicht mein Teil in der halben Zeit sauberfege, Godden.« »Alles gut und schön, Euer Gnaden, aber Euer Gnaden haben nicht den ganzen Tag über weiterzuarbeiten. Langsam und stetig – damit hält man durch vom Frühstück bis Feierabend.« Dennoch wusste er, dass Godden gut gelaunt und belustigt war; belustigt, wie jeder Fachmann, über den hitzigen Übereifer des Amateurs. Er schaute zu dem grauen Haus auf; alle Vorhänge waren geschlossen, und er verachtete innig seine Gäste, weil sie noch schliefen, mit einem Anflug jener Überlegenheit, die alle diejenigen überkommt, die früher auf den Beinen sind als andre Leute. Dann fiel ihm ein, dass von allen Schlafzimmern einzig seine Fenster nach dem Garten hinausgingen; und eine zweite Welle der Befriedigung überkam ihn, dass er so abgetrennt in seinem dicken Turm schlief, wo niemand ihn bespitzeln konnte und wo er keine andern Nachbarn hatte als die Porträts, die an den Wänden der unbenutzten Prunkgemächer hingen, oder einen Pontius Pilatus, der vom Gobelin in der Kapelle herab nicht länger Recht zu sprechen vermochte.

Wie oft, wenn er nachts sich in sein Zimmer begab und sich hinauslehnte, um die Luft am Fenster einzuatmen, hatte er sich in einer stummen Verbundenheit mit Chevron gefühlt, einer Verbundenheit, die den andern nicht vergönnt war!

Er liebte das Gefühl des Besenstiels in seiner Hand, das Holz, das der Gebrauch poliert hatte, bis es so glatt und glänzend war wie Pergament. Sogar die Astknoten im Holz waren geschmeidig. Sebastian hatte innegehalten, um seinen Rücken aufzurichten, und ließ seine Finger am Stiel auf und nieder gleiten, das angenehme Gefühl des Materials genießend. Godden hielt ebenfalls inne und beobachtete ihn mit einem Lächeln. »Kommen Blasen, Euer Gnaden?« »Dazu gehört mehr, um mir Blasen zu machen«, sagte Sebastian, beleidigt durch die Annahme, dass er weiche Hände haben könnte, und er machte sich wieder ans Fegen, obgleich er gern einen Augenblick gerastet hätte, um ringsumher auf den glitzernden, mit Diamanten gesprenkelten Schnee zu schauen, und auf die tiefe rote Sonne gerade über den Wipfeln der Bäume, und auf Sarah und Henry, die, toll vor Lust, immer im Kreise, einer hinter dem anderen, herjagten.

Teresa entschied, dass es schicklich für sie sein würde, ihr erstes Auftreten auf zwölf Uhr mittags zu legen. So würde sie keinen ungebührlichen Eifer verraten. Sie war mit der festen Absicht auf Chevron eingetroffen, sich mit der äußersten Vorsicht zu benehmen. Durch kein ungestümes Wort würde sie ihre Aufregung verraten, durch keine unvorsichtige Frage ihre Unwissenheit bloßstellen. Sie würde sehr ruhig und zurückhaltend sein und sorgfältig nachahmen, was die anderen Leute taten; es würde ihr gelingen, durch die drei Tage dieser erschütternden, tödlichen und hinreißenden Feuerprobe ohne Schande oder Lächerlichkeit hindurchzukommen. Ihr Benehmen würde beherrscht und würdig sein; sie würde nicht zulassen, dass irgendetwas sichtbaren Eindruck auf sie machte; sie würde sich so verhalten, als ob auf Chevron weilen für sie durchaus die üblichste Sache von der Welt wäre. Innerlich freilich war sie zerfahrener als je in ihrem

Leben. Die Größe von Chevron, der Luxus, die Zahl der Bedienten, die gepuderten Lakaien in ihren roten Sammetkniehosen, die großen Kaminfeuer, das goldene Geschirr, die Unterhaltung, die elegante Gesellschaft mit ihrer Art, alles für selbstverständlich hinzunehmen – das alles hatte Teresas Erwartungen weit übertroffen. Aschenbrödel, als es auf den Ball ging, konnte nicht überwältigter sein als sie. »Behalte deinen Verstand, behalte deinen Verstand«, sagte sie immer wieder zu sich selbst, »lass dir nichts anmerken.« Erst als man sie vor Tisch in ihr Schlafzimmer geführt und John sich dort sofort zu ihr gesellt hatte, ließ sie sich gehen. Sie war im Zimmer herumgeflattert, hatte jeden Gegenstand untersucht und von Entzücken überwältigt in die Hände geklatscht. Das vertraute »O schau nur, John, schau nur!« kam taumelnd über ihre Lippen. Der Toilettentisch, der Waschtisch, der Schreibtisch mit seiner Garnitur, das riesige Himmelbett, auf dem eine unsichtbare Hand bereits ihre Kleider ausgebreitet hatte, die gerafften Vorhänge, das hell flackernde Feuer, die Batistkissen, die Chaiselongue mit einer quer darüberliegenden zusammengefalteten Chinchilladecke – alle diese Dinge ließen Teresa von einem Entzückensausbruch in den anderen geraten. Lange verweilte sie beim Schreibtisch und betastete jede Einzelheit darauf. Da lag eine gedruckte Karte, mit goldenen Rändern, auf der stand: »*Postankunft 8h morg., 4h nachm. Postabgang 6h nachm. Sonntags: Postankunft 8h. morg. Postabgang 5h nachm. Lunch 1.30. Dinner 8.30.*« Nichts über das Frühstück. Gottlob, also erwartete man nicht, dass die Damen zum Frühstück herunterkämen. Dann waren da drei Schreibblöcke von verschiedener Größe – »Schau, John! Mac-Michaels bestes Pergamentpapier«, sagte Teresa, es ihm zeigend, »und ich weiß, das Ries kostet ein Pfund« –, aber was Teresa am meisten faszinierte, so dass sie kaum die Augen davon wenden konnte, war die Adresse: CHEVRON, unter einer Herzogskrone. »Einfach Chevron, John!«, sagte Teresa, »nichts weiter! Keine Stadt, keine Provinz! Siehst du, so bekannt ist es. Einfach: Chevron, England. Wenn du einen Brief in irgendeinem Winkel der Welt so adressieren würdest, käme er hier an«, und sie saß da und starrte auf das Blatt in ihrer Hand, indem sie sich erinnerte, dass sie einmal eine Zeile von Sebastian auf solchem Papier erhalten hatte, doch hatte sie geglaubt, es wäre sein Privatbriefpapier, und nun lag es hier in Mengen, in ihrem eigenen Schlafzimmer, glatt und unbenutzt. »Ich muss an Maud und an Mutter schreiben«, sagte Teresa, in ihrem Innern entschlossen, verspätete Weihnachtsgrüße an jeden zu senden, der ihr nur einfallen würde; aber sie bezähmte sich und sagte John nichts davon – denn sie wahrte einige kleine Geheimnisse vor ihm.

Doch bildete der Schreibtisch noch nicht den Abschluss ihrer Wonnen, denn jeder Gegenstand im Zimmer schien mit dem Namenszug seines Besitzers gezeichnet zu sein. Selbst die bebänderte Haube über der Heißwasserkanne trug das gekreuzte C und die eingestickte Krone. Ebenso die Laken, als Teresa die Steppdecke zurückschlug, um nachzusehen, und diese waren obendrein noch mit einem breiten rosa Atlasband durchzogen. Teresa erging sich weiter in Ausrufen, was all das kosten musste, und »denke dir doch bloß, John«, sagte sie, »es ist ja nicht nur ein Schlafzimmer, sondern zwanzig, dreißig Schlafzimmer!, so dass alles zwanzig-, dreißigmal angeschafft werden muss. Aber ich mag die Herzogin nicht; magst du sie, John? Ich bin sicher, sie ist sehr bissig im Privatleben. So ein komisches schrumpliges Gesicht hat sie, und ich wette, dass sie ihr Haar färbt. Ich wünschte, Lady Roehampton wäre hier. Ich mag auch diese Mrs Levison nicht, wenn ich auch weiß, dass sie furchtbar fesch ist – wirklich die Creme der Creme. Ich wette, sie hat eine böse Zunge. Und Lady Viola – die sieht so kalt wie Eis aus. Ist es nicht komisch, dass eine Null wie Mrs Levison so fesch sein soll? Bei diesen Leuten weiß man nie, nicht wahr? Man sagt, sie wolle die Mode einführen, dass Damen allein mit Herren im Restaurant speisen können. Ich mag solche Sachen nicht; magst du sie, John? Ausschweifend nenne ich das. O Gott, ich wollte, ich hätte etwas Schmuck, den ich zum Abendessen anlegen könnte. Glaubst du, dass die Damen ihre Diademe tragen werden?

Nein, in einem Privathaus vielleicht nicht. Wer, glaubst du, wird mich zu Tisch führen? Ich wollte, dass es der Herzog wäre, aber das geht wahrscheinlich nicht bei all den Damen mit den hohen Titeln. Ich muss sagen, ich fand ihn sehr nett bei unserer Ankunft, und was für herzige kleine Hunde er hat. Ich glaube, er dachte, dass wir vielleicht ein bisschen schüchtern sein würden. Ich war's aber nicht; warst du's, John? Man benimmt sich ganz richtig, solange man sich nicht vordrängt, meinst du nicht? Was für ein wunderbarer großer Raum das war, und oh!, hast du die Blumen bemerkt? Flieder und Rosen! Zu Weihnachten! Glaubst du, dass der Herzog uns die Treibhäuser zeigen wird? Könnte ich ihn darum bitten, glaubst du? Oder würde es dumm aussehen?« So hatte Teresa immerfort geplappert, bis es Zeit war, sich zum Dinner umzukleiden, und ein Mädchen sie aufscheuchte, um nach ihren Wünschen zu fragen.

Zu Hause, als sie einpackte, hatte sie mit einer gewissen Befriedigung ihre Kleider betrachtet. Nichts war darunter, was nicht dem kritischen Auge eines Hausmädchens von Chevron standhalten könnte! Ausgenommen, vielleicht, ihre Pantöffelchen. Sie hatte sie genau untersucht und sich dann zu ihren Gunsten entschieden; sie waren an der einen Seite ein bisschen abgetragen, gewiss, aber das konnte man übersehen, und sie konnte John wirklich nicht um noch mehr Geld bitten; er hatte ihr schon einen großmütigen Scheck überreicht. Aber hier, auf Chevron, in diesem luxuriösen Schlafzimmer, schauten ihre armen Hemdlein und ihr Nachtgewand recht lumpig aus; und was die Pantoffeln anging, so waren sie geradezu unverantwortlich schäbig geworden. Sie überlegte, ob sie sie verstecken sollte; aber es war zu spät, das Hausmädchen hatte ausgepackt und sie schon gesehen. Teresa war ärgerlich. Sie bedauerte, dass sie vor Tisch ihre Schlüssel ausgeliefert hatte, als ein Lakai kam, um sie ihr abzuverlangen. Aber wie hätte sie sagen sollen, dass sie ihren Koffer selber auspacken wolle? Das hätte einen erbärmlichen Mangel an savoir faire enthüllt; und savoir faire war im Augenblick Teresas Gottheit. Sie hatte ihre Schlüssel übergeben, als wäre sie ihr ganzes Leben lang gewohnt gewesen, eine Jungfer zu haben; tatsächlich hatte sie gehofft, dass jedermann in Hörweite annehmen würde, sie habe ihr eigenes Mädchen mitgebracht und nur zufällig ihre Schlüssel zurückbehalten. Das Hausmädchen von Chevron war der einzige dunkle Punkt in Teresas Paradies.

Dann machte sie eine neue Entdeckung, die wiederum alle ihre Kümmernisse im Sturmwind ihrer Aufregung zerstreute. Sie entdeckte ein Sträußchen auf ihrem Toilettentisch: Zwei Orchideen und einen Stängel Frauenhaar. Sie flog in Johns Ankleidezimmer nebenan und fand dort das männliche Gegenstück: Eine Knopflochblume, bestehend aus einer bezaubernd aufgerollten gelben Rosenknospe. John war gerade in seinem Bad. Sie stand, die Rosenknospe im Kelch ihrer Hände, als stellte diese den vollen und endgültigen Ausdruck alles Luxus' und allen Raffinements dar.

Das war am vergangenen Abend gewesen. Beim Dinner hatte der Haushofmeister Teresa in neue Aufregung gestürzt, indem er fragte: »Champagner, Mylady?« Nach dem Essen hatte man oben im großen Salon gesessen, von noch mehr Flieder und noch mehr Rosen umgeben, und die Familienporträts hatten von den Wänden auf sie herabgeblickt und Teresa mit Neugier und Bewunderung erfüllt. Aber da kein anderer eine Bemerkung machte, hielt sie es für klug, ebenfalls nichts zu äußern. Sie hatte sich brennend und unbehaglich gefühlt in der halben Stunde, die sie mit den Damen dort allein gesessen hatte, denn Teresa machte sich auch im günstigsten Fall nichts aus Frauen, und diese Damen, die aus Wohlerzogenheit ein paar Worte an sie richteten, sie aber sicherlich weit wegwünschten, waren ganz besonders wenig dazu angetan, es ihr behaglich zu machen. Klick, klack, klick, klack, ging ihre Unterhaltung, wie ebenso viele Stricknadeln, rechts, links, rechts, links – ein dichtes Maschenmuster aus Anspielungen hinüber und herüber, Vornamen, Spitznamen und flüchtigen Andeutungen; bis Teresa, unfähig, etwas anderes zu tun als dabeizusitzen und zu beobachten, zu dem Schluss kam, sie hielten ihren Stoff nicht nur für den wichtigsten in der Welt, sondern überhaupt für den einzig möglichen Gesprächsstoff. Sie beobachtete sie verwundert, ganz wie Anquetil, auch ein Außenstehender, sie einst beobachtet hatte, aber ihre Betrachtungen waren grundverschieden von den seinen. Sie beneidete, statt sie zu verspotten, ihre ungeheuerliche Selbstherrlichkeit, ihren schweigenden Ausschluss der ganzen Welt, die nicht zu ihrem Kreis gehörte. Sie staunte über die Einheitlichkeit ihrer Erscheinungen: Groß oder klein, dick oder dünn, jung oder alt, es bestand eine ungreifbare Ähnlichkeit zwischen ihnen, etwas in dem metallischen Glanz der Augen, der harten Linie des Mundes, in den Bewegungen der Hände mit ihren vielen Ringen und Armreifen. Dieser Glanz der Augen war seltsam; obgleich durchdringend, hatte er etwas Totes wie ein Fischauge; glasig, so als ob ein feiner Schleier den Blick trübte, und außerdem waren die Augenlider sehr scharf geschnitten, als wäre eine verengende Falte in sie eingenäht, um den Augen noch mehr jede offene Güte und Größe zu rauben, die sie vielleicht einmal besessen hatten. Alles in allem, dachte Teresa, sollten diese Damen eigentlich unter Glasglocken in einem Museum sitzen, so starr und steif erschienen sie ihr, so weit entfernt von jeder denkbaren Unordnung; die Frisuren gesucht kunstvoll und vollkommen, die Kleider so sichtbar kostspielig und doch so ganz zu ihnen gehörig, ihr Benehmen so sicher vor jeder denkbaren Verwirrung oder Verlegenheit. Bestimmt würde kein natürlicher Urtrieb je diese feine Wohlgefälligkeit stören, kein Wind der Erregung je diese Haararchitektur zerzausen, keine Leidenschaft diese korsettierten Busen verheeren. Keine Leidenschaft – dachte Teresa mit einem kleinen Wonneschauer –, aber kalte und berechnende Bosheit. Sie kritisierte nicht, sie bewunderte. Sie dachte, dass sie all den Porträts von Sargent glichen, die sie je gesehen hatte – und da sie jedes Jahr mit John in die Akademieausstellung ging, hatte sie eine ganze Menge gesehen –, göttliche Bewohner einer eigenen Welt, für die nichts Niedriges, nichts Gemeines und nichts Peinvolles überhaupt existierte; bedient von einer zahllosen Dienerschaft, hergerichtet für den Tag oder den Abend

von zahllosen Zofen, Coiffeuren, Maniküren, Schönheitsspezi-
alisten, Pediküren, Schneidern und Schneiderinnen; so brachen
sie, gerüstet und parfümiert, aus ihren Ankleidezimmern hervor,
um mit den Großen dieser Welt ebenso vertraut umzugehen wie
sie mit Mrs Tolputt.

Dennoch musste sie zugeben, dass sie nichts zu sagen schienen, was der Rede wert war. Sie hatte erwartet, dass ihre Unterhaltung ihrer Erscheinung gleichkommen müsste. Sie hatte
erwartet, dass sie von ihrem Geist geblendet, von ihren Offen-
barungen überwältigt sein würde. Wie sehr sie sich auch bemüht
hatte, sie hatte sich nicht vorstellen können, welcher Art ihre
Unterhaltung sein würde. Sie hatte sich bescheiden in die Erwartung gefügt und sich gesagt, sie befände sich in der Lage eines Londoner Kindes, das noch nie das Meer gesehen hat, oder
eines Bettlers, dem man plötzlich ein Souper bei Dieudonné ver-
spricht. Sie wusste nicht, wie es sein, nur dass es wundervoll sein
würde. Und jetzt fand sie, dass die Unterhaltung sich nur sehr
wenig von der ihrer eigenen Bekannten unterschied, nur bezo-
gen sich die Anspielungen auf Leute, die sie nicht kannte, und
die allgemeinen Voraussetzungen besaßen eine ungewöhnlichere
Spannweite. Sie sprachen sogar von ihren Dienstboten. »Ja,
meine Liebe«, sagte gerade Lady Edward, »ich musste wirklich
zu guter Letzt meinem Küchenchef den Laufpass geben. Wir
stellten fest, dass er hundertundvierundvierzig Dutzend Eier in
der Woche verbrauchte.« Sie schrien vor Lachen über Aussprü-
che, die Teresa (widerstrebend) ziemlich albern fand. Besonders
war da eine Dame, deren Namen Teresa nicht wusste, die aber
den Mund nicht auftun konnte, ohne ein paar gänzlich unver-
ständliche Worte zu äußern, die sofort Heiterkeit hervorriefen.
Trotzdem gab Teresa acht. Sie nahm an, dass es sich um eine
Art Jargon handeln müsste, der auf die allerexklusivsten Kreise
beschränkt blieb, und die Tatsache, dass er in ihrer Gegenwart
gebraucht wurde, gab ihr das Gefühl einer schmeichelhaften
Dazugehörigkeit. Sie versuchte den Gedanken zu verscheuchen,
dass es im Grunde ziemlich langweilig und affektiert war und

dass es sie an nichts so sehr erinnerte wie an eine Geheimsprache, die sie und ihre Gefährtinnen in der Schule brauchten und die darin bestand, ein be an jede Silbe anzuhängen: »Gehst-be du-be heu-be-te-be zum-be Hokbe-key-be-spie-be-len-be?« Die Sprache war als die B-Sprache bekannt gewesen, und nur der Elite der Schule war es erlaubt gewesen, sie zu brauchen. Diese Sprache der Elite von London war offenbar ziemlich auf demselben Prinzip aufgebaut. Sie bestand darin, den Worten eine italienische Endung anzuhängen; aber da die Endung zumeist die Endung eines italienischen Zeitwortes der ersten Konjugation war und den englischen Worten angehängt wurde ohne Rücksicht darauf, ob es nun Zeitworte, Hauptworte oder Eigenschaftsworte waren, so konnte man nicht behaupten, dass die Sprache auf einem sehr vertrauenswürdigen grammatikalischen System beruhte. Mutterwitz – konnte Teresa nicht umhin, zu denken – war billig um solchen Preis. »Und nach dem Dinn-are werden wir ein wenig tanzare«, sagte die anonyme Dame; ein Vorschlag, der mit Ausrufen begrüßt wurde: »Was für ein göttlicher Einfall, Florence! Niemand außer Florence, nicht wahr, kann solche göttlichen Einfälle haben!« Die Kritikfähigkeit, die für eine Sekunde ihr Haupt in Teresa erhob, aber sofort niedergeduckt wurde, meinte, dass der Einfall, nach dem Souper zu tanzen, nichts besonders Originelles oder Göttliches an sich habe. Aber »Wie charmant-are!«, rief Lucy, und sich plötzlich ihrer Pflichten als Wirtin erinnernd, setzte sie hinzu: »Sebastian muss Mrs Spedding als Partnerina wählen.« Alle diese Scheinwerferaugen richteten sich auf Teresa, die bescheiden in ihrer Ecke saß. Sie war gerade scharfsichtig genug, um zu erkennen, dass die Herzogin, von einem gesellschaftlichen Gewissensbiss gemahnt, sich ihrer, die man kaltgestellt hatte, erinnerte. Bis jetzt hatte keiner ein Wort an sie gerichtet, außer etwa einer Phrase: »Leben Sie in London oder auf dem Lande, Mrs Spedding?«, einer Phrase, die außer der sofortigen schüchternen Erwiderung natürlich weiter keine Folgen hatte. Jetzt wurde, dank Lucys Bemühung, Teresa für einen Augenblick zum Brennpunkt des

Interesses. Alle die Damen nahmen Lucys Wink auf. Sie starrten Teresa mit einem prüfenden Blick an, der schmeichelhaft sein sollte, aber in Wahrheit so begönnernd war, dass Teresas Trotz geweckt wurde. »Ich bedaure, ich kann nicht tanzen«, sagte sie, obwohl sie wusste, dass sie ausgezeichnet tanzte; weit besser, vermutlich, als alle diese Damen in vorgeschrittenen Jahren. Kaum hatte sie es gesagt, als sie sich am liebsten die Zunge abgebissen hätte, die so einem unkontrollierten Instinkt gehorcht hatte. Unwillkürlich war sie unhöflich gewesen; und wenn auch die eine Hälfte ihres Selbst sich freute, dass sie gewagt hatte, unhöflich zu sein, so war die andere Hälfte bass erschrocken. Aber die guten Manieren der anderen waren offenbar nicht zu erschüttern. »Das glauben wir nicht«, sagte Lucy mit ihrem hellen Lachen, »das glauben wir einfach nicht, nicht wahr? Ich bin überzeugt, Mrs Spedding tanz-aret wie eine Ballerina. Und jedenfalls, wenn Sie nicht wollen, dass Sebastian Sie als seine Partnerin wählt, so werde ich Sie bitten, Sebastian als Ihren Partnerino zu wählen. Ich bin sicher, Sie könnten nie so herzlos sein und einer besorgten Mutter dieses abschlagen.«

Danach hatten sie Teresa in Frieden gelassen. Sie hatte Muße, sich von dem Schrecken zu erholen, in den sie sie versetzt hatten. Sie konnte sich noch einmal in dem geräumigen Salon umschauen und unbeobachtet die Einzelheiten des Paneels mit dem Fries von Wassernixen und Delphinen in sich aufnehmen: Fischschwanz in Fischschwanz verschlungen, Schuppe auf Schuppe übergreifend in elisabethanischer Überladenheit; sie konnte die Porträts betrachten, während das Klick-Klack der Unterhaltung im Untergrund ihres Bewusstseins weiter klapperte; sie konnte die Jahrhunderte überspringen vom Bildnis Eduards des Sechsten, der eine Rose zwischen Daumen und Zeigefinger hielt, bis zur silbergerahmten Fotografie Eduards des Siebenten auf dem Tisch, im weichen Filzhut, den Fuß zum Einsteigen bereit, auf dem Trittbrett seines ersten Daimlerwagens. Teresa widmete ein gut Teil ihrer Aufmerksamkeit einer verstohlenen Betrachtung der Fotografien. Dank ihrer eigenen

Privatsammlung war sie imstande, die meisten zu erkennen. Da war Lady de T., sehr brünett und lieblich, im Abendkleid im Walde auf dem Boden sitzend, einen Haufen von Reisigbündeln neben sich. Da war Lady A., in einer Louis-Quinze-Bergère, mit einem Spinnrad beschäftigt, das sie nicht anblickte – eine Lieblingspose von Miss Alice Hughes. Da waren die drei schönen Schwestern W., über einer Balustrade lehnend, mit einem Pudel. »Der geliebten Lucy« stand darauf in einer flüssigen weiblichen Handschrift. Da war Mrs Langtry, in Pelze gehüllt, im Profil aufgenommen, um ihre berühmte und reizende Nase zur Geltung zu bringen. Da war Königin Alexandra mit einer Krone, und Königin Alexandra mit einer Haube, und Königin Alexandra umgeben von ihren Enkelkindern und Hunden. Da war der deutsche Kaiser in Uniform, mit einem Adlerhelm, die Hände über dem Schwertknauf gefaltet. Diese Anzeichen der Intimität sandten einen Wonneschauer nach dem andern Teresas empfindsames Rückgrat entlang. Sie sehnte sich danach, allein in dem Raum herumzuschlendern und die Schätze, die jeder Tisch darbot, auszukosten. Aber das war töricht, sagte sie sich selbst. War es nicht eine bessere Beschäftigung für sie, das Fleisch und Blut um sie herum zu beobachten? Fotografien konnten schließlich aus allen illustrierten Blättern ausgeschnitten werden. Teresa trieb auf einem Traum dahin. Sie erwog die Möglichkeit, die Erste ihr erreichbare Fotografie der Herzogin auszuschneiden, einen silbernen Rahmen dafür zu kaufen, eine Inschrift zu fälschen – »der lieben Teresa«, würde sie lauten, oder würde »der lieben Mrs Spedding« wahrscheinlicher und überzeugender klingen? »Chevron, Weihnachten 1906« – und sie auf ihren Wohnzimmertisch zu stellen zur Freude von Mrs Tolputt und ihren Freundinnen. Aber was würde John sagen? Und was würde sie tun, wenn Sebastian unerwartet zu Besuch käme? Widerstrebend ließ sie den Gedanken fallen. Der Champagner musste ihr zu Kopf gestiegen sein.

Sie entschied, dass sie Frauen nicht leiden konnte. Sie fühlte sich viel wohler, als die Männer heraufkamen und Sebastian sich sofort an ihre Seite gesellte. Sie sagte abends im Schlafzimmer abermals zu John, dass Sebastian »sehr nett« gewesen wäre.

Jetzt lag sie in ihrem geräumigen Bett, ihr Frühstück vor sich auf einem Tablett. Sie hatte schon eine ganze Menge Briefe geschrieben und hatte sie zu einem Päckchen geschichtet, wie ein Kartenspiel, indem sie zuoberst auf den Stoß einen Brief legte, der an die Einzige andere ihr bekannte Person mit einem Titel gerichtet war, – an die Frau eines Chirurgen, der kürzlich in den Ritterstand erhoben worden war. Sie sah sehr niedlich aus, wie sie da im Bett frühstückte, als sei sie dazu geboren, und fühlte sich wohlig, wie eine Katze in der Sonne. John neckte sie, indem er sagte, sie würde jetzt nicht mehr mit ihm nach Pont Street zurückkehren wollen. Vor den Fenstern fielen lautlos die Schneeflocken, der große Hof war ganz weiß, jede Zinne war mit Schnee umrandet, und hin und wieder gab es einen weichen Plumps, wenn die Männer den Schnee von den Dächern schaufelten. »Hat man nicht das Gefühl«, sagte Teresa träumerisch, »als wäre das alles schon hunderte und hunderte von Jahren so gewesen? Ich meine, dass es so geschneit hat und dass Männer hinaufgestiegen sind, um den Schnee von den Dächern zu schaufeln, und dass er mit demselben weichen Bums heruntergefallen ist und dass die Fahne ganz stillgehangen und die Turmuhr die Stunden geschlagen hat. Ich möchte wissen, wie Chevron im Sommer aussieht. Ich hoffe, der Herzog ladet uns noch einmal ein.«

Arme Teresa! Sie versuchte, sich so künstlich zu gebärden, und war in Wirklichkeit so ungekünstelt. Sie ahnte nicht im entferntesten, welche besonderen Eigenschaften an ihr Sebastian anzogen und welche nicht. Sie hatte keine Ahnung, wie sie Sebastian zu behandeln hatte. Als sie endlich erschien, sehr niedlich angezogen in dem neuen Tweed-Rock und Jackett, die sie sich für diese Gelegenheit hatte machen lassen, kam er mit einem Lächeln auf sie zu, um sie zu begrüßen, aber binnen einer Stunde hatte sie es fertiggebracht, ihn über das Maß des Erträglichen hinaus zu reizen. »Wie gefällt Ihnen dieser Schnee, Mrs Spedding?«, hatte er gesagt; und ans Fenster tretend, hatte Teresa erwidert, es sähe ganz so aus wie auf einer Weihnachtskarte. Das war genau die Antwort, die er von ihr erwartet hatte; aber er fing einen Ausdruck der Belustigung auf Lady Templecombes Gesicht auf und hatte sich in einer Anwandlung von Ärger erboten, Teresa das Haus zu zeigen. Es war das erste beste Mittel zur Rettung, das ihm in den Sinn kam. Sie war seine Freundin; er war für sie verantwortlich; er musste sie von diesen Leuten entfernen, die sie nervös machten und sie dazu verleiteten, sich selbst zum Narren zu machen. So führte er sie die Treppe hinauf, um sie in Sicherheit zu bringen. Sie wanderten zusammen durch die Staatsgemächer.

Bis jetzt war sie mit Sebastian immer mehr oder weniger natürlich und sie selbst gewesen; ihre Versuche zur Geziertheit waren kurz und erfolglos geblieben; aber jetzt hatte sie sich seit Wochen, in Vorbereitung auf den Weihnachtsbesuch, darin geübt, auf ihrer Hut zu sein. So war es nicht die Teresa, die er kannte, die mit ihm durch das Haus schweifte. Es war eine sehr gesetzte Teresa, die entschlossen war, um jeden Preis unbeeindruckt zu erscheinen. Insgeheim war sie überwältigt durch diese neue Offenbarung von all der Pracht in Sebastians Heim; sie glaubte, in jedem der Porträts eine Familienähnlichkeit mit ihm aufzuspüren; der Atem stockte ihr vor den kostbaren Samten, dem Prunk der silbernen Wandleuchter, der silbernen Tische; es drängte sie, danach zu fragen, wessen Wappen dort in den heraldischen Fenstern dargestellt wären; es drängte sie, tausend Fragen zu stellen, ihre Bewunderung, ihre Verblüffung, ihre Unwissenheit herauszusprudeln; aber sie gestattete sich nichts von alledem. Statt dessen schlenderte sie gelassen und blasiert neben ihm her und machte schnippische Bemerkungen: »Gott, o Gott«, sagte sie und blieb vor einem Tizian stehen, der Diana mit ihren Nymphen, von Aktäon überrascht, darstellte, »sind Sie nicht froh, dass Ihre Ahnfrauen es nicht weiter so getrieben haben?« Noch unglücklicher versuchte sie den eleganten Jargon nachzuäffen. »Wie müssen Sie diese putzigen alten Räume alle liebaren!« Sebastian ballte seine Fäuste in den Taschen. Er hatte nicht erwartet, dass sie ein teilnahmsvolles Verständnis für die Schätze von Chevron an den Tag legen würde, aber zum mindesten hatte er erwartet, sich an der Wirkung auf ein naives und unvorbereitetes Gemüt erfreuen zu können; er war darauf gefasst gewesen, über sie zu lachen, herzlich und liebevoll, wenn er auch wusste, dass seine Beweggründe, ihr seine Besitztümer zu zeigen, keine sehr ehrenwerten waren. Es herrschte völliges Missverstehen zwischen ihnen. Sebastian begann zu fühlen, dass diese Mittelstandsmanierlichkeit das Letzte war, was er ertragen konnte. Er wünschte sich Romola Cheyne als Begleiterin, oder Lady Templecombe, oder Julia Levison, oder – ins andere Extrem fallend – den alten Turnour oder Godden. Die wären zu solchem Gehabe und solcher Ziererei unfähig gewesen. Was für ein Wahnsinn hatte ihn befallen, fragte er sich, Teresa nach Chevron einzuladen? Seine Welt und die ihre konnten niemals zusammenkommen. Mit dem alten Turnour war es eine andere Sache; er mochte den alten Turnour gern, weil er vom Frost und von Stecklingen redete; er erkannte die ungeheure, die lebenswichtige Bedeutung von Stecklingen für den alten Turnour an; er liebte jede Äußerung natürlicher und gegebener Art, die im Einklang mit der Person stand, von der sie ausging. Deswegen liebte er Mrs Tolputt, weil sie von Ausverkäufen und Leutelaken sprach – aber er erinnerte sich, wie Teresa versucht hatte, sie zu unterbrechen; er liebte Lord Templecombe, weil er beim Frühstück gewettert hatte: »Dieser gottverfluchte Schnee, Sebastian, kannst du nichts dagegen tun? Er verpatzt mir die ganze Jagd.« Was er nicht ertragen konnte, war die Heuchelei von Teresas Vornehmtuerei. Er mochte sie, wenn sie unverblümt und freimütig ein Snob war. Er konnte Leute nicht ertragen, die vorgaben, etwas zu sein, was sie nicht waren. Er entschied, dass Teresa gar nichts wäre – weder natürlich, noch kultiviert, noch urwüchsig –, und er beschloss gleich auf der Stelle, sie für immer aus seinem Leben zu streichen.

»Wacey«, sagte er und stürmte in das Schulzimmer, nachdem

der unglückliche Ausflug in die Prunkräume überstanden war, »kann ich, bitte, die Tischordnung für den Lunch sehen?«

Die abgerackerte Wacey förderte sie zutage.

»Bedauere«, sagte Sebastian, »aber das hier muss geändert werden. Ich kann nicht neben Mrs Spedding sitzen. Seien Sie findig, Wacey. Versetzen Sie alle rundherum.«

»Aber Ihre Gnaden sagten …«, hub Wacey an.

»Tut nichts, was sie gesagt hat. Versetzen Sie alle, und lassen Sie mich neben Lady Templecombe sitzen. Oder kann ich kommen und meinen Lunch hier mit Ihnen verzehren?«

Wacey starrte ihn mit offenem Munde an. War er verrückt?

War er einfach übermütig, wie zuweilen, wenn er hereinkam und sie neckte?, oder war etwas ernstlich nicht in Ordnung?

»Ich würde viel lieber meinen Lunch mit Ihnen essen, Wacey. Und mein Abendessen auch. Kann ich nicht? Nur Sie und ich und Viola? Dann könnten wir über alle die zusammen lachen, die feierlich da unten sitzen.«

Miss Wace fand die geziemende Formel. »Das würde sehr nett für mich sein, aber Herrschaften in Ihrer Stellung müssen die Form wahren.«

»Mich dünkt, das habe ich schon einmal gehört«, sagte Sebastian und dachte an Sylvia. »Müssen wir wirklich? Aber warum? Warum sind die Menschen so um die Form besorgt? Mr Anquetil, wenn Sie sich erinnern, Wacey, würde sich keinen Pfifferling um die Form scheren.«

»Da hat etwas über Mr Anquetil in der Daily Mail gestanden«, sagte Miss Wace.

»Nein wirklich?«, sagte Sebastian begierig. »Was denn? Wann? Zeigen Sie es mir.«

»Ich weiß nicht, ob ich's aufgehoben habe«, sagte Miss Wace vorsichtig.

»Unsinn, Wacey; Sie wissen doch, dass Sie alles aufheben, sogar alte Zeitungen für den Fall, dass man sie zum Feueranzünden gebrauchen könnte. Sie sind zum Aufheben geboren. Also her damit.«

Wacey erhob sich und schloss einen riesenhaften Schrank auf, in welchem tatsächlich, wie Sebastian vorausgesetzt hatte, ein Stapel sorgsam gefalteter alter Zeitungen lag. Sie zog eine zwei Tage alte Nummer der Daily Mail daraus hervor.

»Ein kühner englischer Abenteurer verschollen«, las er. »Es sind jetzt drei Monate her, seit die letzten Nachrichten einer Expedition zu uns gelangten, die im September Manaos verlassen hat, um die Quellen des oberen Amazonenstroms zu entdecken. Mr Leonard Anquetil, an den man sich noch erinnern wird als Mitglied der …«

Sebastian legte die Zeitung nieder. Er schaute hinaus auf den fallenden Schnee vorm Fenster.

»Wird der Schnee die Kinder hindern, zum Christbaum zu kommen?«, fragte er zusammenhanglos.

»Nur die, welche weit weg wohnen«, antwortete Miss Wace lebhaft und sogleich im Bilde.

»Arme kleine Teufel! Was für eine Enttäuschung für sie.«

»Aber Mrs Wickenden sorgt dafür, dass sie trotzdem genau so ihre Spielsachen und ihre Knallbonbons erhalten.«

»Das ist gar nicht genau so, Wacey; sie kommen um ihren Tee und ihre Spiele. Glauben Sie, dass sie gerne kommen?«

»Natürlich kommen sie gerne«, sagte Miss Wace leicht empört. »Es ist das große Ereignis des Jahres für sie. Sie freuen sich das ganze Jahr über darauf. Das täten Sie auch, wenn es die einzige Freude wäre, die Sie hätten.«

»Ja«, sagte Sebastian, »ich vermute, ich täte es. Wie die Dinge liegen, finde ich, dass Freuden sich meistens in Enttäuschungen verkehren. Und jetzt werden einige von ihnen gar überhaupt nicht kommen können.« Er starrte in den fallenden Schnee hinaus; aus diesem oder jenem Grunde hatte er die Tischordnung für den Lunch, die vor ihm lag, vergessen. Nach dem Lunch ließen sich die Dinge zwischen Teresa und Sebastian besser an. Der Morgen ist immer eine ungünstige Zeit für gefühlsmäßige Beziehungen. Liebende oder eventuelle Liebende sollten einander nie vor dem Nachmittag begegnen. Der Morgen ist rau und

unerotisch. Beim Lunch hatte Sebastian zwischen Lady Templecombe und Mrs Levison gesessen und sich schrecklich gelangweilt bei ihrer Unterhaltung, welche nur die Wiederholung einer
Unterhaltung gewesen war, die er tausendmal zuvor mit ange-
hört hatte. Ein oder zweimal hatte er Teresas Blick aufgefangen
und sich wieder eingebildet, dass ein gewisses Einverständnis
zwischen ihnen bestehe, – eine gerne zugestandene Täuschung,
wenn man von physischem Verlangen dazu verführt wird. Jenes
Gehabe und Geziere, entschied er, war nicht die wahre Teresa;
das waren nur Verschanzungen, die sie errichtete, sowohl gegen
den Mann in ihm als gegen den Herzog. Er sah das jetzt in einem
neuen Licht und war ebenso nachsichtig gerührt und belustigt
dadurch, wie er es ursprünglich durch Teresas verängstigte Be-
mühungen, Mrs Tolputt im Zaum zu halten, gewesen war. In
dieser milderen Stimmung erkannte er, dass Teresas Prätentio-
nen ebenso zu ihr gehörten wie seine Besorgnisse um die Stecklinge zum alten Turnour.

Dennoch blieb er unbehaglich bedrückt in Bezug auf Teresa;
er war nicht geneigt, sie für den Rest des Nachmittags seiner
Mutter, Lady Templecombe und all den anderen anzuvertrauen.
Er schlug vor, im Garten einen Schneemann zu machen. Dieser
Vorschlag wurde mit Entsetzen von allen aufgenommen, außer
von Teresa und, unerwarteterweise, von John; Teresa vergaß
sich und klatschte in die Hände, John nahm seine Pfeife aus dem
Mund und sagte, er hätte keinen Schneemann mehr gemacht,
seitdem er ein kleiner Junge gewesen, Donnerwetter! Nein. Lucy
war nur zu sichtlich erleichtert. Sie stellte rasch drei Bridgetische
zusammen und warf Sebastian einen beifälligen Blick zu, dass er
so das Problem, seine zwei nicht herpassenden Freunde für den
Nachmittag zu beschäftigen, gelöst hatte.

Es hatte aufgehört zu schneien; ein scharfer Frost hatte eingesetzt, der gefallene Schnee war in wunderbarem Zustand. Sebastian, John und Teresa begaben sich in munterer Stimmung
ins Freie. Teresa sah außerdem allerliebst aus in einem knappen
Bolerojäckchen aus gepresstem Sammet, eine Sealskinmütze auf

dem Kopf und die Hände in einem kleinen Sealmuff vergraben. Sie trippelte munter zwischen ihnen her und wandte ihr glückliches Gesicht plappernd vom einen zum andern. Das war schöner als London, meinte sie: Der Schnee wurde so schrecklich schmutzig in London, und bevor man wusste, woran man war, war alles zu Matsch geworden. Sie plapperte ununterbrochen weiter, während Sebastian und John einen geeigneten Platz für ihren Schneemann aussuchten.

Aber bevor sie sich ans Werk machten, mussten sie Hilfsgerätschaften haben; ein so anspruchsvoller Schneemann, wie sie ihn planten, konnte nicht mit unbewehrter Menschenhand gebaut werden. Sebastian und Teresa ließen John allein im Schnee herumstapfen, während sie sich auf die Suche nach den erforderlichen Schaufeln machten. Es mussten hölzerne Schaufeln sein – Sebastian wusste aus seiner Knabenerfahrung, dass der Schnee an gewöhnlichen Eisenschaufeln kleben blieb –, aber er musste die Schaufeln selber suchen, denn er wusste, dass am Weihnachtsabend die Männer zeitig mit der Arbeit aufhörten. Die Türe von der Gartengerätekammer war denn auch tatsächlich abgeschlossen, als sie hinkamen. Die Disziplin seiner Kinderjahre war noch mächtig in Sebastian; er zögerte einen Augenblick vor der verschlossenen Tür; er fühlte sich in die Zeit zurückversetzt, da Chevron, wenn auch offiziell ihm gehörig, doch nicht so willkürlich von ihm behandelt werden konnte, dann aber griff er in plötzlichem Entschluss zu einem Hammer und brach die Tür auf, und Teresa schrie in einer Mischung aus Schrecken und Bewunderung auf. Wenn auch Sebastian mit sich selbst zufrieden war, vor Teresa seine Kraft und seine Macht bewährt zu haben, so konnte er doch ein geheimes Schuldgefühl nicht ganz loswerden, als ob er noch ein kleiner Junge wäre. In die dunkle Gerätekammer tauchend und auf der Suche nach den gewünschten Schaufeln über Bänke und Mähmaschinen stolpernd, erinnerte er sich ähnlicher Gesetzesübertretungen in vergangenen Jahren, da niemand außer seiner Mutter und seiner Kinderfrau ihn zu schelten wagte; er erinnerte sich, wie er im Sommer morgens um fünf Uhr das Haus verließ und über die Gartenmauer kletterte, weil ihm damals der Hauptschlüssel, der die schmiedeeisernen Tore aufschloss, noch nicht bewilligt wurde (er senkte jetzt die Hand in seine Tasche und fingerte an dem dort vergrabenen Schlüssel); er erinnerte sich, wie er quer durch den Park in den Küchengarten lief; er erinnerte sich, wie er unter die Netze kroch, um die strotzenden, frischen Erdbeeren zu essen, auf denen noch die Tautropfen standen; er erinnerte sich der Art und Weise, wie seine Finger sich in den Maschen verfangen hatten, und wie er absichtlich die Netze hochgehalten hatte, damit die erschreckten Drosseln entwischen konnten, wobei er ein verräterisches Gefühl Chevron gegenüber hatte, als er es tat, denn es war sicher unrecht, die diebischen Drosseln davonfliegen zu lassen. Er erinnerte sich, dass er einmal zwei Pfirsiche aus dem Treibhaus gestohlen hatte. Es war nicht ganz so verbrecherisch, Früchte zu naschen, die im Freien wuchsen – Alltagsobst: aber Treibhausfrüchte! Er erinnerte sich, wie er einmal Diggs, dem Obergärtner, mit einem Korb Trauben begegnet war und wie er um ein paar Weinbeeren gebettelt hatte; aber Diggs hatte den Korb weggezogen und gesagt: »Nein, Euer Gnaden haben mich angelogen«, und wie er niemals, bis zum heutigen Tag nicht, begriffen hatte, was Diggs gemeint hatte. Er war sicher, dass er nie gelogen hatte – er hasste Lügen; und selbst heute noch, mit einundzwanzig Jahren, hegte er ein nachtragendes Gefühl gegen Diggs, obwohl Diggs zweifellos ein vortrefflicher Gärtner war, alles wegen dieser vor dreizehn Jahren gesprochenen Worte. Er war also froh, dass er die Tür zur Gartenkammer aufgebrochen hatte; es würde Diggs ärgern, aber Diggs würde nicht in der Lage sein, sich zu beklagen. Und Wickenden würde sie ausbessern müssen. Seine Gnaden konnten tun, was ihm beliebten mit seinem Eigentum. Inzwischen hatte er die Schaufeln gefunden.

Es war kein Schneemann, den sie machten, sondern eine Schneefrau, eine Dame. Sie war ganz komplett, sogar bis zu den Knöpfen vorn herunter an ihrer Taille und dem Haardutt am Hinterkopf, und dem Hut schief über der Nase, und zwei

Kieselsteinchen als Augen. Sie lachten reichlich, während sie sie machten, indes die Sonne, die Sebastian am Morgen über die Bäume hatte heraufsteigen sehen, langsam zwischen den Bäumen auf der anderen Seite der Wiese hinuntersank, der gleiche rote Ball, der den ganzen Tag über am Himmel gestanden hatte. Vollkommene Stille herrschte, jene Stille, die auf einen starken Schneefall folgt und die Sebastian, dem Landkind, erwartet und in der Ordnung schien, die aber Teresa, die kleine Stadtpflanze, für unnatürlich hielt und die, wie sie behauptete, nur einen Sturm bedeuten konnte. Sebastian verspottete sie, aber liebenswürdig, ganz anders als auf die mürrisch-einsilbige Weise vom Morgen.

»Ein Sturm! Dieser Schnee wird, wenn wir nicht plötzlich Tauwetter bekommen, tagelang liegenbleiben, morgen werden Sie das ganze Dorf auf den Beinen sehen, mit Rodelschlitten im Park. Unserer Schneedame wird ein Eiszapfen von der Nasenspitze trippen.« Sie schafften weiter, legten letzte Hand an in dem schwindenden Tageslicht, alle drei in bester Laune, ihr Rufen und Lachen schallte über den Schnee und hallte von den Mauern des Hauses wider. Sogar der wortkarge John ging aus sich heraus; er entpuppte sich als ein ganz gediegener Bildhauer, der die Büste der Dame modellierte und den Schnee um ihre Taille abstrich, bis Sebastian schrie, wenn er sie einer Sanduhr noch ähnlicher mache, würde sie in der Mitte umknicken; unterdessen legte Teresa die Schleppe der Dame am Boden zurecht und kerbte den Schnee zu Falbeln. Auf dem Boden kniend, lachte sie mit ihrem unter der Pelzmütze glühenden Gesicht zu Sebastian empor, während sie die Hände aneinanderschlug, um den Schnee von ihren Handschuhen zu klopfen; Sebastian dachte nur, wie hübsch, wie allerliebst sie sei, und hatte nicht mehr das geringste Verlangen nach der Gesellschaft von Mrs Levison oder Lady Templecombe.

»In ein paar Minuten müssen wir gehen und den Kindern ihre Geschenke übergeben«, sagte Lucy nach dem Tee. »Ihr werdet die Bridgepartien ohne mich zusammenstellen müssen. Ich kann einspringen, wenn ich zurückkomme. Was für eine Last diese Veranstaltungen sind, aber man muss sich wohl damit abfinden.«

»Was für Kinder sind es denn, liebste Lucy?«

»Nur die Kinder vom Gut. Wir machen natürlich jede Weihnachten einen Baum für sie. Das heißt, dass wir am Heiligen Abend nie in der Halle essen können, und ich war immer so schrecklich ängstlich, dass Sebastian oder Viola sich etwas holen könnten. Wirklich, ich weiß gar nicht, ob es ein sehr guter Gedanke ist, arme Kinder so zu verwöhnen; es erweckt in ihnen nur ein Verlangen nach Dingen, die sie doch nicht haben können; aber es ist sehr schwierig, mit einer Sitte zu brechen, die immer bestanden hat.«

»Meiner Ansicht nach«, sagte Mrs Levison, die weder Güter besaß, noch Kinder darauf, sondern sich immer nur etwas schwankend durch ihren Geist in ihrer Position gehalten hatte, »meiner Ansicht nach tun wir ein gut Teil zuviel für diese Leute. Wir unterrichten ihre Kinder für sie umsonst – und ich glaube, meistens wollen sie gar nicht unterrichtet werden –, wir unterhalten die Krankenhäuser aus reiner Wohltätigkeit für sie, wir schenken ihnen warme alte Sachen und schaffen ihnen Armenhäuser: Was verlangen sie noch? Alfred Rothschild schenkt sogar den Omnibuskutschern ein Paar Handschuhe und ein Paar Fasanen zu Weihnachten.« »Wir geben unseren Treibern immer jedem je einen Hasen und einen Fasan, nach jeder Jagd«, sagte Lady Templecombe selbstgerecht.

»Sie verdienen es aber auch«, sagte Lord Templecombe unerwartet. »Wie würde es dir gefallen, durch Dornenhecken und Gestrüpp zu kriechen von morgens bis abends und alle deine Kleider zu zerreißen?«

»Aber Eadred, Sie wissen doch, dass ihnen das Vergnügen macht«, sagte Lucy mit ihrem hellen Lachen. »Sie sind gerade so schlimm wie Sebastian: Wissen Sie, was der jetzt getan hat? Er hat jedem Mann auf dem Gut eine Wochenzulage von fünf Schillingen zu Weihnachten gewährt. Haben Sie so etwas schon gehört?«

»Mein lieber Junge!«, sagte Lord Templecombe und klemmte sein Einglas ein, um Sebastian anzustarren, »warum haben Sie das getan? Nicht meine Sache, natürlich, aber es ist ein großer Fehler. Ein großer Fehler. Verdirbt den Markt für andere Leute, die weniger begütert sind als Sie. Außerdem werden sie es nicht zu schätzen wissen. Sie werden nur noch mehr erwarten.«

Alle blickten Sebastian an, als habe er ein Verbrechen begangen.

Vigeon, von zwei Lakaien mit Servierbrettern gefolgt, trat ein, um den Teetisch abzuräumen.

»Die Kinder sind bereit, wenn Ihre Gnaden bereit sind«, sagte er mit gedämpfter Stimme zu Lucy.

»O Himmel!, dann müssen wir gehen«, sagte Lucy und erhob sich vom Sofa. »Lasst uns schnell damit fertigwerden. Ich bin immer dafür, langweilige Sachen schnell zu erledigen. Und ich bin immer dafür, Dinge ordentlich zu tun, wenn man sie überhaupt tut. Ich ziehe immer mein hübschestes Kleid für die Kinder an; ich bin sicher, sie haben das gern, auf jeden Fall haben es ihre Mütter gern. Komm, Viola! Komm, Sebastian! Ihr müsst mir beide helfen.«

Teresa fasste einen ungeheuren Entschluss. Sie wusste, dass keine von den anderen Damen den Wunsch haben würde, zu der Bescherung mitzugehen, aber teils, weil ihr davor bangte, mit ihnen allein zurückbleiben zu müssen, und teils auch, weil es sie brennend verlangte, die Christbaumfeier mit anzusehen, entschloss sie sich, ihre Politik der Nachahmung dessen, was andere Leute taten, aufzugeben. »Darf ich mitkommen, Herzogin? Sehen Sie, ich spiele nicht Bridge …«

Das Stimmengewirr und das Füßegetrappel in der Halle verstummte jäh, als die Tür aufging, um die Herzogin und ihre Begleitung hereinzulassen. Die Halle war voll Kinder, und dort auf der Estrade, in einsamer Pracht, stand die große Tanne, strahlend von hundert Kerzen und glitzernd von hundert Spielereien aus buntem Glas. Silberfäden rannen, wanden sich um die dunkeln Äste; Wattebäuschchen täuschten Schneeflocken vor; der Kübel war unter Watte verborgen, und ein flitterbesätes Püppchen, eine Feenkönigin mit einer Mondsichel im Haar, krönte wunderherrlich die oberste Spitze des Wipfels; Spielsachen waren auf dem Tisch aufgehäuft; ein großer Korb mit Orangen und ein großer Korb mit rosigen Äpfeln standen mit aufgeklappten Deckeln zu beiden Seiten des Tisches bereit.

Die Kinder wimmelten aufgeregt im Mittelraum der Halle herum, obwohl die Hausmädchen von Chevron herumflitzten und versuchten, Ordnung zu stiften. Die Mütter saßen in Gruppen um das lodernde Kaminfeuer, viele von ihnen mit Babys auf dem Schoß; aber als Lucy eintrat, erhoben sich alle, einige von ihnen knicksten, ein Murmeln lief durch die Halle, und einige von den kleinen Jungen, die sorgfältig gedrillt worden waren, salutierten.

Nun, da Lucy, eine Stufe über ihnen, Aug' in Auge mit ihrem Auditorium stand, war jede Spur von Langerweile aus ihrem Wesen verschwunden. Sie war dafür, wie sie gesagt hatte, dass man die Dinge ordentlich tat, wenn man sie überhaupt tat; außerdem war sie nicht unempfindlich gegen die Gunst, die sie im Begriff war, auszuteilen, noch gegen die dramatische Beschaffenheit ihrer eigenen Erscheinung, mit dem strahlenden Baum im Rücken, der eine Aureole von Licht um ihr helles Haar wob und in den Diamanten auf ihrer Brust funkelte. Sie machte eine kurze Pause, die Kinderschar überblickend, bis das letzte Gemurmel und Gescharre abgeebbt war; dann sprach sie. Ihre klare Stimme ertönte, die Formel gebrauchend, die sie in den letzten fünfundzwanzig Jahren gebraucht hatte: »Nun, Kinder, ich hoffe, ihr habt alle eine gemütliche Teestunde gehabt?«

Erneutes Gemurmel; hier und dort ließ sich ein »Ja, danke schön, Euer Gnaden« vernehmen.

Lucy belohnte alle mit einem strahlenden Lächeln und fuhr dann fort: »Und jetzt, denke ich mir, wollt ihr alle eure Geschenke haben?«

Hier trat Mrs Wickenden vor; sie hatte sich im Hintergrunde gehalten, bis Lucy dieses Zeichen gab. Das Fest der Gutskinder war immer ein großer Tag in Mrs Wickendens Kalender. Sie trat jetzt vor mit einer langen Liste in der Hand.

»Soll ich die Namen verlesen, Euer Gnaden?«

»Ja, bitte, Mrs Wickenden, seien Sie so gut!«

Seit fünfundzwanzig Jahren wurde die Liste von der Haushälterin verlesen, sei es von Mrs Wickenden oder ihrer Vorgängerin, aber diese kleine Zeremonie wurde niemals ausgelassen. Mrs Wickenden hätte ihren Ohren nicht getraut, wenn sie Lucy hätte sagen hören: »Nein, ich will sie selber verlesen.« So räusperte sie sich denn also, setzte sorgfältig ihre Brille auf, trat bis an den Rand der Stufe vor und begann die Kinder eines nach dem anderen aufzurufen. Sie waren nach Familien geordnet, vom Ältesten bis herunter zum Jüngsten, und die Familien wieder in strikter Rangfolge, des Haushofmeisters Kinder kamen zuerst, dann die Kinder des Tischlermeisters, des Obergärtners, und so weiter, bis zu den Kindern des Mannes herunter, der das Laub im Park zusammenfegte. Jedes Kind löste sich aus der Reihe und trat bis an die Stufen vor, wenn sein Name aufgerufen wurde; die kleinen Jungen trugen dicke, dunkle Wollanzüge, die kleinen Mädchen Kleidchen aus rosa, lila, hellblauem oder grünem Voile. Eine ältere Schwester führte manchmal einen jüngeren Bruder an der Hand. Lucy, sich sehr anmutig niederbeugend, um das Geschenk in eifrig ausgestreckte Hände zu legen, hatte ein gütiges Wort für alle. »Ei, Doris, was für ein großes Mädchen du wirst! … Höre, Jacky, wenn ich dir dieses reizende Taschenmesser schenke, musst du mir aber versprechen, nicht deiner Mutter Möbel damit zu zerschnitzeln. Und das ist also das neue Baby, Mrs Hodder?« – Lucy war sehr gewandt im Auffangen der Namen – »Lassen Sie mich nachdenken: Wie alt ist es jetzt?, sieben Monate?, was, erst vier Monate!, nun, er ist ein Prachtbub, Sie können stolz auf ihn sein, und hier ist eine reizende Klapper für ihn. Er muss noch ein paar Jahre warten, bis er auch ein Taschenmesser bekommt, nicht wahr?« –, das war ein Witz, der, wenn auch schon oft wiederholt, nie verfehlte, Lachen zu erwecken. Mrs Wickenden stand strahlend dabei; hatte aber dennoch ein scharfes Auge für das Benehmen der Kinder: »Sag ›Danke schön!‹ zu Ihrer Gnaden, Maggie; Bob, du hast deinen Gruß vergessen; leg die Hand hübsch an die Schläfe zum Gruß für Ihre Gnaden«, und Lucy selber konnte inmitten ihres Wohlwollens ebenfalls für Aufrechterhaltung der Disziplin sorgen, indem sie sagte: »Nun, wenn du nicht ›Danke schön‹ für dein Messer sagen willst, Jacky, dann muss ich es dir wieder wegnehmen!« Sebastian fühlte beim Zuhören eine leichte Verlegenheit, wenn die Kinder so in seiner Gegenwart gerügt wurden; er versuchte, sich zu sagen, dass seine Mutter und Mrs Wickenden vermutlich ganz recht hätten; sein Unbehagen hätte sich immerhin vermindert, wenn er sich hätte davon überzeugen können, dass seine Mutter diese erzieherische Tätigkeit nicht gewissermaßen genoss. Er und Viola hatten auch ihren Anteil an der Feier: Sie überreichten jedem Kind einen Apfel, eine Orange und ein Knallbonbon, nachdem Lucy ihnen das Spielzeug übergeben hatte. Hier beaufsichtigte Mrs Wickenden wiederum die Handlung, griff ein, packte ein vergessliches Kind bei den Schultern und drehte es herum: »Schau, Stanley, Seine Gnaden und Lady Viola haben auch noch etwas für dich.«

Aber hin und wieder erfolgte keine Antwort auf einen aufgerufenen Namen, und nach einem angemessenen Zögern kam ein Murmeln von den Müttern am Feuer, und Mrs Wickenden sagte dann: »Nicht da?«, und wandte sich mit der Erklärung an Lucy: »Ziegenpeter, Euer Gnaden«, oder auch: »Sie wohnen zu weit weg, Euer Gnaden, um durch den Schnee herzukommen.«

Teresa war wie verzaubert. Sie stand bescheiden zur Seite, fasziniert von den Lichtern, der großen Halle, den Reihen und aber Reihen von Gesichtern, von dieser Namenliste, die nie ein Ende zu nehmen schien. Auch fiel ihr auf, wie viele Familien gleichen Namens vertreten waren, Hodders und Goddens und Bassetts und Reynolds. »Feudal«, sagte sie sich immer wieder, »wirklich feudal!« Es war ihr eine Quelle tiefster Genugtuung, auf der Estrade mit Lucy, Sebastian und Viola zu stehen; sie fühlte sich bevorzugt und erhöht; hätte sie das Gewisper um das

Feuer aufgefangen, so würde ihre Hoffart allerdings vielleicht einen Dämpfer erhalten haben. Die Mütter waren sehr begierig gewesen, zu wissen, wer die Fremde sei, denn Ihre Gnaden wurden gewöhnlich nicht von einem Gast begleitet, – und so hatten sie sich bei den Hausmädchen von Chevron erkundigt, die, teilweis als Wirtinnen, unter ihnen standen und die Babys auf den Armen wiegten. Aber die Hausmädchen hatten die Nase gerümpft: »Eine Mrs Spedding«, hatten sie gesagt, »Frau eines Arztes«, und die arme Teresa hatte unwissentlich eine Enttäuschung bereitet.

Das letzte Geschenk war übergeben worden, der letzte Apfel, die letzte Orange und das letzte Knallbonbon ausgeteilt: Lucy schickte sich zu ihrer kleinen Abschiedsansprache an. Ein Aufflackern von Rüpelhaftigkeit musste unterdrückt werden, denn die ungeduldigen Kinder hatten schon damit begonnen, ihre Knallbonbons zu ziehen, Nagelschuhe klapperten auf dem Steinboden, und ein oder zwei von den kleinen Jungen hatten eine Knallerbsenpistole abgedrückt. »Ruhe, Kinder!«, rief Mrs Wickenden, ihre Hand hochhebend, und der Lärm verstummte. »Also, Kinder«, begann Lucy von neuem, »ich hoffe, ihr seid alle mit euren Geschenken zufrieden. Und jetzt hoffe ich, werdet ihr alle recht schön miteinander spielen, und somit will ich euch Lebewohl bis zum nächsten Jahr sagen. Lebt wohl, Kinder, gute Nacht, lebt alle miteinander herzlich wohl!«

Vigeon erhob sich sehr stattlich mitten in der Halle.

»Ein dreifaches Hurra für Ihre Gnaden, Kinder!«, rief er, »laut, dass das Dach hochfliegt! Hipp, hipp …«

»Hurra!«, schrien sie, dass das Dach hochflog.

»Und noch einmal für Seine Gnaden. Hipp, hipp …«

»Hurra!«

»Und für Lady Viola. Hipp, hipp …«

Teresa blinzelte sich die Tränen aus den Augen. Wie wunderbar war das! Wie jung, wie schön, wie patrizisch waren Viola und Sebastian! Wie mussten die Kinder sie vergöttern.

»Hurra!«

›Peng‹, platzte ein Knallbonbon. Lucy entwich. Sebastian schlüpfte um den Baum herum zu seiner Schwester: »Wollen wir bleiben und mit ihnen zusammen spielen, Viola?«

»Aber was wird aus Mrs Spedding?«

»Oh, sie kann auch bleiben.«

Sie blieben alle. Vigeon hatte schon das Grammophon aufgezogen, und sein riesiger Trichter schmetterte los; aber die Kinder waren nicht in der Laune, zuzuhören, nicht einmal dem Dan Leno. Sie wollten selber so viel Lärm wie möglich machen. Wenn man sie überhaupt unter Aufsicht haben wollte, mussten richtige gemeinschaftliche Spiele organisiert werden. Sebastian und Viola wussten darüber Bescheid, denn man hatte ihnen immer erlaubt, bei den Kindern zurückzubleiben, und Sebastian konnte sich als kleiner Junge nie über ein Spiel beruhigen, das »Nüsse im Mai« hieß, weil, wie er seiner Kinderfrau erklärte, Nüsse doch im September wüchsen und nicht im Mai.

Die Hausmädchen waren bewundernswerte Wirtinnen. Sie trugen ihre besten schwarzen Kleider und genossen ihre Rolle von ganzem Herzen; sie kannten alle Kinder beim Namen; waren erfinderisch und sachverständig; konnten genügend Stühle für die »Reise nach Jerusalem« herbeischaffen oder ein reines Taschentuch für »Ich schreibe, schreibe einen Brief« oder ein dichtes ehrliches Halstuch für »Blindekuh«; überhaupt alles, was gebraucht wurde. Mr Vigeon war eine ganz furchtbare »blinde Kuh«. Er musste ein dutzendmal davor gerettet werden, ins Feuer zu fallen. Er taumelte mit wirbelnden Armen herum, so dass man sich kaum getraute, heranzuschleichen und ihn in den Rücken zu puffen oder an seinen Rockschößen zu zupfen, er war so geschwind auf den Füßen und konnte so weit herumgreifen. Er fing Seine Gnaden, die zu wagemutig gewesen waren – er war immer zu wagemutig gewesen, auch als kleiner Junge –, und jedermann im Kreise hielt den Atem an, während er Seiner Gnaden Kopf und Nase betastete und schließlich die richtige Erklärung abgab. Man schrie und quietschte vor Lachen, als Seine Gnaden gegen die Wandtäfelung tappte und einen der heraldischen Leoparden packte, seinen Schwanz sehr sorgfältig bis hinauf zur Spitze abfühlte und dann sagte: »Mrs Wickenden.« Dann wollten sie »Pantöffelchen suchen« spielen, aber Mrs Vigeon sagte, es sei zu kalt für die Kinder, um auf dem Steinboden zu sitzen. Also spielten sie stattdessen die »Reise nach Jerusalem«, wobei Mr Vigeon sehr einfallsreich das Grammophon bediente. Seine Gnaden und Mrs Spedding blieben als Letzte übrig und hatten eine aufregende Balgerei um den letzten Stuhl, die damit endete, dass sie sich beide zugleich darauf setzten und jeder versuchte, den anderen hinunterzudrängen. Nunmehr war alles in übermütigster Stimmung, und selbst Mrs Wickenden vergaß die Kinder zurechtzuweisen, weil sie es an Respekt Seiner Gnaden gegenüber fehlen ließen. Sie spielten jetzt »Nüsse im Mai« und schwenkten in zwei langen Reihen die Halle hinauf und hinunter, nachdem das peinliche Geschäft des Wählens erledigt war. Mr Vigeon führte die eine Partei und Mrs Wickenden die andere, wie es ihrer Würde zukam. Mr Vigeon hatte sehr galant Mrs Spedding »aufgelesen«, und Mrs Wickenden hatte es vergolten, indem sie Seine Gnaden »auflas«. So kamen Teresa und Sebastian einander gegenüber zu stehen, beide von den heißen kleinen Patschen eines aufgeregten Kindes bei der Hand gehalten. Teresa war sich einer seltsamen Erregung bewusst, die sie in ihrer Unschuld der allgemeinen Gärung des Abends zuschrieb; Sebastian, ebenso verwirrt, aber weniger unschuldig, ließ sie nicht aus dem Auge; diese Vertraulichkeit unter scheinbarer Oberflächlichkeit war gerade von der Art, seine Neigung anzufachen. Seitdem sie die Schaufeln aus dem Gartenhäuschen geholt, seitdem sie die Schneedame gebaut hatten, hatte er Teresa umworben, noch nicht sehr auffällig, aber doch auffälliger, als er es bis dahin gewagt hatte. Jetzt lachte er ihr fröhlich zu, als seiner Feindin auf der anderen Seite; sie sah sein lachendes Gesicht über den Raum hinweg, der sie trennte. Und da solche Stimmungen ansteckend sind, schaukelte die Reihe der Kinder und Hausangestellten vorwärts und rückwärts, Sebastian und Teresa gleichsam auf der Strömung mitnehmend, und während sie schaukelten, sangen sie:

»Wen willst du als Nuss im Mai, Nuss im Mai, Nuss im Mai?«

»Wir woll'n Mrs Spedding als Nuss im Mai, Nuss im Mai, Nuss im Mai. Wir woll'n Mrs Spedding als Nuss im Mai an einem kühlen Morgen.«

»Und wer soll sie holen herbei, holen herbei, holen herbei?«

»Seine Gnaden soll sie hol'n herbei, hol'n herbei, hol'n herbei. Seine Gnaden soll sie hol'n herbei an einem kühlen Morgen.«

Ein Taschentuch wurde in der Mitte niedergelegt, und unter vielem Gelächter traten Sebastian und Teresa vor, um ihre Kräfte zu messen.

»Das ist unbillig«, schrie Teresa und sträubte sich gegen die vielen Hände, die sie vorwärtsschoben.

»Unsinn!«, sagte Sebastian. »Alles ist billig …«, und er schaute sie an, vollendete aber seinen Satz nicht.

Sie reichten sich die Hände über das Taschentuch hinweg; es gab einen kurzen Kampf, und Sebastian zog sie leicht auf seine Seite hinüber. Sie kam, keuchend, lachend, ergeben ihren Bezwinger anblickend, während alle Beifall klatschten. Zum ersten Mal seit ihrer Bekanntschaft hatte sie Angst vor ihm; zum ersten Mal seit ihrer Bekanntschaft war er ihrer sicher. Viola beobachtete sie; sie erfasste die Situation; Teresa tat ihr Leid, John Spedding noch mehr. Aber freilich, es hatte keinen Zweck, Sebastian in die Quere zu kommen.

Sebastian selber entging das alles keineswegs. Er war behutsam gewesen, war schonend vorgegangen; aber jetzt war er entschlossen, Teresa zur Strecke zu bringen, und nichts würde ihn aufhalten können. Er nützte jede Zufälligkeit aus, um sie sich noch näher zu bringen, und er tat das mit einer Sicherheit und Rücksichtslosigkeit, die sie auf seinem tollen Lauf mitriss. Die Führung lag ganz in seinen Händen. Durch den Schwarm der Kinder hindurch schien er ihr unentwegt nachzujagen, so dass sie ihn immer hinter sich oder neben sich oder vor sich fand, stets da, wo sie ihn am wenigsten erwartete, sie neckend und foppend, oder seine Heiterkeit mit einem schwül glimmenden Blick vertauschend, der sie in irgendeiner unerforschten Region ihrer Seele verstörte. Es kam alles auf einmal für Teresa: Die neue Erfahrung, die Chevron für sie bedeutete, die Kerzen des Weihnachtsbaums, das Gelärm der Kinder, das Phantastische, das Unwahrscheinliche, die Absichten dieses jungen Mannes, der sich seinen Weg zu ihr gewaltsam bahnte, eines unbarmherzigen jungen Mannes, der ihr nichts ersparen würde – alles das verwandelte Sebastian aus dem unverhofftesten Spielzeug, das ihr je in den Schoß gefallen, in einen Gegenstand brennenden, aber noch unbestimmten Schreckens. Er sah die Angst in ihren Augen, und im Lesen dieser Zeichen bewandert, frohlockte er. Wie lächerlich er sich irreführen ließ, sollte er noch lernen.

Inzwischen spielten sie. Sie spielten die Kinderspiele und das Spiel der Erwachsenen, das dahinter lag. Sie spielten »Orangen und Zitronen«, wobei Sebastian und Viola den Torbogen bildeten; sie ließen ein Dutzend Kinder hindurch, haschten aber Teresa, als sie hinter ihnen dreinzuschlüpfen versuchte, und zum ersten Mal fühlte Sebastian Teresas schlanken Körper in seinen Armen gefangen. Er konnte ihr Herz gegen seine Rippen schlagen fühlen. Sie ihrerseits, zwischen Bruder und Schwester eingeklemmt, drehte sich lachend und schwindelnd in ihrem Gefängnis von einem zum anderen, sah Violas ernste Brauen, die sich forschend zu ihr neigten, und Sebastians Augen, die dunkel von einer Antwort heischenden Frage waren. »Orangen?«, sagte Sebastian. »Zitronen?«, sagte Viola, und Teresa wusste, dass sie sich der Kette der Kinder hinter dem einen oder dem anderen anschließen musste. »Zitronen«, sagte sie und warf Viola einen Blick zu, der ein Hilferuf war. Es war, als hätte sie gesagt: »Rette mich vor ihm!«, ahnend, dass sie vielleicht in diesem kühlen, verschlossenen Mädchen auf eine weibliche Freimaurerunterstützung hoffen konnte; aber gleichzeitig schienen die Orangen, die Sebastian ihr anbot, so süß und warm, ein rechter Gegensatz zu den sauren Zitronen in Violas Gefolge. Sogar die Farbe der Früchte, die sie sich in ihrer empfindlichen Gemütsverfassung vergegenwärtigte, schien ihr symbolisch: das rötliche Feuer der Orange, das unreife Gelb der Zitrone. Dennoch sagte sie: »Zitronen!«, und stellte sich hinter Viola auf, mit einer Gebärde, die alles von sich stieß, was Sebastian ihr zu bieten hatte.

Trotzdem ließ er sie so nicht gehen, denn ihre Widerspenstigkeit hatte nur dazu gedient, ihn zu reizen; er verfolgte sie, sanft und beharrlich, selbst als der Christbaum Feuer fing und die Halle sich plötzlich mit beizendem Brandgeruch füllte. Eine der Kerzen war niedergebrannt, und der kleine Kerzenhalter war umgekippt; der Hallenpage, der, mit einem feuchten Schwamm an der Spitze einer Stange, darauf aufzupassen hatte, war durch die Spiele dazu verleitet worden, seinen Posten zu verlassen, im Glauben, dass niemand es bemerken würde – er war erst vierzehn, so dass er immerhin zu entschuldigen war –, und ein Aufflammen war die Folge; jedermann stürzte zu Hilfe; Feuereimer wurden gebracht, und das Wasser ergoss sich zischend über die Brandstelle; das ereignete sich fast jedes Jahr, aber dennoch ließ Vigeons Theorie von der Disziplin es nicht zu, die Tatsache anzuerkennen, dass ein Hallenpage von vierzehn Jahren nicht die geeignete Persönlichkeit sei, um einen Christbaum zu beaufsichtigen, während ringsumher andere Lustbarkeiten im Gange waren. Es war weiter kein Unheil geschehen, der allgemeinen Aufregung war nur noch ein Quäntchen Aufregung mehr hinzugefügt worden; und Sebastians Hand hatte Teresas Handgelenk gepackt und es von einem flammenden Wattebausch fortgerissen. Kein Unheil weiter. Aber der Zwischenfall brachte doch irgendwie die Spiele zu einem jähen Abschluss. Der schuldige Hallenpage lief davon, um den Tisch für das Gesindeabendessen zu decken; ein Baby wachte durch das Feuer auf und begann zu schreien; Mrs Wickenden entdeckte, dass sie müde war; Mütter entsannen sich, dass ihnen noch ein langer, mühseliger Heimweg durch den Schnee bevorstand; eine plötzliche Ermüdung befiel die Kinder; den Hausmädchen fielen die Heißwasserkannen ein, die sie zu füllen hatten; Sebastian besann sich, dass es Zeit war, sich zum Dinner anzukleiden, und Vigeon schließlich machte der Lustbarkeit ein Ende, indem er alle aufforderte, ein Hoch auf Sebastian auszubringen.

Sebastian stand auf der Stufe zwischen Viola und Teresa, während sie ihr dreifaches: »Hoch soll er leben!«, sangen. Er genoss es nicht, wie seine Mutter es genossen hätte, aber er ließ es als unvermeidlich über sich ergehen. Teresa musste wieder die Tränen aus ihren Augen blinzeln.

»Mrs Spedding, kommen Sie, und plaudern Sie mit mir. Sie spielen nicht Bridge, und ich auch nicht – wenigstens nicht, wenn ich etwas Besseres tun kann. Kommen Sie, wir wollen durchs Haus wandern. Wir nehmen einen Leuchter mit. Schauen Sie, sie sind alle gut untergebracht. Niemand wird es bemerken. Schleichen wir uns weg. Wird's Ihnen auch nicht zu kalt sein?« Ungestüm ergriff er einen Mantel, der über die Lehne eines Sofas geworfen war.

»Aber das ist der Mantel Ihrer Mutter.«

»Macht nichts.« Er legte ihn ihr um die Schultern. Er war aus Goldbrokat, mit Zobel abgefüttert. Teresas weibliches Auge hatte ihn schon früher im Lauf des Abends bewundert. Der weiche Pelz liebkoste ihre bloßen Schultern. Es schien ganz angemessen, dass Sebastian sie in ein solches Gewand hüllte; dennoch warf sie einen Blick zu John hinüber, der gewissenhaft die Karten in seiner Hand ordnete. John hatte ihr gegenüber eine Andeutung fallen lassen, dass er ein wenig beunruhigt über die hohen Points war, um die sie spielten. Er hoffte, dass er nicht mehr verlieren würde, als er erschwingen könnte. Armer John, der ihr fünfzig Pfund zur Anschaffung von Kleidern gegeben hatte als Vorbereitung auf diese Geselligkeit! Armer John. Aber der Zobel schmiegte sich warm und weich an ihre bloße Haut; sie hatte nie zuvor solch eine Liebkosung gefühlt; Sebastian öffnete die Tür vor ihr, und sie schritt hindurch, in die dunklen Gänge hinaus, in der Hoffnung, dass die anderen Frauen sie hätten fortgehen sehen, in der Hoffnung, dass John nicht aufgeblickt hätte.

Sebastian trug einen dreiarmigen Leuchter in der Hand; er erhellte sein Gesicht, ließ aber die Räume im Schatten. Er zeigte sich in einer sanften Stimmung, weder sarkastisch, noch aufgeregt, noch spöttisch; sondern verträumt, als habe er eine Menge Zeit vor sich und sei geneigt, Teresa etwas von sich selbst preiszugeben, was er niemals noch zuvor getan hatte. Leise plaudernd schlenderten sie den langen Gang hinunter, und hin und wieder blieb Sebastian vor einem Gemälde stehen, hielt den Leuchter in die Höhe und gab diese oder jene Erklärung ab oder erzählte eine Anekdote, während die drei kleinen Lichtzungen über den Brustlatz einer Dame oder den Bart eines Königs flackerten. Dann belebte sich das Gold des Rahmens, und ein Antlitz blickte ernst auf sie nieder, bis sie weiter gehend das Porträt wieder ins Dunkel tauchen ließen und ein anderes Bildnis aus seinem gemalten Schlaf erweckten. Es bestand jetzt keinerlei Reibung zwischen ihnen, wie am Morgen, als Sebastian gereizt und Teresa so auf ihrer Hut gewesen war. Sie plauderten natürlich, aber leise miteinander, ihre Stimmen fast zu einem Flüstern dämpfend aus Ehrfurcht vor den verstummten und schlafenden Räumen, in denen das Mondlicht sich in gescheckten Flächen über die Dielen spreitete und die beschwichtigende Hand der Jahrhunderte sich mild über den Lärm des Lebens gelegt zu haben schien. Sie atmeten die Luft einer Welt, die völlig der Wirklichkeit entrückt war – einer Welt, in der Sebastian ein natürlicher Bewohner war und in die er Teresa wie durch eine aufgeschlossene Tür eingelassen hatte. Sie fühlte, dass er ihr mit fürstlicher Großmut jetzt alle seine Kleinodien gezeigt hatte. Er hatte ihr seine Freunde gezeigt – und wenn auch Sebastian seine Freunde nicht schätzen mochte, so schätzte Teresa sie doch außerordentlich –, er hatte ihr seine Knabenhaftigkeit und Einfachheit gezeigt; indem er sie jetzt in dieses Zauberreich führte, hatte er eine andere Seite seines Selbst enthüllt, die geheimste, die romantischste von allen. Denn es braucht nicht gesagt zu werden, dass Sebastian in Teresas Augen der Urbegriff der Romantik war. Ob er nun zum Tee zu ihr in die Pont Street kam aus den geheimnisvollen Untergründen seines Londoner Lebens, oder an der Spitze seiner Tafel, halb verborgen vom silbernen Tafelschmuck und den Orchideen, saß, oder beim Schneeaufschütten lachte, oder in den mondhellen Zimmern flüsterte, jedes Mal schien es ihr, dass er gar keine andere Rolle verkörpern könnte. Und nun, da sie ihn in der krönenden Magie des Mondes und den altertümlichen Zimmern sah, glaubte sie, ihn endlich von allen Seiten, rundherum gesehen zu haben. Sie konnte alle Stücke zusammensetzen: Er ging siegreich hervor als eine Einheit. Dem Wirrwarr ihrer Eindrücke entstieg eine klar umrissene Gestalt. Sie hatte ihren Augenblick der Erleuchtung; sie erfuhr die ekstatische Erschütterung, ein Kunstwerk in Wahrheit zu erfassen.

So wenigstens dachte Teresa, wenn sie es für sich auch nicht in die Worte von der Erfassung eines Kunstwerks kleidete. Sebastian war klüger und kühler. Er hatte – und bis zu einem gewissen Grade richtig – die Wirkung eingeschätzt, welche die dunklen Gänge auf Teresa ausüben würden. Wenn er wollte, konnte seine Technik fehlerlos sein; sie war es jetzt. (Er war nicht ernstlich dafür zu tadeln, dass er sich in einer wesentlichen Einzelheit verrechnete.) Er war sehr artig zu Teresa, warnte sie, nicht über eine Stufe zu stolpern, hielt den Wandteppich zur Seite, damit sie darunter durchschlüpfen könne; er war fürsorglich, wenn auch unpersönlich: Die Geschichten, die er ihr erzählte, waren gerade danach angetan, sie tiefer in diese poetische Welt zu locken, wo die Wirklichkeit aufgehört hatte, Gewicht zu haben. Er wollte, dass sie das Gefühl hätte, er und sie wären die einzigen Bewohner dieser Welt, und dass sie ihr Besitz sei, in den sie sich jeden Augenblick zurückziehen konnten, in welchem sie allein waren. So begann er allmählich von den Leuten zu sprechen, die sie im Salon zurückgelassen hatten – »geschwätzige Elstern«, sagte Sebastian –, und von dem Unterschied zwischen ihr und ihnen, wobei er sehr beredt wurde, denn er hatte sich halb selbst davon zu überzeugen gewusst, dass er glaubte, was er sagte. Teresa glaubte es ebenfalls. Mit ihrer abschließenden Zusammensetzung von Sebastians Wesen war sie gleichzeitig zu der bestätigenden Überzeugung gelangt, dass sie ihn »verstünde«. Er muss es wissen – dachte sie; denn sonst hätte er sie nicht entführt in sein wunderschönes, geheimnisvolles Haus. Die ehrfürchtige Vergötterung, die sie für ihn hatte, bekam etwas leise Mütterliches.

Trotz ihres saumseligen Schlenderns hatten sie zwei Galerien durchwandert und fanden sich jetzt im Schlafzimmer der Königin Elisabeth, wo das große Himmelbett aus silber- und flamingofarbenem Atlas sich bis zur Decke türmte und die Umrisse der berühmten silbernen Möbel matt in einem Mondstrahl flimmerten. Sebastian trat ans Fenster und zog die Vorhänge zurück. Er wusste, dieses war der Augenblick, für den der ganze übrige Tag nur eine Vorbereitung gewesen war, dennoch vergaß er Teresa beinahe und seine schlauen Ränke über dem verblüffenden Anblick der Schönheit, die sich seinen Augen bot. Der weiße Garten lag in der vollen Flut des Mondes. Der dunkle Raum war plötzlich ganz durchstrahlt, die Figuren auf dem Wandteppich schienen sich zu regen, das Bett war voller Schatten, die getriebenen Buckel auf dem Silber schimmerten, der gewachste Fußboden wurde zu einem See von silbernem Licht. Leise blies er die Kerzen seines Leuchters aus, und als ihre drei goldenen Lichtzungen verloschen, war das Zimmer völlig dem silbernen Strahlenglanz anheim gegeben. Teresas goldener Mantel wurde auch zu Silber, als sie in die Fensternische glitt und dort an seiner Seite lehnte. Sie schwiegen beide, schauten bald durch die Fenstergitter in den weißen Garten, wandten sich bald, um den Blick durch die Winkel des wunderbaren Zimmers schweifen und forschen zu lassen. Teresas Arm, der sich aus dem Mantel befreit hatte, lag auf dem Fenstersims. Sebastian fand sich wieder, er entsann sich des Vorsatzes, mit dem er sie hierher geführt hatte; sein Verlangen erwachte wieder – aber er war ein wenig betroffen durch die Entdeckung, dass sein ewig neues Entzücken über Chevron sogar für einen Augenblick sein Begehren nach einer Frau verdunkeln konnte –, indessen war es noch nicht zu spät, den Fehler wieder gutzumachen; seine Hand stahl sich vor und legte sich auf die ihre. Auch Teresa kam wieder zur Besinnung, als seine Berührung sie zurückrief. Sie blickte ihn mit einigem Erstaunen an. Sie hatte einen Traum um ihn gewoben, in welchem sie ihn in alle Ewigkeit als Geist durch diese unglaubliche Schönheit schweifen sah. Jener Augenblick, in dem sie sich eingebildet hatte, ihn rundherum zu sehen, war sehr wertvoll und erleuchtend für sie gewesen. Aber er hatte seine Unwirklichkeit noch ein wenig betont. Im Ganzen hatte er, trotz ihrer mütterlichen Aufwallung, als sie sich sagte, dass sie ihn »verstünde«, dazu beigetragen, ihn in eine Art Guckkastenbild, ihn in etwas zu verwandeln, das ganz und endgültig von ihr selbst getrennt war. Je mehr seine Romantik wuchs, desto mehr nahm seine Wirklichkeit ab. So dass sie jetzt, als seine schlanken Finger sich um ihre Hand schlossen, überrascht und verdutzt war und den physischen Kontakt nicht mit dem Bilde in Verbindung bringen konnte, das sie sich von ihm gemacht hatte.

Wieder einmal waltete zwischen ihnen ein Missverständnis.

Er beugte sich zu ihr und begann zu ihrer maßlosesten Bestürzung ihr Worte der Liebe ins Ohr zu sprudeln. »Teresa«, sagte er in einem Ton, den sie noch nie an ihm gehört hatte, ebensowenig wie sie ihn noch nie ihren Vornamen hatte brauchen hören; und sie verstand, dass er von dem großen Bett im Schatten sprach, von seinem Verlangen nach ihrem Körper, von ihrer Abgeschiedenheit und Sicherheit hier und von dem Zauber und der Gunst der Stunde. »Sie werden mindestens bis um Mitternacht bei ihrem Bridge festsitzen«, sagte er und ging dazu über, ihr ein Bild der Freuden auszumalen, die ihnen auf Jahre hinaus blühen würden. Aber der jetzige Augenblick war der dringendste, sagte er. Der Schnee da draußen, das Mondlicht, ihre Einsamkeit; das alles führte er zugunsten seines Begehrens an. Ihre Gedanken flogen zu John, der in dem großen Salon saß und Bridge zu Points spielte, die, wie er wusste, seine Mittel überstiegen. John, den sie gegen seinen Willen überredet hatte, zu Weihnachten nach Chevron zu fahren; John, der ihr einen Scheck über fünfzig Pfund gegeben hatte; John, der sie einmal forschend gefragt hatte, ob »alles in Ordnung« wäre zwischen ihr und diesem jungen Herzog, und der ihre geradezu empörte Bejahung sofort fast um Entschuldigung bittend angenommen hatte. Sie stieß Sebastian von sich. Sie hasste ihn beinahe. »Sie müssen toll geworden sein«, sagte sie, »wenn Sie glauben, dass ich solch eine Frau bin.« Sebastian war seinerseits ebenso bestürzt. Hatte er nicht sein ganzes Leben unter Frauen verbracht, die von solchen Treulosigkeiten kein Wesen machten? Außerdem, hatte er nicht die Anbetung in Teresas Augen gesehen? »Teresa«, sagte er, »vergeuden Sie nicht unsere Zeit. Verstellen Sie sich nicht. Sie wissen, dass ich Sie liebe, und ich glaube, dass Sie mich lieben – warum solche Umstände darum herum machen?« Teresa hielt sich die Ohren zu, um die plötzliche Verkündigung dieses ungeschminkten und anstößigen Glaubensbekenntnisses nicht zu hören. »John!«, rief sie mit leiser Stimme, als riefe sie um Hilfe. »John!«, sagte Sebastian zurückfahrend; die bloße Erwähnung ihres Gatten in einem solchen Augenblick traf ihn wie eine Geschmacksverirrung. »Nun, John weiß über alles Bescheid, da können Sie sicher sein; sonst hätte er doch nicht eingewilligt, Sie herzubringen.« »Was?«, sagte Teresa, indem sie ihre Hände von den Ohren nahm und ihn in wirklicher Fassungslosigkeit anstarrte, »das glauben Sie? Sie glauben, John wüsste, dass Sie in mich verliebt sind, und sähe es mit an? Das glauben Sie? Sie glauben, dass John und ich solche Art Menschen sind?« »Oh«, sagte Sebastian, zur Raserei gebracht, »hören Sie doch auf mit ›solch eine Frau‹ und ›solche Art Mensch‹; das bedeutet doch gar nichts.« »Es bedeutet sehr wohl etwas«, sagte Teresa, die plötzlich eine ganze Menge Dinge über sich selbst entdeckte und sich gefestigter fühlte als je zuvor im Leben, »es bedeutet, dass John und ich einander lieben, und dass wir, als wir uns heirateten, die Absicht hatten, uns immer weiter zu lieben und einander treu zu bleiben, und dass das die Art ist, auf die wir die Ehe verstehen. Ich weiß, dass es nicht die Art ist, wie Sie – Sie und Ihre Freunde, sie verstehen. Es tut mir leid, wenn ich in Ihnen den Eindruck erweckt habe, in Sie verliebt zu sein. Ich glaube nicht, dass ich es jemals war, und wenn ich es gewesen wäre, würde ich Sie gebeten haben, Ihrer Wege zu gehen und mich niemals wieder zu sehen. Ich war geblendet durch Sie, ich bewunderte Sie, ich pflegte Sie zu beobachten und über Sie nachzudenken, in gewisser Weise verehrte ich Sie beinahe, ich schäme mich nicht, das zuzugeben, aber das ist nicht dasselbe wie lieben.«

Sie hielt inne, um Atem zu schöpfen, nachdem sie rasch diese kleine Rede vom Stapel gelassen hatte. Sie schlug den Mantel um sich und schaute Sebastian mit einem betrübten, aber mutigen Blick an. »Ich will Ihnen nicht wehe tun«, sagte sie sanfter, »aber ich muss Ihnen genau sagen, wie es ist. Ich vermute, es ist ebenso schwer für Sie, unsere Anschauungen zu begreifen, wie für uns, die Ihren zu begreifen. Ich weiß, was Sie denken – Sie fühlen sich abgestoßen von mir, und Sie wundern sich, wie Sie je Ihre Zeit an eine konventionelle kleine Bourgeoise wie mich verschwenden konnten. Um Ihnen die Wahrheit zu sagen, ich habe mich auch darüber gewundert. Und um Ihnen noch mehr von der Wahrheit zu gestehen: Ich wusste, dass ich Sie anzog, und das hat mir gefallen. Aber ich habe es niemals ernst genommen. Hätte ich es ernst genommen, so hätte ich es John sofort gesagt. Aber ich habe es nicht ernst genommen, doch auf jeden Fall war ich schwach, denn Sie stellten alles das vor, wonach mich immer verlangt hatte. Ich bin so offen mit Ihnen, weil ich möchte, dass Sie mich verstehen. Vielleicht habe ich nie wirklich richtig darüber nachgedacht; ich war so aufgeregt durch Sie, und als Sie mich nach Chevron einluden, bin ich vor Freude fast gestorben. So, jetzt kennen Sie den ganzen Abgrund meiner Torheit. Sie haben mir Süßigkeiten angeboten, und ich habe sie angenommen. Aber ich liebe John, und er ist mein Gatte.«

»Und wenn Sie ihn nicht lieben würden?«, fragte Sebastian wissbegierig.

»Wäre es trotzdem dasselbe«, sagte Teresa. »Ehe ist Ehe, nicht wahr? – nicht in Ihrer Welt vielleicht, aber in der meinen –, und ich würde mich daran halten. Keiner meiner Verwandten und

Bekannten würde je wieder ein Wort mit mir reden, wenn ich John untreu wäre. Sicherlich wissen Sie das?«

Sebastian konnte sich diesen Gefühlen nicht anschließen. Er hatte, als sie zu reden begann, ihre Würde anerkannt; jetzt aber schien sie ihm von etwas Grundlegendem zu etwas Verächtlichem überzuspringen. Liebe war ein Ding, Mittelstandstugend war ein anderes. Das war ebenso schlimm wie Sylvia Roehampton, die ihn und sich selbst ihrer gesellschaftlichen Stellung opfern konnte. Sebastian war zornig, denn er sah seine Laune an einem Felsen zerschellen. Sollte er nirgends in der Welt je sittlichen Mut finden, fragte er? Es schien ihm jetzt, als wäre dieses die einzig erstrebenswerte Tugend. (Es ist vielleicht schon allzu häufig auf die Ungebärdigkeit seiner Stimmungen hingewiesen worden.) Er hatte die vornehmste Gesellschaft und hatte den Mittelstand erprobt, und in beiden war sein tauchender Geist im Schlamm der Konvention und der Heuchelei steckengeblieben. Die Konventionen waren verschieden – Sylvia hatte nicht gezögert, sich ihm hinzugeben –, aber die Heuchelei blieb dieselbe. Er raste und tobte. Er versuchte es mit nur zu wenig verstelltem Zorn; und er versuchte es mit Überredung, aber keins von beiden vermochte Teresa zu bewegen. Sie war betrübt, sie war traurig, aber sie war von sanftem Starrsinn; sie schien sogar nicht imstande, auch nur die Hälfte von dem zu verstehen, was er sagte. Tatsächlich schüttete er auch einen solchen Sturzbach aus, dass niemand außer ihm selber seinen Argumenten hätte folgen können; das heißt: Niemand, der nicht gleich ihm aufgewachsen war mit dem Gefühl, in ein vorbestimmtes Leben eingefangen und dazu verdammt zu sein, der nicht abwechselnd gegen seine Bande gekämpft und sie dann fester um sich zusammengezogen hatte, der nicht die Annehmlichkeiten dieses Lebens geliebt und sich für diese Liebe gehasst hatte, der nicht versucht hatte, sich mit Vergnügungen und mit Frauen zu trösten, die ihm nichts bedeuteten, der nicht in unseliger Verwirrung zwischen einer äußeren, ihm beinahe aufgezwungenen Rolle und der inneren Leidenschaft für Chevron hin und her geschwankt hatte, der

Leidenschaft für Chevron, die das einzig Beständige und Wertvolle in seinem Leben war. Es war nicht weiter erstaunlich, dass Teresa verdutzt über die Schmähungen war, die er über sie ausschüttete, oder über die Bitterkeiten, mit denen er sich selbst überhäufte.

Die große Turmuhr, die ihnen zu Häupten schlug, gemahnte sie unversehens an ihr Fernbleiben. »Was würde John denken, was würden alle die andern denken?«, rief sie. »Wir müssen gehen«, bat sie und zupfte ihn; sie war jetzt verängstigt durch diese Szene, die zwischen ihnen stattgefunden hatte; sie wollte in sicheren Schutz zurück und zu John. »Kommen Sie doch«, flehte sie. Sebastian rührte sich nicht; er stand ans Gesims des Fensters gelehnt und schaute verstört und gleichgültig für irdisches Flehen drein. »Bitte! bitte!«, rief sie kindlich und setzte verzweifelt hinzu: »Ich kann Sie hier nicht allein lassen, aber ich muss zurückgehen.« Sie brachte den einzigen Grund vor, der ihr wichtig war; es war eine unglückliche Wahl. »Denken Sie an mich«, sagte sie, »denken Sie an John, denken Sie an meinen Ruf.« Daraufhin lachte Sebastian. Der Kontrast zwischen ihrem Beweggrund und seinen eigenen Gefühlen war – oder schien ihm – von klaffender Ironie zu sein. »Ihr Ruf?«, sagte er, »was hat Ihr Ruf zu bedeuten? Sie zimperliche, tugendhafte Ehefrau!« Das innere Bewusstsein, dass er sich nicht nur schlecht, sondern auch theatralisch benahm, steigerte nur seinen Trotz. Er schämte sich brennend seiner selbst, da er sich so zum ersten Mal in seinem Leben selber durch anderer Augen sah: Und seine Selbstsucht, seine Nachsicht mit sich selbst, seine Anmaßung, seine müßigen Liebeständeleien als das sah, was sie wirklich waren. Dennoch wollte er nicht nachgeben. Er war ebenso kindisch wie sie; denn er war, wie Wacey das genannt haben würde, in einem »richtigen Zustand«; und wenn Leute in einen »richtigen Zustand« geraten, dann steigen alle Probleme ihres Lebens auf und vereinigen ihre Streitkräfte mit dem gegenwärtigen Gram. Er hatte Teresa begehrt, er war von Teresa zurückgewiesen worden; so erinnerte er sich, dass er Sylvia begehrt hatte und von Sylvia zurückgewiesen worden war; und so hatte er sich durch einen natürlichen Vorgang an alles andere erinnert – an Chevron und an den Hass, den er für seine Freunde empfand, und an die Fesseln, die wie Bänder in der Wiege um ihn gewunden worden waren, und an den Sarkasmus von Leonard Anquetil. »Sie werden nicht gehen«, sagte er und machte eine Bewegung auf Teresa zu.

Sie entschlüpfte ihm; sie floh aus dem wunderschönen Zimmer, ließ ihren Mantel liegen, wo er hinfiel, in einem See von Mondenlicht. Sebastian starrte ihn an, nachdem sie fort war. Seine Goldfalten waren in Silber verwandelt. Sein Zobelfutter war so dunkel wie die Schatten um das große Bett. Er war so leer und zerknüllt, wie alles, was er je begehrt hatte.

VII
Anquetil

Fünf Jahre waren vergangen, als Lucy, zum zweiten Mal in dieser Chronik, aber vermutlich zum tausendsten Mal in ihrem Leben, wieder Miss Wace ihr Herz ausschüttete. Aber es geschah in hoffnungsfreudiger, nicht in verzweifelter Stimmung, dass sie jetzt Wacey im Schulzimmer aufsuchte. »Ich glaube wirklich, es kann etwas daraus werden, Wacey!«, sagte sie triumphierend, aber ihre Stimme senkend, als fürchte sie, dass ein übelwollender Geist sie hören könnte. »Sie haben gestern den ganzen Nachmittag über miteinander Tennis gespielt, und jetzt hat er sie zu einem Spaziergang durch den Park abgeholt. Finden Sie nicht, dass das aussieht, als ob er irgendwelche Absichten hätte? Sie wissen, wie er junge Mädchen im allgemeinen hasst. Natürlich traue ich mich nicht, ihn zu fragen. Wenn ich's täte, wäre er imstande, nach hinten auszuschlagen und durchzugehen. Er könnte davonlaufen und zu Viola ziehen, oder noch Schlimmeres. Sie wissen, wie er es hasst, beobachtet oder ausgefragt zu werden. Er könnte alle unsere Hoffnungen zuschanden machen. Sie ist ein nettes Mädchen, Wacey. Nicht hübsch, aber das ist vielleicht umso besser. Sie ist von hinreichend hohem Adel, um für jeden Mangel an Schönheit zu entschädigen. Sie ist lenksam, und sie betet ihn ganz offenbar an. Und ich glaube wohl, dass ich etwas für ihre Toilette tun könnte, wenn erst ihre alte Vogelscheuche von Mutter aus dem Weg geräumt ist. Warum sagen Sie kein Wort, Wacey? Sie sind stumm wie ein Fisch.«

Hierauf begab sich Lucy zu Mrs Levison und ließ Miss Wace zurück, um über die hausbackene Erscheinung der voraussichtlichen Braut zu trauern. Alle ihre Hoffnungen auf ein strahlendes junges Paar schwanden dahin. Das junge Mädchen war ausgesprochen unhübsch, und Miss Wace konnte sich nicht vorstellen, dass Sebastian in sie verliebt sei. Es war ein großer Unterschied zwischen einem strahlend jungen Paar und dem Wunsch, sesshaft zu werden. Sebastian wollte sesshaft werden. So fasste Miss Wace die Sache auf. Sie seufzte.

Mrs Levison hatte einen vernünftigen Gesichtspunkt. »Ich an deiner Stelle, Lucy«, sagte sie, »würde entzückt sein. Du wirst nie irgendwelche Schwierigkeiten mit diesem Mädchen haben, und das ist ungefähr das Beste, was man von einer Schwiegertochter überhaupt sagen kann. Ich sehe nicht ein, warum du nicht weiter hier leben solltest, wenn sie erst verheiratet sind. Du weißt recht gut, dass du nicht gern von Chevron weggingest, Lucy, und die Alternative wäre nur der Witwensitz oder Sir Adam. Du hast dich in all den Jahren nicht zu Sir Adam entschließen können, und jetzt kannst du froh sein, dass du es nicht getan hast. Wenn du deine Karten klug spielst, kann alles nach deinen Wünschen gehn. Sebastian scheint nicht sehr zu merken, was um ihn herum vorgeht – weißt du, ich denke manchmal, dass ihm Sylvia mehr Schaden angetan hat, als irgendeiner von uns damals begriffen hat –, und das Mädchen wird niemals wagen, einen Finger gegen dich zu erheben. Sie wird ihre Babys haben, um sie ruhig zu halten. Sie sieht wie eine gute Bruthenne aus«, sagte Mrs Levison derb, »und ich vermute, Sebastian wird ihr reichlich Kummer bereiten, so dass sie dir zwischen Mutterschaft und Sorgen nicht viel Schererei machen wird.«

»Du hast immer eine Menge Verstand gehabt, Julia«, sagte die Herzogin.

»Wohingegen«, fuhr Mrs Levison fort, ihr Thema auszuspinnen, »eine muntere, hübsche Schwiegertochter dich völlig aus dem Sattel heben würde. Denn erstens könnte Sebastian in sie verliebt sein, und dann würde er sie in allem gegen dich unterstützen. Du wärst erledigt, meine Liebe. Er macht sich nicht für einen Heller was aus diesem Mädchen, und wenn er erst verheiratet ist, wird er nur zu froh sein, die Augen vor allem zu schließen, was vorgeht. Du würdest es hassen, die zweite Geige zu spielen, Lucy.«

»Ja, das würde ich«, sagte Lucy freimütig. »Schließlich werden wir nicht jünger, Julia, und man möchte gerne festhalten, was man einmal hat. Bei all dem Sozialismus in der Welt weiß man nicht, was geschehen kann; und jetzt, wo der König tot ist, wird es, glaube ich, noch schlimmer werden; ich habe immer das Gefühl gehabt, dass er die Dinge irgendwie zusammenhielt«, sagte sie unbestimmt. »O Gott«, sagte sie, »wie alles auseinanderfällt. Da ist Romola, die nach China gegangen ist, und Sylvia, die aus unserem Leben verschwunden ist, und Harry ist solch ein langweiliger Tropf geworden, und die Leute halten sich jetzt unangenehm über Sir Adam auf, nun er den König nicht mehr hinter sich hat, und der Hof wird jetzt natürlich so trüb wie ein Tümpel werden.

»Arme Wesen«, sagte Mrs Levison, offenbar das neue Herrscherpaar meinend, »wir müssen alle tun, was in unsern Kräften ist, um ihnen beizustehen.«

»Ja«, sagte Lucy zweifelnd. Sie war nicht sicher, inwieweit König George und Königin Mary Geschmack an Julias Beistand finden würden. »Was aber wird aus uns inzwischen? Eadred Templecombe sagt, England geht vor die Hunde. Es sieht wirklich so aus, wenn Mädchen wie Viola ihren eigenen Müttern Trotz bieten können und fortgehen, um für sich ihr eigenes Leben in London zu führen. Ich wusste immer, dass ich einen energischen Standpunkt in dieser Beziehung hätte einnehmen müssen, und ich habe ihr gesagt, dass ich für immer meine Hände von ihr abziehen würde; aber Sebastian nahm ihre Partei, und da war ich hilflos. Der Himmel allein mag wissen, was sie in London treibt oder mit was für Leuten sie da verkehrt. Alle Selbstachtung scheint aus der Welt zu verschwinden. Sebastian hat eine eigenartige Theorie, dass die Menschen ehrlicher sich selbst gegenüber werden. Ich kann nur das eine sagen, wir sind vielleicht nicht ehrlich gewesen, aber wir haben zum mindesten gewusst, wie wir uns zu benehmen hatten. Das ist alles sehr schwierig. Natürlich will man festhalten, was man irgend kann.«

»Jedenfalls kannst du dankbar sein, dass du eine Menge Geld hast«, sagte Mrs Levison, mit dem bitteren Unterton, den ihre Stimme immer bekam, wenn sie von anderer Leute Vermögen sprach.

»Für den Augenblick ja!, aber man fragt sich, wie lange man es noch wird behalten dürfen. Es gehen schreckliche Gerüchte um. Sebastian ist ein vollkommener Narr. Er ist fast ebenso schlimm wie Viola. Er sagt, er wolle der sozialistischen Partei beitreten. Ein sozialistischer Herzog! Hast du je so etwas gehört? Wenn wir nicht alle zusammenhalten und unsere eigene Klasse stützen, wohin soll uns das führen? Das ist es, was ich zu ihm sage. Aber Sebastian ist immer wunderlich gewesen. Erinnerst du dich der schrecklichen Zeit vor zwei Jahren, als er drohte, er würde die Försterstochter heiraten? Ich habe nie herausbekommen, ob er wirklich die Absicht hatte oder nicht. Und kürzlich habe ich gehört, dass er sich mit einem kleinen Modell herumtreiben soll, das er in Chelsea aufgelesen hat.«

»Je eher er sich mit Alice verlobt, je besser«, sagte Mrs Levison energisch.

»Ich bin ganz deiner Meinung. Ich bin gespannt zum Zerreißen, jedes Mal, wenn das Mädchen bei uns im Haus ist«, sagte Lucy. »Wann immer Sebastian in mein Zimmer kommt, schaue ich, ob er mir was zu sagen hat; aber er wirft sich immer nur aufs Sofa mit der neusten Zeitschrift. Dennoch glaube ich, dass etwas daran ist. Er hat früher nie irgendein Interesse für ein junges Mädchen gezeigt – ein junges Mädchen aus seinem Stand meine ich natürlich, die Försterstochter zähle ich nicht. Jetzt aber hat er mich veranlasst, Alice dreimal hintereinander zum Wochenende einzuladen.«

»Und du musst ihre Eltern ertragen, meine arme Lucy!«

»Ich weiß. Sie sind nicht sehr belastend. Lord O. unterhält sich mit Sebastian über seine Landwirtschaft. Und Lady O. amüsiert mich. Sie ist in zwei Hälften zerrissen zwischen ihrem

Wunsch, dass Alice Sebastian heiraten möge, und der heftigen Missbilligung, die sie gegen uns andre alle hegt. Sie gibt sich so redliche Mühe, artig zu sein, und es geht ihr so offensichtlich gegen den Strich! Sie ist nur an Leute wie die Wexfords oder die Porteviots gewöhnt. Hab' ich dir erzählt, was Potini gestern Abend zu mir gesagt hat? Du weißt, wie langweilig er mit seinen Ansichten über den englischen Charakter ist! Also er sagte zu mir: »Ma petite duchesse« – er nennt mich immer so –, »ma petite duchesse, in Lady O. haben Sie die Personifizierung der englischen Landaristokratie. Sehen Sie sich ihren Busen an – er gleicht zwei Steckrüben. Sehen Sie sich ihre Zähne an – sie gleichen zwölf Pflaumenkernen.« Mrs Levison stieß ihren übertriebenen Jauchzer der Belustigung aus, diesen Jauchzer, dem sie die Hälfte ihrer Erfolge in einer Gesellschaft verdankte, zu der sie nicht eigentlich gehörte. Aber Lucys Nachahmung war tatsächlich treffend gewesen.

»Oh, Lucy, du bist impayable! Lieber Gott, es macht mich ganz traurig, wenn ich daran denke, wie der gute arme König sich über deine Nachahmungen zu freuen pflegte. Du warst eine von den wenigen, die ihn immer bei Laune erhalten konnten. Wie schrecklich ist es, zu denken, dass alle diese schönen Zeiten vorüber sind. Wir werden wie eine führerlose Herde Schafe sein.« Niemand konnte erwarten, dass Mrs Levisons Sinnbild von den Schafen realistisch zutreffend sei. »Wir werden uns einen eigenen kleinen Tempel errichten müssen, aus unseren Ruinen. Du und Romola im Verein mit dir – wenn Romola zurückkommt –, ihr müsst ihn bauen. Wir müssen die Festung halten, nicht wahr, Lucy?« Sie blickte Lucy an, und scharfsichtig bemerkend, dass diese These unwillkommen sei, änderte sie das Gesprächsthema. Nicht umsonst hatte sie immer auf ihren Verstand vertraut. »Vorläufig muss natürlich erst die Krönungsfeierlichkeit vorüber sein, ehe die Dinge wieder in normalen Gang kommen; aber Verlobungen warten nicht auf Krönungsfeiern, nicht, Lucy? Es besteht kein Grund, warum die Verlobung nicht sofort veröffentlicht werden sollte. Es bliebe noch reichlich Zeit« – unter reichlich Zeit verstand Mrs Levison reichlich Zeit bis zum Ende der Season –, »reichlich Zeit, um die Hochzeit ins Werk zu setzen. Die Krönung findet nicht vor dem zweiundzwanzigsten Juni statt. Es wäre hübsch, wenn du die Vermählung, sagen wir: In der ersten Juliwoche stattfinden lassen könntest.«

Lucy dachte ebenfalls, dass das sehr hübsch sein würde. Vorläufig war es nötig, dass sich Sebastian entschloss. Noch bestand der ganze Unterschied zwischen einem unausgesprochenen und einem ausgesprochenen Antrag. Lucy fühlte, dass sie bei ihren dunklen Vorahnungen von Ruhestörungen, die in der Luft lagen, und ihrem Kummer über den Zerfall ihrer eigenen Clique viel darum geben würde, ihre eigenen Familienangelegenheiten in Ordnung zu haben. Sie hatte immer in der Angst gelebt, dass Sebastian irgendeine fürchterliche oder exzentrische Heirat machen oder sich ewig in irgendeine hoffnungslose Liaison verwickeln würde; jetzt aber schien die Ankunft von Lady O.'s Alice eine Lösung zu versprechen, die für Lucy sein würde, als ließe sie sich tief in einen bequemen Lehnstuhl sinken. Sie konnte nicht behaupten, dass Sebastian ein sehr feuriger Bewerber war. Er betrieb seine Werbung in der Tat mit der äußersten Lässigkeit; aber er betrieb sie. Das war die Hauptsache. Er veranlasste seine Mutter, ihre Einladungen für Alice wieder und wieder zu erneuern – eine Einladung, die, unnötig es zu sagen, stets angenommen wurde –, und wenn Alice auf Chevron war, nahm er sich pflichtschuldigst ihrer an; er nahm sie auf Spaziergänge und Ritte mit; erlaubte ihr, mit den Jungen von Sarah und Henry zu spielen, während Sarah und Henry verständig zuschauten; er gab zu, dass sie »nett mit Hunden wäre«, und beriet mit ihr den neuen Golfplatz, den er anlegen wollte. Lucy konnte sich nicht vorstellen, dass sein Interesse für ein so bescheidenes und nichtssagendes Mädchen einen andern Urgrund als den Wunsch, zu heiraten, haben könnte. Wie Miss Wace konnte sie nicht glauben, dass Sebastian verliebt sei.

Sie klammerte sich an Sebastian als an die einzige Hoffnung, die ihr noch im Leben blieb. Sie begann ihr Alter zu fühlen, und die Dinge aus ihrer Jugendzeit schwanden rings um sie her allmählich dahin. Es war unerfreulich, den Wechsel der Werte zu beobachten. Viola, zum Beispiel – noch kürzlich, noch im Jahre 1906 hatte Viola sich zu allen Gesellschaften in den richtigen Kreisen mitnehmen lassen, aber im Jahre 1910 hatte Viola auf einmal rebelliert; an einem unvergesslichen Abend auf Chevron hatte sie nach dem Abendessen verkündet, dass sie sich eine Wohnung in London genommen habe. »Du hast mich davon abgehalten, nach Cambridge zu gehen, Mutter, aber hiervon kannst du mich nicht abhalten. Ich bin mündig.« Dieser Satz war Lucy wie ein Dolch in die Seele gedrungen. Sie hatte ihn nie zuvor auf ein junges Mädchen angewandt gehört; sie hatte ihn nur auf junge Männer anwenden hören, in Verbindung mit Festlichkeiten und Feuerwerk und Pächterbällen und der Überreichung von Silberschüsseln und Schalen, mit einer eingravierten doppelten Reihe von Namen. Da war das Wort »mündig« angemessen und am Platz; auf den Lippen eines jungen Mädchens war es nicht vorgesehen, war es unbescheiden; aber es gab auch keine Antwort darauf. Lucys Autorität schrumpfte, wie Musselin im Feuer. Und so wie ihre gesetzliche Autorität zusammenschrumpfte, wandelte sich auch ihre persönliche Autorität plötzlich in ein Ding, das sich nie einer wirklichen Existenz erfreut hatte. Sie konnte bloß stammeln und weinen vor Violas kalter, wenn auch bedauernder Logik. Sie hatte sich auf alle Gewissensstützen berufen, die ihr zu Gebot standen. »Wenn du schon nicht an mich denken willst«, hatte sie gesagt, »so denke wenigstens an deine Stellung und an das Beispiel, das du gibst!« Viola hatte gelächelt, geduldig, aber unerbittlich. »Oh, liebste Mutter!«, hatte sie gesagt, »all dieser Unfug!« Für Lucy war es kein Unfug; es waren geradezu die Grundfesten ihres Lebens. In ihrer Angst hatte sie einige Geheimnisse derjenigen enthüllt, die nicht wider den Kodex hatten sündigen wollen: »Sieh dir die Templecombes an«, hatte sie gesagt, »lieber zwanzig Jahre der Qual, als der Welt ein schlechtes Beispiel geben. Erinnere dich an Lavender Garrow, die mit Caryl Thorpe davonlief und von der man nie wieder etwas gehört hat. Das war der ganze Lohn, den sie für ihre Unabhängigkeit davontrug.« »Aber«, hatte Viola gesagt, »ich will ja mit niemandem davonlaufen. Ich will nur mein eigenes Leben führen.« »Das ist beinahe noch schlimmer«, hatte Lucy geächzt; »bis zu einem gewissen Grade können die Leute für Liebespaare etwas übrig haben – wenn sie natürlich auch nie empfangen werden können –, aber dass eine Frau für sich allein davonläuft, das ist etwas Unerhörtes. Das werden die Leute nicht verstehen. Du verlierst deine Stellung in der Gesellschaft, Viola, restlos. Du wirst nie mehr irgendwo eingeladen, du wirst Schande über mich und Sebastian bringen. Was für eine Entschuldigung sollen wir anführen, wenn die Leute uns fragen, wo du hingeraten bist?« Bei diesem Punkt hatte Sebastian sie im Stich gelassen. Er hatte aufgehört, Sarahs Ohren zu zausen; hatte Sarah, sehr zu ihrer Empörung, mit einem Plumps auf den Boden fallen lassen und war aufgestanden, mit dem Rücken zum Kaminfeuer. »Ich sympathisiere durchaus mit Viola, Mutter«, hatte er gesagt; »ich finde, sie hat ein volles Recht, ihr eigenes Leben zu führen, wie sie sagt, wenn sie den Wunsch danach hat. Es trifft sich, dass sie ihr eigenes Geld hat, wenn dem aber nicht so wäre, würde ich ihr bestimmt ein zureichendes Einkommen aussetzen. Ich wollte, ich besäße ihren Mut, und ich beneide sie darum. Sie will nicht von dir oder von Chevron erstickt werden. Sie will eine Person für sich sein und nicht bloß eine in ein Bild eingepasste Staffage. Was aber das Beispiel anbetrifft, das sie gibt, so hoffe ich, dass ihm eine Menge Mädchen folgen werden. Wenn du achtzig bist«, sagte er, zwängte sich in denselben Armsessel, auf dem seine Mutter saß, und legte seinen Arm um ihre Schultern, »wirst du zittern und sagen, wie stolz du auf deine Tochter bist.«

Lucy war noch nicht achtzig – weit davon entfernt; und sie war noch nicht stolz auf ihre Tochter. Sie war tatsächlich so weit von Stolz entfernt, dass sie dauernd so viele Entschuldigungen für Violas Abwesenheit anführte, dass ihre Bekannten sich zu fragen anfingen, ob nicht wirklich irgendein recht unehrenvoller Grund für Violas ungewöhnliches Benehmen vorläge. »Qui s'excuse«, sagte die neue Herzogin von D., »s'accuse«; und Viola wurde von der Liste gestrichen. Lucys Voraussage fand hiermit ihre Rechtfertigung, was ihr eine mit Kummer gemischte Genugtuung bereitete. Es war ein Trost, sagen zu können: »Ich habe es dir ja gesagt!«, aber eine Kränkung, nicht in Begleitung ihrer Tochter das Haus D. aufzusuchen. Es war eine noch größere Kränkung, zu sehen, dass sich Viola nichts daraus machte.

Immerhin hatte sie Sebastian. Sebastian hatte sich noch nicht losgerissen. Er brummte und grollte mit dem Geräusch eines heraufziehenden Unwetters; aber das hatte er immer getan, seit seinem sechzehnten Jahre. Lucy seufzte, als sie sich erinnerte, wie die arme Sylvia Roehampton gesagt hatte, der trotzige Sebastian wäre unwiderstehlich. Sebastian hatte, mit Unterbrechungen, jahrelang getrotzt. Sie hatte immer ein wenig Scheu vor ihm gehabt. Vielleicht konnte sie jetzt dankbar dafür sein, dass er seine Launen in Trotzperioden, die sich über so viele Jahre erstreckten, ausgelöst hatte, anstatt wie Viola Fügsamkeit zu heucheln und dann plötzlich auszubrechen, wie Viola es getan hatte. »Ich bin mündig.« Sebastian hatte so etwas oder irgendetwas Analoges nie gesagt. Seine Halsstarrigkeiten waren immer von milderer Art gewesen, mehr im Rahmen der Traditionen, die Lucy verstand; gewiss, zuweilen war er lästig gewesen; er hatte sie in Schrecken versetzt, so, als er einmal drohte, die Försterstochter zu heiraten, aber er hatte niemals etwas getan, was über die natürlichen Extravaganzen eines verwöhnten jungen Mannes hinausging. Seine schlimmste Drohung war, sich der sozialistischen Partei anzuschließen; und das konnte Lucy einfach abtun, weil es zu unmöglich schien, um irgendeine ernsthafte Gefahr zu bilden. Auch hegte sie die bequeme, altmodische Überzeugung, dass ihn die Heirat von solchen Hirngespinsten kurieren würde. Sie zählten auch für Lucy zu der Kategorie, die Miss Wace mit »Hörner ablaufen« etikettierte.

Sie sann über Sebastian nach, aber da sie eine Frau war, beschränkten sich ihre Betrachtungen auf die Abenteuer, die er mit

Frauen gehabt hatte. Das größere Abenteuer seines Geistes besaß kein Interesse für sie. Sie hatte seine wirklichen Schwierigkeiten kaum geahnt; oder, wenn sie deren äußere Merkmale in seiner plötzlichen Schweigsamkeit, seiner Verdrießlichkeit und seinen beißenden Bemerkungen bemerkt hatte, so hatte sie sie sogleich irgendeiner unglücklich abgelaufenen Liebesgeschichte zugeschrieben. Lucys Einbildungskraft vermochte nicht über diesen Kreislauf hinauszugelangen. Sie besaß die ganze Wissbegierde einer Frau für die Lebensumstände eines Mannes, auch wenn sich's traf, dass dieser Mann ihr Sohn war. Honig wäre weniger süß gewesen als irgendeine Enthüllung von Sebastian über sich selbst; aber da es niemals zu einer Enthüllung kam, musste sie sich mit den Bildern zufrieden geben, die sie sich heimlich von ihm machte. Von ihrem Gesichtspunkt aus war Sylvia bestimmt die befriedigendste von Sebastians Liebschaften gewesen; denn aus ihrer eigenen Erfahrung heraus konnte sie sich das Bild ihrer Beziehungen zueinander in allen Einzelteilen rekonstruieren. Sie hatte mit einem beinahe inzestuösen Vergnügen bei der Vision ihres Sohnes in der Rolle des Geliebten von Sylvia verweilt. Aber wie war es mit den anderen Frauen, die Sebastian gekannt hatte? Was war zum Beispiel mit dem kleinen Modell, das er, wie man erzählte, in Chelsea aufgelesen hatte?

Das kleine Modell war in Wirklichkeit das vierte von Sebastians Experimenten. Auf sein Leben zurückblickend, sah er, dass es Form gewann und dass aus dem Chaos sich vier Experimente heraushoben. (Die Menge der anderen Frauen zählte nicht; sie waren nur Zwischenfälle gewesen; unvermeidlich, beim Zurückschaun Übelkeit erregend und, vor allem, grenzenlos langweilig.) Nur vier Frauen hatten eine Spur bei ihm hinterlassen, und jetzt, da er sie losgelöst betrachten konnte, konstatierte er mit Interesse und Überraschung, dass jede von ihnen aus einer anderen Gesellschaftsklasse genommen war: Sylvia, Teresa, die Försterstochter und jetzt das kleine Modell. Keine von ihnen hatte ihm Befriedigung gewährt. Er war geschlagen worden durch Sylvias Kodex; geschlagen durch Teresa; die Försters-tochter – ein verzweifelter Notbehelf, ergriffen in einem Augenblick der Auflehnung gegen den obersten sowie gegen den Mittelstand – hatte von Anfang an sein Feingefühl durch ihre persönlichen Gewohnheiten verletzt. Vergebens hatte er sich gesagt, dass solche Dinge nicht mitsprechen dürften. Sie sprachen dennoch mit. Sie war ein gutes Mädchen, ein gesundes Mädchen, ein freundliches, verständiges Mädchen, das ihm zum ersten Mal aufgefallen war, als sie mit einem Kübel voll gekochtem Futter die Runde bei seinen jungen Fasanen machte; aber sie hatte ihre Endsilben verschluckt und an ihren Zähnen schnalzend gesaugt, und als sich Sebastian gewissenhaft prüfte, kam er zu dem Schluss, dass er zu heftig zucken würde, wenn sie je seinen Freunden vorgestellt werden musste. Er war schließlich dankbar, dass er sich aus diesem Experiment herausgezogen hatte, ehe man etwas sagen konnte, dass er sich schlecht benommen habe. Er hatte eine Periode schwärzester Verzweiflung durchlebt, als er erkannte, wie tyrannisch er – sogar er! – durch Gewohnheit gebunden war. Er verhöhnte sich, dass er auch nicht besser sei als Sylvia oder Teresa: Sie hatten jede ihren Kodex, und er hatte den seinen; alle waren sie Gefangene, in eiserne Reifen geschmiedet. Er fragte sich skeptisch, was wohl Viola mit ihrer neuen Freiheit anfangen würde. »Aber Viola ist zäher als ich«, dachte er in seiner Niedergeschlagenheit, »ich bin zu schlapp, um meine Nöte je bis zum Ende durchzukämpfen.« Er fühlte, dass er in der Tat an allem, was er unternahm, erfolglos herumfingerte.

Dann war er in Violas Wohnung Phil, seinem kleinen Modell, begegnet. Ehe er noch wusste, was geschah – so übertrieben waren seine Stimmungen –, stürzte sich Sebastian kopfüber in eine leidenschaftliche Parteinahme für die Boheme. Der ganze Strom der Erregung über seine neue Entdeckung ergoss sich über Viola, der gegenüber er seit ihrer Emanzipierung ein wenig aus seiner Zurückhaltung herausgetreten war. Er erwähnte Phil nicht ausdrücklich, aber alle seine Lyrismen priesen die Unabhängigkeit des Künstlers; die Heiterkeit, den moralischen Mut eines unbekümmerten »Komme-was-da-wolle«-Lebens. Viola hörte zu, machte keine Anmerkungen, lächelte ihn an, erriet ganz genau, was sich zugetragen hatte, und prophezeite innerlich genau, wie die neue Grille vermutlich enden würde. Einstweilen schwebte Sebastian im siebenten Himmel; er glaubte sein Heil gefunden, die Fesseln seiner eigenen Welt gesprengt zu haben; er glaubte alles entdeckt zu haben, was der Knechtschaft entronnen, liberal, freigeistig war. Seine Überzeugung wurde noch durch die Tatsache bestärkt, dass Phil bis zu seinem Erscheinen ein, wie man es nennt, tugendhaftes Leben geführt hatte, nicht im mindesten durch seine gesellschaftlichen Privilegien beeindruckt war und sich ihm hingab ohne jegliches Aufheben, in den ersten vierundzwanzig Stunden ihrer Bekanntschaft, einfach weil ihr der Sinn nach ihm stand. Alles das erklärte sie ihm in freimütigster Weise, mit dem Zusatz, dass sie ihn, sobald sie seiner müde wäre, hinauswerfen würde. Sebastian, der nicht gewohnt war, so behandelt zu werden, war von solchen Reden begeistert. Auf ihrem Diwan liegend, inmitten der Überreste ihres Abendessens, spornte er sie von einer Proklamation zur anderen, von Eröffnung zu Eröffnung. Sie war mit siebzehn Jahren von Hause weggelaufen; sie war in einer Kleinkinderschule angestellt gewesen, und dort hatte sie Augustus John gesehen.

»Nun, und was kam dann?«

»Dann hat er mich gemalt. Er sagte, ich wäre sein Typ.« Das war sie auch, mit ihrem viereckig geschnittenen kurzen schwarzen Haar, ihrem roten, üppigen Mund, ihrer schwellenden weißen Kehle und den lebhaften Farben, besonders wenn sie wie eine Zigeunerin über ihrer Gitarre kauerte.

»Und was dann?«

»Dann hat mich eine Menge anderer Leute gemalt.«

»Aber du hast nie mit einem von ihnen zusammengelebt?«

»Du müsstest wissen, dass ich das nicht getan habe.«

»Warum nicht?«

»Ich mochte sie nicht genug dazu. Ich hatte es zeitweise auch verteufelt schwer.«

»Was meinst du mit verteufelt schwer.«

»Nun, ich hatte nicht genug zu essen.«

»Buchstäblich?«

»Buchstäblich.«

»Du hattest Hunger?«

»Grausigen Hunger. Ich wurde häufig ohnmächtig.«

Zum ersten Mal dämmerte es Sebastian, dass auch andere Menschen noch als die verschnupften alten Weiber, die unter Torbögen saßen und Streichhölzer verkauften, nicht genug zu essen hatten. Er erinnerte sich an die Mahlzeiten auf Chevron; diese endlosen Mahlzeiten, die er abgesessen hatte.

»Du wurdest häufig ohnmächtig? Vor Hunger?«, sagte er ungläubig.

Seine Ungläubigkeit brachte sie zum Lachen. »Aber ja. Das geht doch vielen Leuten so. Wenn ich bei Kasse war, nahm ich mir Leute mit hierher und bereitete ihnen ein Mahl.«

»Was für ein Mahl?«

»Oh, Eier – Sardinen – Wurst. Je nachdem. Wenn ich sehr bei Kasse war, konnte auch ein Stückchen kaltes Fleisch dabei sein.«

»Und taten sie dasselbe für dich, wenn du nicht bei Kasse warst?«

»Natürlich taten sie das. Wir halfen uns alle gegenseitig. Nur manchmal waren wir alle gleichzeitig blank und alle. Aber warum willst du das wissen? Das ist alles ziemlich ekelhaft und nicht sehr interessant. Es ist nur für dich interessant, weil es etwas ist, was du nie gekannt hast.«

»Das«, sagte Sebastian feierlich, »ist die Quintessenz der Romantik.«

Phil starrte ihn an. »Oh, du bist zu gescheit für mich. Du fändest es weniger romantisch, wenn du es kennen würdest. Aber wir wollen nicht von allen diesen Dingen sprechen. Ich brauche mich jetzt um all so was ja nicht zu sorgen.«

»Und wirst es auch nie wieder brauchen«, sagte Sebastian entschlossen.

»O doch«, sagte Phil leichthin, »wenn du meiner müde bist,

oder ich deiner müde bin. Aber warum sich um die Zukunft sorgen? Lass uns das Grammophon aufziehen. Wir wollen tanzen. Oder sonst irgendetwas tun. Oder wollen wir ausgehen?«

»Ausgehen« hieß ins Café Royal gehen. »Wir könnten uns mit Viola dort treffen.«

»Ist Viola oft dort?«, fragte Sebastian neugierig. Die Wahrheit über Violas Leben wurde ihm allmählich, nur sehr allmählich, klar.

»O freilich«, sagte Phil gleichgültig, »sie kommt seit Jahren hin. Sie verkehrte dort früher unter einem anderen Namen. Wir pflegten sie Lisa zu nennen, weil sie so glatt und sanftmütig aussah – wie die Gioconda, weißt du. Aber seit sie nach London gezogen ist, geht sie unter ihrem eigenen Namen. Ich verstehe nicht, warum sie sich je die Mühe genommen hat, ihn zu verheimlichen. Jedermann wusste genau, wer sie war.«

Sebastian scheute vor der Aufgabe, Phil zu erklären, warum Viola sich bemüht hatte, ihren Namen zu verheimlichen. Solche Erläuterungen, wie er schon gelernt hatte, bedeuteten für Phil weniger als nichts. Er wünschte, seine Mutter hätte einige ihrer Randbemerkungen hören können in den Tagen, da er noch so schlecht beraten gewesen war, um sich zu bestreben, ihr gewisse Dinge klarzumachen.

»Lass uns daheim bleiben«, sagte er, wenn es auch Tage gab, an denen er gern in ihrer Gesellschaft im Café saß. »Ich plaudere so gerne mit dir.« Das war die Wahrheit. Er wunderte sich jetzt, wie er jemals die Unterhaltung von Mrs Levison oder der Herzogin von D. hatte ertragen können. Phil war derb und offenherzig, aber weder leichtfertig noch lüstern; sie war durch eine harte Schule gegangen, die ihre angeborene Redlichkeit noch verstärkt hatte. Neben ihr fühlte er, dass seine eigenen Lebenserfahrungen mit Kissen aufgepolstert gewesen waren. Sie hatte ihn scharfsichtig eingeschätzt, als sie ihn mit der Prinzessin verglich, welche die Erbse durch vierundzwanzig Matratzen hindurch spürte. Er musste sich ihren Werturteilen anpassen, denn nichts von allem, was er sagte, machte den leisesten

Eindruck auf sie. Körperlich zart, war sie geistig sehr stark; sie war schon vor langer Zeit – sie war jetzt zweiundzwanzig – mit sich darüber ins Reine gekommen, was sie für wertvoll hielt und was nicht, und ihr Urteil war ungewöhnlich rein. Sebastian machte sich keines verliebten Selbstbetruges schuldig, wenn er entschied, dass ihre Natur schlackenfrei wäre. Das Beste in ihm hatte das Beste in ihr erkannt. Auch ihr Geschmack in Literatur, Kunst oder Musik war, wenn auch ungeschult, zielsicher und richtig; Dinge zweiten Ranges waren ihrer Ansicht nach von der Beachtung ausgeschlossen; in diesen Dingen, wie in den Dingen des Lebens, war kein Kompromiss möglich. Aber oft verletzte ihn ihr Mangel an Empfindsamkeit, wenn es ihn auch erfrischte; er konnte sich an ihre unumwundene Derbheit nicht gewöhnen. »Aber ich liebe die Wahrheit«, sagte sie, wenn er ihr Vorwürfe machte. »Tatsachen sind Tatsachen, warum ihnen aus dem Wege gehen?« Jawohl, Tatsachen waren für sie Tatsachen, dasselbe, was Stecklinge für den alten Turnour waren, oder Winterausverkäufe für Mrs Tolputt, oder der gute Ruf für Sylvia. »Du wirst mich nicht ewig lieben«, sagte sie, »also kann ich mich schon jetzt mit dem Gedanken abfinden. Und ich nehme an, ich werde dich auch nicht ewig lieben, wenn ich es auch im Augenblick beinahe glauben könnte. Du und ich, wir sind so verschieden voneinander wie Kalk und Käse« – das war einer ihrer stereotypen Lieblingssätze, der so seltsam im Widerspruch mit ihrem unabhängigen Wesen stand. »Eines Tages werde ich jemanden von meinem Schlag lieben. Dann werde ich ihm vermutlich treu bleiben, bis ich sterbe. Ich liebe dich, aber du bist nicht von meinem Schlag. Du liebst mich, aber ich bin nicht von deinem Schlag. Wir können's nicht ändern. Warum sich quälen? Warum nicht die Gegenwart genießen? Wir können morgen alle tot sein, oder es kann ein Krieg oder ein Erdbeben kommen«, fügte sie aufs Geratewohl hinzu; »persönlich frage ich nicht viel danach, ob ich am Leben bleibe oder sterbe – tust du's? Was ich am liebsten tue, ist mit dir in deinem Rennwagen fahren; dann habe ich das Gefühl, dass wir jeden Augenblick tödlich zerschmettert werden können. Ich finde, man genießt das Leben nie so sehr, als wenn es gefährlich wird. Vorläufig liebe ich dich wie nichts in der Welt«, sagte sie, die Arme um ihn schlingend, als wolle sie durch Leidenschaft ersetzen, was ihr an Zärtlichkeit gebrach, »und das genügt mir; es verleiht mir ein Gefühl, als wäre ich so ein wirkliches Ding, ein Baum, oder ein Stein; eine Sache, die man sehen und fühlen und festhalten kann, eine Sache, von der man weiß, dass sie nicht nur in der Einbildung besteht. Es mag morgen weg sein, aber heute ist es da – hier, hier ist es, gerade jetzt«, sagte sie, ihn fester an sich ziehend und das Wort betonend, wie von einer abergläubischen Furcht getrieben, die Sekunde noch zu erhaschen, ehe sie vorübertickt.

Sebastian hatte frohlockt; er glaubte gefunden zu haben, was er ständig gesucht, seit Sylvia zum ersten Mal Auflehnung in ihm erweckt hatte. Er nahm Phils Werturteile, Phils Ausdrücke an; solange ihre Verbindung währte, trug sie wirklich dazu bei, seine Konventionen zu zerbrechen, die unvermeidliche Starrheit seines Glaubens zu lockern. Dinge, die er für wichtig gehalten hatte, fegte sie hinweg wie Spinnweben. Jede Art von Pünktlichkeit und Genauigkeit reizte ihre Lachlust; jeder Sinn für gesellschaftliche Verantwortlichkeit ihre Ungeduld und ihren Spott. Wenn zum Beispiel Sebastian eine Verabredung hatte, trieb sie ihn dazu, sie nicht einzuhalten, so dass häufig telefonische Botschaften an verschiedene Damen ergingen, Sebastian bedauere unendlich, nun doch nicht zum Lunch oder Tee oder Abendessen kommen zu können; und statt seiner Einladung nachzukommen, veranstaltete er mit Phil ein Picknick in ihrem Atelier oder fuhr sie in seinem Wagen hinaus nach Kew oder Richmond. Anfänglich war er dermaßen infiziert, dass ihm diese Pflichtversäumnisse gefielen, dass er sie als einen Akt der Herausforderung, ein Schnippchen, das er schlug, betrachtete. Er liebte Phil umso mehr, wegen der Macht, die sie besaß, ihn zu Dingen zu treiben, die seiner ganzen Erziehung ins Gesicht schlugen. Sylvia war nie dazu imstande gewesen, ihn zu etwas zu bringen, was er nicht wollte, oder ihn von etwas abzuhalten, was er im Sinn hatte. Aber nach einiger Zeit begann ihn Phils laxes Benehmen zu reizen. Gewohnheitsmäßige Artigkeit war zu tief in ihm verwurzelt; auch liebte er eine gewisse Ordnung im Leben; wenn er sich etwas vorgenommen hatte, liebte er es, daran festzuhalten; Phils Lirum-Larum-Methode ging ihm zu sehr gegen den Strich. Dann begann die grenzenlose Zerfahrenheit ihres Lebens ihn aufzubringen; kam er zum Beispiel um vier Uhr nachmittags in ihr Atelier, so traf er sie beim Frühstück, während die schmutzigen Abendbrotteller vom Tag zuvor noch nicht weggeräumt waren und eine dicke Staubschicht über allem lag. Phil war unfähig, seinen Widerwillen zu verstehen. »Du bist so korrekt«, verhöhnte sie ihn. Ihrer Ansicht nach aß man, wenn man hungrig war, schlief man, wenn man schläfrig war, zog sich an, wann man Lust dazu hatte, saß die ganze Nacht auf, wenn die Stimmung danach war, warf Briefe ins Feuer, wenn man nicht in der Laune war, sie zu beantworten, und jagte Leute zum Haus hinaus, wenn man sie satt hatte. »Geht jetzt«, hatte er sie zu ihren Freunden sagen hören. »Ich habe euch satt.« Wenn er ihr Vorhaltungen machte, wies sie ganz wahrheitsgemäß darauf hin, dass ihre Freunde sich nichts daraus machten. Sie waren von »ihrem Schlag« und an sie gewöhnt. Sie wussten, dass es keine Beleidigung sein sollte, und fassten es auch nicht als solche auf. Ihre restlose Offenherzigkeit, in Bezug auf ihre Beziehungen zu ihm, setzte ihn ebenfalls in Verlegenheit. Er war an Menschen gewöhnt gewesen, die, wie auch immer ihr Privatleben sein mochte, in der Öffentlichkeit den Anstand wahrten; niemand, der ihn und Sylvia zusammen sah, hätte etwas anderes als Freundschaft zwischen ihnen vermuten können, aber Phil behandelte ihn ganz unverhohlen als ihren Geliebten, wenn ihre Freunde das Atelier überschwemmten. Sie küsste ihn ungestüm, überschüttete ihn mit Liebkosungen und schmiegte sich an ihn auf dem Diwan oder setzte sich auf seinen Schoß. Sebastian fand, da sie doch keine Dirne war, sollte sie sich nicht wie eine solche benehmen. Er konnte ihr nicht böse sein, denn er wusste, dass sie unter dieser hoffnungslos offenherzigen Oberfläche die redlichste Seele besaß, der er je begegnet war, Leonard Anquetil ausgenommen; aber allmählich kam er zu dem Schluss, dass sein Ausflug in die Boheme nicht von Erfolg gewesen war. Vögel von verschiedenem Gefieder bleiben besser für sich. Auf jeden Fall aber würde sie ihn – wenn sie ihn auch veranlasste, seine Verabredungen zu brechen – gehen lassen, sobald er nur die leiseste Andeutung eines Wunsches in dieser Richtung merken ließ. Es war immer ausgemacht gewesen, dass beiderseits keinerlei Verpflichtung bestand. Phil würde nie versuchen, ihn gegen seinen Willen zu halten. Es mochte sie schmerzen – er scheute vor diesem Gedanken zurück –, aber sie war ritterlich, sie war stolz; sie würde nicht jammern; sie würde ihm sagen, dass er gehen solle, und es schnell abmachen. Sie würde ihm nachwinken, ehe sie ihre Tür hinter ihm schloss, auch wenn sie sich dann auf den Diwan werfen und weinen und die Kissen mit ihren Zähnen zerreißen würde. Es war gerade diese Überzeugung, die ihn hielt und ihn zaudern ließ.

Sebastian war gewissenhaft, und gewisse angenommene Konventionen hatten ihn gezwungen, seinem Gewissen Genüge zu tun: »Würdest du mich heiraten, wenn ich dich um deine Hand bäte?«, hatte er eines Tages gesagt. Sie war sofort in lautes Gelächter ausgebrochen. »Liebster, goldigster Sebastian, auf diese Frage habe ich gewartet. Ich wusste, dass du die Verpflichtung fühlen würdest, sie zu stellen. Du bist ein Gentleman, und du hast ein unschuldiges Mädchen verführt – das ist die Situation, nicht wahr? Nun, meine Antwort lautet nein, tausendmal nein und herzlichen Dank! Was!, ich eine Herzogin?, und in deinem schrecklichen alten Haus sollte ich leben, und mich jeden Abend zum Essen umziehen, und einen Erben gebären, und vor allen deinen alten Tanten und Großmüttern Kotau machen, und einem Haufen Dienstboten Befehle erteilen, und nie nach meiner Fasson handeln dürfen? Danke, ich nicht! Außerdem, mein Lieber, würde es dir ebenso wenig gefallen wie mir. Ich würde nicht hineinpassen. Nein; wenn die Zeit da ist, wirst du irgendeine wohlanständige Miss heiraten, die ihre Pflicht an dir tun wird.

Du kannst mich zu deiner Hochzeit einladen, wenn du magst. Wo wird sie stattfinden? Westminster Abbey? Ich möchte dich gern in Uniform sehen, sicher siehst du sehr hübsch darin aus. So, das wäre zwischen uns erledigt. Gib zu, dass du erlöst bist?« Sebastian war erlöst. Er liebte sie mit verdoppelter Glut.

Doch der Tag kam, an dem er es nicht länger ertragen konnte. Wie er vorausgesehen hatte, machte sie keinerlei Szenen. Sie nahm sein Gehen hin, wie sie sein Kommen hingenommen hatte. Seinen Vorschlag, tausend Pfund im Jahr für sie auszusetzen, lehnte sie ab und ließ ihn fühlen, dass er ihr hierdurch, nicht durch sein Verlassen, eine Beleidigung angetan habe. Ganz kurz, ehe sie sich trennten, kamen noch viele Dinge zur Sprache und ans Tageslicht. Er entdeckte, dass seine Ordentlichkeit sie genauso sehr geärgert hatte wie ihn ihre Unordentlichkeit. »Wir hätten uns nie auf die Dauer vertragen können. Es war nichts wie Liebe da, um uns zusammenzuhalten.« In diesen beiden traurigen und weisen kleinen Sätzen fasste sie die Tragödie manchen Kampfes ums Glück zusammen.

Eine Zeit lang war ihm sehr elend zu Mut. Nichts wie der gesunde Menschenverstand hielt ihn davon ab, zu ihr zurückzukehren. Dann riss er sich, seinem Charakter getreu, aus diesem Pfuhl heraus und ging zum andern Extrem über. Er sah sich um nach seiner wohlanständigen Miss. Er verfiel auf das langweiligste, bravste und unhübscheste Mädchen, das er finden konnte; er verfiel auf Lord und Lady O.s Alice.

Er konnte Lord und Lady O.s Alice nicht leiden; er hasste sie beinahe. Er hasste sie, weil sie so ganz genau das war, was sie sein sollte. Vertraut mit den Familienscherzen über Miss Waces Gewohnheit der treffenden Formulierungen, folterte er sich selbst, indem er Aufschriften frei nach Miss Wace ersann. »Die vollkommene Gattin«, sagte er; »außerordentlich passend.« Es war nicht zu leugnen, dass Alice tatsächlich sehr passend war; sie hatte tiefes Verständnis für Chevron – was Sebastian bitter verübelte, eben weil er es zugeben musste; – sie besaß eine geradezu geniale Begabung, um das Vertrauen von Leuten wie des Mannes

Bassett zu erringen; sie verstand Sebastian, den ureigentlichen Sebastian, so, wie weder Sylvia, noch Teresa, noch Phil ihn je verstanden hatten. Aber so groß war seine Wunderlichkeit, dass er sie, je besser sie ihn verstand und je schärfer er ihre Vorzüge erkannte, nur umso weniger leiden mochte. Mehrere Male war sie beinahe Schuld daran, ihn wieder Phil und ihrer liederlichen Art in die Arme zu treiben, wenn es ihm wünschenswerter schien, dass Phil ganz Chevron auf den Kopf stellen möchte, als dass Alice seine geordnete und hierarchische Herrschaft weiterführen sollte. Alice war für ihn das Symbol der Niederlage; das Symbol seines endgültigen Verzichts auf Unabhängigkeit, des Zugeständnisses, dass er keinen Weg des Entrinnens gefunden hatte, der Erfüllung aller Prophezeiungen von Anquetil. Wenn er Alice heiratete, würde er in der Lage sein, vorauszusehen, was er an jedem beliebigen Datum in den ihm noch vergönnten Jahren seines Lebens tun würde. So dachte er und fand ein grimmiges Vergnügen an diesem unerträglichen Ausblick. Sebastian war sehr grimmig in diesen Monaten nach seiner Trennung von Phil. In finsterm Trotz gestaltete er alles so schlimm wie möglich für sich. Mit eigenen Händen wand er sich den Opferkranz für den Altar.

Vielleicht hatte ihn der Anbruch des neuen Regimes berührt, und er fühlte wie jedermann, dass mit dem Tod des Königs eine bestimmte Ära abgeschlossen und dass die Zukunft trächtig von Aufregung und Unsicherheit war. Vielleicht auch berührte es ihn im umgekehrten Sinn und trieb ihn, Sicherheit in eben dem Augenblick zu suchen, da sein abenteuerlustiger Geist das Angebot neuer Möglichkeiten begrüßt hätte. Um sich selbst zu trösten, wie auch, um seine Mutter ein wenig zu beunruhigen, bekannte er seine demokratischen Theorien, kündigte seine Absicht an, sich auf die Seite der Sozialisten zu stellen, brandmarkte Privilegien in jeder Form, schwor laut, dass nichts ihn dazu bringen würde, den Mummenschanz der bevorstehenden Krönung mitzumachen. Dabei straften während der ganzen Zeit – so groß war seine Schwachheit – seine Taten seine Worte Lügen. Alice allein schon war Beweis dafür. Sebastian war, wie Anquetil gesagt hatte, als Gefangener geboren; und seine Ketten waren ihm teuer, wenn er auch vorgab, an ihnen zu rütteln.

»Verzeihung, Euer Gnaden. Soll ich Euer Gnaden Staatsgewänder zur Reinigung schicken?«

»Staatsgewänder? Was für Staatsgewänder?«

»Für die Krönungsfeierlichkeiten, Euer Gnaden.«

»Warum?, sind die Motten in den Hermelin gekommen?«

Der Kammerdiener sah empört aus. Er berichtigte vorwurfsvoll Sebastians unzutreffende Unterstellung:

»Gewiss nicht, Euer Gnaden. Das Pelzwerk ist eingekampfert und wird zweimal im Jahr gelüftet.«

»Mehr kann es nicht verlangen. Warum es dann also in die Reinigung geben?«

»Das Futter scheint um den Hals herum ein wenig angeschmutzt, Euer Gnaden. Euer Gnaden Großvater, der zehnte Herzog, trugen es bei der Krönung der Königin Viktoria.«

»Ich gehe nicht zur Krönung.«

»Nein, Euer Gnaden. Aber soll ich die Gewänder nicht trotzdem in die Reinigung schicken?«

Sebastian ging zur Krönung. Er wurde am zweiundzwanzigsten Juni um sieben Uhr morgens geweckt; der Himmel war bewölkt, und der linden Milde des Sommermorgens zum Trotz schien die Morgenstunde freudlos. Als er zum Fenster hinausblickte und die weißen Kniehosen seiner Uniform anzog, dachte Sebastian, wie viel besser ein solcher Morgen zu den Inseln von West-Schottland passe als zu den Eisengittern von Grosvenor Square. Aber es war müßig, an die Inseln von West-Schottland zu denken und an die schönen Tage, die er dort genossen hatte, wenn er in solchen Prunk der Ausrüstung und der Umstände eingezwängt wurde. Seine Gewänder spreiteten ihren roten Samt und ihr Pelzwerk über die Lehne eines Stuhls; seine Krone und seine Handschuhe lagen auf einem Tisch daneben bereit. Sein Kammerdiener, der heute zur Verklärung eines Kammerdienerlebens gelangte, umkreiste ihn mit Waffenrock und Stiefeln, bereit, überzuziehen, zu richten und zu knöpfen. Seine Equipage wartete vor der Türe – die alte Familienequipage, die ihren Eigentümer zur Krönung der Königin Anna gefahren hatte, zur Krönung aller George, Wilhelms des Vierten und der Königin Viktoria; die Familienequipage, geschmückt mit einem riesigen Wappenschild auf beiden Seiten, mit silbernen Türgriffen und silbernen Wagenfedern in der gewundenen Form von Schlangen. Auf dem hohen, fransengezierten Bock saß der alte Kutscher, der Sebastian reiten gelehrt hatte, glücklich, wieder, wenn auch nur für einen Tag, in sein natürliches Amt zurückversetzt zu sein, – denn seit kurzem war er von seinen Pferden getrennt und zum Chauffeur ausgebildet worden. Sebastian schaute hinunter auf die Equipage und stellte sich vor, wie sie, ein unzeitgemäßes Objekt, in den vorhergehenden Tagen von Chevron fortgerumpelt war und in den Vorstadtvierteln von Bromley spöttische Neugier wachgerufen hatte, gerade wie noch vor wenigen Jahren sein Kraftwagen spöttische Neugier erweckt hatte. Guter Gott!, dachte er, muss ich wirklich in diesem Leichenwagen fahren?, und ungläubig schaute er auf die zwei Lakaien, die jetzt in ihrer Staatslivree auf dem Pflaster standen und, dämlich, aber doch selbstbewusst, den Bedientensitz im Rücken der Equipage, auf den sie aufzuspringen hatten, misstrauisch betrachteten. Sebastian wurde sich plötzlich seines eigenen Körpers bewusst. Er sah ihn, fühlte ihn als ein Polster, mit Stroh ausgestopft, als eine Vogelscheuche, die mit Samtgewändern behangen und in dieses groteske vorsintflutliche Vehikel gesetzt werden musste, um sich darin mit so viel Würde, als er aufbringen konnte, zu benehmen und schließlich an einer organisierten Aufführung mit hundert ihm ähnlichen Figuren mitzuwirken, die sich alle nach einem feierlichen, geprobten und leeren Ritual bewegten. Ohne Zweifel, dachte Sebastian, ist der König in seinem Zimmer im Buckingham-Palast jetzt auch schon auf.

Aber da sein Kammerdiener die Sache ernst nahm, musste auch Sebastian sie mit angemessenem Dekorum behandeln. Er ließ sich den Purpurmantel um die Schultern legen; er nahm Krone und Handschuhe mit schicklicher Feierlichkeit entgegen. Der Kammerdiener musterte seinen Herrn, nicht nur mit Befriedigung, sondern auch mit Bewunderung. Der Dünkel und der gesunde Snobismus der englischen Rasse schoss ins Kraut. Seine Gnaden waren ein Herr, den anzuziehen ein Vergnügen war. Seine angeborene Eleganz machte, dass die Knöpfe noch heller blinkten, die weißen Kniehosen noch blendender erschienen und die Politur der Stiefel mit dem Glanz seiner Haare wetteiferte. Putzpulver, Lederkreide und Stiefelwichse hatten einen würdigen Bundesgenossen gefunden. So dachte der Kammerdiener; aber Sebastian, der sich selbst in dem großen Spiegel betrachtete, ehe er das Zimmer verließ, dachte, dass der Spiegel das Abbild einer Figur aus der Pantomime wiedergäbe. Er war verdrossen, angewidert; er wünschte, er wäre in Schottland und würfe eine Angel im Tay aus.

Unten in der Diele wurde er von einer Weiberschar gestellt; die Hausmädchen, die Küchenmädchen hatten sich alle versammelt, um ihn abfahren zu sehen. Notgedrungen musste Sebastian lächeln, während er in seiner missmutigen Verlegenheit seine Gewänder zusammenraffte, wie ein Mädchen sein erstes langes Kleid rafft. Ein Beifallgemurmel lief durch die Schar; Augen wurden rund und starrten; die Haus- und Küchenmädchen hatten das Gefühl, an den Saum eines unerreichbaren Mysteriums gerührt zu haben. Die ganze Versammlung war in diesem Augenblick mehr oder weniger in Seine Gnaden verliebt. Einige von ihnen, Bewohnerinnen des Souterrains, hatten ihn nie zuvor mit Augen erblickt und bildeten sich, da sie ihn in voller Rüstung sahen, nun ein, dass dieses seine alltägliche Erscheinung wäre. Es wäre keine Überraschung für sie gewesen, zu erfahren, dass Seine Gnaden in Krönungsgewändern über den Golfplatz stolzierten. Unwissentlich brach Sebastian einige Herzen: Er wusste nichts von dem sehnsüchtigen Gram, der an Mrs Wickendens und sogar an Miss Waces Herzen fraß, die beide verbannt auf Chevron saßen. Nachdem er schüchtern und abbittend als Dankesbestätigung gelächelt hatte, setzte er rasch seinen Abstieg die Treppe hinunter fort, ohne auf das Wallen seines Purpurmantels oder die entsprechenden Gefühlswallungen in der Brust seiner Angestellten weiter zu achten. Wie närrisch er aussehen musste, – das war sein einziger Gedanke, insofern er sich überhaupt Gedanken über sich selbst machte.

Auf der Straße hatte sich ein Häuflein angesammelt; Krönungen waren ein seltenes Ereignis, und das Schauspiel einer Galakutsche in Grosvenor Square war kein alltägliches Vorkommnis. Sebastian, seine Krone unter den Arm geklemmt, damit sie möglichst wie ein Regenschirm wirken möge, musste das neugierige Angestarre erdulden, während die Lakaien ungeschickt an dem ungewohnten Trittbrett herumhantierten und sich die Finger in den zahlreichen Scharnieren klemmten, bis der Tritt heruntergelassen war und er einsteigen und sich in die Intimität der sonderbaren und muffigen Polster zurückziehen konnte. Er lehnte sich zurück mit einem Seufzer, nicht der Erlösung, sondern nur des Aufschubs. Für eine halbe Stunde wenigstens war er eingesperrt, allein in diesem dunklen, schwankenden Kasten; wenigstens eine halbe Stunde würde vergehen, bis er aufgerufen wurde, um seine Rolle in diesem phantastischen Mummenschanz weiterzuspielen. Das Gefühl von Unwirklichkeit hatte ihn nie wieder so stark bedrückt seit dem Tag, da Sylvia ihn als Herold in die Maskerade von Earls Court eingereiht hatte.

Aber Sebastian war jung genug, um noch von wirklicher Knabenhaftigkeit zu sein. Die Equipage war noch nicht bis zum Berkeley Square gerumpelt, als er sich schon vorbeugte und ihre innere Ausstattung untersuchte, prüfte, ob sich die Rouleaux herunterziehen ließen – aber die Seide war verschlissen, er stieß mit dem Finger hindurch –, die alten Sitze abtastete, die Klappen der Seitentaschen rechts und links lüftete, den Kampfergeruch einschnüffelte, auf die vertrauten Straßen hinausblickte, die langsam an den Fenstern vorüberglitten. Als kleiner Junge war er oft in die Equipage hineingeklettert, hatte entzückt den muffigen Geruch eingesogen und war darin herumgesprungen, um die Kutsche auf ihren übertriebenen Federn zum Schaukeln zu bringen. Oft war er von seiner Kinderfrau dafür gescholten worden – »Also komm jetzt, Sebastian, wenn du nicht gleich kommst, sag' ich's Ihrer Gnaden: In dieser hässlichen alten Kutsche die ganze Zeit vertrödeln!« – aber bei diesen verbotenen Spielen hatte er nie den Tag vorausgesehen, an dem er selber beim Trab seiner eigenen Pferde in dieser Kutsche fahren würde, mit dem alten Kutscher auf dem Bock und den zwei Lakaien, die hinten unbequem in den Bügeln des Bedientensitzes balancierten. Während er guckte und zupfte und ausprobierte und schnüffelte, fragte er sich, was wohl der Kutscher und die beiden Lakaien davon denken mochten. Er entschied, und mit Recht, dass sie sich wahrscheinlich freuten, einen Wagen und einen Herrn zu haben, der darin zu den Krönungsfeierlichkeiten fuhr. Sicher schätzten sie solche Privilegien weit höher als er. Er konnte sich gut das Waschen und Bürsten, Putzen und Prahlen vorstellen, das dort in Chevron vor sich gegangen war, und die Feierlichkeit der Abfahrt, als die Equipage endlich über die Pflastersteine des Hofes davongeholpert war; ob wohl Sarah und Henry dabei aufgepasst und gebellt hatten? Er konnte sich die Versammlung der Leute vom Gut ausmalen, mit Diggs und Wickenden an der Spitze, und vermutlich verstärkt durch all die blöden und reizlosen Kinder, die zum Christbaum kamen. Das liebe Chevron!, dachte Sebastian, plötzlich durch den Kampfergeruch von Rührseligkeit übermannt. Er fuhr mit der Hand in eine noch nicht erforschte Wagentasche, halb in Erwartung, darin die vergessene Larve seiner Urgroßmutter zu finden.

Dann setzte er sich wieder zurück, lehnte sich an und gab sich dem Rhythmus der Fortbewegung hin. Sie kam ihm sehr langsam und gleichmäßig vor nach dem gewohnten Eiltempo seines Autos. Das Leben schien sich auf einmal wieder verlangsamt zu haben. Diese Fahrt in der Equipage war eine Erfahrung; eine seltsame Erfahrung, bei der das ganze Zeitmaß des Lebens sich verändert zu haben und wieder zu dem geworden zu sein schien, was es einst war. Da war keine Eile und Hast; er wusste, wenn er sich der Westminster-Abbey näherte, würde die Bahn für ihn freigemacht werden. Er dachte an Phil. Ob sie wohl einen Feldstuhl genommen und stundenlang unter der Menge gewartet hatte? Menschenmassen, hatte er aus den Zeitungen erfahren, hatten die ganze Nacht hindurch gewartet, wenn auch die Menschenansammlungen nicht so groß waren, als man angenommen hatte, eine Tatsache, die nach der ernsten Erklärung der Times der Popularität der Lichtspielpaläste zuzuschreiben war. Warum, fragte die Times, sollten die Leute in den Straßen warten, wenn sie die Bilder von der Feier am gleichen Abend für drei Pence sehen konnten? Aber Phil würde nicht da sein; Könige, Galaequipagen und Krönungen bedeuteten nichts für sie. Sie würde in ihrem Atelier in diesem verschlissenen alten chinesischen Kimono herumlatschen, ohne überhaupt an die Krönung zu denken, vielleicht Sebastians Nachfolger bewirten, Speck zum Frühstück braten und das ganze Atelier mit dem Dunst von angebranntem Fett erfüllen. Vielleicht auch setzte sie sich nieder, um ein oder zwei Akkorde auf ihrer Gitarre anzuschlagen. Ihre unbesiegliche Heiterkeit konnte ebenso gut um sieben Uhr morgens wie zu jeder andern Tageszeit ausbrechen. Teresa dagegen würde alles – außer ihrer Tugend – darum geben, um einen guten Platz zu bekommen. Er bedauerte ironisch, dass Haus Chevron sich nicht in Carlton House Terrace befand: Er hätte sonst Teresa ein Fenster mit einem Balkon anbieten können. Ihre wohlfeile kleine Seele hätte sich nicht bis zur Gebärde einer Ablehnung aufgeschwungen. Dann kam er zu den andern. Alice? Alice würde in der Abtei sein und die Schleppe der Königin tragen. Über kurz oder lang würde er sich entschließen müssen, ob er Alice heiraten wollte oder nicht. Sylvia? – er fühlte unerwarteterweise, dass er davor zurückschrak, Sylvia wiederzusehen. Er hatte sie seit fünf Jahren nicht gesehen. Aber er wusste, dass Lord Roehampton von seiner fünfjährigen Amtsperiode als Gouverneur zurückgekehrt war, und daher nahm er an, dass er Sylvia in den Reihen der Pairsgattinnen erblicken würde.

Sein Leben zog an ihm vorüber, so langsam, wie die vertrauten

Straßen an den Fenstern der schwankenden Kutsche vorüberzogen. Das Schaukeln der Federn wiegte ihn in neubelebte Kindheitserinnerungen. Die eingeschlossene Atmosphäre verlockte zu einem Rückblick auf die letzt verflossenen Jahre. Die Vergangenheit, sowohl die ferne wie die nahe, war bedrückend. Er bemerkte, dass an der Innenseite des Wagenschlags kein Griff war. Also konnte er nicht hinaus, selbst wenn er wollte! Er beugte sich vor, um das Fenster herunterzulassen: Es klemmte. Die Familienkalesche selber war der Verschwörung beigetreten, um ihn zum Gefangenen zu machen und ihm die Luft zu entziehen.

Sebastians Kalesche fuhr mit löblicher Grandezza am Westtor der Abtei vor. Auf seinem Weg hatte er zahlreiche Pairs mit ihren Gattinnen überholt, die ihre Equipagen und Kaleschen verlassen hatten und zu Fuß in ihren Gewändern und im Federnschmuck durch den Dunst der Victoria Street hasteten – denn ein feiner Sprühregen stäubte jetzt hernieder. Sebastian betrachtete belustigt das ungewohnte Schauspiel, das diese Herren und Damen in ihrem Staat um neun Uhr morgens boten; die nüchterne Victoria Street war in einen Schauplatz von Prunk und Pracht verwandelt. Er erspähte die Templecombes; Lady Templecombe raffte mit einer Hand ihre Röcke zusammen, und die Federn in ihrem Haar zitterten unglücklich im Morgenwind. Sebastian war froh, dass er nicht zu gehen brauchte, sondern dass ihm der Passierschein des Oberzeremonienmeisters die Durchfahrt gewährleistete. An den Toren der Westminsterabtei hatte er einer größeren Menschenmenge standzuhalten als derjenigen, die seine Abfahrt von Grosvenor Square beschleunigt hatte, aber hier blieb ihm wenigstens der tröstliche Gedanke, dass das persönliche Interesse nicht mitsprach; niemand in der Menge hatte Zeit gehabt, den Lakai zu fragen, wessen Kalesche das sei; er konnte schnell in die Abtei entwischen, ohne dass ein Flüstern seinen Namen den Türmen des Parlaments oder dem Widerhall der großen Parlamentsglocke anvertraute. Er war jetzt nur noch ein Mitwirkender. Er hatte aufgehört, er selbst zu sein.

In der Vorhalle war alles Ruhe und Würde. Die Geschäftigkeit, die herrschte, wurde mit jener Stille durchgeführt, die einem so erhabenen Anlass und einem so ehrwürdigen Tempel geziemt. Ein Offizier, zu diesem Amt abkommandiert, trat auf Sebastian zu, bat um seinen Namen und schritt ihm unverzüglich auf leisen Sohlen zu dem ihm zugewiesenen Platz voran. Sebastian schaute sich um und grüßte die Herren, die er kannte. Er fühlte sich nicht mehr so selbstsicher in der Gesellschaft anderer Männer in der gleichen Festtracht wie er. Er reckte seine Schultern unter dem schweren Mantel. Er fühlte sich sogar minder gut gekleidet, insofern als diese Männer – ältere Männer – alle irgendwelche Ordensinsignien aufzuweisen hatten, die ihm, infolge seiner Jugend, noch vorenthalten blieben. Da war der Herzog von Northumberland mit dem Hosenbandorden, Lord Waterford mit dem Stern von St. Patrick. Sie waren alle Männer von einem gewissen Alter und von Erfahrung; Sebastian kannte sie entweder persönlich oder hatte sie im Oberhaus sprechen hören. Er fühlte sich wegen seiner Jugend und seines Ranges schuldig, der ihn zu einem Platz in ihrer Mitte berechtigte. Junge Knaben, ihre Pagen, in Weiß und Scharlachrot gekleidet, blieben ihnen dicht auf den Fersen; und Sebastian fühlte selber, dass solche Rolle ihm besser angestanden hätte als die aktive Rolle, die er zu spielen hatte. Sein eigener Page gesellte sich zu ihm; ein kleiner Vetter, ein Eatonschüler; er trat, offenbar durch seine Ankunft erlöst, zu ihm, nahm ihm seine Krone ab und klemmte sie sich unter den Arm, nicht viel anders, als er beim Fußballspielen einen ihm zugeflogenen Ball in Gewahrsam hätte nehmen können. Sebastian lächelte ihn wohlwollend an. Es war ein rotbäckiger kleiner Junge, der mehr von der Befreiung von der Schule begeistert war als von dem Privileg, der Königsfeierlichkeit beiwohnen zu dürfen.

Sebastian schaute sich, während er wartete, wieder um. Da auf dem Tisch lagen die Kroninsignien; da standen die Großwürdenträger des Staates; da standen die Erzbischöfe von Canterbury und York; und sieben Bischöfe mit ihren weiten Batistärmeln;

zahlreiche Pairs und einige Herren vom persönlichen Dienst. Sie warteten auf den Augenblick, da ihnen die Regalien übergeben werden würden, indem sie erst aus den Händen des Lord Oberhofzeremonienmeisters in die des Lord Oberhofstallmeisters übergehen würden, aus den Händen des Lord Oberhofstallmeisters in die des Lord Großkämmerers und aus den Händen des Lord Großkämmerers in die Hände des betreffenden Pairs oder Prälaten, der ausersehen war, sie in der Prozession zu tragen. Die Krone Eduards des Bekenners lag da, der Reichsapfel, das Zepter, die goldenen Sporen, die Schwerter der Gerechtigkeit, Curtana, das Schwert der Gnade. Sie schienen Sebastian nicht mehr Bedeutung zu haben als die Könige im Tarock, und dennoch kam etwas in ihm diesen Emblemen der Jahrhunderte und der Souveränität entgegen. Er blickte mit humoristischem und doch liebevollem Eigentümerstolz auf den verschnörkelten, mittelalterlichen kleinen Gegenstand, der ihm selbst zufallen würde; und bei der Erinnerung, dass auch die Hände seiner Ahnen sich gleichfalls darum geschlossen hatten, fragte er sich, ob sie wohl auch einen Augenblick der Angst ausgestanden hatten, dass sie ihn am Ende fallen lassen könnten? Hatte der alte Sebastian, der erste Herzog, als er der Königin Elisabeth durch das Schiff eben dieser Abtei folgte, ihn ebenso vorsichtig getragen und ebenso ängstlich dem Augenblick entgegengesehen, da er ihn wieder wohlbehalten seinem Hüter überantworten würde? Sebastian starrte auf den kleinen Gegenstand, den zu tragen nur er allein das Recht hatte; und während er so starrte, war es ihm, als stiege die lange Reihe seiner Ahnen auf und als umstünden sie ihn wie Geister, mit den Fingern auf ihn deutend und hauchend, dass es kein Entrinnen gäbe.

Im Hauptschiff der Abtei vertrieb sich die versammelte Menge die Zeit, so gut es eben ging, indem sie die Ankunft der vornehmen Gäste beobachtete. Sie sahen, wie die Vertreter der Königshäuser auf ihre Plätze im Chor geleitet wurden; der deutsche Kronprinz und seine Gemahlin waren da, der Erzherzog Karl

Franz Joseph von Österreich, der Großfürst Boris Wladimirowitsch, Prinz Chakrabhongs von Pitsanulok und Dejasmatch Kassa von Äthiopien. Der Äthiopier trug eine raue Löwenmähne um seinen Kopfschmuck gewunden, die jedes Mal seinen Nachbarn im Chorgestühl im Gesicht kitzelte, wenn er den Kopf wandte, um das Gebaren eines neuen Würdenträgers beim Einnehmen seines Platzes zu beobachten. Dieses Missgeschick war jedoch den Blicken der minder Vornehmen im Hauptschiff der Abtei entzogen. Nur für die wenigen Bevorzugten in der Königsloge und im Querschiff war es sichtbar. Diese wenigen Bevorzugten täuschten sich ebenfalls über die Zeit hinweg, indem sie die Ankünfte beobachteten, dieses gedämpfte und fast verstohlene Hereinkommen der Vorboten der feierlichen Haupthandlung. Sie brauchten auch in der Tat etwas, um sich über die Zeit hinwegzutäuschen. Die meisten von ihnen befanden sich schon seit acht Uhr auf ihren Plätzen. Sie begannen schon, unschlüssig auf die kleinen fettigen Paketchen mit belegten Broten zu schielen, die sie mitgebracht hatten. Sie erwogen schon die Ausführbarkeit anderer intimerer Möglichkeiten. Inzwischen konnten sie sich damit trösten, die Einzelheiten der Vorbereitungen in sich aufzunehmen, derentwegen die Abtei so viele Tage lang geschlossen geblieben war, während Zimmerleute in ihren Schürzen hin und her liefen und der weite Raum, der jetzt von Orgelklängen hallte, nur das Echo der Hammerschläge auf eiserne Nagelköpfe wiedergab. Das Licht war anfangs dämmerig, da es nur durch die hohen Fenster des Hauptschiffs hereinfiel; es vergingen einige Stunden, ehe die goldenen Lichter in den Kandelabern zu verblassen und die Schatten zu schwinden begannen und viele regungslose Gestalten enthüllten, wie den königlichen Leibgardisten im Mittelschiff, der bis dahin fast unbemerkt geblieben war. Es gab in der Tat viel zu sehen, und das Auge schweifte abwechselnd von der architektonischen Pracht der Wölbungen und der Säulen zu Häupten zu den winzigen Gestalten, die sich, steif wie Puppen, in ihren vielfarbigen Gewändern über den Steinboden bewegten. Das Blau und Silber der Samtbehänge, der blaue Mantel des Prinzen von Wales, die grauen Reiherfedern an seinem Barett, die Seiden der indischen Fürsten, die Rauten auf dem Wappenrock eines Herolds, das im Querschiff sich häufende Karminrot der Pairs und ihrer Gemahlinnen, das Edelsteingefunkel eines bunten Glasfensters, die Stummheit des Throns, die leise Erregung, das Fehlen der Menschenstimmen, das Anschwellen der Orgel, das gedämpfte Hereinkommen, das Gefühl der Erwartung – das alles verschmolz zu einer ungeheuren und verworrenen Bedeutung. Es ist zu bezweifeln, ob eine einzige Person in dieser ganzen Versammlung einen klaren Gedanken im Kopf hatte. Vielmehr schweiften wohl bloße Worte und deren Assoziationen, sich die Hände reichend, in einer »grande chaine« herum. England, Shakespeare, Elisabeth, London; Westminster, die Docks, Indien, Schottenhemd, England; England, Gloucestershire, John von Gaunt; Magna Charta, Cromwell, England. Verschwommene, unerklärliche Epitheta schwirrten durch die Köpfe, vertraut bei aller ihrer Ungewohntheit: Unicorn Pursuivant, Portcullis, Rouge Dragon, Black Rod, O'Conor Don, Lord of the Isles, Macgillycuddy of the Reeks. Was bedeuteten alle diese Worte? Was konnten sie wohl einem Ausländer bedeuten? Was konnten sie für Dejasmatch Kassa aus Äthiopien bedeuten, dessen Löwenmähne selbst jetzt noch das Gesicht seines Nachbarn kitzelte? Nicht mehr, als die Kriegstänze des Dejasmatch Kassas für den König von England bedeuten konnten. Die Organisation eines Planeten war in Wahrheit ein recht seltsames Ding.

So dachte Sebastian und trug seinen kleinen mittelalterlichen Gegenstand im Gefolge des Königs einher. Irgendwo über ihm in den Galerien rief ein Chorus von fünfhundert Kehlen: »Vivat, vivat rex Georgius!« – als die Prozession den engen Pfad auf dem blauen Teppich entlangschritt und einen Augenblick vor den leeren Thronen innehielt. Da war der König, in seinem Staatsgewand, den Staatshut auf dem Kopf, umringt von Bischöfen, die Schleppe von acht jungen Pagen getragen, zu beiden Seiten zwanzig Kavaliere vom Hof als königliche Leibgarde und unterstützt – wahrhaftig, er brauchte Unterstützung, dachte Sebastian – vom königlichen Intendanten der Garderobe. Dort war die dünne Gestalt von Lord Roberts und die mächtige von Lord Kitchener. Dort waren die Standarten, schlaff an ihren Stangen herunterhängend. Da war die Königin – doch genug. Die Krönungszeremonie hatte begonnen.

Sebastian stand und hielt sorgfältig seinen kleinen Gegenstand. Er musste still wie eine Statue stehen, den schweren Mantel um sich gebreitet; er durfte nicht den Kopf wenden, noch durch Nachlassen irgendeines Muskels zeigen, dass er lebendig war. Er war wie eine Figur in einem Schachspiel; er musste hölzern vorrücken, zum nächsten ihm vorgeschriebenen Quadrat. Aber seine Augen mochten immerhin wandern. Sie wanderten; sie fanden Alice in der Schar der Mädchen um die Schleppe der Königin; sie fanden Sylvia, so schön wie je, unter den Pairsgattinnen. Sie blickte ihn an, und ihre Augen trafen sich durch das Kirchenschiff hindurch und suchten jeder beim anderen nach Zeichen der Veränderung in diesen fünf Jahren. Das war der Augenblick, den Sebastian gefürchtet hatte; nun er gekommen war, blieb sein Herz tot; weder Alice noch Sylvia hatten irgendwelche Macht, ihn in die Wirklichkeit zurückzurufen. Ihm war, als sei alles Leben in ihm für immer erstickt worden, erdrückt unter der Pracht der Zeremonie und der Hülle seines Purpurmantels. Da er eingewilligt hatte, sich zu diesem Mummenschanz herzugeben, überließ er dem Geiste völliger Resignation die Herrschaft über sich; fortan würde er dastehen wie aus Holz, sich bewegen wie aus Holz, hingehen, wohin man ihn entbot, sich verneigen, antworten, wie man es von ihm erwartete; eine furchtbare Passivität überkam ihn, und er nahm sie hin mit abergläubischem Fatalismus. So verlassen, so verloren und gleichzeitig so resigniert wie in diesem Augenblick, da er seine Freiheit aufgab, hatte er sich noch nie gefühlt. Er erkannte, dass dieser Augenblick von ungeheurer Bedeutung für ihn war. Westminster und die weltlichen und geistlichen Herren hatten ihn geschlagen. (Aber auch jetzt dünkte es ihn, dass ein ungeheurer Aufwand umso kleinen Anlasses willen in Bewegung gesetzt worden sei.) Er würde Alice heiraten. Er würde ihr im Russischen Ballett am Samstag seinen Antrag machen; Fürst Igor würde die passende Begleitung liefern. Er würde Anquetils Prophezeiung bis ins Letzte erfüllen. Er würde aufhören zu kämpfen. Er würde der Gesellschaft, seiner Mutter und den Geistern seiner Ahnen, die gestanden hatten, wo er jetzt stand, Genüge tun.

Einstweilen nahm das Schaugepränge herrlich seinen Fortgang von Ritus zu Ritus. Der anerkannte König des Reiches war seinem Volke in allen Himmelsrichtungen vorgestellt worden und aus allen Himmelsrichtungen war er mit lauten und wiederholten Zurufen und Trompetenschall begrüßt worden, der von den Steinplatten des Fußbodens und vom Deckengewölbe widerhallte. Der harrende Altar hatte Bibel, Hostienteller und Kelch empfangen. Zadok, der Priester, und Nathan, der Prophet, waren angerufen, an die Krönung Salomos war erinnert worden. Vier Ritter des Hosenbandordens hatten einen goldenen Baldachin über den König erhoben. Öl aus der Ampulle hatte, aus dem Schnabel des kleinen goldenen Adlers träufelnd, ihm Haupt und Brust und Hände gesalbt. Seine Hände waren mit Watte getrocknet worden. Die weiße Tunika aus indischem Gewebe und der goldene Überwurf der Supertunika hatten die Staatsgewänder ersetzt und die Spur des Sonnenbrands auf seinem Nacken entblößt. Die goldenen Sporen hatten seine Absätze berührt, die Kette aus Ringen war ihm um die Schultern geworfen worden; das Schwert war ihm umgegürtet und mit hundert Schillingen in einem roten Sammetbeutel ausgelöst worden. Reichsapfel, Ring und Zepter waren ihm überantwortet worden; der Lehnsherr von Worksop hatte einen Handschuh überreicht. Die Krone war ihm aufs Haupt gesetzt worden, die Trompeten und Trommeln hatten geschmettert und gedröhnt, und die Menge hatte »Gott schütze den König!« gerufen.

Und im Augenblick, da die Königin gekrönt wurde, hatten auch die Pairsfrauen ihre Kronen aufgesetzt, mit einer einzigen Bewegung von wunderbarer Schönheit hatten sich ihre weißen

Arme mit einem Rauschen wie von Vogelschwingen und der stolz geründeten Biegung eines Schwanenhalses erhoben. Dann kamen die kleinen Spiegel zum Vorschein, und nach einem verstohlenen Blick in dieses gemeinsame Attribut der Weiblichkeit hatten sich Hände heimlich hinaufgereckt, um zurechtzurücken und -zurichten. Manche entthronte Witib, die oben von der Galerie zuschaute, wisperte ein »Pfui!« Zu ihrer Zeit, sagten sie, war es nicht Sitte bei den Damen, in der Öffentlichkeit Spiegel hervorzuziehen. Es war leicht, zu erkennen, sagten sie, dass die Regierung Eduards des Siebenten zu Ende und die Tage gesitteten Benehmens vorüber waren.

Alles strömte tief erlöst aus der Abtei. Man war müde, aber wie eindrucksvoll war es gewesen!, und, Gott sei Dank, niemand hatte eine Bombe geworfen. Gruppen von Lords und Ladys standen herum und plauderten, während sie auf ihre Equipagen warteten. Sonderbare Anblicke boten sich dar; ein Pair aus hinterster Provinz hatte einen Strohhut aufgesetzt, der seltsam von seiner Gewandung abstach; ein anderer hatte seine Krone in ein Stück Zeitungspapier eingewickelt. Irgendjemand erzählte, dass der alte Lord X. seine Sandwiches lose in seine Krone gelegt und sie im Augenblick der Krönung alle auf seinem Kopf ausgestülpt hätte.

Eine nach der anderen rollten die Equipagen, Kutschen und Kaleschen vor und davon. Sebastian fand sich ein zweites Mal allein in seinem muffigen Kasten eingesperrt. Er war erschöpft, nicht so sehr durch die langen Stunden des Wartens und Herumstehens als durch die geistige Katastrophe, die über ihn gekommen war und von der er sich, wie er fühlte, nie wieder erholen würde. Vergebens sagte er sich, dass ein reiner Symbolismus ihn besiegt hätte: Er war von der Wirklichkeit, die hinter diesem Symbolismus stand, besiegt worden. Er musste sich das merken. Es war wichtig. Die Wirklichkeit, die hinter dem Symbolwesen stand.

Er presste seine Hände an die Stirn, auf der die Krone gelastet hatte.

Dann verursachte eine Stauung im Verkehr einen Aufenthalt für seinen Wagen, und als er müßig zum Fenster hinaus in die Gesichter der Menge blickte, die die Straßen säumte, starrte Sebastian geradeswegs in die Augen von Leonard Anquetil. Er erkannte ihn sofort, obwohl er ihn seit sechs Jahren nicht gesehen hatte. Da war kein Irrtum möglich bei diesen seltsamen Gesichtszügen, den blauen Pulverspuren, der Narbe des Säbelhiebs, diese fahlen und sarkastischen Züge zwischen den beiden schwarzen Haarbüscheln. Anquetil trug keinen Hut, und seine Kleidung hätte die Kleidung eines Kunsthandwerkers sein können. Die Hände hatte er in die Taschen versenkt. Er sah aus wie ein Straßenbummler, der sich einen Weg bis in die vorderste Reihe gebahnt hat, um dem vorüberziehenden Schauspiel zuzusehen; er war gar nicht gealtert; er sah straff und gesund aus; sein Mund hatte den bitteren Zug verloren; er sah außerordentlich glücklich aus.

In wilder Aufregung suchte Sebastian nach dem Türgriff, ehe er sich erinnerte, dass keiner da war. Er drehte sich um, riss die kleine Klappe weg und klopfte so heftig an das Fensterchen in der Rückseite, dass er es zerbrach. Durch das zersplitterte Glas konnte er die vier weißen Seidenwaden der beiden Lakaien sehen. Luft strömte in die Kutsche. Er schrie den weißen Seidenwaden zu und erinnerte sich, als er es tat, wie man früher durch das Klappfensterchen der hohen Wagen zum Kutscher hinaufgeschrien hatte. »Tür auf!«, rief er, »Tür auf!« Erschrocken, im Glauben, seinem Herrn sei schlecht geworden, kletterte Wilfrid herunter, eilte herum und quälte sich mit dem unhandlichen Verschluss ab. Die Straße war wieder frei, und ein Schutzmann, der seiner Pflicht genügen wollte und doch auch beeifert war, einem jungen Pair, der in einer so prächtigen Kutsche fuhr, zu Diensten zu sein, kam heran, um nach der Ursache des Aufenthalts zu fragen. »Steigen Sie ein!«, rief Sebastian, sich herausreckend und lebhaft winkend, »steigen Sie ein, wir können den Verkehr nicht ewig aufhalten. Lass den Tritt«, sagte er ungeduldig zu dem Lakaien, der ihn herunterlassen wollte. »Ich glaube, Mr Anquetil

kann ohne ihn auskommen.« Mr Anquetil konnte es. Mit einem
Satz war er im Wagen. Wilfrid warf den Schlag zu, und Sebastian
setzte seinen Weg mit Anquetil zur Seite fort.

»Nun«, sagte Anquetil mit einem Blick auf seinen Gefährten,
»Sie sehen fein aus, das muss man sagen, und was für ein hübscher Flitterkram!«, fügte er hinzu, nahm Sebastians Krone auf
und drehte sie rundherum in seinen kräftigen Händen. »Erdbeerblätter. Hermelin. Kugeln.« Er legte sie wieder auf den
gegenüberliegenden Sitz. »Wie nett, Sie nach so vielen Jahren
wiederzusehen.«
   Das absolut Konventionelle dieser Phrase löste Sebastians
Spannung, wie nichts anderes sie zu lösen vermocht hätte. Er
lachte, wie er nicht mehr gelacht hatte, seit er zum letzten Mal
mit Sarah und Henry getollt hatte. »Ach, Leonard, Leonard!«,
sagte er dann, die Hand über seine Augen legend und hilflos den
Kopf schüttelnd, weil er keine Worte fand. Er war von einem
unerklärlichen Glücksgefühl durchströmt. »Ach Leonard«,
sagte er, »warum haben Sie mich verlassen?«
   »Lama sabachthani?«, sagte Leonard Anquetil.
   »Lama sabachthani.« Der Wagen rollte weiter. »Was haben
Sie getrieben? Die Daily Mail meldete, dass Sie verschollen sind.
Dann standen ein paar Zeilen in der Times, dass man Sie wieder
aufgefunden habe. Was haben Sie in all der Zeit getrieben?«
   »Und Sie?«, sagte Anquetil, »was haben Sie getrieben?«
   »Nichts«, sagte Sebastian und griff nach seiner Krone, »nichts!«
Er zeichnete mit den Fingern die Umrisse der Erdbeerblätter
nach. »Es ist etwas Furchtbares, Leonard, als Herzog geboren
zu sein, etwas Lähmendes. Es lässt einem keine billige Möglich-
keit. Besser, viel besser, als Sohn eines Fischers geboren zu sein.
Ich hatte mich eben in mein Schicksal gefügt.«
   »Eben? Wann?«
   »Vor zwei Stunden.«
   »Während der Krönung? In der Westminsterabtei?«
   »Während der Krönung. In der Westminsterabtei. Leonard!,

reißen Sie mich heraus. Wenn Sie mir nicht helfen, bin ich verloren.«

»Mein armer Sebastian. Erdrückt vom Gewicht dieses prächtigen Mantels?« Er berührte ihn. »Verloren in einem Wald von Traditionen?«

»Sie begreifen es. Sie können nichts davon wissen, und doch begreifen Sie es. Sie begreifen beide Seiten.«

»Alle unsere nur zu seltenen Aussprachen«, sagte Anquetil plötzlich, »scheinen immer unter ungewöhnlichen Umständen stattzufinden.«

»Das letzte Mal saßen wir auf den Dächern von Chevron.«

»Sebastian«, sagte Anquetil, »geben Sie Obacht. Sie lassen sich von einem Symbol irreführen.«

»Tu' ich das?«, sagte Sebastian betroffen. »Aber wird das Symbolwesen nicht immer von der Wirklichkeit getragen und gestützt?«

»Ja«, sagte Anquetil, »das eben ist die Gefahr.« Der Wagen rollte weiter. »Ich muss Ihnen sagen, dass ich Ihre Schwester heiraten werde.«

»Viola heiraten.«

»Ja, ich bin gestern in England angekommen; gestern Abend habe ich sie um ihre Hand gebeten.«

»Aber Sie kennen sie ja gar nicht.«

»Wir haben uns sechs Jahre lang jede Woche geschrieben.«

»Oh!«, sagte Sebastian erleuchtet, »das erklärt vieles!«

»Aber wir heiraten nicht vor drei Jahren«, sagte Anquetil rasch. »Ich verlasse England wieder in der nächsten Woche. Wenn Sie wollen, können Sie mitkommen. Ich wiederhole die Aufforderung, die ich vor sechs Jahren gemacht habe.«

»Ich habe mir immer eingebildet«, sagte Sebastian, »wenn Sie erst die Quellen des Amazonenstroms gefunden hätten, würden Sie zur Politik übergehen.«

»Keine Politik vorläufig für mich. Dazu bin ich nicht reif.«

»Wenn Sie nicht reif sind, was soll ich dann sagen?«

»Sie? Reif! Sie sind kaum zur Blüte gediehen, lassen Sie der

Frucht vorläufig noch Zeit. Sie sind noch niemals mit dem Leben in Berührung gekommen. Kommen Sie mit mir mit, und lernen Sie, dass das Leben ein Stein ist, an dem man seine Zähne wetzen muss. Dann nach drei Jahren kehren Sie vielleicht mit einem gewissen Gefühl für Proportionen zurück. Oder es kommt vielleicht ein Krieg bis dahin, der Sie vertilgt. Ich zweifle nicht, dass Sie sich mit der größten Tapferkeit benehmen würden; und ich will sogar zugeben, dass Ihnen dann die Tradition, die Ihnen zu einem solchen Fonds verhalf, anstelle der mangelnden Erfahrung dienen wird. Inzwischen, wollen Sie mitkommen?«

»Chevron!«, sagte Sebastian in den Wehen eines letzten Kampfes.

»Sie werden Chevron ein besserer Herr sein.«

»Gut«, sagte Sebastian, »ich komme.«

Der Wagen hielt in Grosvenor Square.

ENDE

Victoria Glendinning

Vita Sackville-West und Schloss Chevron

Vita Sackville-West schrieb *Schloss Chevron* aus Spaß, und um Geld zu verdienen. Die Idee zu dem Buch kam ihr während eines Urlaubs, den sie mit ihrem Mann Harold Nicolson im Frühjahr 1929 in Rapallo verbrachte, »ich werde den Roman in diesem Sommer schreiben und mein Glück damit machen«, schrieb sie an Virginia Woolf. »Es wird ein Spaß werden und viele Leute ernstlich verärgern.« Da die Hogarth Press von Leonard und Virginia Woolf das Buch veröffentlichen sollte, hielt Vita Virginia Woolf über den Fortgang der Arbeit auf dem Laufenden. »Das Buch ist mit Adelsgeschichten vollgepackt, werden Sie das mögen? Ich denke, dass allein der Snobismus das Buch sehr populär machen wird.«

Und so war es. Als *Schloss Chevron* im Mai 1930 erschien, war offensichtlich, dass die Hogarth Press damit großen Erfolg haben würde. »Vitas Buch ist ein derartiger Bestseller, dass Leonard und ich im Geld schwimmen«, berichtete Virginia Woolf Anfang Juni ihrem Neffen Quentin Bell, »wir verkaufen jeden Tag ungefähr 800 Exemplare.« Ende Juli waren bereits 20 000 Exemplare verkauft. In den Vereinigten Staaten wurde das Buch bei Doubleday veröffentlicht, und war »Literary Guild Book of the Month«. Der Verkauf hielt stetig an; der Roman wurde in zahlreiche Sprachen übersetzt und für die Bühne bearbeitet, er war Vita Sackville-Wests größter Bucherfolg.

Doch weder sie noch ihre dankbaren englischen Verleger sahen das Buch als bedeutende literarische Leistung an, im Alter hasste es Vita, wenn *Schloss Chevron* erwähnt oder gar gerühmt wurde. Sie wäre sicher nicht erfreut gewesen, wenn sie hätte wissen können, was Leonard Woolf in seiner nach Vitas Tod erschienenen Autobiographie über sie schrieb. Er war der Meinung, dass der Erfolg von *Schloss Chevron* gerade darauf beruhe, dass in Vita – die danach strebte, eine Schriftstellerin ersten Ranges zu sein – ein »aufrichtiger, einfacher, sentimentaler, romantischer, naiver und fähiger Schriftsteller« steckte:

> »Als sie diese Fähigkeiten in den Roman über die große Gesellschaft legte, schrieb sie mit *Schloss Chevron* einen Zeitroman und einen Bestseller (…) Romane ernsthafter Schriftsteller werden zuweilen auch Bestseller, aber die meisten der erfolgreichen Bücher werden heute von zweitrangigen Schriftstellern geschrieben, deren psychologisches Gebräu ein wenig Naivität, Sentimentalität, die Veranlagung zum Geschichtenerzählen und eine rätselhafte Zuneigung zu den Tagträumen der einfachen Leute enthält. Vita gehörte beinahe zu diesen Autoren, es fehlte ihr lediglich genug der dritten und vierten Zutat des Gebräus.«

In *Schloss Chevron* ist Vita Sackville-Wests »psychologisches Gebräu« am stärksten zu erkennen. Sie war Mitte dreißig und strotzte vor Energie. Ihr Verhältnis mit Mary Campbell, der Frau des Dichters Roy Campbell, war zu Ende, und ihr Verhältnis mit Hilda Matheson, Direktorin der BBC, hatte gerade begonnen. Ihr Mann, den sie so lange dazu gedrängt hatte, war endlich entschlossen, den diplomatischen Dienst zu quittieren. In der Zeit zwischen Abschluss des Manuskripts und der Veröffentlichung entschieden sie sich, Sissinghurst zu kaufen – damals nicht mehr als eine Ansammlung baufälliger Gebäude auf einem verwahrlosten Grundstück –, und Sissinghurst sollte Vitas Leben ebenso schnell verändern, wie sie Sissinghurst.

Ihr Verhältnis mit Virginia Woolf war zwar abgekühlt, aber noch immer wichtig für sie. Nur ein Jahr bevor sie *Schloss Chevron* in Angriff nahm, hatte Virginia Woolf *Orlando* veröffentlicht – eine kaum verhüllte Phantasie über Vitas komplizierte Erotik und ein witziges Portrait über 300 Jahre prunkvoller Geschichte der Familie Sackville. *Orlando* gefiel und erregte Vita, es sprach ihren Sinn für die eigene Herkunft und ihre Familiengeschichte an, die für sie schon immer von höchster Bedeutung waren. Ihre persönliche Geschichte begann in Knole, dem mächtigen Haus in Kent, das seit der Regierungszeit von Königin Elisabeth I. ihren Vorfahren gehörte. Vitas Vater, er starb im Erscheinungsjahr von *Orlando*, war Lord Sackville; Vita, ein Einzelkind, wuchs in Knole auf. Sie betonte oft, dass sie das Haus mehr liebe als jeden Menschen mit Ausnahme ihres Ehemanns.

Als Frau kam sie als Erbin von Knole nicht in Frage; der Verlust des geliebten Hauses war der größte Kummer ihres Lebens. Der Zauber *Orlandos* hatte ihre Beziehung zu dem Haus unsterblich werden lassen, und sie, in übertragener Bedeutung, mit Knole wieder vereint. Vielleicht kam ihr durch *Orlando* die Idee, die feudale und traditionsreiche Welt ihrer Kindheit in Knole und ihre Zweifel an den sozialen und moralischen Werten, die es darstellte, in einem sehr persönlichen Roman zu verarbeiten. Schloss Chevron ist ein genaues Abbild von Knole; das Vergnügen an der Lektüre des Romans kann durch einen Besuch dort noch gesteigert werden. Knole gehört zum National Trust, und steht heute Besuchern offen. 1929, als auch das Leben in Chevron bereits die Welt von gestern war, schrieb Vita an Virginia Woolf, es sei weitaus lebendiger als das meiste, das seitdem aufgekommen sei, und an dessen Bestand sie zweifle. »Doch ich mache unverdrossen weiter ...« Vita suchte in Erinnerungen:

»Ich versuche mich an den Geruch des Busses zu erinnern, mit dem man im Jahr 1908 vom Bahnhof abgeholt wurde. Der Eindruck von Verfall und Verschwendung, der einen überfiel, sobald man das Haus betrat. Das viele Personal; die Namensschildchen an den Schlafzimmertüren; die schläfrigen Hausmädchen, die das Ende des Essens im Flur abwarteten.«

Zu Beginn des zweiten Kapitels schildert sie den von Pferden gezogenen Bahnhofsomnibus: »mit seinem muffigen Geruch, seinen scheppernden Fenstern und dem Gerumpel seiner gummilosen Räder auf dem Kies«, der die männlichen Gäste von Chevron am Montagmorgen zum Bahnhof brachte.

»Die Namensschildchen an den Schlafzimmertüren« waren von großer Bedeutung: Da die Herrin von Chevron ihren Gästen die Zimmer zuwies, verwandte sie viel Sorgfalt darauf, anerkannte Liebespaare in taktvoller Nähe zueinander unterzubringen.

»Keiner der Charaktere in diesem Buch ist völlig erfunden«, schrieb Vita Sackville-West provokativ in ihrer »Bemerkung der Verfasserin«. Die Herrin von Chevron, die verwitwete Herzogin, ist also kein Portrait von Vitas Mutter – die Herzogin ist hellhäutig, Lady Sackville dagegen war eine dunkle Schönheit spanischen Einschlags – aber der umwerfende Charme, die Launen, die Eitelkeit entsprechen Lady Sackville. Vita war in ihrer Kindheit oft Zeuge des Umkleidens zum Abendessen, beobachtete den Umgang der Herzogin mit ihren Mädchen, während sie frisiert, geschnürt, geknöpft, gepudert und geschmückt wurde.

Im Mittelpunkt der Handlung steht Sebastian, der attraktive neunzehnjährige Herr von Chevron, und sein Frühlingserwachen. Als der »dunkle romantische Junge«, das Gegenstück zur »patrizischen Jugend«, ist er genau der männliche Erbe, der Vita gern gewesen wäre. Seine jüngere Schwester Viola – unabhängig, kritisch, zu gescheit um beliebt zu sein, mit dünnem glattem Haar, das ihre Mutter zur Verzweiflung brachte – ist genauso, wie Vita sich gern gesehen hätte. Sebastian besitzt die Spaniel Sarah und Henry, die Vita Sackville-West zur Zeit der Arbeit an *Schloss Chevron* besaß; das chinesische Kristallkaninchen, das Sebastian seiner ersten Liebe, der Altersgenossin seiner Mutter, Lady Roehampton, schenkte, steht noch heute auf dem Kaminsims des Turmzimmers in Sissinghurst.

Lady Roehampton, die edle verblühende Rose, ist nach einer Erinnerung an die Gräfin von Westmorland gestaltet, die nach

Knole kam, als Vita acht Jahre alt war und das Kind durch ihren Luxus verwirrte. Romola Cheyne, »eine Frau, die mit gewisser Größe ihre Abwege ging«, ist Mrs George Keppel, die Geliebte von Edward VII. und Mutter von Vitas Freund aus Kindertagen und späterem Geliebten Violet (Keppel) Trefusis. Als Mrs Cheyne noch Affären hatte, »bewegte sie sich in den höchsten Kreisen«: ein deutlicher Hinweis auf ihre Liaison mit dem König. Aber dem Schloss kommt doch die größte Bedeutung in dem Buch zu, neben der eigentlichen Handlung geht es ständig um die Werte und Traditionen von Chevron und seiner Bewohner.

Vita Sackville-West beschreibt Chevron – das Knole ihrer Kindheit – als »in sich geschlossen wie eine kleine Stadt«, mit einer Zimmermannswerkstatt, Malerwerkstatt, Schmiede, einer Kapelle, mit Gärten und Gewächshäusern (aus denen der Flieder und die Rosen zu Weihnachten kamen), Höfen und Feldern, die den großen Haushalt, versorgt von zahlreichen Bediensteten unter Anleitung von Butler und Hausmeister, bedienten. Der heutige Besucher sieht Knole, wie Sebastian es vom Park aus beschrieb: »… ausgebreitet wie ein mittelalterliches Dorf mit seinen viereckigen Türmchen und grauen Mauern, seinen hundert Schornsteinen, die blaue Rauchfahnen in den Himmel sandten. Es war sein …«

Vita Sackville-West beschreibt die Prunkzimmer – die »Renommierzimmer«, die schon in ihrer Kindheit seit zweihundert Jahren leerstanden. Im Schlafzimmer der Königin Elisabeth (in Knole: »King's Bedroom«), wo »die Umrisse der berühmten silbernen Möbel matt in einem Mondstrahl flimmerten«, versuchte Sebastian Teresa, die Frau des Doktors, zu verführen, hier bekam Vita Sackville-West ihren ersten Kuss von dem jungen Harold Nicolson, und hier traf sie sich auch mit anderen Liebhabern. Auch das Sommerhaus, im Roman als Violas Klassenzimmer benutzt, steht noch immer in Knole. Als junges Mädchen schrieb Vita hier romantische Geschichten über die Vergangenheit ihrer Familie. Und auch die Mansarden, aus denen Sebastian und Leonard Anquetil auf das mit heraldischen Leoparden geschmückte Dach von Chevron stiegen, sind heute noch zu sehen. Es würde zu weit führen, alle Einzelheiten von Knole, die Vita in *Schloss Chevron* eingebaut hat, aufzuführen, es sind ja nicht nur die Gebäude und Einrichtungen, sondern auch die Gewohnheiten wie die Weihnachtsfeier in der Halle, bei der die Herzogin die Kinder der Pächter beschenkte.

Die Weihnachtsfeier ist einer der zentralen Punkte des Buches, bezeichnet sie doch den Gipfel der sexuellen Spannung zwischen Sebastian und Teresa, die zwar naiv und neidisch, aber auch voller Bewunderung für die Pracht von Chevron ist. Aber vom ersten Kapitel an wird auch das Feudalsystem, von dem Chevron getragen wird, und die Abhängigkeit der Bediensteten und Arbeiter, die auch Sebastian gefangenhält, in Frage gestellt.

Widerspruch kommt von Leonard Anquetil, dem Selfmademann und Reisenden, der niemand etwas schuldet und der von dem, was Chevron darstellte, völlig unbeeindruckt blieb.

Vita Sackville-West konnte sich zum Teil mit Anquetils Ansichten identifizieren, Spuren davon finden sich in ihren frühen Romanen und Erzählungen. Sie sehnte sich nach ungebundenem Reisen, ohne Verpflichtungen gegenüber der Gesellschaft, ohne Beachtung von Konventionen. Anquetil weckt Zweifel in Sebastian, bestärkt andererseits aber Viola in ihren Ansichten.

Sebastian erkennt die Leere und Verderbtheit der Freunde seiner Mutter, die durch ihr Verhalten ihre wenig soziale Einstellung bemänteln. Hinter der Fassade guten Benehmens herrschen Betrug, Untreue und Gewinnsucht. Sebastian verachtet sein eigenes Mittun, auch wenn ihm seine Schwester sagt, dass sie ihn als Herrn des Schlosses akzeptiere, selbst wenn »deine Liebe zu Chevron nicht ohne Einschränkung ist, so beinhaltet sie doch auch das System, auf dem Chevron beruht«. Von dem »smarten jungen Mann Sebastian« hält sie dagegen wenig. Der in London arbeitende »smarte junge Mann« gibt der Autorin Gelegenheit, ein London zu beschreiben, in dem die Straßen noch von Holzhäusern gesäumt werden und Autos sich zwischen Einspännern und anderen Kutschen exotisch ausnehmen. An der Spitze der Gesellschaft steht die Herzoginwitwe, tyrannische Weiber sind noch genauso unausstehlich wie ihre Ahnen des 18. Jahrhunderts; da ist die geschlossene Gesellschaft um König Edward, die geistlosen, aber alteingesessenen Familien wie die Wexfords, da sind die Landfamilien, die während der Saison ihre Grafschaften verlassen, um ihre unbedarften Töchter dem Heiratsmarkt zuzuführen. Diese »Gesellschaft« wird in dem Kapitel über den Court Ball geschildert.

Der letzte Teil des Buches gilt dem Ende der edwardianischen Ära. Vita hatte als Kind mit ihrem Vater an der Krönung von George V. teilgenommen. Für das Buch charakteristisch ist die Mischung aus Anerkennung althergebrachten Pomps mit spöttischer Ablehnung der ihn tragenden Gesellschaft, wie sie sich in diesem Kapitel findet. Durch diesen gewollten Gegensatz wirkt der Aufbau des Romans bisweilen etwas schlicht, ist aber sehr effektvoll. Schon zu Ende des ersten Kapitels ist alles Wichtige angelegt: Die geschlossene Welt von Chevron, die Spannung zwischen Sebastian und seiner ersten Liebe, der Einfluss von Anquetil. Durch gewollte Zufälle gibt Vita Sackville-West der Romanhandlung überraschende Wendungen, scheinbar entschuldigt sie sich dafür beim Leser.

Wenn *Schloss Chevron* ein gewöhnliches Buch ist, wie einige anspruchsvolle Kritiker meinten, dann ist es so gewöhnlich wie sein Gegenstand. Die edwardianische Gesellschaft war so heruntergekommen, wie sie hier beschrieben wird, das Ende bereits in Sicht. Der junge Wickenden, der Sohn des Tischlers von Chevron, entschied sich für den Autohandel, und brach so die seit Generationen geltende Regel, dass er im Beruf seinem Vater zu folgen habe. Sebastian versteht, dass gerade die sozialen Veränderungen seine Mutter und ihren Kreis verunsicherten, und dadurch »gewöhnlich« machten.

Seit 1930 floh Vita das oberflächliche Leben, das sie schon als Kind gestört hatte. Das bisherige gesellschaftliche System hatte auf dem beruht, was sie, darin Sebastian gleich, so sehr liebte: die

Idylle des vorindustriellen England, die ländlichen Gewohnheiten, die Verbindungen zum Königshaus, die Familientradition,
die Würde, der große Landsitz, Knole an sich. Sie stand zwischen ihrem Wunsch nach Selbstbestimmung (wie Viola) und
ihrer Herkunft. Dieser ungelöste Konflikt macht die Spannung
von *Schloss Chevron* aus, die die geringere literarische Qualität
des Buches aufwiegt.

Schloss Chevron lässt eine Welt wiederauferstehen, die seit der
Entstehung des Buches um weitere fünfzig Jahre entrückt ist,
der Roman aber ist noch nicht verblasst. Virginia Woolf meinte,
Vita Sackville-West habe mit einer »Goldfeder« geschrieben, in
Schloss Chevron strahlt diese am hellsten. Die Lektüre macht
Spaß, das Buch ist ein lebendiges und authentisches Dokument,
so interessant und so zerrissen wie seine Autorin.

Graveley, 1982

Deutsch von Hans Werner

Quentin Bell
Erinnerungen an Bloomsbury

Der legendäre Bloomsbury-Kreis von Künstlern und Litera-
ten um die Schwestern Virginia Woolf und Vanessa Bell,
geschildert von einem, der darin aufgewachsen ist: dem Sohn
von Vanessa. Aus der Innensicht entwirft Quentin Bell in
sechzehn biographischen Porträts eine ganze Welt.

»Ein heiteres, charmantes Buch.« *Janet Malcolm, The New
York Times*

Aus dem Englischen von Claudia Wenner
336 Seiten, broschiert

Weitere Informationen finden Sie auf
www.fischerverlage.de

AZ 596-90673/1

Virginia Woolf
Schreiben für die eigenen Augen
Aus den Tagebüchern 1915–1941

Zur Erholung von ihrer schriftstellerischen Arbeit notierte
Virginia Woolf fast täglich rasch und spontan, was ihr durch
den Kopf ging. So entstand das einzigartige Tagebuchwerk,
das ihr inneres und äußeres Dasein von 1915 bis zu ihrem
Tod 1941 dokumentiert. Eine Auswahl aus diesen Aufzeich-
nungen macht unser Bild von ihrem Leben und ihrer Persönlichkeit um viele Nuancen reicher. Wir sehen, wie genau sie
ihre Umwelt beobachtete, mit Witz und Freude an Spott und
Klatsch.

Herausgegeben von Nicole Seifert
368 Seiten, broschiert

Weitere Informationen finden Sie auf
www.fischerverlage.de

AZ 596-90457/1

Jane Austen
Stolz und Vorurteil
Band 90004

Wo die Ehe der Lebenssicherung dient, sollte von Liebe nicht die Rede sein. Ist es aber doch. In Jane Austens berühmtestem Roman begegnet die kluge und hübsche Elisabeth Bennet einem undurchsichtigen, aber ungeheuer faszinierenden Fremden, Mr. Darcy, dessen weibliche Fangemeinde sich angesichts der Verfilmung mit Colin Firth noch vergrößert hat. Es folgt das Gefühlschaos, das die Liebe eben verursacht: Gesellschaftliche Erwartungen, unausgesprochene Wünsche, Stolz und Vorurteil.

Das gesamte Programm von Fischer Klassik finden Sie unter:
www.fischer-klassik.de

Fischer Taschenbuch Verlag